TOUT EST À MOI

Titre original :
Alt er mitt
Éditeur original :
Kagge Forlag AS

ISBN 978-2-330-15102-7

Ruth Lillegraven

Tout est à moi

•••

roman traduit du norvégien
par Frédéric Fourreau

Gaïa

Tout est près, tout est loin.
Tout a été donné à l'homme en prêt.

Tout est à moi, et tout me sera repris,
Sous peu, tout me sera repris.
Les arbres, les nuages, les prés où je me promène.

PÄR LAGERKVIST,
Tout est plus beau dans le crépuscule (extrait).

PROLOGUE

Clara

1988

— Il y a eu un tel fracas lorsque la voiture a heurté la surface de l'eau que j'ai été surprise, en rouvrant les yeux, de constater que nous étions encore vivants. Même si je n'ai jamais pris l'avion, je crois qu'on doit ressentir la même chose quand on s'écrase. Une ou deux secondes après le choc, tout est devenu silencieux, et j'ai pensé que tout irait bien, que je flotterais, en sécurité, à l'intérieur de la voiture, comme si c'était un bateau, jusqu'à ce que quelqu'un vienne nous secourir. Mais l'eau a commencé à s'infiltrer par le système de ventilation et s'est mise à ruisseler de tous les côtés, et j'ai alors compris que personne n'aurait le temps de nous sauver.

Oh, excusez-moi, j'aurais dû commencer par le début… Voilà, c'était un mercredi, et notre professeur d'économie domestique étant malade, nous avions terminé les cours en avance. Je pouvais donc rentrer chez mon père, puisque c'est chez lui que j'habite. Mais Magne, mon beau-père, m'avait dit qu'on pourrait passer voir ma mère ensemble à l'hôpital, un jour, si je voulais. Elle avait été opérée pour un de ces petits problèmes de femme. Comme j'étais libre, c'était l'occasion. Alors, je me suis rendue à la ferme où vivaient Magne et maman.

Magne a paru content de me voir. Nous sommes montés dans sa voiture et avons suivi le chemin gravillonné de la ferme. Une fois sur la route principale, nous avons pris la direction de l'hôpital. Tandis que nous approchions de

Storagjelet, le soleil brillait face à nous, éclatant et aveuglant.

Oui, j'ai un peu de mal à me souvenir de tout, ça s'est passé tellement vite.

En tout cas, dans un virage, nous avons mordu la berge, de mon côté, et quitté la chaussée. Nous roulions sans doute trop vite, trop près de l'accotement. J'ai juste eu le temps de hurler avant que la voiture ne s'écrase dans l'eau. Magne a décroché ma ceinture et m'a crié que je devais baisser la vitre de ma portière et sortir. Je croyais qu'il ferait la même chose, mais quand je me suis retournée, j'ai vu qu'il était toujours assis sur son siège, raide et droit. Je n'ai pas compris pourquoi. J'ai essayé d'ouvrir ma portière de l'extérieur, en vain. On aurait dit qu'elle était verrouillée. J'ai alors tenté de faire le tour de la voiture, ce qui m'a pris un certain temps. Nous avions commencé à couler. J'ai tiré sur la portière de Magne, mais elle aussi était bloquée, j'ai donné des coups dans la vitre, essayant de capter son regard, mais il était assis là, immobile, tandis que la voiture s'enfonçait de plus en plus. Pour finir, j'ai dû me résoudre à l'abandonner et à nager vers la rive.

L'eau était beaucoup plus froide que je ne l'aurais cru, paralysante, et c'est avec peine que je suis parvenue à rejoindre la berge. Je me suis assise sur un rocher, toute tremblante. Et je me suis mise à hurler. Je ne crois pas en Dieu, mais comme on ne peut être sûr de rien, j'ai tout de même prié un peu. Puis Magne n'étant pas réapparu, j'ai fini par comprendre qu'il ne reviendrait pas, que je ne le reverrais jamais… Désolée, je ne devrais pas pleurer, mais c'est horrible de penser qu'il m'a aidée, alors que je l'ai laissé sombrer dans les profondeurs. Je me sens tellement coupable. Pauvre maman et pauvre Magne.

— Merci, Clara, dit le policier en désignant d'un mouvement de tête le soda et la petite brioche à la crème sur la table.

Il voudrait que je m'alimente, mais le simple fait de voir cette crème jaune me donne la nausée.

Le policier est sympathique, pourtant je me demande si ce n'est pas une de ces personnes qui ne comprennent pas, qui ne comprendront jamais.

Par la fenêtre, je vois des gens qui se garent et vont au cabinet médical, à côté de la mairie, où nous nous trouvons.

De l'autre côté de la rue, je vois une boutique. L'école. Et la maison de retraite. Autour se dressent les montagnes, qui nous protègent ou nous cernent.

Là-bas, derrière, s'étend le fjord.

— Je connais le reste de l'histoire, dit-il. Tu ne dois pas t'en vouloir, tu t'es extraite de la voiture et tu as essayé de sauver Magne, tu as fait ce que tu pouvais. Tout ce qui compte, maintenant, c'est que tu sois en vie et que tu ailles bien.

PARTIE 1

I

Haavard

"Quoi qu'il arrive, surtout ne divorce pas."

C'est ce que m'avait déclaré un ami divorcé, la veille au soir, devant une bière, avec la Premier League en bruit de fond. "Un divorce, ça coûte une blinde. Tu te retrouveras sur la paille. Imagine le pire scénario financier et multiplie le résultat par deux. Non, par trois ! Voilà ce que coûte un divorce."

D'accord, je vais m'accrocher.

La porte de la terrasse se referme brusquement. C'est la manière passive-agressive de Clara de me réveiller. À travers les rideaux blancs qui ondoient, je distingue vaguement sa silhouette haute et mince sur la terrasse de la chambre.

Clara est une créature routinière. Elle aime rester ainsi, pendant une minute ou deux, le matin, dans la même position du *Titanic* que quand nous prenons le ferry dans le Vestland.

Ces derniers jours, la chaleur s'est accumulée et vibre férocement dans l'air, ce qui est exceptionnel après l'hiver rigoureux que nous avons connu cette année et ce printemps qui n'en était pas un. À l'école des garçons, dans la rue, dans les magasins, partout, les gens ne parlent que du long hiver et de cette chaleur africaine particulièrement précoce.

En ce qui me concerne, je savoure. J'ai hâte que Clara en termine avec son projet de loi, ainsi nous pourrons peut-être aller faire un tour à Kilsund. Mes parents ne rajeunissent pas et il faut que nous remettions en état la cabane en vue des beaux jours.

— Il faut que tu te lèves, dit-elle en rentrant. Ou ils vont être en retard à l'école.

Cette semaine, c'est à nous de participer au groupe d'évaluation, et j'ai promis de m'en charger.

J'ai la nausée et un goût d'IPA dans le fond de la gorge. J'ai bu quelques bières de trop, hier. Il faut croire que je ne tiens plus du tout l'alcool.

Je garde les yeux fermés. Je fais semblant de dormir. Cela a toujours agacé Clara que je ne sois pas aussi matinal qu'elle. Mais cela ne signifie pas non plus que je suis incapable de me lever et d'emmener les enfants à l'école. D'ailleurs, la plupart du temps, c'est moi qui m'y colle.

— Haavard ? dit-elle en me donnant un coup de genou dans la cuisse, ce qui n'est pas indolore.

— Hé, mais qu'est-ce qui te prend ? je râle. Tu verses dans la maltraitance ?

Elle soupire.

— J'ai une réunion importante à 8 heures et il faut que je parte tout de suite.

— Et moi, je suis de garde toute la nuit, je marmonne.

— Tu n'es pas le seul à sauver des vies.

Je me redresse, glisse mes jambes hors du lit et bâille.

— Les enfants ont pris leur petit-déjeuner ?

— Ils n'ont pas encore terminé.

Elle se dirige vers la salle de bains, qu'elle considère comme son domaine privé, pour adopter sa mine d'employée de ministère. Soudain, le diable s'empare de moi. Je bondis, sprinte et me faufile devant elle. Sans refermer la porte derrière moi, je relève l'abattant et envoie un jet d'urine dans la cuvette.

Elle ne dit pas un mot.

Pourquoi faut-il toujours qu'elle traîne à la maison, à rabâcher qu'elle va être en retard et que je dois me dépêcher ? Pourquoi doit-elle toujours me surveiller et être sur mon dos, comme si je n'avais pas l'habitude d'être seul avec les enfants ? Et alors que c'est elle qui n'est presque jamais là.

Depuis qu'elle travaille à sa nouvelle proposition de loi, elle appelle seulement pour dire qu'elle rentre dîner, jamais pour prévenir qu'elle ne rentre pas.

Je sors de la salle de bains en sifflotant.

Sans m'accorder un regard, elle entre et verrouille la porte derrière elle.

Je m'habille et descends au rez-de-chaussée.

Les garçons sont assis à table. La vue de ces petits corps en pyjama m'apaise, comme toujours. Leurs cous fins, les cheveux en pétard de Nikolai, les boucles sur la nuque d'Andreas, tout cela m'émeut.

Jusqu'à ce que je constate qu'ils mangent des Choco Pops et qu'ils ont chacun leur iPad allumé.

— On avait dit seulement le week-end, je gronde en désignant le paquet de céréales. Vous le savez. Ces cochonneries sont aussi nourrissantes que leur emballage en carton.

— C'est maman qui nous a dit qu'on avait le droit, s'écrient-ils en chœur.

J'ouvre le placard et en sors une pilule de paracétamol que je fais passer avec du lait, directement à la brique.

— Et que dit mamie quand elle vous voit avec vos iPad ?

De nouveau, les garçons crient en chœur :

— Que ça va nous rendre idiots !

— Non, elle dit que vos yeux vont devenir carrés.

Les garçons engloutissent leurs petits coussins chocolatés baignant dans le lait, qui est à présent marron clair, et se querellent à propos d'un jeu, Fortnite, pour lequel ils n'ont manifestement pas l'âge requis.

Clara nous rejoint.

— Des Choco Pops ? dis-je en haussant les sourcils. Non mais franchement ?

— Ils refusaient de manger autre chose. Et puis tu n'étais pas là, je n'allais tout de même pas les laisser partir à l'école le ventre vide.

— Mon Dieu, je marmonne.

Tout à coup, les garçons se lèvent de table et disparaissent dans le couloir.

Je les appelle :

— Hé ! Où est-ce que vous allez comme ça ? Revenez ! Tout de suite !

Ils réapparaissent aussitôt, avec chacun un rameau de lilas dans la main. Je m'apprête à les réprimander pour être sortis de table et avoir cassé des branches de lilas, mais me ravise. Ils sont tellement fiers et mignons.

— Un pour maman et un pour papa, dit Nikolai, tandis qu'Andreas arbore un large sourire partiellement édenté. Maintenant, vous arrêtez de vous disputer.

— Oui, dis-je. Et merci beaucoup, vous êtes très gentils.

Je vais chercher un des scalpels de mon travail que je garde dans notre tiroir à bazar et l'utilise pour couper les feuilles. Mais sur le deuxième rameau, la lame du scalpel glisse malencontreusement et je me taillade l'extrémité d'un doigt.

— Merde !

— Tu ne devrais pas laisser ces scalpels traîner n'importe où, je te l'ai déjà dit des tas de fois, grommelle Clara.

— Merci, mais je pisse le sang.

— Papa, qu'est-ce qui t'est arrivé ? demande Nikolai.

— Putain de bordel ! je lâche avant de me reprendre. Je me suis juste coupé le doigt.

— Ça fait mal ?

— Un peu. C'est une chance que je sois médecin, comme ça, je vais pouvoir me recoudre tout seul, dis-je en essayant de dédramatiser la situation.

Mais ils ne semblent guère convaincus.

— Tu ne pourrais pas être un peu plus prudent ? lance Clara, avec son empathie légendaire.

Elle est toujours tellement frustrée quand nous nous blessons, les enfants et moi. Je crois qu'elle considère ça comme un signe de faiblesse.

J'examine mon doigt, déchire un morceau d'essuie-tout que j'enroule autour et m'efforce de redevenir le papa dur au mal que je suis censé être.

— On n'a pas le droit de dire des gros mots, papa, fait remarquer Andreas.

— Mais tu vas bien ? demande Nikolai.

— Salut, dit Clara en traversant la cuisine et le couloir à pas rapides.

Elle sort en claquant la porte. Alors, je peux enfin me détendre et sourire pour de bon aux enfants.

Voilà, c'est nous. Voilà ce que nous sommes devenus.

2

Clara

Un ministre n'appelle presque jamais lui-même. La coutume veut que ce soit Vigdis, la secrétaire du ministre de la Justice Anton Munch, qui m'appelle pour me demander si je peux passer.

Le ton est poli, mais la question purement rhétorique.

Il faut que tu viennes. Et *pronto*.

— J'arrive, dis-je.

Aussitôt, je me lève, rajuste ma tenue et range le document sur lequel je suis en train de travailler. Mon troisième enfant. Une proposition de modification de la législation norvégienne. Le projet de loi 220 L. Soixante-dix-huit pages de texte. Onze chapitres. Antécédents, objectifs, législation en vigueur, évaluations et suggestions. Puis les observations et, pour finir, la proposition de texte de loi.

Et tout à la fin, la formule standard absolument absurde *Nous, Harald, roi de Norvège.*

La proposition de loi vise à responsabiliser davantage le personnel de toutes les instances publiques, telles que les hôpitaux, l'Aide sociale à l'enfance, les maternelles et les établissements de protection maternelle et infantile, afin de les inciter à signaler les cas où des violences ou des abus sexuels sont suspectés.

Partout, le devoir d'alerte s'est effacé devant le secret professionnel.

Cela a assez duré. À partir de maintenant, il faut que cela change.

La proposition est pour ainsi dire prête. Il ne me reste plus qu'à ajuster et polir le texte, comme si c'était une sculpture et que je voulais qu'elle brille.

J'ai mis à un point d'honneur à éviter les ambiguïtés qui caractérisent la plupart des textes que produisent les juristes tels que moi, avec leurs successions de virgules et leurs phrases interminables qui embrouillent le lecteur. Le genre de bouillie illisible sur laquelle les responsables de la communication s'arrachent les cheveux quand ils doivent rédiger des communiqués de presse. C'est pourquoi, au fil des ans, toute une série de consultants externes ont été recrutés afin de nous apprendre à communiquer dans ce qu'ils appellent un langage clair.

Alors c'est ce qu'ils auront : un langage clair.

Je traverse les couloirs, accompagnée du bruit de mes talons qui martèlent le parquet en bois brun, tandis que je me dirige vers la section des politiciens. Les autres départements doivent se contenter d'un simple linoléum, mais ici, dans le saint des saints, le sol est habillé d'un parquet en teck à joints noirs.

La première chose que je croise en arrivant chez les politiciens, c'est ce stupide ours polaire empaillé, dressé sur ses deux pattes arrière, probablement abattu sur les marches d'une église au Svalbard. Il a le dos droit et le regard fixe. Je lui arrive à peine à la poitrine.

Pendant longtemps, j'ai travaillé directement pour le compte du ministre de la Justice, sans suivre la voie hiérarchique ordinaire. Ces derniers mois, je me suis rapprochée de Munch, et par la même occasion de mon but.

Toutes les objections et les questions émises par les dirigeants ont été réglées ces derniers jours. Même si la proposition doit faire l'objet d'une consultation avant d'être présentée devant le Parlement, à partir du moment où le ministre a donné sa bénédiction, le plus dur est fait.

Dans un ministère, on sait rapidement si on est dirigé par un leader ou non. Munch est ici depuis un an, suffisamment longtemps pour que chacun ait pu constater qu'il adore se mettre en scène. Pour ma part, j'ai adopté une position plus indulgente que la plupart de mes collègues, en raison de mon projet de loi.

Le point culminant a été atteint il y a une semaine, quand nous nous sommes réunis dans son bureau. Il s'est renversé dans son fauteuil, a mis ses mains derrière la tête et a déclaré :

— OK, Clara. Je valide.

Il était assis à son bureau marron avec les étagères assorties en arrière-plan, comme maintenant.

Les œuvres d'art qui étaient accrochées aux murs, il s'en était débarrassé tout de suite après qu'on lui avait remis les clés de son bureau. À la place, il avait fait installer un immense écran plat et décoré la pièce avec des centaines d'hélicoptères, d'ambulances et de camions de pompiers miniatures, une chose dont les journalistes se font volontiers l'écho dans leurs articles.

Le bureau en teck luisant, les fruits, les tasses à café blanches, l'écran, les classeurs derrière lui, les cactus de *Se og Hør*, les piles de documents, rien de tout cela n'est sensationnel. Pourtant, l'homme assis derrière ce bureau est l'un des plus puissants du pays de par ses fonctions.

— Entre, dit-il sans détourner les yeux de son téléphone.

— Bonjour, Clara, dit une voix.

C'est seulement à ce moment-là que je remarque Ernst Woll, de l'autre côté de la table de réunion, comme caché dans un coin de la pièce.

Presque tous les membres de la direction politique sont des hommes. Woll est le plus mordant d'entre eux, et c'est aussi le seul juriste. Il s'est vu attribuer le plus vaste de tous les bureaux et occupe le rang le plus élevé.

Autrefois, il n'y avait qu'un ministre et un secrétaire d'État. À présent, il y a toute une horde de secrétaires d'État, plus un conseiller politique. Tous font du zèle pour obtenir les bonnes grâces du ministre de la Justice. C'est à celui qui travaillera le plus dur, à celui qui sera le plus présent.

En politique, les gens doivent tout le temps montrer qu'ils ne sont pas là pour rien. Pour y parvenir, ils se mêlent de tout. Ce qui a pour conséquence que les secrétaires d'État sont constamment en retard dans leur travail et qu'ils monopolisent du personnel qui serait plus utile ailleurs.

Tandis que le ministre, en tant que figure de proue, se consacre à la défense de ses décisions dans les médias et sur Facebook, les secrétaires d'État assistent à des réunions, travaillent avec les agents administratifs et se chargent de la plupart des décisions politiques.

Toutefois, je suis parvenue à convaincre Munch de s'engager dans mon projet de loi. Et à éviter Woll. Jusqu'à maintenant.

— Nous n'allons pas te retenir longtemps, dit Woll.

— Très bien, je réponds.

— Bon, Clara, dit Munch en levant enfin les yeux de son téléphone. Notre proposition de loi a fait l'objet de discussions au Conseil des ministres…

Silence.

— Et ? dis-je, en me rendant soudain compte que ce n'est pas le genre d'échange auquel je m'attendais.

Les deux hommes se regardent. Munch semble mal à l'aise. Woll hausse les épaules, comme pour signaler qu'il faut en finir avec cette affaire.

— Eh bien… nous allons devoir mettre ce projet en suspens, finit-il par lâcher.

Les poils de mes bras se hérissent sous les manches de mon chemisier en soie blanc.

— Que veux-tu dire ? je demande d'une voix éplorée. Les ministres ont pourtant lu et approuvé tous les rapports que j'ai rédigés, n'est-ce pas ?

— Ce sont des choses qui arrivent constamment, tu le sais très bien. C'est une proposition controversée. Nous sommes un gouvernement de coalition. Les autres estiment que c'est trop radical et j'ai des affaires plus urgentes à régler pour l'instant.

— Mais cette proposition pourrait être la plus importante de ton mandat, dis-je. Ont-ils conscience de ce que ça signifierait pour les plus vulnérables d'entre nous ?

Derrière mon dos, Woll émet un petit ricanement.

— Parfois on gagne, parfois on perd. Dossier classé, m'interrompt-il.

Je perçois une pointe de jouissance dans sa voix.

Ils sont ainsi. Tout est question de pouvoir.

Tout peut se négocier. Tout peut s'obtenir par la force.

— Le ministre a dit ce qu'il avait à dire. Merci de t'être déplacée, ajoute Woll en se levant, comme pour m'expulser.

Munch se concentre à nouveau sur son portable, sans m'adresser un regard.

Je tourne les talons, presque surprise que mon corps obéisse. Je quitte la pièce et passe devant le bureau de la secrétaire de Munch, où trône un saladier de fruits deux fois plus gros que dans les autres départements.

Je passe devant l'ours polaire, soudainement effrayant avec son air faussement amical.

Devant la collection d'hélicoptères et de véhicules de secours. Je sors du département, suis les couloirs.

Finalement, j'arrive dans mon bureau, ferme la porte, m'y adosse et me laisse glisser jusqu'au sol, où je reste assise, le menton sur les genoux.

Haavard me surnomme le Glaçon. Lui qui pleure pour un oui, pour un non.

Je crois que je n'ai pas pleuré depuis trente ans, et je n'ai pas non plus l'intention de le faire aujourd'hui. Pourtant, j'enfouis mon visage dans mes mains et appuie sur mes yeux avec les extrémités de mes doigts. J'essaie de contrôler ma respiration, en vain.

Quand j'avais treize ans, un an après l'accident, j'ai commencé à passer des nuits seule dans une cabane. Trois, quatre nuits d'affilée. Je me préparais à manger, je faisais du feu dans le poêle, je lisais, je me promenais.

Une fois, je me suis mis en tête d'aller à Trollskavlen. Ce fut une marche longue et fastidieuse, mais mon père m'avait expliqué où il avait l'habitude d'aller quand il était enfant. J'avais regardé sur la carte et je savais que je pouvais y arriver. Et c'est ce que j'aurais fait, si le soleil radieux qui brillait dans le ciel au moment de mon départ n'avait disparu derrière une épaisse couverture nuageuse.

Alors que je ne me trouvais plus qu'à quelques centaines de mètres du sommet, un brouillard opaque s'installa peu à peu.

Au début, je ne vis plus le sommet. Puis je ne vis plus rien du tout.

Tout était blanc.

Je sortis ma boussole et ma carte et pris ce que je supposai être la bonne direction. Pour finir, j'arrivai au pied d'une pente abrupte qu'il me semblait avoir gravie plus tôt. Alors, je me retournai et commençai à descendre, le dos plaqué contre la paroi, jusqu'à ce que je me retrouve bloquée là, les membres écartés, comme une sorte de Spiderman, au milieu de la montagne. Je n'avais plus la possibilité ni de monter ni de descendre.

J'étais arrivée sur la corniche, comme les moutons dont mon père m'avait parlé. Ils se retrouvaient coincés là, sur cette petite étendue de verdure, accrochée à la paroi de la montagne noire. Et ils bêlaient, encore et encore.

Parfois, on parvenait à les récupérer, quand on les découvrait à temps. D'autres fois, il n'y avait d'autre solution que de les abattre.

Maintenant, c'était moi qui me trouvais là. Il y avait plusieurs mètres de vide au-dessous de moi et pas de place pour poser les pieds.

Au bout d'un moment, j'entrepris quand même de descendre, prudemment, un pied après l'autre. Une main après l'autre.

Je parcourus ainsi un ou deux mètres. Puis je basculai dans le vide.

Lorsque j'atterris sur le sol, je demeurai étendue, immobile, pendant plusieurs minutes, respirant difficilement, avant d'être en mesure de vérifier que je n'avais rien de cassé.

C'est cette même sensation que j'éprouve en ce moment, sur le sol de mon bureau, au ministère de la Justice, trente ans plus tard.

Je me suis tant investie dans ce projet de loi. Il était plus important pour moi que tout le reste.

Maintenant, ces deux idiots me l'ont enlevé, ils ont tout gâché. Ils n'ont pas la moindre idée de ce qu'ils font.

3

Haavard

À peine ai-je enfilé ma chemise blanche et franchi les portes du service que je comprends que cette garde sera un véritable marathon. Toute la ville est sortie profiter du beau temps. Nous en récoltons les fruits, sous forme de blessures et de maladies. Les patients affluent continuellement. 15 h 35 : une fillette en coma diabétique. 16 h 21 : un petit garçon en pleine crise d'asthme et choc allergique. 16 h 53 : un frère et une sœur blessés dans un carambolage. 17 h 20 : un enfant de six ans dans un état de déshydratation avancée.

Et puis, à 18 h 53, une nouvelle famille débarque.

L'homme a la trentaine et porte dans ses bras un garçon de quatre ans. Ils sont probablement d'origine pakistanaise, peut-être afghane. L'enfant porte un short bleu et un tee-shirt rouge. Il a un pansement de *Star Wars* à l'index de la main droite. Des ongles crasseux. Un bracelet fait de petites perles avec des lettres imprimées dessus. Une petite tête. Des cheveux noirs avec des reflets bleutés.

Il semble être inconscient.

— Je veux parler au docteur ! crie le père.

Il porte une casquette et un maillot bleus de Chelsea, sa peau est ravagée par de vieilles cicatrices d'acné.

Roger surgit juste derrière, essoufflé et accompagné d'effluves d'après-rasage. C'est un parfum sucré et démodé. Peut-être un Jean Paul Gaultier, un de ces flacons en forme de torse d'homme, en maillot de marin ou Dieu sait quoi.

Bien entendu, je n'ai rien contre les homosexuels ni contre les infirmiers. Roger est d'ailleurs un excellent professionnel.

Habile, expérimenté, chaleureux et attentionné. Un homme aux nombreuses qualités. Mais il faut toujours qu'il abuse du parfum.

— J'ai essayé de lui expliquer que j'allais les prendre en charge, dit-il. Ils auraient dû aller aux urgences. Mais il est venu directement ici avec son enfant. Et maintenant, on ne va tout de même pas les chasser, si ?

— Non, je réponds.

Ici, à Ullevål, nous avons la meilleure équipe de traumatologues du pays. Les autres hôpitaux nous envoient leurs cas les plus graves, généralement en ambulance, en passant par l'accueil principal. Mais il arrive de temps en temps que des gens nous amènent eux-mêmes leurs enfants. Ceux qui savent où se situe le service pédiatrique n'hésitent pas à venir nous trouver directement.

— Je suis le médecin de garde, dis-je au père, le plus diplomatiquement possible. Qu'est-il arrivé à votre fils ?

— Tu es aveugle, docteur ?

Le père se plante juste devant moi, les yeux emplis de terreur et de rage. Il me rappelle les enfants des rues qui débarquaient parfois dans la cour de notre école, à Vinderen, le quartier d'Oslo où j'ai grandi.

— Tu vois pas qu'il est évanoui, docteur ? Il se réveille pas !

La mère porte un hidjab, mais un pantalon de jogging dépasse sous son *salwar kameez*. Elle parle et gesticule. Son mari lui dit quelque chose dans une langue que je ne comprends pas. Elle se calme.

L'enfant est extrêmement petit et maigre, avec son bassin étroit et son cou tout fin. Il a les mêmes baskets bleu et orange qu'Andreas, sauf qu'elles sont élimées, sales et trouées au niveau du gros orteil.

— Quel âge a-t-il ? je demande en prenant l'enfant des bras de son père pour le poser sur la table d'examen.

Sa mère me regarde d'un air implorant et lève les mains. Ses jointures sont blanches.

— Qu'est-il arrivé ?

— Il est tombé, répond le père. D'un arbre. Mais depuis il dort. Et il ne veut pas se réveiller ! Fais quelque chose, docteur !

Je fais signe à Roger d'aller chercher du renfort.

— On va l'envoyer passer un scanner, dis-je discrètement.

La mère éclate en sanglots, le père lui crie quelque chose. Je m'arrête brusquement. Je dois garder mon sang-froid. Une, deux, trois secondes. L'enfant est inconscient. Derrière la fenêtre, les oiseaux chantent et me donnent envie de sortir prendre l'air.

J'éprouve une sensation d'urgence, comme quand vous comprenez que les maux de tête de votre patient sont en réalité dus à une tumeur cérébrale, que ses douleurs dans la nuque révèlent une leucémie et que vous allez devoir lui annoncer une nouvelle qu'il n'a pas envie d'entendre.

Cette sensation m'enveloppe comme un courant d'air froid.

Je me penche sur l'enfant. Il sent le vomi. Mais aussi la poussière, le soleil et autre chose encore, le chewing-gum, le dentifrice, le shampooing et une vague odeur de gingembre, d'ail et de curry.

— Allez faire un tour, dis-je aux parents. Je vais bien m'occuper de votre fils.

Ils paraissent sceptiques, mais sortent quand même de la pièce. Quelques minutes plus tard, Sabiya me rejoint.

— Qu'est-ce qu'il a ? demande-t-elle, hors d'haleine.

Sabiya mesure à peine plus d'un mètre cinquante-cinq et, quand elle se déplace, avec sa démarche légère et silencieuse, on dirait qu'elle flotte au-dessus du sol. Elle a les cheveux longs jusqu'aux épaules, toujours soyeux, maintenus avec une broche. Ses doigts sont dénués de bagues et de vernis à ongles, conformément au règlement. Tous ses mouvements sont efficaces, mais gracieux. Ses hanches étroites, la courbe de sa nuque.

— Je ne sais pas, je réponds. Commotion cérébrale sévère, dans le meilleur des cas. Il a chuté d'un arbre.

Elle garde le silence et observe l'enfant avec une expression étrange.

— Bien, finit-elle par dire.

Puis elle commence à le dévêtir et fait signe à Roger et à Bente, une autre infirmière, d'approcher.

J'adresse un clin d'œil à Bente, dans le dos de Sabiya. Elle rougit, comme d'habitude.

Sabiya a la manie de déshabiller les patients pour les examiner. Il y a quelques semaines, elle nous a fait un exposé lors d'une réunion matinale, avec un PowerPoint agrémenté de clichés de dos lacérés de coups de cravache, de bouches tuméfiées et de radios de jambes brisées. Certes, nous voyons ce genre de choses pendant nos études. Mais une fois que nous commençons à travailler, nous sommes tellement pressés qu'il est facile de passer à côté de ces signes. "C'est pourquoi nous devons être vigilants et prendre quelques secondes supplémentaires afin d'examiner ces personnes qui, apparemment, sont venues pour autre chose", a-t-elle dit, sur un ton quelque peu contrit.

À présent, elle se penche en avant et remonte la manche du pull du garçon.

— Merde, je lâche en voyant les marques bleues du côté intérieur de son bras.

Sabiya va chercher une paire de ciseaux et se met à découper ses vêtements.

D'autres ecchymoses. Sur les épaules et sur les cuisses.

Je prends une grande inspiration.

— Bordel de merde.

— En effet. Aucun doute possible, dit Sabiya.

Elle est d'un professionnalisme impressionnant. Avec l'aide de Roger et de Bente, nous allongeons le garçon sur un lit et partons en trottinant dans les couloirs en direction du service des urgences, où le scanner doit être pratiqué. C'est dans ce genre de situations que j'apprécie particulièrement la présence de Roger. Personne n'a plus l'expérience du front que lui, personne n'a porté plus de blessés ni sorti plus de patients de l'ambulance que lui.

Le scanner est réalisé à 19 h 40. Sabiya et moi attendons les clichés avec impatience. D'autres collègues se joignent à nous. Des radiologues et des anesthésistes.

Tout à coup, nous entendons des pas derrière nous. Le père débarque brusquement, il a dû nous suivre.

— L'accès est interdit, dis-je sur un ton décidé en me portant à sa rencontre.

Il s'arrête dans l'embrasure de la porte.

— Tu as dit quoi, docteur ?

— Vous devez patienter à l'extérieur.

— Sale raciste, proteste-t-il.

— Les règles sont les mêmes pour tous, je réplique sèchement.

L'homme s'éloigne de la porte à contrecœur, mais se met à tourner en rond dans le couloir, comme un taureau furieux.

Quand je me retourne, Sabiya se tient face à moi et me fixe d'un drôle d'air.

— Tu le connais ? je demande.

Elle acquiesce, mais ne dit rien. Quelques instants plus tard, les images arrivent enfin. Ce doit être la première fois que j'entends Sabiya jurer. Je me penche au-dessus de son épaule et observe la grosse tache sombre sur le cliché.

Une sorte de tache d'encre inquiétante.

— Hémorragie intracérébrale traumatique, je constate. Il faut qu'on l'opère de toute urgence.

Sabiya hoche la tête, les yeux brillants, les lèvres pâles.

Nous reconduisons l'enfant dans notre service, talonnés par le père.

Une fois de retour dans nos locaux, les anesthésistes arrivent et relèvent sa pression artérielle, son pouls, sa saturation en oxygène et son rythme cérébral sur l'écran de contrôle. Ils préparent l'anesthésiant, l'intubation et l'aide respiratoire.

Les parents entrent dans la pièce, la mère est en pleurs. Le père crie que nous devons nous remuer, faire notre boulot. Roger sort avec lui dans le couloir et essaie de le calmer.

Sabiya s'approche du gamin et lui caresse délicatement la joue, là où il y a des traînées de larmes sur sa peau pleine de poussière. Puis elle prend la petite main avec le pansement de *Star Wars* dans la sienne et se met à lui parler doucement et à voix basse en punjabi. Le garçon est allongé là, chétif, livide, incapable d'expliquer ce qui lui est arrivé ou ce qu'il ressent. Mais tout va s'arranger. Il le faut. Bientôt, il ouvrira les yeux et guérira peu à peu. Les prochains jours, je passerai le voir régulièrement, je prendrai le temps de discuter et de plaisanter avec lui, je le verrai récupérer, retrouver le sourire et reprendre confiance.

Tout à coup, son pouls commence à ralentir, sa saturation en oxygène chute.

Merde, je pense. Merde, merde, merde. Le désespoir s'empare de moi. On ne peut pas le perdre maintenant.

L'anesthésiste procède à une dénudation veineuse dans le bras du garçon pour pouvoir lui injecter de l'adrénaline.

— On va devoir lui faire une transfusion de toute urgence, dis-je à Roger.

Nous le mettons sous perfusion afin de lui administrer encore d'autres médicaments. Le but est de maintenir sa pression artérielle. Le garçon est conduit en salle d'opération. Sabiya et moi suivons le convoi en trottinant. Devant la salle d'opération, les anesthésistes prennent le relais, nous devons nous retirer.

Il est 21 h 10. Personne ne dit mot. Sabiya fait les cent pas. Je vais à la fenêtre. Le tram remonte Sognsveien en ferraillant. Des voitures s'arrêtent au feu rouge, en direction de Kirkeveien. Les gens trinquent à l'arrivée de l'été aux terrasses des restaurants, dans le quartier de Majorstuen, d'un côté, et dans celui de Torshov, de l'autre. Et tandis que la vie suit son cours habituel, le petit garçon quitte la salle d'opération.

Le neurochirurgien, qui est un des plus expérimentés de l'hôpital, secoue la tête.

— L'hémorragie est énorme, incompatible avec la vie.

J'ai envie de m'effondrer à terre et de pleurer.

Ce gamin aura vécu quatre ans. Quatre années de mauvais traitements.

Ils le reconduisent dans sa chambre.

— Il va falloir qu'on informe ses parents, dis-je. Et sa mère ne parle pas norvégien.

Dès l'instant où je prononce ces paroles, je comprends à quel point je suis lâche et pathétique. Je viens de me décharger sur Sabiya.

Sans répondre, elle emmène les parents à l'écart.

Le père donne un coup de poing dans le mur. La mère éclate en sanglots. Sabiya lui caresse le dos. Nous les observons à distance, embarrassés. Un autre scanner sera réalisé plus tard afin de vérifier que l'irrigation sanguine du cerveau a cessé. Ensuite seulement, il sera déclaré mort. Tout cela requiert du temps et n'aura probablement lieu que demain. Nous allons aussi devoir aborder le sujet du don d'organes avec ses parents. Nous leur accordons un peu de répit avant de les interroger, mais nous ne pouvons pas non plus attendre trop longtemps.

Notre groupe semble plus affecté que d'habitude. Certes, nous sommes tous solidaires. Certes, c'est douloureux. Mais nous avons aussi d'autres patients, des enfants qui attendent et dont nous n'avons pas pu nous occuper pendant tout ce temps. Cet état d'exception ne peut se prolonger indéfiniment.

Soudain, le père arrive vers nous en courant. Bente essaie de poser une main sur son épaule, mais il la repousse.

— Je suis navré, dis-je.

— Où est la salle de prière ?

Je m'abstiens de dire ce que je pense. Un père qui a battu son fils à mort n'a pas sa place dans une salle de prière. Il n'y a pas de pardon pour ce qu'il a fait. Je tourne les talons.

— Bente, je murmure. Tu veux bien lui indiquer le chemin ?

Dès l'instant où son dos disparaît derrière les portes vitrées, je plaque mes mains contre le mur, baisse la tête et expire profondément.

Une fois, deux fois, trois fois.

4

Clara

Aujourd'hui, je n'ai envie de parler à personne, pas même à papa. Mais j'ai l'habitude de l'appeler chaque jour. Il s'inquiète s'il n'a pas de mes nouvelles. Alors, une fois les garçons couchés, je lui passe un coup de fil.

— Salut, ça va ? je demande, lorsqu'il décroche.

Je l'imagine, debout devant la fenêtre, observant le fjord, tandis qu'il me parle. Papa aime contempler le paysage. Regarder bêtement, comme disait ma mère. J'ai sans doute hérité ça de lui.

— Mouais, répond-il d'une voix faible.

— Qu'est-ce qui ne va pas ?

— Je ne me sentais pas très en forme, alors je suis allé chez le médecin.

— Ah bon ? dis-je en ressentant à nouveau ces picotements au cuir chevelu.

Il marmonne quelque chose, si bas que je n'arrive pas à l'entendre distinctement.

— Papa, tu veux bien parler un peu plus fort ?

— Oui, bien sûr. Ils m'ont transféré ici en ambulance, dit-il.

— Quoi ? – Je m'effondre sur le sol pour la deuxième fois de la journée. – Où ça, ici ?

— À l'hôpital. Ils pensent que j'ai pu faire une petite attaque ou quelque chose de ce genre… Tu es toujours là ?

— Oui, dis-je en me raclant la gorge.

J'ai la tête qui tourne.

— Tout va bien, poursuit-il sur un ton qui indique le contraire. Mais, en tout cas, je vais devoir rester ici cette nuit, peut-être même un peu plus. Les voilà qui reviennent. Ils vont me faire passer quelques examens. On se parle plus tard.

Au moment où je raccroche, je réalise que quelque chose d'humide coule de mes yeux, quelque chose que je n'arrive pas à arrêter.

Puis Haavard m'appelle.

5

Haavard

— Oui, dit Clara, d'une voix vaseuse.

Elle s'est probablement assoupie sur son Mac, comme souvent.

Il est 21 h 40. Sa mauvaise humeur du matin devrait être oubliée, à présent, même si elle est plutôt de nature rancunière.

— Clara. Tu peux aller voir si les garçons dorment bien ?

— Comment ça ?

Elle ne semble pas en colère. Juste fatiguée et triste.

— Tu peux aller jeter un coup d'œil ? Histoire de t'assurer que tout va bien…

— Non, mais franchement, je suis assise dans le salon depuis que je les ai couchés et je ne les ai pas entendus. Je te rappelle que ce sont de gros dormeurs, comme toi. Ils ne se réveilleraient même pas si un avion de chasse passait le mur du son juste au-dessus de la maison. Qu'est-ce qui te prend ?

Je déglutis.

— Il est arrivé quelque chose ?

Je suis seul dans le noir, dans une buanderie du service. Cette fois, je craque.

— Un putain de gangster avec un maillot de Chelsea, gonflé aux stéroïdes…

— Là, je suis complètement larguée.

— Il s'est pointé avec son fils de quatre ans. Il a expliqué que le gamin était tombé d'un arbre. On a examiné le garçon et on s'est aperçus que sa peau était couverte de bleus et de plaies variées… Le scanner a révélé une hémorragie intracérébrale massive. Maintenant, le gamin est là, en état de mort cérébrale, et on n'attend plus que le moment où on pourra le débrancher.

— Mon Dieu, murmure Clara dans le téléphone.

— Et par-dessus le marché, son père n'a pas arrêté de foutre le bordel dans le service depuis qu'il est arrivé. Comme si c'était notre faute ! Tout à l'heure, il est revenu nous voir en exigeant qu'on lui donne accès à une salle de prière. Il veut prier ! Après avoir battu à mort son propre fils ! Quel monde de merde. Tu aurais dû voir ce gamin, Clara, il me rappelait tellement nos garçons au même âge. Il portait les mêmes baskets qu'Andreas.

Il y a quelques secondes de silence, pendant lesquelles je ne perçois que des petits bruits faibles, comme si elle se déplaçait. Puis je l'entends chuchoter. Elle doit avoir entrouvert la porte de la chambre des enfants.

— Les garçons dorment à poings fermés, dit-elle.

— Merci, je réponds à voix basse, en le pensant sincèrement.

À 22 heures, je sors prendre l'air. J'ai besoin de faire une pause si je veux tenir le coup jusqu'à la fin de ma garde. À mon retour, il faudra que je pense à appeler la police. C'est la procédure dans ce genre de cas.

Dans le hall, il y a un gros bateau de pirates avec un drapeau noir à tête de mort, ce qui ne me semble guère approprié pour un hôpital.

Je fais un petit tour dehors, et alors que je m'apprête à rentrer, j'aperçois quelqu'un plié en deux, en train de vomir près d'un buisson.

— Sabiya, dis-je. Ça va ?

— Non.

Elle plaque ses doigts contre ses yeux et les frotte fébrilement, puis elle fait claquer ses mains contre le mur de briques, grimace et se frappe le front, comme pour se punir.

Sabiya est la plus professionnelle et la plus calme d'entre nous, mais cette fois, on dirait qu'elle est sur le point de se liquéfier.

— Je comprends que…, je commence.

— Tu ne comprends rien du tout, dit-elle en me lançant un regard féroce. Mukhtar Ahmad habitait près de chez moi. Dans Sverdrups gate, à Løkka. Il a deux ans de moins que moi. Nos pères se connaissaient, ils travaillaient ensemble à la Société de transports en commun d'Oslo.

— Mukhtar qui ?

— Le bourreau d'enfants. On le craignait déjà à l'époque. J'ai joué avec son petit frère quand il avait l'âge qu'a son fils aujourd'hui. Tu ne peux pas comprendre… – Son visage se déforme en une grimace et ses yeux s'emplissent à nouveau de larmes. – Excuse-moi, dit-elle alors que je lève la main pour lui caresser la joue.

— Ne dis pas ça, je réponds en tendant les bras. – Je lui caresse les cheveux, comme j'ai l'habitude de le faire avec mes fils. – Ce n'est rien. Vas-y, pleure.

Elle appuie sa tête contre ma poitrine pendant quelques secondes. Puis elle se fige, se redresse, lève le poing et me frappe l'épaule, plusieurs fois.

— Mon Dieu, Haavard. Et nous, on est là, sans rien faire…

— Oui, dis-je en la regardant droit dans les yeux.

Elle me rend mon regard.

— Ce n'est pas possible, merde. Il faut qu'on se bouge.

6

Roger

Je les aperçois au moment où je sors.

Haavard et Sabiya.

Sous un arbre. Ils sont en train de bavarder. Ou de se disputer. Elle agite les bras, gesticule, il secoue la tête, l'enlace.

Qu'est-ce que deux médecins de garde peuvent bien faire dehors en un moment pareil ? Je les observe pendant quelques secondes, puis poursuis mon chemin.

Il est 22 h 05. Ma garde se termine dans une demi-heure. Mais il faut que je retrouve Ahmad. Que je le confronte à ses actes, que je lui fasse comprendre.

La dernière chose qu'il mérite, c'est de s'allonger sur un tapis de prière et de se sentir béni de Dieu.

Sabiya, Haavard et les autres courent dans tous les sens comme des poules sans tête, comme des vieilles femmes affolées, tandis qu'un tueur d'enfant se promène en liberté.

Quand ils ont débarqué avec le gamin, tout à l'heure, j'ai tout de suite su que son cas était désespéré. J'ai passé beaucoup plus d'heures devant des appareils de surveillance que n'importe quel autre médecin, mais ils ne prêtent pas attention à nous, les petits infirmiers. Peux-tu aller me chercher ci, peux-tu aller me chercher ça ? Peux-tu t'occuper de ci, peux-tu t'occuper de ça ? Mais ils ne m'adressent pas la parole à moins d'y être obligés, ne me demandent jamais conseil, même si j'ai travaillé à un peu tous les postes dans cet hôpital, même si j'ai aidé des milliers de bébés à venir au monde, même si j'ai placé des nouveau-nés au service maternité, surveillé des prématurés, rassuré des pères, tenu la main de nombreuses mères.

Tout ce qu'ils voient, c'est un infirmier de rang inférieur, un subalterne.

Askildsen, le directeur du service, m'a informé qu'il avait reçu des plaintes à propos de mon après-rasage qui sentirait trop fort. Vous imaginez ? Cela ne vient certainement pas des patients ou de leurs proches, mais plutôt d'un des médecins. Il leur faut tous quatre enfants, une Volvo, un chien, un chalet en montagne, des vacances en Italie, une photo de famille sur Facebook, mais derrière leur façade parfaite, ils sont tous aussi pourris les uns que les autres.

Haavard était là, en train de caresser Sabiya, comme si c'était un chiot. Certes, c'est un bel homme, avec son style à la fois chic et décontracté, mais je ne l'aime pas. Il est bien trop nonchalant, superficiel, au point qu'on dirait qu'il se moque de tout, comme c'est souvent le cas avec les gens qui ont grandi dans ces villas cossues entourées de jardins immenses. Ça a beau être un type jovial et intègre, il n'en demeure pas moins un connard de bourgeois de Vinderen.

Et Sabiya ?

Peut-être qu'elle peut leurrer les autres, avec son look de petite fille sage, ses boucles d'oreilles en perles et son gloss à lèvres discret. Mais j'ai grandi à Linderud. Je sais qu'on peut sortir une fille du ghetto, mais on ne peut pas sortir le ghetto de la fille.

Ahmad et Sabiya appartiennent à la même espèce. La seule différence, c'est qu'elle a appris à se comporter correctement.

En ce qui me concerne, j'habite à Rosenhoff, tout près de la place Carl Berner. Les gens pensent que c'est un quartier triste, j'ai vue sur le fjord, j'ai ma musique, j'ai mes séries, mes amis et ma mère, à qui je rends visite tous les jours. Je m'assois à côté d'elle et lui prends la main pendant que je lui parle.

Je n'ai pas de compagnon, ni d'enfant, mais je m'efforce de déverser tout mon amour et ma bienveillance sur les enfants que nous accueillons ici, dans notre service.

Cet enfant est l'un des plus beaux que j'aie vus de toute ma vie. Tellement innocent avec son corps qui pendait mollement dans les bras de son père. Comment peut-on faire une chose pareille à son propre enfant ?

Je transpire et j'ai chaud. J'ai passé toute la soirée à courir dans le service. La sueur dégouline de mes aisselles. Quand je rentrerai chez moi, je prendrai une longue douche froide et je m'allongerai dans mes draps neufs et propres.

Heureusement, l'air frais de la nuit me soulage un peu, enveloppant telle une cape froide ma peau bouillante.

Mais tout à coup, je le vois, l'individu qui a ôté la vie à son propre fils, qui l'a privé de son avenir. Il marche devant moi.

Je le suis, en silence et discrètement, comme la Panthère rose. Je sens à nouveau monter la chaleur.

Nous passons devant Hafslund, le musée, la saurisserie.

Il n'y a que nous dans la rue, et on dirait que le type marche au hasard, sans savoir où il va. Cette histoire de prière n'était-elle qu'une excuse ? Ou peut-être qu'il n'a pas réussi à trouver la salle ?

Je le suis à dix mètres de distance mais, étonnamment, il ne remarque pas ma présence.

Finalement, il s'arrête, gravit un escalier métallique, saisit la poignée d'une porte bleue en acier. C'est donc ici qu'ils se rendent pour prier, ces musulmans à la double morale, ceux qui sont responsables du fait que d'autres ne reçoivent pas l'aide sociale dont ils ont besoin pour s'acheter à manger, que les enfants norvégiens de souche se font harceler à l'école, que des gens se font tabasser dans le quartier de Grønland, juste parce qu'ils marchent main dans la main avec leur compagne ou compagnon du même sexe.

Tout chez ce type me rend furieux, son cou de taureau, ses cheveux courts, sa casquette, son vieux maillot de Chelsea, celui avec une publicité Samsung sur la poitrine.

J'ai une envie folle de lui broyer le nez, de lui éclater la tête contre un mur, de lui faire n'importe quoi.

7

Haavard

Il est presque minuit et je suis au milieu du couloir, en train d'examiner l'extrémité du majeur de ma main gauche. Les pansements ne font pas bon ménage avec l'eau, alors j'ai renoncé à en utiliser, mais je m'applique à mettre des gants chaque fois que je suis en contact avec des patients. Par chance, ma blessure a cessé de saigner assez rapidement et elle semble bien cicatriser. Toutefois, il faudra que je coupe le petit bout de peau sèche qui dépasse de la plaie quand j'en aurai l'occasion.

Soudain, deux policiers, un homme et une femme en uniforme, franchissent les portes vitrées du service.

L'homme est proche de l'âge de la retraite pour un policier, mais il est mince et athlétique. Le teint hâlé, les cheveux coupés court, un regard pénétrant. Certainement le genre de policier qui a passé une bonne partie de sa carrière à enquêter sur des affaires d'homicides et qui, malgré sa bonne forme physique, risque de succomber à un infarctus à cause de toutes ces années de travail excessif et de repos insuffisant.

La femme est plus jeune, environ quarante ans. Elle a un air juvénile, avec ses taches de rousseur, ses ongles vernis et sa longue queue de cheval aux pointes plus claires que la racine.

Ils se présentent. Ils appartiennent à la police criminelle. Ils déclinent simplement leurs prénoms : Elin et Morten.

— Êtes-vous disposé à témoigner ? Vous avez le droit de refuser.

— Non, c'est bon, j'accepte, dis-je.

Ce n'est pas la première fois que nous appelons la police et je connais la procédure.

— Souhaitez-vous la présence d'un avocat ?

— Non, non…

Je réponds à ces questions rigides et formelles avec une pointe de dérision.

— Dans ce cas, nous pouvons commencer. Avez-vous actuellement un patient qui s'appelle Faisal Ahmad ? demande Elin.

C'est seulement à ce moment-là que je me rends compte que j'ai oublié de faire quelque chose, ce soir, dans tout ce chaos.

Appeler la police.

En tant que médecin-chef, c'était ma responsabilité. Mais si ces policiers sont ici maintenant, cela doit signifier que Sabiya s'en est chargée et qu'elle les a prévenus.

— Avez-vous eu quelque contact que ce soit avec le père de Faisal Ahmad, Mukhtar Ahmad ? enchaîne la policière.

— Oui, bien sûr. Il a passé une bonne partie de la soirée ici.

— Quand l'avez-vous vu pour la dernière fois ?

— Eh bien… Il devait être environ 21 h 40 ? Il est sorti, il voulait se rendre à la salle de prière. On aurait peut-être mieux fait de le retenir, mais ça n'aurait pas été simple. Étant donné l'état dans lequel il se trouvait, il aurait été difficile d'aller contre sa volonté.

Ils échangent des regards. Je peux voir qu'ils forment un binôme aguerri, qu'ils s'apprécient et collaborent efficacement.

— Vous êtes bien là à cause du signalement qu'on vous a fait, pas vrai ? j'ajoute.

La femme secoue la tête.

— Nous sommes ici parce que le cadavre d'un homme non identifié a été découvert dans l'enceinte de l'hôpital. La carte d'identité de Mukhtar Ahmad a été retrouvée sur lui. Nous avons appris à la réception qu'un certain Faisal Ahmad était actuellement hospitalisé dans votre service. Est-ce exact ?

— Oui, en quelque sorte, dis-je.

Je suis tenu par le secret médical. Cela vaut même vis-à-vis de la police. Certains de mes collègues les plus tatillons n'hésiteraient certainement pas à invoquer ce principe dans une telle situation.

Mais un homme a été retrouvé mort dans l'enceinte de l'hôpital.

Il faut quelques secondes à mon cerveau pour intégrer ce qu'ont dit les policiers.

— Excusez-moi, vous avez bien dit que Mukhtar Ahmad était mort ?

J'en reste bouche bée.

— C'est ce que nous tentons d'éclaircir, répond Morten.

— Mais revenons-en à Faisal Ahmad, reprend la policière.

J'essaie de me ressaisir.

— Le garçon a fait une hémorragie intracérébrale, finis-je par expliquer. Il a été opéré plus tôt dans la soirée, mais l'hémorragie était trop abondante, incompatible avec la vie. Le père a filé quelques instants plus tard. Faisal respire encore, mais sous assistance. L'appareil va être débranché. Il avait une fracture crânienne. Le père a prétendu qu'il avait chuté d'un arbre, mais il présentait également des fractures plus anciennes ainsi que d'autres traces de maltraitance. Des contusions à divers endroits du corps où il n'aurait pas dû en avoir, en plus de sa grave hémorragie intracérébrale. Il ne fait aucun doute qu'on est face à un cas de maltraitance infantile.

— À quelle heure êtes-vous arrivé au travail, aujourd'hui ? interroge Morten.

Je devine à son accent qu'il est originaire de la région du Trøndelag et probablement installé à Oslo depuis qu'il a fait l'École de police. Quant à Elin, c'est une authentique habitante de Bergen.

— J'ai badgé juste avant 15 heures. Peut-être cinq minutes avant.

— Êtes-vous sorti pendant votre garde ?

J'hésite un instant.

— Non.

— Quel genre d'impression vous a fait Ahmad ?

— Pas terrible, j'avoue, soulagé de changer enfin de sujet. Intimidant. Agressif. Menaçant. Il n'a pas arrêté de hurler et de nous provoquer.

— Et sa femme, elle est encore ici ?

— Non, à ce que je sais, elle est rentrée s'occuper de leurs autres enfants.

Elin consulte sa montre de sport rose.

— Pourriez-vous nous accompagner afin de procéder à une identification provisoire du corps ? Nous préférerions nous assurer qu'il s'agit bien de notre homme avant de contacter ses proches.

— Qui a découvert le corps ? je demande, alors que nous traversons l'hôpital.

— Un gardien qui passait dans le coin. Il lui a semblé entendre des coups de feu, alors il a décidé d'explorer la zone. Il a prévenu le service des urgences de l'hôpital, qui nous a contactés. À présent, nous nous efforçons de répertorier les déplacements de chacun au cours de la soirée.

— Il a donc été tué par balle ? dis-je.

Sans me répondre, Elin m'escorte en direction de la scène de crime. Je renonce à la questionner.

L'enceinte de l'hôpital s'est transformée en une sorte de parc d'attractions, avec périmètre de sécurité, véhicules de police et gyrophares. Les journalistes ont déjà pris position devant le périmètre de sécurité.

Nous gravissons les cinq marches de l'escalier métallique et franchissons une porte bleue entrouverte : *Salle réservée à la pratique religieuse et spirituelle.*

La pièce fait environ vingt mètres carrés.

En plein milieu, sur le sol, un homme vêtu d'un maillot bleu de Chelsea est étendu sur le ventre.

— Veuillez marcher sur la bâche en plastique, me recommande Elin.

J'ai envie de leur demander si c'est vraiment une bonne idée de me faire entrer dans cet endroit maintenant, mais je m'exécute. Si c'est ce qu'ils souhaitent.

Deux techniciens de la police scientifique, portant le même genre de combinaisons de protection que celle que j'ai moi-même dû enfiler, sont agenouillés près du cadavre et le photographient sous tous les angles. L'un d'eux est en train de prendre des clichés d'une tache sombre sur le maillot de Chelsea.

Je me penche et examine le visage, qui est orienté vers la porte.

Ses yeux sont opaques, sans vie, et sa peau a déjà commencé à prendre un aspect caoutchouteux, même si son teint naturel lui donne une apparence moins jaunâtre que celle des Norvégiens de souche.

Il a dû venir jusqu'ici, se laver, se préparer pour la prière.

Éprouvait-il du chagrin ? Des remords ? Ou bien était-il furieux contre la terre entière, contre tout et tout le monde, comme quand il était avec nous ? Qui était-il réellement ? Était-il vraiment croyant, ou bien était-ce juste une excuse pour quitter le service ?

Avait-il honte ? De la peine ? Aimait-il son enfant ?

Quoi qu'il en soit, sa mort ne m'inspire rien d'autre que du soulagement. Derrière moi, la policière se racle la gorge. Je me relève, hoche la tête.

— Oui, dis-je alors que nous ressortons. C'est bien lui. C'est l'homme qui est venu nous trouver avec son fils.

— Bien. Merci beaucoup. Ce sera tout pour le moment. Nous vous recontacterons, répond-elle.

Sur ce, à mon grand étonnement, elle fourre dans sa bouche une portion de tabac à priser extrafort.

Je m'éloigne le plus vite possible, sans toutefois courir.

Sur le chemin du retour, je vois des policiers avec des chiens et d'autres avec des détecteurs de métaux. Il y a du monde partout.

Dans le service, c'est le calme nocturne qui règne, mais notre responsable, Askildsen, est arrivé. Quelqu'un a dû lui téléphoner.

— Quelle histoire ! s'exclame-t-il en secouant la tête après que je lui ai fait un bref rapport. Je vais rester ici cette nuit.

Askildsen est un passionné, un célibataire qui ne vit et ne respire que pour son travail. C'est un amateur de whisky écossais qui ne rate jamais un match de Liverpool à la télévision. En dehors de cela, sa vie se résume au service. Le jour où il partira à la retraite, j'imagine qu'il se décomposera et tombera en poussière.

— Le calme semble être revenu ? ajoute-t-il.

— Oui, enfin.

— Tu peux rentrer chez toi, Haavard.

Je m'apprête à refuser, puis je réalise à quel point je suis épuisé. La garde, pour un médecin spécialiste, dure de 15 heures jusqu'à 10 heures le lendemain. C'est déjà suffisamment éprouvant d'ordinaire. Aujourd'hui, ça me semble insurmontable.

— Merci, dis-je. Il se pourrait bien que je te prenne au mot.

Je monte à mon bureau, m'assieds, sors mon téléphone.

Le meurtre de l'hôpital d'Ullevål fait déjà la une du site *VG Nett*. La vidéo qu'ils ont publiée montre une journaliste blonde postée devant l'entrée principale et qui pointe du doigt les bâtiments derrière elle.

Je repose mon téléphone et reste assis à observer le ciel estival bleu sombre, la lune, les toits des maisons, les fenêtres éclairées. Je tends le bras vers le scalpel que j'avais posé dans l'angle que forment mon bureau et celui de Sabiya. J'ai l'intention de trancher le bout de peau sèche à l'extrémité de mon doigt. Mais le scalpel a disparu. Sabiya a dû le déplacer.

Sur le bureau de Sabiya trône une photo d'elle, de son mari et de leurs trois enfants. Joyeux, en tenues d'été. Tous magnifiques, mais le regard pénétrant de son mari a quelque chose de désagréable.

Les étoiles brillent au-dessus des toits. Dans ces bâtiments, des milliers de gens dorment. Mais l'hôpital, lui, ne dort jamais.

Autrefois, il m'arrivait d'entendre mon père parler tout seul dans son bureau, quand quelque chose le préoccupait.

À présent, j'essaie de faire comme lui.

Je me dis que cette garde a été plus éprouvante que la moyenne.

De temps en temps, on nous amène des enfants que nous ne pouvons sauver. Et il arrive aussi que des gens se fassent assassiner à Oslo, comme dans d'autres grandes villes. Des choses qui ne devraient pas se produire, mais qui se produisent quand même.

Ces paroles destinées à me motiver n'ont aucun effet. Je n'arrive pas à effacer de ma rétine le corps du petit Faisal, ni les yeux éteints de son père sur le sol de la salle de prière.

J'éprouve une sensation étrange. La sensation que tout a changé. Elle me poursuit tandis que je descends l'escalier, que j'entre dans le garage, que je traverse les rues à vélo.

La nuit est d'une beauté exceptionnelle. La lune brille, il n'y a personne dehors, à part moi, dans la nuit d'été, en plein centre d'Oslo, dans l'air chargé du parfum des cerisiers à grappes et des lilas qui sont sur le point de fleurir.

Tout fleurit tôt, cette année. Tout fleurit et tout meurt.

8

Clara

Quand je me suis réveillée, Haavard était endormi dans le lit, à côté de moi. Il était pourtant censé travailler jusqu'à 10 heures, aujourd'hui. Mais pour une raison que j'ignore, il a dû rentrer à la maison dans le courant de la nuit. Je suis partie sans le réveiller. J'ai emmené les garçons à l'école, avec le reste du groupe, comme c'était prévu.

Cela fait déjà plusieurs heures que je suis arrivée au travail.

— Dommage que ta proposition de loi ait été mise de côté, dit le conseiller politique, un sourire aux lèvres.

Il s'est pointé dans mon bureau alors que je me préparais à sortir, sans me demander mon avis, sans frapper, juste comme ça.

Bien qu'il doive avoir environ vingt-cinq ans, il est ravagé par l'acné et a déjà réussi à faire trois gosses, chez lui, dans le Sørland. Il a les cheveux luisants, couverts d'une cire spéciale à l'odeur nauséabonde. Il me rappelle les garçons de mon village dans les années 1990.

Alors que les secrétaires d'État se sont généralement forgé une expérience dans le civil, les conseillers politiques sont des petits morveux issus des mouvements de jeunesse du parti et qui n'ont jamais rien fait dans le vrai monde.

Ils gèrent les agendas et les rendez-vous, assurent la coordination des réunions politiques et les relations avec les responsables de la communication du département, alimentent le compte Facebook et se croient irremplaçables.

La vérité, c'est que personne n'est plus facile à remplacer qu'un conseiller politique.

— Je n'ai pas beaucoup de temps, dis-je en regardant ma montre. J'ai une réunion importante dans une demi-heure à…

— Ne t'en fais pas. Je devais juste te remettre ça, répond-il en jetant un dossier sur mon bureau. De la part du secrétariat. Voilà de quoi t'occuper, maintenant que tu as du temps libre.

J'ouvre le dossier. Mon Dieu. Des lettres de citoyens.

Il aurait aussi bien pu me demander de préparer le café.

La plupart des personnes qui nous écrivent sont complètement paumées. Malgré tout, nous avons obligation de leur répondre. Le dossier en contient un gros tas. Cela représente vraiment beaucoup de courrier.

Le conseiller n'a pas le pouvoir de m'imposer ce genre de tâche. Selon la procédure, il aurait dû suivre la voie administrative. Je sais qu'il le sait. Mais je n'ai pas l'intention de m'abaisser à son niveau, ni de gâcher mon temps de cette manière.

— Merci, dis-je simplement.

Soudain, quelqu'un se racle la gorge derrière lui.

— Que se passe-t-il ici ? demande la secrétaire générale du ministère Mona Falkum, qui se tient, raide comme un I, sur le pas de la porte, dans un de ses classiques costumes gris sombre.

Le conseiller sursaute.

— Rien, répond-il. Je suis juste passé discuter un peu.

— Clara n'a plus le temps de bavarder. Elle et moi devons nous rendre à une réunion importante. Tu es prête ? demande Mona, tandis que le conseiller s'éclipse.

— Oui, je réponds en mettant mes chaussures. Je n'ai jamais été aussi prête.

C'est sous les ordres de Mona que j'ai commencé au ministère de la Justice. Elle était alors directrice de département. À présent, cela fait deux ans qu'elle a été nommée secrétaire générale. C'est la reine des abeilles du ministère, tandis que les conseillers d'État vont et viennent, le genre de chef qui nous soutient et nous protège toujours face à Munch et à ses hommes.

Il y a toutefois une chose qu'elle n'est pas parvenue à faire.

Pendant longtemps, elle s'est employée à essayer de convaincre les secrétaires d'État et leurs conseillers d'émettre leurs ordres en suivant la voie officielle au lieu de bombarder les fonctionnaires de manière officieuse. Sans succès. Les secrétaires d'État modernes savent que, formellement, ils ne sont pas subordonnés aux secrétaires généraux, mais que ce sont leurs égaux. C'est la raison pour laquelle ils ne sont guère disposés à recevoir d'ordres d'un bureaucrate, si haut placé soit-il.

Quand j'ai commencé ici, les gens se vouvoyaient. Désormais, tout le monde s'appelle par son prénom, tout le monde suit les mêmes procédures, échange des e-mails et des SMS. L'époque où les chefs avaient une vision générale des informations que leurs subordonnés communiquaient au ministre est révolue.

Il serait quelque peu exagéré d'affirmer que Mona et moi sommes amies. Les secrétaires généraux n'ont pas d'amis au travail, et je ne suis pas le genre de personne qui socialise facilement avec les gens, que ce soit ici ou ailleurs. Mais nous nous apprécions et nous entendons à la perfection.

— Je ne peux pas te promettre que ça va fonctionner, commente-t-elle, tandis que nous nous dirigeons vers l'ascenseur. Mais c'est en tout cas une dernière chance qui nous est offerte de présenter ton projet de loi comme il se doit, même si, dans les faits, il a déjà été repoussé. Et puis, peut-être que tu parviendras à les amadouer. Les secrétaires généraux ont du poids dans les auditions de rapports. Si tu te les mets dans la poche, tout peut arriver.

— Je l'espère bien, dis-je. Merci d'essayer.

Une fois par semaine, les responsables de tous les ministères se réunissent pour ce que Munch surnomme ironiquement "le club de sir Humphrey". C'est à l'un de ces déjeuners que Mona m'a invitée.

— Mais il faut que tu saches que tu t'apprêtes à rencontrer les dix-huit personnes les plus ennuyeuses du pays, dit-elle en appuyant sur le bouton du rez-de-chaussée.

Je ricane, consciente qu'elle dit cela pour me remonter le moral, pour que je me détende.

— Et moi qui croyais qu'ils se trouvaient dans le gouvernement.

— C'est vrai. Bon, disons qu'ils font partie des trente-six personnes les plus barbantes du pays.

Ensuite, nous gardons le silence jusqu'à ce que les portes s'ouvrent et que nous nous retrouvions sur le bitume brûlant.

— Autrefois, avant le 22 juillet, ces déjeuners avaient bien sûr lieu dans la tour, dit Mona en désignant le bâtiment dont les étages supérieurs abritaient auparavant le cabinet du Premier ministre.

À présent, les fenêtres sont occultées par du contreplaqué. Depuis des années, le bâtiment est laissé à l'abandon, dans l'attente d'une décision.

Nous passons devant la place du Tribunal suprême d'un pas pressé, nous traversons Grensen, Karl Johans gate, Prinsens gate, Tollbugata et Rådhusgata. Avec ces talons aiguilles ridicules que j'ai aux pieds, je dois redoubler d'efforts pour ne pas me tordre la cheville sur les pavés.

Enfin, nous arrivons devant la forteresse d'Akershus. Le cabinet du Premier ministre est logé dans Glacis gate, dans un bâtiment massif en brique rouge et en verre appartenant au ministère de la Défense. Les bâtiments en maçonnerie du voisinage se reflètent dans les grandes surfaces vitrées.

Je présente ma carte d'identité. Une première fois. Puis une seconde.

Nous franchissons ensuite deux sas. À l'intérieur du second se dresse un ours polaire, identique à celui qui se trouve chez nous.

— Eh oui, c'est le frère jumeau de notre ours, dit Mona. Mme le Premier ministre en est tombée amoureuse lors d'une de ses visites dans nos locaux. Elle l'a alors fait transférer ici.

Nous montons au deuxième étage et sonnons à une porte. Un secrétaire arrive, nous conduit à la salle de réunion et me demande de m'asseoir et d'attendre à l'extérieur pendant qu'ils parcourent l'ordre du jour.

Je sors mes notes, les mots-clés que j'ai consignés sur quatre feuilles épaisses de format réduit, comme ont l'habitude de le faire les assistants en communication avec les discours des ministres. Je les feuillette, les repose. Il est trop tard pour que je les mémorise maintenant. Je me lève, me mets à faire les cent pas.

Au bout de quelques minutes, je me rassois, essaie de respirer profondément, jusqu'au moment où, enfin, je suis invitée à entrer dans le saint des saints.

Autour de la longue table en bois verni sont assis les dix-huit secrétaires généraux et l'avocat du gouvernement. Au milieu de la table, du côté droit, se trouve le secrétaire général du gouvernement, qui est aussi le représentant du cabinet du Premier ministre, le plus puissant de tous. Ils n'ont pas de places attribuées, mais aujourd'hui, Mona est assise à côté de lui, probablement parce que c'est elle qui est en charge du divertissement.

— On vous a soumis à tous de nombreux rapports en relation avec ce projet de loi, commence-t-elle. Nous savons que cette proposition est très controversée, que beaucoup de personnes estiment qu'elle introduirait une violation de la vie privée et que c'est pour cette raison qu'elle a récemment été écartée. Je voudrais néanmoins que vous écoutiez Clara Lofthus, qui est une des fonctionnaires les plus compétentes du ministère de la Justice. Elle va vous expliquer pourquoi nous pensons que cette proposition est à la fois importante et juste.

— Merci, dis-je en me levant.

Ces dernières heures, après que Mona m'a invitée à ce déjeuner, j'ai élaboré un exposé bref et incisif, que j'ai répété afin de donner l'impression que je m'exprime spontanément, que ce n'est pas un discours préparé, même si j'ai devant moi ma liste de mots-clés en guise de mémo.

— Tous les changements qui sont véritablement nécessaires, qui marquent une différence, font mal, dis-je pour commencer. Si ce n'est pas le cas, c'est probablement parce qu'ils sont trop timorés, trop frileux, trop timides, trop insignifiants. Ce changement-ci doit être opéré. Pas pour moi. Pas pour vous. Mais pour les plus petits, pour les plus vulnérables. Si nous osons franchir ce pas, cela permettra peut-être de sauver des vies.

Je sais que je dois briller. Et que je suis bonne. Je n'en dis ni trop, ni trop peu. Je dis juste ce qu'il faut, comme il faut.

— Le fait que les gens pensent que le secret professionnel prévaut sur le devoir d'alerte est un gros problème. Le devoir d'alerte est ignoré, tandis que le secret professionnel est invoqué en toutes circonstances. C'est pourquoi personne n'ose faire de signalement quand quelque chose ne va pas. Ce projet constitue un changement de paradigme, majeur en son domaine. Oui, j'ose affirmer que cette proposition de loi sera la plus importante sur laquelle vous aurez à statuer en tant que secrétaires généraux.

Ils sont tous concentrés et m'écoutent avec intérêt.

Je leur explique ensuite que les écoutes et la télésurveillance pourraient être autorisées dans les maternelles, dans les foyers et dans les orphelinats. Que pourrait être introduite une responsabilité pénale individuelle pour les employés qui omettraient de signaler une suspicion de violence ou d'agression sexuelle.

Une fois que j'ai terminé, ils acquiescent tous d'un air approbateur.

Suivent des commentaires positifs.

Puis, le secrétaire général du ministère des Collectivités locales prend la parole. C'est un sexagénaire à lunettes, qui cache sa calvitie sous une mèche de cheveux et qui a des verrues sur le nez. La totale.

— L'Agence de protection des données, dit-il, avant d'égrener :

Le respect de la vie privée.

Les violences policières.

Après cela, tout le monde donne son point de vue. Mais plus personne n'ose rien dire de positif. L'avocat du gouvernement me remercie pour mon intervention. Mona hoche la tête, alors que je quitte la pièce.

Sur le chemin du retour, je revois le visage gonflé et autosatisfait du secrétaire général du ministère des Collectivités locales et régionales ou du Développement local et de la Modernisation, ou quelle que soit sa dénomination actuelle.

Comment s'appelle-t-il, déjà ? Qui est-il ? N'a-t-il donc pas d'enfants ?

Dans Lille Grensen, un de mes talons se coince entre des pavés, me faisant trébucher en avant, mais je parviens tout de même à rétablir mon équilibre et me retrouve dans la même position que les sprinteurs sur la ligne de départ. Je me tiens le bas du dos pendant quelques secondes avant de me redresser.

Mon talon aiguille est resté planté entre les pavés, coupé net.

— Merde, je grommelle en le ramassant avant d'ôter mes chaussures.

Des gens s'arrêtent pour me regarder. Des enfants rient. Apparemment, ce n'est pas tous les jours qu'ils voient une femme en costume pieds nus dans la rue.

Puis je reprends mon chemin, mes chaussures à la main.

9

HAAVARD

C'est comme si cette journée n'avait jamais eu lieu. J'ai fait la grasse matinée, après quoi j'ai erré dans la maison, sans rien entreprendre de sensé jusqu'à ce qu'il soit l'heure d'aller chercher les enfants.

Quand Clara est rentrée du travail, les garçons s'apprêtaient déjà à se coucher et elle est montée directement avec eux.

Maintenant, elle est assise sur la terrasse, son joint du soir dans une main et son téléphone dans l'autre. Je constate qu'elle est encore sur Strava. Tous les soirs, elle se connecte à son application sportive et analyse ses segments, ses parcours, qui a couru, où et à quelle heure.

D'après ce que j'ai compris, l'objectif est de conserver son record personnel en permanence. Je suppose que c'est cela qu'elle appelle son instinct de compétition. En temps normal, je l'aurais taquinée à propos de sa "Strava-mania", mais aujourd'hui je n'ai pas le cœur à cela. Je me contente de me laisser tomber dans mon fauteuil.

— J'ai appelé pour prendre des nouvelles du petit garçon dont je t'avais parlé, dis-je pour engager la conversation.

C'est la première fois de la journée que nous sommes seuls tous les deux, et pour une fois, j'éprouve un intense besoin de lui parler.

— Oui ? dit-elle en me regardant.

— Ils venaient de débrancher l'assistance respiratoire.

Elle soupire.

— Donc, il est mort ?

— Oui. – Je déglutis et revois ses yeux. – Mais tu as appris ce qui est arrivé à son père ?

Elle acquiesce.

— J'ai vu qu'il y avait eu un meurtre à l'hôpital sur internet, et j'ai pensé que ça devait être le père dont tu m'avais parlé.

— Cette nuit, j'ai dû accompagner la police sur le lieu du crime pour les aider à l'identifier…

— Et alors, c'était bien lui ?

Clara plante son regard sur moi.

Personne n'a les yeux aussi bleus que Clara. Même ici, sur la terrasse, immergés dans la pénombre, je les vois scintiller.

Au début, je l'avais surnommée Bette Davis, en référence à la chanson *Bette Davis Eyes*, qu'a interprétée Kim Carnes en 1981, et selon laquelle les yeux bleu clair de Bette Davis pouvaient sembler marron sur certaines photos, surtout celles en noir et blanc. Plus tard, je me suis aperçu que cette référence était inappropriée, car les yeux de Clara sont toujours bleus, quelle que soit la luminosité.

Clara était différente des filles avec qui j'avais grandi, elle avait un côté rafraîchissant. Elle savait faire des choses que je ne savais pas faire, comme tailler des arbres fruitiers, poser des clôtures, aider des agneaux à venir au monde et conduire des tracteurs.

Une sorte d'enfant androgyne de la campagne, un bout de nature sauvage de la région des fjords.

— Oui, dis-je. Tout le monde est sous le choc. La direction est en état de stress, ça ne sent pas bon pour nous. Personne ne sait qui a fait ça. La police a bloqué toutes les issues, mais il s'était passé tellement de temps que l'assassin était déjà probablement loin à ce moment-là.

— Pourquoi l'aurait-on tué ? demande Clara.

— On l'ignore, mais c'était un type agressif. Il avait sûrement des ennemis. D'ailleurs, l'homme avait d'étranges cloques de couleur bleu rougeâtre sur le corps, une dans le dos, une autre sur les côtes. J'ai remarqué ça quand j'étais avec les policiers dans la salle de prière pour l'identifier et qu'ils le photographiaient sous toutes les coutures.

— Mon Dieu…

— Ce n'était pas beau à voir. Mais ce n'est pas la première fois que je vois ce genre de cloques. Il a dû être abattu avec des balles expansives.

Dans le courant de la journée, j'ai lu quelques articles sur ce type de munitions. Il y a quelques années, la police s'est vu recommander le recours aux balles expansives parce que celles-ci ne traversent pas leur cible, ce qui évite qu'une tierce personne soit atteinte, comme cela peut parfois arriver avec les balles ordinaires. De plus, les chasseurs utilisent beaucoup ces munitions pour s'assurer que l'animal soit bien mort.

— Ce type paraissait très douteux. On ne peut pas vraiment dire que c'était un ange de Dieu, ou d'Allah…

Il y a un bref silence.

— Et sinon, comment ça va au ministère ? je demande.

Je m'efforce toujours d'introduire une question sur le travail de Clara. Après tout, c'est son principal sujet de préoccupation en ce monde.

— C'est l'enfer, répond-elle dans un soupir.

Soudain, son visage s'assombrit.

— Comment ça ?

— Mon projet de loi a été rangé au placard. Il est mort dans l'œuf.

— Quoi ? je m'exclame, choqué.

C'est vrai que j'ai souvent souhaité que son projet de loi tombe à l'eau, tant il vampirisait son temps et son attention. Mais l'idée qu'il puisse ne pas voir le jour, maintenant qu'il est enfin prêt, me fait craindre que nous n'ayons à subir la mauvaise humeur de Clara pendant un long moment.

— Qu'est-ce qui s'est passé ?

— Comme si je le savais… répond-elle en expirant un rond de fumée.

Quand nous avons commencé à sortir ensemble, j'ai été séduit par son caractère abrupt, ambitieux, volontaire et sans compromis. Je croyais aussi qu'elle s'adoucirait avec le temps. Mais ça n'a pas été le cas. Au contraire.

Elle saisit l'épaisse couverture de Røros, la retire et se redresse. Elle a manifestement décidé de se lever et de partir, comme elle le fait chaque fois que j'essaie de discuter avec elle.

— Détends-toi, dis-je en me levant. C'est moi qui m'en vais. Reste assise.

Elle se rassoit.

Je retourne à l'intérieur et ferme la porte de la terrasse derrière moi. Je ne veux pas que l'odeur doucereuse du cannabis envahisse la maison. Même après tant d'années, je ne me suis toujours pas habitué à ce qu'elle fume quotidiennement. En fait, j'ai espoir qu'elle arrête bientôt, en tout cas avant que les garçons ne comprennent de quoi il s'agit. Mais j'en doute.

Je vais m'asseoir dans le séjour, sors mon portable et appuie sur l'icône orange.

J'ai bien sûr pris soin de placer l'application Strava sur le dernier écran du téléphone afin qu'à aucun moment elle ne soit visible. J'ai désactivé les notifications. Clara n'utilise jamais mon portable, mais si, pour une raison ou pour une autre, elle venait à la voir, je lui dirais que je l'ai chargée car je voulais me rendre compte par moi-même de ce qu'elle avait de si fascinant.

Un chiffre rouge dans le coin droit de l'icône indique que j'ai reçu huit notifications.

J'ouvre l'application et fais défiler la page vers le bas jusqu'au profil de MRSSPLENDID.

Elle a suivi son parcours habituel, dans son quartier, à travers un bois et autour d'un étang où elle court quasiment chaque mardi, jeudi et dimanche, quand elle ne travaille pas. Aujourd'hui, elle était dans un bon jour. Elle a réalisé un de ses meilleurs temps. Avec un pouls élevé du début à la fin.

Et ces données numériques me font me sentir un peu plus proche d'elle.

Joli, MRSSPLENDID *!* écris-je en commentaire.

Puis j'ajoute :

Je crois que tu vas bientôt avoir besoin d'un concurrent !

OUI ! répond-elle.

Je me rends sur son parcours de mardi dernier, zoome sur une butte, une sorte de colline en forme de volcan, avec une petite cuvette au centre, une fosse au fond de laquelle on est à l'abri des regards, au cas où quelqu'un viendrait à passer sur le sentier en contrebas.

Je ferme les yeux et me remémore notre dernière rencontre.

Notre petit endroit secret. Notre petit moment secret.

À des années-lumière de ce paysage morne et désertique qu'est devenu mon mariage.

10

Clara

La première fois que j'ai vu Haavard, c'était un samedi de juin, il y a de nombreuses années, dans le jardin de la vieille Edith. Un jardin charmant, envahi de végétation, et situé à seulement un jet de pierre de là où nous vivons maintenant.

Edith m'avait offert un toit en échange de travaux de jardinage, du ménage et de divers autres services. C'était beaucoup plus agréable que mon job précédent, qui consistait à prendre chaque jour le tram jusqu'à Lambertseter pour faire le ménage dans deux salons de coiffure ringards et délabrés, envahis de cafards et de bouts de cheveux. Edith m'avait permis de démissionner et de ne plus jamais remettre les pieds dans ces salons de coiffure répugnants.

Derrière une apparence snob, Edith s'était révélée être particulièrement divertissante. Elle restait assise dans sa chaise longue et, fumant et toussant, elle me narrait ses jeunes années à Paris, me parlait d'avenues, de cafés, de fêtes et de querelles.

C'était un petit être fluet et fripé, mais coquet, avec ses chemises à pois, ses coiffures sophistiquées, ses boucles d'oreilles et son maquillage soigné. Il n'était pas facile de lui donner un âge, mais elle devait avoir quatre-vingts et quelques années.

J'ai rapidement compris que ce qu'elle recherchait, avant tout, c'était de la compagnie.

— Allez, viens, asseyons-nous, disait-elle souvent.

J'avais beau lui rappeler que j'avais du travail, nous finissions toujours par aller nous installer dans le jardin, la plupart du temps en compagnie d'une bouteille de rosé.

Les oiseaux gazouillaient, les mouches bourdonnaient et les fleurs s'épanouissaient.

Je me sentais chez moi dans ce jardin touffu du quartier ouest. La maison, immense et délabrée, avait des allures de vieux manoir. Elle était entourée d'une haie imposante, comme notre ferme, même si la similitude s'arrêtait là.

Edith avait l'habitude de m'interroger sur mes études de droit. Sans réellement écouter la réponse, elle répétait sans cesse qu'elle ne comprenait pas pourquoi je m'infligeais de telles souffrances. Elle avait tenté de s'intéresser aux livres de son fils, à l'époque où celui-ci étudiait le droit, "mais non, mon Dieu, c'était terriblement ennuyeux", disait-elle en partant de son rire rauque. J'essayais de lui expliquer que, certes, ces études n'étaient guère passionnantes, mais que j'avais bon espoir qu'elles me procurent un jour un travail intéressant, un métier qui me permettrait d'accomplir quelque chose d'important et d'aider les gens. Dans ce cas, il faudrait que je rencontre son fils, estimait-elle, car il avait fait son chemin dans son domaine.

Elle refusait de me croire quand je lui disais que je n'avais pas de petit ami, pas même un flirt, ni quelqu'un dont j'étais amoureuse. À ce moment-là, la conversation dérivait souvent vers l'époque où elle habitait à Montmartre, près du Sacré-Cœur, et qu'elle flirtait avec des hommes aux terrasses des cafés, soixante ans plus tôt.

Je repliais mes jambes et ramenais mes genoux sous mon menton, dans ma chaise longue, levai mon verre de rosé et l'écoutais.

Je compris bien vite qu'Edith avait dû être trompée par l'ancien juge de la Cour suprême, fonction dont avait par ailleurs hérité son fils. Fière comme elle l'était, cela n'avait pas été facile pour elle de reconnaître qu'elle avait été ainsi trahie. Mais une fois la barrière brisée, elle s'était livrée dans les moindres détails.

— On appelle ça l'hérédité. William, mon fils, il a tellement de qualités. Mais je crains qu'il ne soit devenu comme son père avec l'âge. Même sur ce point. Ces choses-là, on les remarque, tu sais. Certains croient qu'il faut chercher des traces de rouge à lèvres ou d'autres indices de ce genre. Mais ce n'est pas nécessaire. Si ton mari ne se presse plus contre toi, la nuit, et qu'en même temps il semble enjoué et heureux de vivre, alors tu le sais. Il y a quelque chose qui ne colle pas et, rapidement, tu commences à percevoir des effluves de parfum ou d'autres fragrances. Tu comprends ?

— Oui, je comprends bien, dis-je en souriant.

Non seulement, elle était distrayante, mais c'était en plus mon unique amie dans cette ville.

Un jour, alors que nous étions assises à discuter ainsi, Haavard apparut dans l'allée. Je le vis avant qu'Edith ne bondisse sur ses jambes et ne se jette à son cou.

— Oh, mon chéri, dit-elle avec fierté en pouffant de rire.

Je trouvai comique de voir cette petite femme enlacer cet homme d'au moins un mètre quatre-vingt-dix, à l'allure dégingandée, vêtu d'un short bleu marine et d'un polo piqué, tous deux délavés mais manifestement de bonne qualité. Je remarquai que le polo était d'une grande marque.

Il portait au poignet une jolie montre qui devait certainement coûter une fortune. Il avait les cheveux bruns, avec une mèche qui retombait sur le front, le teint hâlé, comme s'il passait beaucoup de temps au grand air, sur la mer, dans la montagne ou dans la campagne. Des yeux bleus malicieux. Un nez aquilin.

En fait, il me rappelait mon père, sur les vieilles photos d'avant ma naissance, d'avant Agnes, d'avant tout le reste. Mais cet homme dégageait une autorité naturelle que mon père n'avait jamais eue. Il irradiait quelque chose de particulier, une impression de sécurité. C'est ce qu'inspirent souvent les gens qui ont grandi dans un foyer où l'on ne manquait jamais de rien. Ces gens à qui, enfants, on lisait une histoire chaque soir, qu'on emmenait faire du ski tous les dimanches, qui n'ont jamais douté de l'amour de leurs proches, ni du fait que tout irait bien pour eux dans la vie.

— Mamie, dit Haavard en l'embrassant à son tour.

Et je vis qu'il s'efforçait de la serrer délicatement. Edith était comme un oisillon aux ailes fragiles. J'avais tout le temps peur de la casser quand je l'embrassais.

— Alors c'est toi la nouvelle chouchoute de ma grand-mère ? dit-il en me lançant un regard curieux. J'ai beaucoup entendu parler de toi.

— Moi aussi, j'ai beaucoup entendu parler de toi, répondis-je.

Et c'était vrai, même si j'avais plus été attentive à ce qu'Edith m'avait raconté à propos de son fils que de son petit-fils qui avait tant déçu son père.

— Oui, j'imagine, dit-il. Le vilain petit canard de la famille, pas vrai, mamie ?

— C'est exactement ça, ricana Edith, ravie. Va donc te chercher une chaise dans la remise.

— J'ai un rendez-vous, mais je peux quand même m'asseoir quelques instants, dit Haavard.

Et il revint avec une chaise, un verre et une bouteille de vin.

Puis il annula son rendez-vous et Edith s'endormit dans sa chaise longue. Mais Haavard demeura éveillé et moi aussi. Et il parla, encore et encore, tandis que, derrière les grands arbres, le soleil déclinait peu à peu.

Voilà comment tout a commencé, il y a très longtemps.

Je n'avais pas prévu d'avoir de petit ami, et encore moins à cette époque.

Pourtant, tôt ou tard, il faut bien se mettre en couple avec quelqu'un. Haavard avait de l'esprit, il étudiait la médecine et envisageait de partir en mission pour Médecins Sans Frontières, une chose que je n'aurais jamais osé faire. Il avait sur moi un effet apaisant. J'adorais me blottir dans ses bras, la nuit, m'allonger contre lui.

Je m'aperçus aussi qu'il était doué avec les enfants, qui le considéraient un peu comme un copain. En outre, il était beau comme un éphèbe, mais avait suffisamment de poils pour ne pas paraître imberbe, avec sa mèche longue et sa barbe de trois jours.

Il avait l'habitude de me traiter avec une certaine rudesse quand nous faisions l'amour. Je n'avais encore jamais connu cela. Parfois, ma peau en portait encore les traces le lendemain, mon corps était sensible. Et j'aimais ça. Quand je traversais la salle de lecture de la bibliothèque, j'avais l'impression d'avoir un secret. Dans les toilettes, je baissais mon pantalon ou soulevais mon pull-over pour observer mes griffures et mes bleus. C'était comme si j'avais reçu une nouvelle peau, un nouveau corps.

J'avais la sensation que tout le monde pouvait le remarquer, que j'avais changé, que quelque chose s'était passé.

Quand j'arrive à la maison, Haavard est assis dans le canapé, avec son téléphone dans la main, et regarde le journal télévisé du soir.

— Tu as vu ? dit-il en faisant un signe de tête en direction de l'écran, où la directrice de la police, Cathrine Monrad, est en train d'être interviewée.

C'est une femme énergique, visionnaire et intègre, qui ne se laisse pas intimider. Les médias l'adorent. Pas Munch.

— Elle est terriblement sexy en uniforme, pas mal du tout… ajoute-t-il.

Il a ce petit sourire en coin qu'il a toujours quand il fait ce genre de remarque.

— Oh, arrête un peu, dis-je.

Quel commentaire macho.

Mais c'est vrai qu'elle est belle à voir, avec sa cravate et sa chemise à épaulettes jaunes qui épouse ses formes, sa grande taille, ses cheveux blonds et son maquillage sophistiqué.

— Cette mesure nous paraît totalement dépourvue de bon sens, déclare-t-elle en s'adressant directement à l'objectif de la caméra.

Elle commente la proposition visant à combattre les gangs et la violence dans les quartiers est de la ville en ouvrant des centres de détention pour jeunes délinquants. Avec la création d'un orphelinat à Kaboul pour les demandeurs d'asile mineurs sans famille, ce projet est l'un des plus radicaux qui aient été soumis par Anton Munch ces derniers temps.

Certains ont critiqué cette proposition, la comparant notamment au récent scandale provoqué par le président des États-Unis lorsqu'il a séparé systématiquement les immigrants clandestins de leurs enfants, une mesure qui a suscité une vive indignation dans le monde entier.

Le reporter conclut en indiquant que Munch a refusé de faire un quelconque commentaire à propos du scepticisme affiché par la directrice dépendant de son propre ministère.

— C'est bien qu'il y ait des gens pour élever la voix. Cette proposition est tout sauf juste, dit Haavard.

Il a encore cette foi puérile en un monde juste.

— La justice n'existe pas, Haavard, je réponds. Il serait temps que tu t'en aperçoives. Je doute que Monrad jouisse d'une grande popularité au ministère à partir de maintenant. Voilà comment l'État traite le problème de la maltraitance infantile.

II

Roger

Il me paraît surréaliste que je doive m'expliquer pour la deuxième fois sur un meurtre perpétré sur mon lieu de travail.

— Nous savons que Mukhtar Ahmad a quitté le service de pédiatrie à 21 h 35, d'après vos propres déclarations, pour se rendre à la salle de prière. C'est à cinq minutes à pied, si on ne perd pas de temps en chemin, dit la policière.

Le ton de sa voix est froid et professionnel.

La première fois, ils ont commencé par me dire mes droits. Ensuite, ils m'ont demandé de leur faire le compte rendu de ma soirée et m'ont écouté sans m'interrompre.

À présent, ils semblent être entrés dans une nouvelle phase, où ils cherchent à vérifier la véracité de mes déclarations.

— Lors de notre précédente rencontre, vous nous avez déclaré être resté dans le service jusqu'à la fin de votre garde, à 22 h 30. Mais le système de pointage de l'hôpital montre que vous avez utilisé votre carte pour entrer dans le service à 22 h 23. Ce qui suggère que vous êtes sorti entre 22 heures et 22 h 30 ?

— Je suis sorti, en effet, mais juste un instant. – Ma voix chevrote, mes mains tremblent. – Je ne pensais pas que vous iriez jusqu'à consulter l'historique de ma carte d'accès.

— À quelle heure êtes-vous sorti ?

— Il était environ 22 h 05, il me semble, dis-je en essayant de me souvenir. J'ai regardé l'horloge et je me suis rendu compte que ma garde se terminait dans moins d'une demi-heure. Ça m'a semblé moins grave que je m'absente, dans un sens. Il fallait à tout prix que je retrouve ce type. Son fils était en état de mort cérébrale, par sa faute. Alors, je voulais faire quelque chose de concret. Parler avec lui, le convaincre de retourner dans le service, d'assumer ses actes. Et puis il allait aussi falloir qu'on aborde le sujet du don d'organes, tôt ou tard. Je voulais le préparer à cette discussion pour augmenter les chances qu'il accepte. Si un autre enfant pouvait recevoir les organes de son fils, il serait au moins ressorti quelque chose de positif de ce drame horrible.

Elle prend des notes en silence, sans faire de commentaires.

— Je ne suis pas sorti pour le tuer, je poursuis, soudain pris de panique. Je n'ai même jamais tenu d'arme de toute ma vie, je vous le jure. Et quand je l'ai vu entrer dans la salle de prière, j'ai fait demi-tour et je suis retourné au travail. Je me suis dit que je parlerais avec lui plus tard. C'est vrai que je déteste l'islam, mais je n'avais pas envie d'aller déranger cet homme pendant qu'il priait.

— Et quelle heure était-il quand Ahmad est entré dans la salle de prière ?

— Je ne sais pas. Environ 22 h 10 ?

— Pourtant, vous n'avez réutilisé votre carte d'accès qu'à 22 h 23 ? Si vos déclarations sont justes, cela signifie que vous avez mis treize minutes pour revenir de la salle de prière à votre service, un trajet qui ne prend normalement que quelques minutes, en marchant normalement. À moins que, au lieu de rebrousser chemin, vous n'ayez suivi Ahmad dans la salle de prière ? Est-ce possible ?

Cette fois, j'ai vraiment intérêt à garder mon calme.

Mais ça commence à me démanger.

— Mais non, bon sang ! je m'exclame. Vous me suspectez, c'est ça ? Dans ce cas, vous feriez mieux de me le dire franchement. J'ai déjà répondu à ces questions. Pourquoi est-ce que vous vous acharnez comme ça sur moi ?

— Vous n'êtes qu'un témoin parmi d'autres. Nous interrogeons tout le monde de la même manière, répond-elle, d'une voix toujours aussi calme.

— C'est quand même moi que vous soupçonnez, pas vrai ? Je me suis déjà expliqué dans les moindres détails sur cette soirée, je n'ai rien à ajouter.

— OK, changeons un peu de sujet, dit le vieux policier. Roger, pouvez-vous nous dire ce que vous pensez de l'immigration en provenance des pays à majorité musulmane ?

— Euh, eh bien…, dis-je. Je n'y suis pas tellement favorable, comme la plupart des Norvégiens. Mais depuis quand est-ce un crime ?

Il me scrute, tout aussi calmement que sa collègue.

— Avez-vous posté des commentaires sur les sites *rights.no* et *document.no* sous le pseudonyme "miketyson66" ?

— Oui, mais ça n'a absolument rien à voir là-dedans.

Il baisse le regard sur ses documents et se met à lire à haute voix.

— Bien. Voyons un peu ce qu'a écrit "miketyson66" le 14 novembre 2015, juste après les attentats terroristes qui ont frappé Paris : "L'élite politiquement correcte et les grands médias nationaux nous ont caché la vérité. Les musulmans et les Européens de souche ne pourront jamais cohabiter. Si l'on ne fait rien, si ces musulmans criminels et ces prêcheurs de haine ne sont pas renvoyés dans leurs pays, il viendra un jour où nous, les vrais Européens, devrons prendre les choses en main."

Je secoue la tête fébrilement.

— Qu'est-ce que c'est que ces conneries ?

— Ce qui est très intéressant, c'est que vous écrivez aussi sous un autre pseudo, poursuit le policier. "grorudgay66". Et sur gaydar.no, ce "grorudgay66" a posté le message suivant à l'attention de "babylonqueer" : "Tu viens d'Irak ? J'adore me soumettre à des petits Arabes…" Qu'est-ce que ça signifie au juste ?

— Cette fois, vous avez franchi les bornes ! je proteste en me levant.

— Veuillez vous rasseoir, dit Elin.

Alors, je me rassois, mais ma voix tremble comme jamais.

— Vous ne voyez donc pas ce qui se passe autour de nous ? Les enfants norvégiens de souche se font voler leurs paniers-repas à l'école. Les élèves musulmans n'ont aucun respect pour les adultes norvégiens. Ils ne respectent même pas la police. À Oslo, les gens n'osent pas se promener dans la rue main dans la main. Des personnes qui ont dessiné des caricatures innocentes sont menacées de mort. Et c'est *moi* qu'on importune ? C'est ridicule. *Je* n'ai tué personne ! Mais bon sang, je suis un infirmier ! Je sauve des vies !

12

Haavard

Nous sommes convoqués à une réunion générale avec seulement quelques heures de préavis. Tous ceux qui sont présents étaient de garde la nuit du meurtre, à l'exception d'Askildsen, qui est arrivé plus tard.

— Je vous ai tous fait venir parce que j'ai pensé qu'il serait peut-être utile que nous procédions à un petit bilan, annonce un Askildsen quelque peu mal à l'aise. Laissez-moi d'abord vous informer de ce qu'il se passe du côté de la police, du moins de ce que j'ai compris. Juste après le meurtre, ils ont mis en place un centre de commandement provisoire sur site, par lequel vous êtes tous passés, et qui a depuis été transféré à l'hôtel de police. Leur équipe est composée d'experts de la police scientifique et d'enquêteurs de la Crim. Ils s'emploient à vérifier tout ce qui concerne la victime et à entendre chaque témoin. L'objectif est de répertorier les déplacements de tous ceux qui étaient présents dans l'enceinte de l'hôpital ce soir-là, de déterminer où se trouvait précisément chaque personne impliquée au moment où le crime a été commis. Apparemment, ils envisagent même de procéder à une reconstitution des événements de la soirée. Dans ce cas, il vous sera sans doute demandé de coopérer.

Tout le monde acquiesce, mais sans rien dire. J'observe les arbres qui se dressent devant les fenêtres panoramiques du bâtiment administratif.

Quand j'étais enfant, je croyais que l'hôpital d'Ullevål était un château.

Ma mère et mon père se moquaient de moi, mais j'étais toujours content d'apercevoir ce château en brique brun rougeâtre quand nous passions devant en voiture.

Rapidement, je découvris que la tour, les jolis arbres, les plantes, les bancs, tout avait été placé là de manière à former des barrières anti-contagion. À l'époque où l'hôpital a ouvert ses portes, en 1887, une épidémie de diphtérie et de scarlatine sévissait en ville et, au bout de seulement quatre jours, l'établissement était déjà plein de patients, probablement quatre-vingt-douze lits par médecin.

Mes connaissances en architecture m'ont été transmises par ma grand-mère paternelle, Edith, qui avait toujours rêvé d'être architecte, et qui m'avait donné l'envie de construire d'élégants bâtiments, comme Nordan et Schirmer l'avaient fait à Ullevål.

Pendant toute mon enfance, mon père a toujours cru et espéré que je marcherais dans ses pas, que, comme lui, je me hisserais jusqu'aux sommets de l'institution judiciaire. Mais après avoir été opéré pour une perforation intestinale et frôlé la mort, j'ai décidé de me détourner de l'architecture et du droit pour me consacrer à la médecine. J'avais envie de me rendre utile.

Depuis lors, mon père n'a eu de cesse de me faire ressentir que je l'avais trahi en choisissant une autre voie que la sienne, même si, bien entendu, il ne me l'a jamais dit clairement.

— Des questions ? dit Askildsen une fois qu'il a terminé son compte rendu.

— Et si ça se reproduisait ? Et qu'est-ce qui va se passer à partir de maintenant ? On ne va avoir droit à aucune protection policière ? Un meurtre a tout de même été commis sur notre lieu de travail, poursuit Roger, qui paraît particulièrement excité et stressé, aujourd'hui.

— Je ne sais pas, dit Askildsen. Mais je vais me renseigner.

— Ceci ne fait que démontrer à quel point les choses vont mal dans cette ville.

Je prends sur moi pour ne pas lui crier de la fermer. Roger est la seule personne que je connaisse qui lit les articles de *Resett og Human Rights Service*. Il nous bassine en permanence à propos de ces gamins, à Groruddalen, qui se font malmener par leurs petits camarades musulmans s'ils ont du salami dans leurs paniers-repas.

— Arrête un peu, dit Sabiya en lançant un regard agacé à Roger. Tu as toi-même souhaité la mort de ce type, comme nous tous.

Tout le monde garde le silence.

— Est-ce que tu sais s'il y aura une enquête sur les sévices subis par Faisal Ahmad ? poursuit Sabiya, comme pour nous faire oublier son commentaire précédent.

Il faut vraiment qu'elle soit en colère. En temps normal, jamais elle n'aurait parlé à Roger sur ce ton.

— Il semblerait, répond Askildsen.

— Et qu'est-ce qui va arriver à la mère du garçon ? Ils vont l'arrêter pour complicité ? je demande, surtout histoire de dire quelque chose.

— J'ai l'impression qu'ils enquêtent sur elle, en effet, ils m'ont posé un certain nombre de questions à son sujet. En tout cas, la famille va être suivie.

— Mais comment pouvons-nous nous sentir en sécurité sur notre lieu de travail après ça ? dit Bente, comme pour faire écho à Roger. Ça pourrait se reproduire n'importe quand.

— Eh bien, dit Askildsen. Je ne crois pas que vous ayez de raisons particulières de vous inquiéter.

— Tu ne *crois* pas, non. – Bente secoue la tête. – Je suis drôlement rassurée…

— Comme je l'ai déjà dit, il semble qu'il s'agisse d'un cas isolé, probablement en lien avec le milieu que fréquentait la victime. Toutefois, il est important que vous essayiez de vous rappeler si vous avez vu ou entendu quelque chose qui pourrait faire avancer l'enquête. N'importe quoi. Mieux vaut fournir trop d'informations que pas assez. Ce sera aux policiers de faire le tri. Et n'oubliez pas qu'il est dans notre intérêt que cette affaire soit résolue.

Une fois la réunion terminée, je sors faire un tour dans l'enceinte de l'hôpital.

Après avoir usé mes semelles sur le sol en linoléum de l'hôpital d'Ullevål pendant dix ans, j'en suis depuis longtemps arrivé à la conclusion que ce que je voyais quand j'avais cinq ans, depuis Kirkeveien, ne correspond pas à la réalité.

Ullevål n'est pas un château.

Vus de l'intérieur, ces bâtiments vénérables sont vétustes et affreux.

Les bâtiments récents sont en bon état à l'intérieur, mais immondes à l'extérieur, comme si quelqu'un avait rassemblé à la hâte les matériaux les moins onéreux à sa disposition et qu'il les avait empilés. On dirait un peu un aéroport en construction. Des bâtiments partout, des petits, des grands, des vieux, des neufs.

Et énormément de monde.

Je crois qu'il y a près de dix mille employés, le plus gros hôpital de toute l'Europe du Nord, une vraie petite société. Et un milieu extrêmement dur, où règne la compétition, pour le prestige, pour les meilleurs postes, ou pour des choses aussi banales que des titularisations.

Au moins un tiers des médecins sont des imbéciles extrêmement ambitieux, un autre tiers est en arrêt maladie à cause du premier tiers, et puis il y a nous autres, qui naviguons entre ces deux catégories, mâchoires serrées, travaillant dur, dénigrant les autres de temps en temps.

Sur le chemin du bureau, je consulte internet sur mon téléphone. Sur le site de *VG Nett*, sous le titre "Assassinat d'un voyou", je découvre une photo de la victime.

Mukhtar Ahmad. Il a grandi dans le quartier de Grünerløkka. C'était apparemment une figure connue du banditisme à Oslo au début des années 2000. D'après certaines sources, beaucoup de gens auraient pu avoir un mobile pour le tuer. Les balles et le calibre utilisés indiquent que l'arme du crime, qui n'a toujours pas été retrouvée, est d'un type très répandu dans le milieu qu'il fréquentait. Il est fort probable qu'elle ait été équipée d'un silencieux.

Le journal rapporte également que la police est en train de vérifier tous les registres et de contacter toutes les armureries pour tenter d'établir un lien avec un membre du milieu.

L'article ne mentionne pas les balles expansives. Les médias ne détiennent sans doute pas encore cette information.

Une sorte de film se met à défiler sur ma rétine.

À un moment, il s'arrête. L'image se fige.

Ce n'est pas aux urgences que Mukhtar Ahmad a conduit son fils. Mais directement chez nous.

Il savait où aller. Il était déjà venu au service pédiatrique.

Je suis censé travailler à mon article sur la leucémie chez l'enfant. Je l'écris conjointement avec deux autres médecins, mais c'est mon nom qui apparaîtra en premier quand il sera publié. La semaine dernière, les autres m'ont transmis leurs remarques sur mon premier jet et, à présent, ils attendent que je leur envoie une nouvelle version, revue et corrigée. C'est assez urgent.

Mais une fois dans le bureau, je suis incapable d'ouvrir le document.

Au lieu de cela, je sors l'historique du petit garçon et le lis attentivement. Puis je lance une recherche sur son nom de famille dans notre base de données.

Bingo. Quatre résultats apparaissent. Je clique sur le premier. Sur le deuxième.

Dans le troisième résultat, je découvre un détail qui me pousse à me pencher en avant et à loucher. Puis j'ouvre à nouveau l'historique du garçonnet pour comparer.

Bon sang !

Faisal Ahmad (né en 2014). 09/04/2017 : présente un hématome sous-dural dans l'hémisphère gauche. Fracture comminutive du côté gauche de l'os occipital. Présence également de multiples fractures sans déplacement des côtes postérieures 2 à 5, côté droit. On distingue des hématomes plus ou moins anciens sur la poitrine et dans le dos.

Ce ne sont pas seulement les autres membres de sa famille qui ont été soignés ici.

Le petit aussi était déjà venu. Il y a seulement treize mois.

Je lis les dossiers de cet enfant et de sa sœur. Je fais de même avec les autres familles récidivistes.

Il y a le cas d'un petit garçon qui est arrivé avec le corps couvert de griffures, de piqûres et d'écorchures parce que son père l'avait obligé à traverser une haie épineuse à vélo.

Il y a aussi des enfants avec de profondes entailles sanguinolentes le long de la colonne vertébrale après qu'on leur a raclé le dos pour chasser des puissances malfaisantes.

Des enfants avec des blessures derrière les oreilles parce qu'on les a contraints à pratiquer des fellations, ou avec des plaies dans la bouche parce qu'on les a fait manger de force.

Des enfants au dos lacéré parce qu'on les a fouettés avec une ceinture.

Des enfants avec de graves blessures aux fesses parce qu'on les a assis dans de l'eau bouillante.

Je lis tous ces dossiers jusqu'à en avoir la nausée.

Je comprends de mieux en mieux pourquoi Clara était aussi farouchement convaincue du bien-fondé de son projet de loi. Jusqu'à présent, je me suis toujours montré sceptique, estimant que ses intentions étaient louables, mais que sa proposition constituait une atteinte à la vie privée. Mon père m'a toujours appris à défendre la vie privée et la liberté individuelle, qu'il considère comme des droits fondamentaux.

Les cas comme ceux que je suis en train de lire sont signalés à la police et aux services de protection de l'enfance, qui sont censés intervenir rapidement. Pourtant, tout le monde sait qu'il y a des récidivistes, qu'il doit y avoir une faille dans le système, sinon de nombreuses failles. Nous l'acceptons, parce que nous croyons que nous ne pouvons pas faire autrement. Mais peut-être avons-nous le choix, peut-être que je dois essayer. Pour Faisal Ahmad.

Au moment où j'éteins l'ordinateur, je comprends ce que je dois faire. Je vais devenir un lanceur d'alerte.

13

Clara

Je me tiens sur la terrasse, au premier étage, et contemple la vue.

Au loin, je vois le fjord d'Oslo, brumeux et bleu grisâtre, qui se fond presque avec le ciel immense.

Le long du fjord s'étend la ville. D'ici, elle ressemble à une bande gris sombre constellée de points lumineux.

La vue m'a époustouflée, la première fois que je suis venue. À l'époque, c'était encore la maison des parents d'Haavard. À présent, cela fait presque dix ans que j'habite ici. Le fait que nous puissions voir la mer est une chose fantastique, une sorte de pont jusqu'à notre ferme, qui elle-même offre une vue panoramique sur le fjord.

J'ai mis bien des années à comprendre que, pour des gens comme la famille d'Haavard, un jardin désordonné était une marque de noblesse. Il n'y a rien de plus vulgaire qu'un jardin taillé au cordeau, façon Hollywood. Un tel point de vue devrait nous convenir, étant donné qu'aucun de nous n'a le temps d'entretenir le jardin.

Les plantes vivaces s'épanouissent. Les lilas viennent de donner leurs premières fleurs. Cette année, ils battent tous les records de précocité.

Quant aux pivoines, elles ont fleuri en juin.

Ces deux variétés survivent depuis cinq ou six générations. C'est aussi le cas des vieux pommiers tortueux.

Si nous devions vendre, l'annonce dirait : "Zone pavillonnaire cossue et charmante, dans le quartier de Vinderen. Situation à la fois centrale et calme, dans la rue Haakon le Bon."

Les terrains sont entourés de grandes haies et les maisons ont été construites de manière à ce qu'il n'y ait pas de vis-à-vis. Les gens doivent pouvoir aller et venir sans être vus de leurs voisins.

Je fais volte-face et rentre à l'intérieur. Notre chambre est ma pièce favorite, haute sous plafond, ornée des plus belles décorations en stuc de toute la maison. De vieilles fenêtres. Ouvrant sur la terrasse. Un sol peint en blanc. Des rideaux éthérés, également blancs, un fauteuil en osier, une commode en chêne, une surface au sol impressionnante.

Aérée, propre, ordonnée, exactement comme j'aime.

Dans ma garde-robe, je dispose de dix chemisiers en soie. Tous dans des couleurs différentes. Quatre ou cinq pantalons noirs, gris foncé et bleu marine. Deux ou trois jupes.

Deux fois par an, je me rends dans des boutiques où je sais que je trouverai des choses à mon goût. En général chez Hugo Boss, Donna Karan ou dans les boutiques au bout d'Hegdehaugsveien. Massimo Dutti. Filippa K. Élégance discrète et qualité. Toujours du classique, de l'uni, de préférence en lin, en soie ou en coton. Le moins tape-à-l'œil possible.

Plus c'est simple, mieux c'est. Ainsi, je ne gaspille pas mon temps ou mes forces à faire les boutiques.

J'enfile un ensemble Filippa K constitué d'un pantalon et d'une veste en lin bleu marine par-dessus un haut en soie blanc.

Je me sèche les cheveux, me maquille, mets le parfum délicat de ma belle-mère, acheté dans une parfumerie de Grasse.

À mon premier entretien d'embauche, au ministère, il y a quinze ans, je portais un ensemble coûteux et strict, que j'avais acheté dans le centre commercial Paleet avec ce qu'il me restait de ma bourse d'étude. Moi qui avais l'habitude de porter des jeans et des sweat-shirts pour aller à la bibliothèque, j'eus l'impression de m'être déguisée.

Cependant, cela ne m'empêcha pas, une fois engagée, de remettre le même ensemble pour ma première journée de travail.

Les autres jeunes fonctionnaires s'habillaient un peu comme je le faisais quand j'étais étudiante. Jeans, sweat-shirts, peut-être un chemisier ou une chemise, en cas de besoin une veste de costume. Mais toujours *casual*, *casual*, *casual*.

Le deuxième jour, je m'apprêtais à les imiter, mais j'ai changé d'avis au dernier moment. Finalement, j'ai opté pour une jupe noire et un pull à col roulé bleu marine avec ma nouvelle veste de costume.

Notre tenue en dit beaucoup sur notre personnalité.

C'est une manière comme une autre d'inspirer respect et autorité au travail. À la maison, en revanche, je porte simplement des jeans, des tee-shirts et des vestes à capuche.

Il est 8 heures lorsque je traverse le hall de la réception, où une équipe de TV2 est en train d'installer ses caméras. Arrivée devant le sas, je passe ma carte, entre, attends que la deuxième porte s'ouvre et me dirige vers l'ascenseur.

Les portes s'ouvrent sur Munch, accompagné de son conseiller politique. Le ministre m'adresse un regard, sourit. Je le salue d'un hochement de tête. C'est sûrement pour lui que TV2 est là.

La couverture médiatique a totalement évolué depuis mes débuts ici.

La presse est de plus en plus présente, aucune erreur ne lui échappe. Tout va beaucoup plus vite. Il est même parfois possible d'improviser une conférence de presse rien qu'en rassemblant les journalistes qui traînent dans les couloirs.

Je prends place dans l'ascenseur dont Munch vient de sortir. Au neuvième étage, je tire à nouveau ma carte de ma poche, entre dans mon bureau, sors mon ordinateur de son étui et le pose sur la station d'accueil. Pendant que la machine démarre, je sors dans le couloir me chercher un café, puis retourne m'asseoir devant mon ordinateur pour consulter les journaux en ligne.

Quand, tout à coup, il apparaît dans l'embrasure de la porte. Le ministre en personne.

— Reste assise, dit-il, alors que je commence à me lever. Tu as quelques minutes à m'accorder ?

— Oui, dis-je en lui indiquant la chaise réservée aux visiteurs.

Je l'observe, intriguée. Munch est un homme d'initiative. Pour lui, chaque problème doit être résolu. Il est omniprésent, ce qui lui a plutôt réussi auprès de la presse. Pour l'instant. Mais il n'a pas le sens des priorités. Et il laisse la pression médiatique lui dicter son agenda pour entretenir sa popularité. Mais un jour ou l'autre, il perdra son éclat. Et alors, il tombera dans l'oubli. Depuis qu'il a enterré mon projet de loi, j'espère que cela se produira bientôt.

— Bien, Clara, nous n'avons pas encore eu l'occasion de vraiment parler de ton projet de loi. Comme tu l'as compris, je croyais sincèrement pouvoir la faire passer, dit-il en joignant les mains.

Il fait craquer ses doigts, provoquant un son que je ne supporte pas. Il porte une alliance de mariage. Un anneau fin. Je n'ai jamais vu sa femme, sinon sur les photos des dîners donnés au palais royal et que, certainement, il déteste.

— Et ceci, même si je savais que ta proposition n'était guère populaire dans les couloirs du ministère. Plusieurs de tes supérieurs sont venus protester dans mon bureau. Mais tu ne t'es pas laissé impressionner. Ce qui est remarquable, je dois le reconnaître.

Et soudain, je comprends.

Il est venu me voir pour m'expliquer que je dois plier bagage. Que je vais être transférée dans un département obscur, où il ne se passe jamais rien. Ainsi, ils seront débarrassés de moi.

— Ces derniers jours n'ont pas dû être très agréables pour toi, je me trompe ? dit-il en me lançant un regard timide. Ça veut probablement dire que tu n'es pas à ta place, Clara. Tu gâches ton talent en restant ici.

— Ah bon ? je réponds, en faisant tourner ma chaise.

Je voudrais pouvoir lui demander de partir, je n'ai aucune envie de rester là à l'écouter m'expliquer, en termes enjôleurs, que je vais perdre mon emploi.

— Il est temps que tu passes à autre chose. Enfin, je suppose que tu comprends ce que je veux dire ?

— Je crois, oui, dis-je en donnant des coups dans le vieux sous-main de mon bureau avec la pointe de mon stylo. Je devrais peut-être rejoindre le département administratif, où je pourrai remplir des tâches de planification dans un bureau poussiéreux.

— Et toi, qu'est-ce que t'en penses ?

— Comme si ça avait une quelconque importance dis-je en regardant par la fenêtre.

Je vois les étages supérieurs de la tour.

— Hé, je crois que tu surestimes mon pouvoir. Je ne peux pas t'obliger, bien sûr.

— M'obliger à faire quoi ?

Cette fois, je veux vraiment que cet homme sorte de mon bureau, tout ministre qu'il est.

Il est assis là, le pied droit posé nonchalamment sur son genou gauche, agitant sa chaussure en cuir marron. Il paraît que Munch était un footballeur prometteur, dans sa jeunesse.

— Woll va démissionner, annonce-t-il.

Je devine au ton de sa voix qu'il savoure ma surprise.

— Ah, je lâche, ne l'ayant pas vu venir. Et où est-ce qu'il va ?

— Au ministère des Finances.

— Très bien.

C'est généralement au ministère des Finances que finissent les meilleurs, quand ils ne sont pas recrutés par des chasseurs de têtes en quête de nouveaux PDG pour des sociétés du secteur agroalimentaire. Là-bas, en l'espace d'une nuit, ils se transforment en soldats du ministre des Finances dans sa lutte pour garder les liens du porte-monnaie bien serrés. C'est toujours aussi fascinant quand cela se produit.

— Eh oui, reprend Munch dans un soupir, c'est évidemment dommage. Mais quand j'ai appris la nouvelle, j'ai pensé "Pourquoi ne pas faire quelque chose de différent…" si tu vois ce que je veux dire ?

— Non, pas vraiment.

— Eh bien… Je me demandais si tu accepterais de devenir mon nouveau secrétaire d'État ?

— Moi ? Tu me fais marcher ?

— Non, répond-il en riant. Tu es douée, Clara. Et puis tu es une femme… Enfin, non, ce n'est pas pour cette raison, s'empresse-t-il d'ajouter en voyant mon expression. Disons plutôt que c'est une de tes nombreuses qualités. Ce n'est qu'un facteur × parmi d'autres. Je suis bon pour détecter ces choses-là. Tu as toutes les compétences et toute l'expérience qu'un bon bureaucrate doit posséder. Mais d'un autre côté, tu es animée par cette volonté de faire bouger les choses, tu es déterminée, différente. Tu sais ce que tu veux, contrairement à beaucoup d'autres. Alors, qu'en dis-tu ? Est-ce que ça pourrait t'intéresser ?

Il est persuadé que je vais accepter, je le vois, bien que sa question soit peu conventionnelle.

Une bureaucrate comme secrétaire d'État. C'est déjà arrivé. Mais pas souvent.

— Tu veux peut-être d'abord en discuter avec ta famille ? C'est normal. Mais j'espère que tu vas y réfléchir sérieusement.

— Je vais y réfléchir, oui…

— Super ! Pas trop longtemps, alors. Je ne vais pas pouvoir retenir Woll indéfiniment.

— … mais je ne crois pas que ce soit possible.

Tout à coup, son sourire pâlit.

Moi, secrétaire d'État ? De Munch ? Ce jour-là, il neigera en enfer.

14

Haavard

Je suis en train de faire ce que je n'aurais jamais cru faire un jour.

Maintenant, cela me paraît tellement naturel. Et juste.

Je suis le chemin qui passe derrière la ligne de métro, dans le quartier de Frognerseteren et qui fait partie de notre parcours Strava. C'est à l'intersection située au pied de la colline que nous nous retrouvons. Je m'assois sur un rocher au bord du sentier et sors mon téléphone.

Encore trois minutes avant l'arrivée de sa rame de métro.

Trois autres minutes pour arriver jusqu'ici.

Donc six minutes avant qu'elle me rejoigne. Puis, pendant une minute, nous emprunterons un autre petit sentier que je suis le seul à connaître.

Strava est une application géniale, un moyen de communication incroyablement discret.

Si, contre toute attente, Clara tombait sur DOCTORH, elle ne trouverait jamais MRSSPLENDID. Car, évidemment, nous ne nous suivons pas. En revanche, nous nous adressons des *kudos*, des pouces levés, en guise de félicitations, et des commentaires. Il s'agit d'un langage codé parfaitement innocent en apparence.

Mais ce qu'il y a de plus génial, c'est que Clara ne connaît ni l'identité de MRSSPLENDID ni celle de DOCTORH. Ils ne s'appellent jamais, tous les deux. Ils n'utilisent pas de SMS, ni de faux pseudo masculin, rien qui risque d'être découvert. Nous ne sommes même pas amis sur Facebook, même si nous avons envisagé de le devenir. C'est peut-être plus louche de ne pas l'être.

Toutes ces règles sont avant tout destinées à la protéger, elle, mais elles m'arrangent également.

Je lance un regard impatient en direction de la voie du métro. J'ai hâte de la voir, de la serrer contre moi. Et de lui parler enfin de tout ce qui s'est passé. Les meilleurs moments, ce sont ceux que nous passons à discuter, allongés l'un contre l'autre.

Cela va bientôt faire un an que tout a commencé. Doucement, prudemment, au contraire de ce que j'avais connu les années précédentes. Ces coups rapides après une nuit en ville. Parce que je le méritais. Parce que j'avais tenu bon, pendant toutes ces années, avec une épouse de plus en plus frigide.

Le problème avec les coups rapides, c'est qu'ils ne sont pas particulièrement excitants. Il n'y a que dans les films que les gens ont des relations sexuelles fantastiques avec des inconnues surexcitées contre le mur des toilettes. Dans la réalité, c'est bien plus compliqué. Finalement, je ne voyais la plupart de ces femmes qu'une seule fois.

Quand j'ai rencontré Clara, elle adorait le sexe. Elle était sans expérience, mais curieuse et avide d'apprendre. Cela paraît si loin, maintenant. Si cela avait été une autre, j'aurais cru qu'elle s'était trouvé un amant ou qu'elle était devenue un peu lesbienne. Mais je pense qu'elle n'est tout simplement pas intéressée, ni par moi ni par quiconque, que ce soit sexuellement ou pour autre chose.

Celle que j'attends en ce moment, je la connaissais déjà avant de rencontrer Clara.

Nous avions l'habitude de nous asseoir ensemble, dans l'amphi, au premier rang, de travailler et de passer nos pauses ensemble. Je n'ai jamais tenté ma chance, à l'époque, non pas que je fusse timide avec les filles, bien au contraire. J'étais un séducteur invétéré. Mais comme la plupart des garçons d'Oslo de mon âge, j'éprouvais un certain respect pour les filles pakistanaises. Elles étaient un peu comme le fruit défendu.

Les Marocaines, d'accord, les Turques et les Indiennes aussi.

Les Pakistanaises, jamais.

Lors du dernier semestre, elle s'est mariée avec un Pakistanais de Karachi que ses parents avaient trouvé, et qu'ils lui avaient décrit comme un homme moderne de la capitale. Naturellement, elle avait été horrifiée.

Dix ans après avoir quitté les bancs de l'université, nous nous sommes retrouvés dans le service de pédiatrie de l'hôpital d'Ullevål. Nous étions tellement heureux de nous revoir que nous nous sommes embrassés. Au moins, elle avait été autorisée à travailler.

À présent, cela fait deux ans que nous arpentons les mêmes couloirs.

Au début, c'était juste une collègue jolie et amusante. Intelligente. Dynamique. Avec de la répartie. Je l'aimais bien, mais cela n'allait pas plus loin. Jusqu'au jour où, après avoir été de garde ensemble, nous nous sommes mis à rire tous les deux à propos d'une remarque qu'elle avait faite. Et tandis que nous étions là, l'un en face de l'autre, riant aux éclats et épuisés, elle s'est dressée sur la pointe des pieds et m'a embrassé, comme ça, sans raison.

— Waouh ! m'exclamai-je.

Waouh. Quel idiot. Comme si j'avais été un de mes fils et non le fils de mon père.

Mais elle s'est contentée de rire. Et ce rire illumine ma vie depuis un an.

Contrairement à Clara, elle est chaleureuse, affectueuse et attentionnée. Après tout, je mérite quand même d'être avec quelqu'un qui me comprenne, qui s'intéresse à moi. Mais depuis quelque temps, je me demande si je ne suis pas en train de tomber amoureux. Ce qui n'était pas prévu.

Toutes les femmes avec qui j'avais été au cours des dernières années avaient un point commun : elles attendaient de moi plus que je n'étais disposé à leur donner. Pas de sentiments, rien que du sexe, telle était ma devise. Cette fois, c'est différent.

La voilà qui arrive enfin sur le sentier.

Un petit point, qui grossit de plus en plus.

C'est toujours aussi étrange, ce moment de transition où, de collègues, nous devenons amants. Mais il ne dure qu'une minute ou deux. C'est mieux ainsi, car nous avons peu de temps devant nous. Il nous faut ensuite redescendre jusqu'au lac de Sognsvann, reprendre le métro jusqu'à Ullevål et rentrer chez nous. Mais nous nous accordons tout de même une demi-heure, étendus dans la bruyère, en haut de la colline, là où seul le soleil peut nous trouver.

Le point continue de grossir. Puis elle se tient devant moi, avec ses chaussures Adidas, son pantalon et sa veste en jean. Ce n'est pas le parcours vespéral de MRSSPLENDID, elle est loin de chez elle, un survêtement n'est pas nécessaire. Malgré tout, nous avons l'habitude d'enregistrer notre rendez-vous hebdomadaire comme un entraînement dans Strava. Au cas où l'on nous poserait des questions, nous pourrions ainsi répondre que nous sommes sortis courir sur notre temps de pause. C'était son idée. Elle est tellement intelligente. D'ailleurs, c'est ce que signifie son prénom.

Sabiya. "La brillante."

— Je vais aller passer quelques jours à la maison, m'annonce Clara, un peu plus tard dans la soirée.

— À la maison ? Tu veux dire dans le Vestland ? je demande.

Elle acquiesce en guise de réponse.

Clara dit toujours "à la maison" quand elle parle du Vestland, même si j'ai tenté des tas de fois de lui faire comprendre que cette expression est censée désigner l'endroit où l'on vit et travaille, où l'on a un mari et des enfants.

— Papa ne va pas très bien, apparemment.

Clara et son père ont une relation quasi fusionnelle. J'imagine que c'est ce qui arrive, en général, quand votre mère décède trop tôt. J'aime bien Leif, il n'est pas aussi dur que sa fille. Clara dit toujours que j'aurais dû le connaître plus tôt. Avant le Liban. Mais j'ai toujours pensé que si Leif avait été aussi fort que Clara, il aurait aussi supporté le Liban.

— Ah bon ? Qu'est-ce qu'il a ?

— Je ne sais pas trop, répond-elle en filant sur la terrasse.

— OK. On va se débrouiller puisque c'est demandé si gentiment.

Je n'obtiens pas de réponse. Comme toujours.

En réalité, ce n'est pas un problème que Clara s'absente quelques jours. Nous avons l'habitude. Je peux toujours appeler ma mère en renfort. Et puis j'ai des choses à régler.

Mon bureau est au premier étage, à côté de notre chambre, en face de celles des garçons.

Les bibliothèques en chêne fabriquées sur mesure qui recouvrent deux des murs sont là depuis l'époque où cette pièce était le bureau de mon père. Gamin, je me glissais sous la table et me faisais le plus discret possible pour éviter qu'il ne me chasse.

La bibliothèque abrite mes héros. Hamsun, Bjørneboe, Hemingway, en plus des plaisirs coupables de ma jeunesse comme Forsyth et Follett.

Un bureau massif au centre de la pièce. Une commode, un canapé et un fauteuil, tous des originaux du designer Fredrik Kayser, décédé en 1968. Kayser vivait à Vinderen et avait été chargé de concevoir l'ameublement des maisons avoisinantes. Sa production se distinguait par sa sobriété et son élégance. Dommage qu'il soit mort si tôt. De nos jours, plusieurs sociétés se sont lancées dans la reproduction de ses meubles, bien que, en tant que designer, il ne soit pas aussi connu que Wegner ou Jacobsen, par exemple.

Je m'assois à mon bureau et allume la lampe d'avocat à abat-jour vert, puis mon ordinateur professionnel. Après m'être connecté à la base de données de l'hôpital, j'ouvre un nouveau document.

Je commence par le petit garçon. Faisal Ahmad.

Mourir exécuté d'une balle dans la tête, vite et sans souffrir, c'était une sanction bien douce pour un sale type tel que Mukhtar Ahmad. Il aurait mérité d'être torturé à mort, lentement, tout comme ses semblables d'Oslo et de Norvège.

Je ne peux pas tout résoudre moi-même, évidemment.

Mais je peux, et je dois apporter ma contribution, montrer que le système a failli.

Je veux rassembler des éléments prouvant que les enfants de certaines familles nous reviennent constamment, alors que nous avons émis des signalements.

Ce ne sont pas les récidivistes qui manquent. Dieu seul sait combien ils sont. Ces faits doivent être révélés. Concrètement. Noir sur blanc. Avec le plus de documentation possible.

Un paragraphe sur Faisal Ahmad. Un paragraphe sur sa sœur de six ans que nous avons accueillie l'année dernière.

Aujourd'hui, je me penche sur un nouveau cas. Une dame qui s'appelle Susanne Stenersen. Sa fille aînée a été admise avec un bras fracturé, une épaule démise et d'autres lésions étranges. Son petit frère est aussi venu chez nous pour des blessures à la tête et des brûlures, probablement occasionnées par un bain trop chaud. On suspecte la mère de boire et de laisser ses enfants seuls à la maison.

En tout, ses enfants ont été hospitalisés quatre fois. Pourtant, ils vivent toujours avec elle. C'est à n'y rien comprendre.

Sur la liste, je repère un nom familier.

Melika Omid Carter, une sorte de célébrité de la nuit. Je l'ai connue autrefois à Løkka. Elle s'est présentée deux fois aux urgences. La première fois, c'était il y a douze ans, avec une fillette qui semblait souffrir du syndrome du bébé secoué.

Je regarde fixement la bibliothèque de mon père.

Je devais avoir à peu près l'âge qu'ont mes fils maintenant. Il avait travaillé intensément pendant ce qui m'avait paru des années pour prouver l'innocence d'un homme condamné à tort dans une affaire d'homicide.

Il avait fini par y parvenir, contre toute attente. Et j'étais tellement fier de lui.

Mais ce dont je me souviens le mieux, c'est de la remarque qu'il a faite plus tard.

— Il y a là, dehors, un monde d'une cruauté que tu ne soupçonnes même pas.

Je m'étais senti tellement petit et vulnérable quand il avait dit cela. Il a toujours été grand et important. Je ne l'ai jamais été.

Maintenant, j'ai moi aussi l'occasion de me rendre utile, pour une fois.

Cela ne servirait à rien de montrer ça à Askildsen et à ses supérieurs. Ils sont au courant et ça ne les empêche pas de dormir.

Non, il vaudrait mieux que j'alerte les médias. Ce serait le moyen le plus efficace.

Les gens croient que les journalistes des tabloïds trouvent eux-mêmes tous leurs sujets d'investigations. Je sais que ce n'est pas vrai, notamment par Caro, l'ex-femme d'Axel, le seul couple avec qui nous ayons jamais eu des relations régulières, Clara n'étant pas une personne très sociale. À présent, nous ne voyons plus qu'Axel. Mais Caro, qui est journaliste, m'a appris que, quand *VG* publie un article sur des pédophiles, c'est parce que la police leur a communiqué des informations.

Ces affaires ne sortent pas sans raison. Mais parce que quelqu'un souhaite mettre un coup de projecteur, attirer l'attention sur un problème.

Je vais devoir en parler à Clara. Après tout, elle travaille sur ce thème. Cela pourrait devenir une sorte de projet commun. Nos discussions du soir me manquent. Celle que nous avons eue après le meurtre est demeurée une exception. Et ça n'a pas été non plus un franc succès.

En tout cas, je suis absolument certain que Sabiya saura apprécier mon engagement.

Les raisons qui poussent les gens à faire ce qu'ils font sont rarement fortuites. Nos actes sont motivés non seulement par notre envie de faire le bien, de rendre le monde meilleur, mais aussi par nos intérêts personnels.

15

Clara

Je traverse des ponts. Des tunnels. Encore des tunnels. Plus je me rapproche de mon village natal, plus les portions de route à une voie sont nombreuses. Là, il faut régulièrement attendre que la voiture d'en face ait fini de passer, quand on ne doit pas faire marche arrière.

Mon autoradio diffuse une playlist que j'ai spécialement créée pour quand je conduis. Les tubes s'enchaînent. En ce moment, c'est *99 Luftballons*, de Nena. Plus tôt, il y a eu Kate Bush avec *Cloudbusting*, Tanita Tikaram avec *Twist in My Sobriety*, Blondie avec *Heart of Glass* et *One Way or Another*.

Blondie est un de mes groupes favoris.

Je suis restée attachée à la musique que j'écoutais quand j'étais adolescente. Il faut dire que, depuis, je n'ai pas eu le temps de me tenir informée des nouveautés. Mais il n'y a pas que des femmes dans ma playlist. J'ai aussi du Tom Petty, du Dire Straits, du Bruce Springsteen, ces vieux héros que je partage avec mon père.

Après Nena, place à Roxy Music. *More Than This.*

It was fun for a while. There was no way of knowing…

Je me mets à chanter et appuie sur l'accélérateur.

Maybe I'm learning. Why the sea on the tide. Has no way of turning.

Sur ma gauche, la montagne plonge tout droit dans le fjord. Le fjord, avec ses eaux vertes, dont la vue me donne toujours autant de frissons.

Je passe devant l'endroit où c'est arrivé. Comme d'habitude, je m'abstiens de regarder sur le côté et me concentre sur la route.

Derrière la barrière de sécurité, c'est le vide. Mais de l'autre côté, il y a un fossé plein de fleurs aux couleurs vives. Des géraniums des bois, des pissenlits, des merisiers à grappes. Et de la verdure, de la verdure et encore de la verdure.

En ce moment, la route est encore relativement praticable. C'est en plein été que ça se corse, quand les camping-cars défilent en convois. Il en arrive de partout depuis une dizaine d'années. Même si, dans le même temps, les routes sont toujours aussi étroites.

Alors que je ne suis plus qu'à une dizaine de kilomètres de ma destination, j'arrive au bac.

La rampe qui s'abaisse, les rainures dans le plancher du bac, sous les pneus de ma voiture. Je mets le frein à main.

Je sors profiter de l'air pur. Je m'accoude au bastingage en acier peint en blanc et contemple le fjord. Je sens l'air frais et les embruns sur mon visage. Je vois le bateau fendre les eaux verdâtres, qui s'écrasent contre la coque et tourbillonnent furieusement.

En bruit de fond, j'entends le grondement assourdissant des moteurs. Je sens les émanations de fuel. Je vois les membres d'équipage qui s'affairent dans leurs combinaisons, de jour comme de nuit, été comme hiver.

Je ne descends jamais à la cafétéria. Le café, les saucisses et les odeurs de friture me donnent la nausée dans cette pièce exiguë et oppressante qui bouge constamment. Je n'ai jamais compris la nostalgie de certaines personnes pour les cafétérias et les pancakes de bacs.

Pourtant, quand je suis à Oslo, c'est comme si une partie de moi restait ancrée ici, entre ces montagnes, sur les rives de ce fjord.

Quelque chose s'ouvre, de la même manière que la rampe du bac s'ouvre après vingt minutes de traversée, libérant les véhicules, de la même manière que le fjord s'ouvre et s'élargit, là où la route monte vers notre ferme, posée au fond d'un vallon verdoyant.

Mais pour l'instant, c'est ailleurs que je dois me rendre.

En ville, je bifurque en direction du parking de l'hôpital, que certains menacent toujours de raser, tandis que d'autres manifestent pour le préserver.

Je coupe le moteur et attends quelques instants avant de sortir. Ma voiture, qui était propre quand je suis partie, est à présent couverte d'une fine couche de poussière.

Papa est assis dans un fauteuil de relaxation dans sa chambre, avec la télévision allumée sur ce qui semble être un documentaire américain, mais sans le son. Il a les jambes croisées, étendues sur un repose-pied. Un livre sur les cuisses, un café sur une petite table. Les lunettes sur la pointe du nez. Un tee-shirt et un jean.

Il lève les yeux et me regarde, surpris.

— Clara ? Mais qu'est-ce que tu fais là ?

Est-ce que ce sont des larmes qui font briller ses yeux ? J'ai entendu dire que les AVC pouvaient rendre les gens plus émotifs. En dehors de cela, il n'a pas changé. Il pose la télécommande et son livre de Clive Cussler, empoigne les accoudoirs du fauteuil et tente de se lever.

C'est alors que je le vois. Je vois qu'il lutte pour maintenir son équilibre, tandis qu'il tente prudemment de se redresser sur ses jambes vacillantes.

Je le prends par le coude pour l'aider à se lever, pousse le repose-pied pour lui faire de la place, passe un bras derrière ses épaules et reconnais son parfum que j'aime tant. Son shampooing, sa crème hydratante, son pull en laine et ses chewing-gums à la nicotine qu'il s'inflige depuis qu'il a arrêté de fumer.

— Vas-y, assieds-toi, dis-je en essayant de le diriger vers sa chaise.

Papa. Dans la chambre n° 27. Dans un lit articulé avec un système d'alarme et une table de chevet à roulettes sur laquelle sont posés des raisins, un journal et sa télécommande, des toilettes pour handicapés, une lampe néon et un sol en linoléum.

— On rentre à la maison ce soir, alors ? demande-t-il.

— Attends un peu, je réponds en prenant ses mains dans les miennes.

Elles sont froides et plus petites que dans mes souvenirs. Il a toujours eu de puissantes mains de travailleur, à la peau hâlée, quelle que soit la saison. À présent, elles paraissent tellement faibles. Et elles sont couvertes de taches de vieillesse, comme si c'était un vieillard.

— Je vais d'abord y aller seule, vérifier que tout est en ordre, et je reviendrai te chercher demain, d'accord ?

Il réfléchit un instant, acquiesce, baisse le regard.

— Tu vas rester longtemps ?

— Je ne sais pas encore, je réponds, même s'il est peu probable que je puisse rester plus de trois nuits.

Haavard a un séminaire à Lysebu. Et puis je n'ai pris que quelques jours de congé pour raisons personnelles, ce que je n'avais encore jamais fait jusque-là. Même quand je suis malade, je ne m'absente jamais plus d'un jour.

En réalité, je devrais ramener mon père à la maison maintenant, pour rester le maximum de temps avec lui, mais j'ai besoin de passer une nuit seule. De m'asseoir tranquillement, pour observer le fjord, réfléchir à la folle proposition de Munch et à mon avenir.

— J'ai vu à la télé qu'il y avait eu un meurtre à Ullevål ? dit-il soudain.

Apparemment, il a toujours toute sa lucidité.

— Oui, la victime était le père d'un des patients d'Haavard. Ça l'a beaucoup secoué, naturellement.

À peine ai-je prononcé ces paroles que je les regrette déjà. Il n'est pas rare qu'Haavard fasse entorse au secret médical dans l'intimité de notre couple, mais je me suis toujours efforcée de ne rien répéter.

— Je vais voir si je peux trouver un médecin ou une infirmière. Et puis je reviens, d'accord ?

Il opine du chef.

— Clara, dit-il en tendant une main vers moi. Tu n'aurais pas dû faire ce long voyage pour moi, même si ça me fait plaisir que tu sois là.

Je me penche pour l'embrasser.

— Toi et moi, tu sais comment c'est, n'est-ce pas, papa ?

— Oui, dit-il en souriant, avant qu'une ombre ne glisse sur son visage. – Il retient ma main, comme pour m'empêcher de partir. – Mais Clara, il y a une chose que je voudrais te dire…

— Oui, quoi ?

Je comprends qu'il s'est passé quelque chose qu'il répugne à m'annoncer.

— J'ai reçu un coup de fil de Kleivhøgda, la veille de mon…

Je frissonne.

Qu'est-ce que cela signifie ? Ma mère est-elle morte, finalement ?

— Oui, euh, c'est Agnes…, dit-il avant de prendre une grande inspiration. Elle parle à nouveau. Apparemment, la mémoire lui revient peu à peu.

Une seconde passe, puis deux.

J'ai la nausée. Les mains tremblantes.

Je revis la scène.

La voiture quitte la route, percute la surface de l'eau dans un vacarme assourdissant. Ma tête est projetée violemment en avant, puis en arrière. L'eau afflue dans l'habitacle.

Tout recommence. Encore et encore.

PARTIE 2

16

Leif

1975

Un jour de juin, alors que j'attendais un paquet qui devait arriver de la ville par le bus, je la vis descendre, avec sa jupe longue, ses cheveux longs et ses jambes longues.

Elle s'arrêta et regarda autour d'elle, d'un air étonné, comme si c'était par hasard qu'elle était descendue là. Je l'observai en fumant ma cigarette et me dis que c'était la plus belle créature que j'eusse jamais vue. J'étais persuadé qu'elle ne parlerait jamais à quelqu'un comme moi. Mais elle m'a parlé. Et j'ai eu la confirmation qu'elle s'était trompée d'endroit. Étourdie comme elle était, elle était descendue du bus au mauvais arrêt, là où le fjord est le plus large, le plus profond, le plus encaissé, et où la route monte en serpentant vers le vallon au fond duquel se trouve ma ferme.

Il régnait une chaleur moite, ce jour-là. La montagne et le fjord avaient presque la même couleur bleu sombre, la campagne qui s'étendait entre les deux était verte, tellement verte, et les sommets blancs comme de la craie. Oui, la nature se montrait sous son meilleur jour. Et le prochain bus n'était pas près de passer. Alors, elle m'accompagna jusqu'à ma ferme, et j'oubliai tout ce que j'avais prévu de faire cet après-midi-là. Les bêtes à soigner, les clôtures à réparer, l'herbe à faucher.

Agnes ne reprit pas le bus ce jour-là, ni le lendemain.

Elle s'installa chez moi seulement avec ce qu'elle avait dans son sac. Une paire de jupes, une paire de chemisiers, une paire de sandales et une brosse à cheveux. Mes parents étaient décédés, la ferme et la maison m'appartenaient, et je n'avais besoin de demander la permission à personne pour qu'elle reste. Nous n'en avons même jamais parlé entre nous.

Elle est restée, tout simplement.

Ses jambes se révélèrent être incroyablement bronzées sous sa jupe. Le soir, elle s'endormait sur mon épaule. Souvent, elle restait si longtemps dans cette position que mon bras était tout engourdi, comme mort, le lendemain. Mais je ne lui en ai jamais rien dit. La nuit, j'étais souvent réveillé par ses cheveux blonds qu'elle faisait glisser sur mon visage, tandis qu'elle était assise nue sur le lit.

Dans mes souvenirs, c'est comme s'il y avait tout le temps eu du soleil et des chants d'oiseaux, cet été-là. Tendre, c'était le premier mot qui me venait à l'esprit quand je pensais à elle. Elle était si délicate, si pure, si éthérée. Et je m'aperçus rapidement qu'elle avait malgré tout une personnalité complexe. Et un très fort tempérament. Et ce n'était pas pour me déplaire non plus.

Et un an après qu'elle était descendue du bus, dans le fjord, Agnes devint maman et moi papa, dans l'hôpital de la petite ville située à une demi-heure de chez nous.

C'était une fille. Elle vint au monde par césarienne, si bien que c'est moi qui la tins dans mes bras au cours des premières heures. Elle était tellement minuscule que sa tête disparaissait dans ma main.

Elle s'appellerait Klara, comme ma mère, j'en étais persuadé. Mais pour une raison que j'ignore, Agnes insista pour que ce soit Clara. Je tentai bien de protester, mais en pure perte. Alors nous l'appelâmes Clara, même si je trouvais cela bizarre. Clara avec un C, comme disait toujours Agnes.

Agnes était tellement épuisée après son accouchement par césarienne, c'était comme si elle se désagrégeait de l'intérieur. J'ai du mal à l'exprimer autrement.

— Je peux la prendre, si tu veux te reposer, lui disais-je.

Et elle acceptait. La petite tétait, dormait, tétait, dormait, encore et encore. Les tétons d'Agnes commencèrent par être douloureux, ils se mirent à saigner, à se fissurer, comme les vaches quand elles ont une inflammation aux mamelles, mais en pire.

Quand Clara ne tétait pas le sein de sa mère, j'allais m'asseoir dans le rocking-chair et la couchais sur ma poitrine, tandis que je contemplais le fjord en contrebas, ou je la plaçais dans son landau et sortais avec elle vaquer à mes occupations dans la ferme. Car le travail ne se faisait pas tout seul. Il y avait les bêtes à soigner et à nourrir, le toit à étanchéifier, le blé à faucher et à récolter, les moutons à rassembler et à tondre, des choses à réparer, à entretenir, etc. Et Clara était là.

Je ne dormais presque pas la nuit et pas du tout le jour. J'aurais dû être éreinté, mais je ne l'étais pas. J'avais constamment le sourire, je ne me lassais jamais de la regarder, allongée dans son landau.

Dire qu'elles étaient à moi, Clara et sa maman. Ma tribu, sur laquelle je devais toujours veiller.

Pourtant, quelque chose me tourmentait. Agnes ne semblait pas s'intéresser à la petite. De temps en temps, elle s'agenouillait à côté d'elle et lui parlait un peu, lui faisait des grimaces. Alors, le petit visage s'illuminait. Mais manifestement, c'était trop pour sa maman, qui s'éteignait, se refermait et restait muette et immobile. Clara se mettait à battre des jambes, à remuer, à agiter ses bras et à émettre de petits cris.

La plupart du temps, je finissais par aller la prendre, je lui faisais faire l'avion, je la faisais gargouiller et rire. Et alors, c'étaient de grands moments de joie. Mais parfois, je me demandais comment cela se passait quand je n'étais pas là. Au fil du temps, je voyais de moins en moins souvent Agnes essayer de communiquer avec Clara. La fillette restait assise dans son transat, à s'agiter, pendant que sa maman tournait en rond, perdue dans son monde intérieur, absente.

J'ai pris peu à peu l'habitude d'emmener la petite partout avec moi. Au début, je la portais sur mes épaules. Mais bientôt, elle courait dans la cour, dans les collines, dans l'étable, partout. Chaque fois que je sortais, elle me suivait, avec sa salopette, ses petites baskets et sa casquette verte semblable à celle de la coopérative Felleskjøpet, que je portais moi-même.

Je parlais avec elle bien avant qu'elle fût en capacité de me répondre. Je lui racontais tout ce que je faisais et pourquoi je le faisais. Puis elle a commencé à me questionner. À propos des arbres des collines, de l'eau du ruisseau, des fourmis, des étoiles, des nuages et de tout ce qu'elle voyait.

Les jours s'écoulaient ainsi, comme une éternelle conversation entre nous. Et un jour, j'ai pu lui annoncer qu'elle allait bientôt devenir grande sœur.

Il y avait un bébé dans le ventre de maman, et il allait grandir à l'intérieur jusqu'à ce qu'il sorte et devienne un membre de notre petite famille.

Le bébé est arrivé. Il avait des doigts, des orteils, des lobes d'oreille et de minuscules paupières. Il était plus calme que Clara et passait le plus gros de ses journées à dormir. Comme sa mère. C'était moi qui lui faisais sa toilette, qui l'habillais. Je le prenais aussi avec moi, à l'arrière de la voiture, quand j'emmenais Clara à la maternelle. Nous avions en effet décidé, Agnes et moi, que ce serait une bonne chose pour Clara d'y aller, de rencontrer d'autres enfants, même si nous étions chez nous toute la journée.

Elle revenait à la maison avec des dessins, des sculptures en pâte à sel, des cœurs en perles et une multitude d'histoires à raconter. J'avais craint qu'elle ne devienne étrange comme sa mère, mais j'ai été soulagé de constater à quel point elle était ouverte aux autres et au monde qui l'entourait.

Agnes traînait généralement au lit jusqu'à midi, tournée vers le mur, la couette coincée entre les jambes. Elle daignait seulement se tourner vers moi quand j'entrais dans la pièce avec Lars dans les bras.

Le temps a passé et Lars a bientôt été suffisamment grand pour que je le laisse lui aussi à la maternelle le matin. Quand je repartais, ils me faisaient tous les deux au revoir à travers la porte vitrée.

Clara avec ses cheveux blonds bouclés rassemblés en petites tresses, que je lui faisais chaque matin.

Lars avec ses cheveux raides, qui pointaient dans toutes les directions.

Agnes a commencé à se lever plus tôt. Elle s'est inscrite à des cours par correspondance. Elle souhaitait apprendre un métier, disait-elle. Il arrivait même parfois qu'elle m'aide avec les travaux de la ferme.

La vie était belle.

Certes, mes journées étaient bien remplies, mais chaque soir, quand je m'asseyais enfin dans mon fauteuil en cuir, je pensais à la chance que j'avais que ces petits êtres fassent partie de ma vie.

17

Clara

Je m'assois dans le fauteuil en cuir marron clair tout élimé de papa et regarde par la fenêtre.

Les versants montagneux auxquels s'accrochent les dernières neiges de l'hiver, blanches comme de la craie. Les collines verdoyantes où paissent les moutons et les agneaux. Ces derniers sont en pleine forme, remuants, turbulents, mais toujours si petits. Même d'ici, je les entends bêler et geindre. Ils appellent leurs mères. Et leurs mères leur répondent.

Au pied des collines, des bois de feuillus vert-de-gris forment comme une ceinture.

Et tout en bas, c'est le fjord qui, d'ici, ressemble à une sorte de tapis gris bleuâtre, mais dont je sais que les eaux scintillent et miroitent dans le soleil couchant.

Le fjord, dont on ne peut jamais connaître la profondeur. Dix mètres ? Cent ? Mille ? Le fjord, avec tous ses gros poissons, ses marsouins, ses épaves de voitures et Dieu sait quoi encore.

Le fjord n'a pas de maître. Personne ne peut le dompter ni le vaincre une fois qu'il s'est décidé. De nos jours, on immerge des déchets miniers dans les fjords et le plastique a envahi chaque baie, mais je continue malgré tout à penser que le fjord est tout-puissant. Et dangereux.

Le fjord est à moi. Tout ici est à moi. Je m'y sens en sécurité. Et en même temps en danger.

— Mon Dieu.

C'est la seule chose que je suis parvenue à dire quand mon père m'a parlé de ma mère.

Perdre la mémoire, après un traitement par électrochocs, comme celui auquel elle a été soumise il y a de nombreuses années, est apparemment un effet secondaire très fréquent. J'ai lu beaucoup d'articles sur le sujet et l'évolution de son cas est plutôt surprenante.

Le nombre des thérapies par électrochocs est en constante augmentation. Bien souvent, elles se pratiquent sans le consentement du patient. Je pourrais citer l'exemple de cet homme, en pleine crise de la cinquantaine, qu'on a décidé de traiter par électrochocs, après qu'il avait connu une période de légère dépression. À son réveil, il avait oublié les vingt-cinq dernières années de son existence. Y compris sa femme et ses enfants. Il avait perdu sa vie, son histoire. Évidemment, il en a résulté un profond désespoir.

C'est peut-être ce que ressentait ma mère. Ou peut-être était-elle indifférente ? Je l'ignore. Je ne l'ai jamais vraiment connue.

Je ne l'ai même pas vue depuis trente ans.

— La dame qui a appelé aurait voulu qu'on aille voir Agnes. D'après elle, cela pourrait lui faire du bien, a ajouté papa.

— Mon Dieu…

— En effet, c'est hors de question.

— Oui. Tu es déjà allé la voir ?

— À l'hôpital psychiatrique ? Non. Et toi ?

Son visage était sillonné de rides, comme une vieille montagne érodée.

— Jamais. Mais tu ne crois pas que c'est peut-être leur appel qui a provoqué ton malaise ?

— Non, m'a-t-il dit avec un sourire crispé. Ce serait arrivé de toute façon. Mais Clara… Promets-moi que tu n'y iras pas, quoi qu'il se passe. D'accord ?

Alors, je n'ai pas eu d'autre choix que de lui en faire la promesse.

Maintenant, je suis assise là, à me demander si je ne vais pas quand même passer voir Agnes demain. Le fait que la mémoire lui soit revenue change complètement la donne. Malgré tout, ce serait un pas énorme après toutes ces années où cela m'a paru impensable.

J'enfile un pull en laine, m'empare d'une peau d'agneau et sors sur la terrasse. Bella, la vieille chatte obèse de papa, me suit, bondit et se couche en boule sur mes cuisses. Normalement, elle me déteste. Mais aujourd'hui, elle semble m'accepter.

J'allume un joint dans le crépuscule.

C'est Haavard qui m'y a initiée au cours de notre premier été ensemble. Il était du genre à beaucoup faire la fête.

J'ai rapidement découvert que le cannabis produisait sur moi un délicieux effet anesthésiant. Tous ces sentiments, toute cette noirceur que j'avais en moi étaient mis en sommeil. Je pouvais m'échapper le temps de quelques heures.

Haavard a arrêté d'en consommer depuis longtemps, bien sûr. Le joyeux luron qu'il est n'a pas besoin de cela. Rien ne le tourmente. Il n'a pas ma mère. Il n'a pas non plus Lars. La vie a toujours été facile pour lui.

Je contemple l'immense jardin de mamie Klara. Elle devait passer un temps fou à entretenir ses plantes et ses arbustes. Depuis, le jardin a été quelque peu négligé. Quand j'étais petite, ma mère se soignait avec des fleurs à la bonne saison. Je la revois penchée sur ses plates-bandes, avec sa jupe et ses bottes en caoutchouc, comme sur un de ces tableaux de Nikolai Astrup, qui ont été peints non loin d'ici.

À l'époque, elle ressemblait à Joni Mitchell, en plus belle.

J'essaie de l'imaginer maintenant. Grosse et moche, dans un jogging taché, les cheveux gras, avec du poil au menton. Les paupières lourdes. Le visage bouffi, méconnaissable.

Son intérêt pour le jardinage s'est évanoui. C'était toujours comme ça, un jour euphorique, le lendemain mélancolique. Et papa était bien trop occupé ailleurs. Maintenant, papa coupe l'herbe à la faux et seuls les arbustes et les arbres les plus robustes ont survécu.

Le plus grand de tous doit être le faux ébénier. Il y a aussi les lilas de toutes sortes, des clairs, des sombres, des blancs. Le jasmin. Le chèvrefeuille. Tous deux si lumineux, si délicats, avec leurs fleurs immaculées et leur parfum si particulier. Et le houx, mon préféré. J'aime tout en lui. Ses fleurs magnifiques au printemps. Ses baies rouges à l'automne. Et son nom.

L'obscurité envahit peu à peu le jardin. Le murmure du ruisseau, le chant des passereaux, le tintement des clochettes des moutons, tous les bruits s'estompent à mesure que la nuit s'installe.

Comme toujours, j'ai envie de fumer un autre joint. Mais je m'abstiens. Il s'agit d'être raisonnable, de garder le contrôle, de ne pas exagérer. Je rentre, m'allonge sur le sol et entame des exercices de respiration. Je m'en imposais déjà bien avant de commencer à fumer, avant de découvrir qu'il y avait quelque chose qui s'appelait pranayama. À ce moment-là, je n'avais même jamais entendu parler de techniques respiratoires.

J'ai inventé moi-même ces exercices. Ils sont le résultat de longues expérimentations. Chaque matin au réveil, je m'entraînais. Quand je regardais la télé, je m'entraînais. L'été, je descendais au bord du ruisseau et je m'entraînais.

Au début, mon objectif était de tenir le plus longtemps possible sans respirer.

Le record du monde était de huit minutes pour les hommes et de six pour les femmes. Je me disais qu'un jour, si je m'entraînais suffisamment, j'arriverais peut-être à le battre.

Je n'y suis jamais parvenue, mais je continue quand même à m'exercer quotidiennement.

Le meilleur exercice consiste à rentrer le ventre en inspirant et à le ressortir en expirant, de nombreuses fois, avant de prendre une profonde inspiration et de retenir sa respiration aussi longtemps qu'on le peut. Enfin, on se relâche et on expulse l'air lentement.

En général, je fais trois séries de vingt à vingt-cinq respirations chacune.

Mais si j'ai le temps, je réalise la version extrême : dix séries de cent respirations chacune.

Cela me donne de l'énergie et me remet la tête en place, ce qui me permet ensuite de dépasser mes limites. J'avais énormément recours à cette technique quand je travaillais à ma proposition de loi. Désormais, j'essaie de me limiter à une séance matinale.

C'est la première fois que je me retrouve seule ici depuis que papa est allé au Liban. Et ce n'est pas plus agréable qu'à l'époque. Mais cela n'aurait peut-être pas été mieux si papa avait été là cette nuit, dans la mesure où la seule chose qui occupe mon esprit est de savoir si oui ou non je dois rendre visite à Agnes.

Je m'empare de mon téléphone et envoie un SMS à Haavard : *Ce n'est pas grave si je reste quelques jours de plus ?*

Je ne fais pas cela de gaieté de cœur, mais il serait préférable que je passe un peu plus de temps ici.

À l'étage, les pièces sont hautes sous plafond et les murs en lambris peints en jaune. Les vieux coffres sous la pente du toit. Le sol vert. Quelques tapis que mamie a tissés.

J'entre d'abord dans la chambre de Lars. Là, rien n'a changé. Papa et moi avons décidé de la laisser en l'état, de ne pas y toucher, mais je crois qu'il n'y met jamais les pieds. Quand nous avons de la visite, la chambre est fermée à clé. Je m'assois sur le lit. Je prends le doudou de Lars, une peluche de Colargol, la serre contre moi et me mets à fredonner. *Un petit oiseau bleu entra par la fenêtre, la fenêtre, la fenêtre. Un jour de mai.*

C'est la chanson que je lui chantais tous les soirs, à 20 heures.

Ses affaires. Sa caserne de pompiers Lego. Son cheval à bascule. La trousse sur le bureau, prête pour la rentrée des classes. Les posters d'oiseaux. Je lève la peluche et la renifle, approche mon nez de l'oreiller. Tout sent le vieux et la poussière. Je commence à regretter d'être venue ici. Je remets la peluche à sa place, vais dans ma chambre et ouvre la fenêtre pour laisser entrer l'air frais du soir.

Puis j'ouvre le tiroir du haut de la commode et en sors un collier. En fait, un simple cordon de cuir. Je le tiens sous ma gorge et me regarde dans le petit miroir qui trône sur la commode. Le verre est si vieux que mon visage est déformé.

Mon téléphone émet un bip.

Je dois aller à Lysebu en séminaire et je n'ai pas de solution de repli. Je compte sur toi pour rentrer à la maison, comme convenu.

Je repose mon téléphone sans avoir répondu.

Dehors, les moutons sont maintenant silencieux. Le seul bruit que je perçois encore est le grondement en provenance du ruisseau, rendu particulièrement bruyant par la fonte des neiges dans la montagne.

Je me déshabille et écarte le dessus-de-lit en tricot, dévoilant une housse de couette bleu clair parsemée de nuages blancs. C'était ma parure préférée quand j'étais petite.

"Clara dans le ciel", disait papa en me bordant, le soir, avant d'ajouter un "Dors bien" et de déposer un baiser sur mon front.

Je dormais toujours bien. Jusqu'à la fois où je fus réveillée par ses cris.

Mais cette nuit, je sais déjà que je ne vais pas beaucoup dormir.

18

Haavard

Je suis assis avec le journal et un *cortado* à la terrasse du café Java, dans Ullevålsveien. Mon vélo est attaché à un des lampadaires, des gens heureux en tenues estivales avec des lunettes de soleil neuves se promènent tranquillement. Cela me rappelle le bon vieux temps, le passage de la jeunesse insouciante à la vie d'adulte. Clara et moi avons vécu tout près d'ici pendant plusieurs années, dans une des maisons anglaises de Geitmyrsveien.

Il est 14 heures, ma réunion en centre-ville est terminée depuis une demi-heure et j'ai encore plusieurs heures devant moi avant d'aller chercher les garçons. Mais j'ai décidé de prendre le reste de ma journée et de ne pas retourner au bureau. J'ai besoin de m'aérer un peu l'esprit, établir des stratégies concernant la manière dont je vais m'y prendre pour lancer mon alerte.

Dans les journaux en ligne, l'affaire Mukhtar Ahmad a reculé de plusieurs pages.

Il est écrit que la police a découvert une douille qui s'était glissée entre les tapis de prière. Avec les balles qu'ils ont retrouvées dans le corps d'Ahmad, cette douille va permettre de déterminer quel type de munitions et donc quelle arme ont été utilisés.

D'après leurs estimations, reposant à la fois sur les déclarations du gardien et sur la température du cadavre, le crime a été perpétré entre 22 h 15 et 22 h 20.

Le fait qu'Ahmad ait été suivi et abattu avec une arme munie d'un silencieux semble indiquer un crime prémédité, peut-être en lien avec le milieu que fréquentait la victime. Cependant, personne ne pouvait savoir à l'avance qu'Ahmad irait à la salle de prière ce soir-là. Nous étions les seuls à être au courant qu'il s'y rendait. Qu'il ait été tué justement là-bas pourrait laisser supposer que le crime a été plus ou moins préparé et que le passage à l'acte s'est peut-être fait sous le coup de la colère. Mais il est encore trop tôt pour affirmer quoi que ce soit avec certitude.

J'ai besoin d'un autre *cortado*. Je me sens engourdi et fatigué, tout d'un coup. Alors que je suis sur le point de me lever pour rentrer passer commande, je vois un visage familier sortir d'un café, quelques mètres plus loin.

Sabiya.

Elle pousse la porte avec le coude et tient dans les mains un plateau avec deux cafés et un sachet en papier portant l'inscription Pascal.

Que fait-elle ici en pleine journée ? Pourquoi n'est-elle pas au travail ?

Je m'apprête à lui faire signe, à l'appeler, après tout nous sommes des collègues, lorsqu'un homme qui attendait dehors à une table se lève.

Il l'embrasse. Et s'empare d'une des deux tasses en carton.

L'homme est lui aussi pakistanais, de mon âge, ou un peu plus jeune. Il est mince et tiré à quatre épingles, avec son costume noir et sa chemise blanche. Sabiya porte un jean gris-noir moulant, des chaussures à talons et une veste de costume blanche.

Quel beau couple.

Je reconnais l'homme pour l'avoir vu sur sa photo de famille qui trône sur son bureau. Mais contrairement à ce que j'aurais cru, son regard n'est ni dur ni sournois. Il est chaleureux, rieur, intelligent.

C'est comme si je venais de recevoir un coup de poing. Je m'affaisse sur ma chaise, jusqu'à ce que je sente le mur rugueux contre mon dos, sous la fine étoffe de ma chemise.

Sabiya jette le plateau en carton dans une poubelle de tri. Elle aurait pu en faire l'économie. Puis ils traversent la rue, leurs tasses de café à la main. L'homme passe un bras autour d'elle, elle le regarde, ils rient.

Je suis sous le choc. J'ai une furieuse envie de la rattraper, de lui demander ce qu'elle fiche, pourquoi elle m'a présenté son mari comme un putain de monstre alors qu'ils ont l'air si heureux ensemble ?

Mais je reste assis, comme pétrifié.

Ils se dirigent vers une Tesla blanche, cette pâle imitation de voiture. Elle s'assoit derrière le volant, tandis qu'il fait le tour du véhicule, jusqu'à la place passager, qui est du côté du parc. Puis elle met son clignotant, quitte son stationnement et remonte Ullevålsveien avant de disparaître silencieusement au bout de la rue.

Je repense à cet épisode, qui date de l'hiver dernier. Au pistolet qu'elle m'avait montré. Celui qu'elle gardait sous clé dans un de ses tiroirs, dans mon bureau. Elle s'était justifiée en me parlant de son mari, de ses réactions imprévisibles et de sa jalousie maladive. Son histoire m'avait tellement secoué que j'avais tout raconté à Clara le soir même.

Bien entendu, j'avais exigé de Sabiya qu'elle trouve un autre endroit que notre bureau pour cacher son pistolet.

Mais j'ignorais si elle l'avait fait.

Plus loin dans la rue, une mouette survole l'endroit où se trouvaient à mon époque une boutique Narvesen et une station de taxis, qui faisaient face à une sorte de miroir d'eau. La mouette s'approche en hurlant comme si elle était possédée, traverse la rue avant de passer au-dessus du trottoir, devant moi, et largue une longue traînée de fiente blanche sur la selle de mon vélo, puis s'éloigne en lançant des cris stridents.

Sabiya me cache quelque chose. Elle mène une vie que je ne soupçonne pas, qui ne correspond pas à l'image d'épouse soumise et terrorisée qu'elle m'a dépeinte.

Si elle me ment là-dessus, sur quoi d'autre me ment-elle ?

Encore deux heures avant de récupérer les garçons. Je pourrais aussi bien retourner à l'hôpital, essayer de découvrir pour quelle raison Sabiya n'est pas au travail aujourd'hui. Mais tout d'abord, il faut que je me procure des serviettes en papier pour essuyer la selle de mon vélo.

Dans le bureau, la lumière est éteinte. J'allume le PC, vérifie le planning de Sabiya. Il y est seulement mentionné qu'elle a une "réunion" de midi et demi à 15 heures. Je devrais m'asseoir et travailler à mon article ou à l'alerte que j'ai prévu de lancer, mais je suis bien trop nerveux. La journée est bientôt terminée, je m'y mettrai demain matin.

Devant le café Espresso House, je tombe sur Bente, souriante et visiblement pleine d'énergie. Elle s'apprête à s'asseoir à une table avec un cappuccino dans une tasse ornée d'un cœur.

Il me vient une idée. Une idée honteuse.

— Hé ! dis-je en agitant les bras. Bente ! C'est justement toi que je voulais voir.

Elle rougit.

— Tu as déjà un rendez-vous galant ou est-ce que tu as le temps de t'asseoir avec moi ?

— Je ne peux pas refuser une telle invitation, répond-elle, à la manière d'une jeune fille coquette.

Ce n'est pas vraiment ce que l'on pourrait appeler un endroit romantique. L'Espresso House de l'hôpital serait plutôt un lieu d'une tristesse à fendre l'âme, où des femmes qui ont perdu leurs cheveux viennent s'installer pour profiter d'un moment de normalité.

Du café. Avec une couche de mousse. De la musique. Des lampes chauffantes et des plaids. Des voix, une rumeur. La vraie vie, ou presque.

Je commande un smoothie vert. J'ai bu assez de café pour aujourd'hui. Bente aspire délicatement la mousse de son cappuccino. Ses yeux sont cachés derrière une paire de grosses Ray-Ban, mais son sourire est malicieux, presque séducteur. C'est une ancienne joueuse de handball, au corps massif et aux répliques incisives, avec des taches de rousseur et des cheveux mi-longs décolorés par le soleil.

Elle est jolie. Naturelle. Autrement plus décontractée que les deux femmes que j'ai dans ma vie. En couple, elle est certainement facile à vivre, mais elle peut aussi être surprenante et, au lit, je l'imagine plutôt dans le genre tigresse, avec cette rudesse qu'elle a acquise sur les terrains de handball.

— Malheureusement, je ne vais pas pouvoir rester très longtemps, dit Bente. C'est moi qui ai les enfants, en ce moment. Et ce n'est pas évident. Ce serait plus simple si je travaillais dans un cabinet de médecins, mais ça ne m'attire pas vraiment. Ça doit être tellement ennuyeux…

J'acquiesce d'un air compatissant.

— Clara est partie dans l'Ouest, je suis seul pendant quelques jours et je me sens déjà dépassé. Je ne sais pas comment tu fais pour t'en sortir.

— Mais je ne m'en sors pas non plus, dit-elle en lâchant un petit rire.

Je décide de tenter ma chance.

— Il fallait que je parle de quelque chose avec Sabiya, mais elle n'était pas dans notre bureau. Tu ne l'aurais pas vue, par hasard ?

— Non. Mais ce n'est pas facile de garder cette fille sous contrôle, tu sais, dit-elle avec un sourire en coin.

— Qu'est-ce que tu veux dire ?

— On était à l'école ensemble, à Grünerløkka. Je ne te l'ai jamais dit ?

Je secoue la tête.

— Sabiya non plus ?

— Je ne crois pas, je réponds, bien qu'elles m'en aient parlé toutes les deux. Et plus d'une fois.

— OK, dit Bente, manifestement déçue. Peu importe. On n'habitait pas loin l'une de l'autre, non plus. Mais on n'a jamais été proches. J'avoue que j'ai été très surprise quand elle a débarqué ici en tant que médecin…

— Pourquoi ? Moi qui croyais que les Pakistanaises parfaites finissaient toutes médecins ou quelque chose de ce genre.

Elle ricane.

— Tu as raison. – Puis elle boit une gorgée de café et utilise sa cuiller pour récupérer la mousse qui s'est collée aux parois de la tasse. – Mais aucun de nous ne voyait Sabiya comme une fille parfaite. Bien sûr, c'était une bonne élève. Mais elle traînait avec une de ces bandes. Tu comprends ?

— Pas vraiment, je réponds en souriant. Il y avait deux étrangers dans ma classe. L'un était le fils de l'ambassadeur du Portugal. Le père de l'autre était un Anglais qui dirigeait l'agence de Statoil à Oslo.

— Eh bien, au collège, Sabiya portait tout le temps des pantalons qui lui tombaient sous les fesses et des sweats à capuche tellement larges que j'avais l'impression qu'elle allait se noyer dedans. Elle avait de mauvaises fréquentations. Moi et les autres gamins normaux, on avait peur d'elle.

Je pouffe de rire.

— Peur d'une fille d'un mètre cinquante-cinq ?

— Carrément, dit Bente. Ils traînaient toujours dans le centre-ville. Aux Arcades ou devant Oslo City. Les endroits habituels. Une fois, une de mes copines, une Gambienne, avait roulé des pelles à un Marocain avec qui Sabiya était sortie. La Gambienne s'appelait Jeannette, elle mesurait presque un mètre quatre-vingts et était bâtie comme une championne olympique du 100 mètres. Une fille adorable. On faisait du hand toutes les deux. D'ailleurs, elle est infirmière ici, maintenant. Bref, à la sortie des cours, Sabiya est venue la trouver. Pour avoir une explication.

— Et alors ?

— Au lieu de ça, elle a sauté et a collé un coup de boule à Jeannette. Elle l'a mise KO direct.

— Waouh, c'est violent, je m'exclame.

— Sabiya avait en effet une rage incroyable en elle. Il faut croire qu'elle a appris à mieux la dissimuler. Mais elle s'est montrée passablement froide avec moi quand elle a commencé à travailler ici. Elle se sentait peut-être menacée du fait que je sache qui elle était vraiment. En fait, je me demande si l'homme qui a été abattu ici la semaine dernière n'appartenait pas au même gang qu'elle. – Elle consulte sa montre. – Merde, il faut que j'y aille si je ne veux pas être en retard à la maternelle. Comme tu le sais, j'habite à Oppsal.

— Pareil pour moi. Je vais bientôt devoir aller chercher mes fils. Ils aiment bien rentrer à la maison de bonne heure. Mais on pourrait peut-être prendre un café ensemble un autre jour, si ça te dit ? je propose alors qu'elle se lève.

— Oui, volontiers, répond-elle, ravie.

Je me lève à mon tour, la prends fermement par les épaules et l'embrasse sur la joue.

— Comme tu es mignon ! dit-elle avec un sourire enjôleur avant de disparaître à pas rapides d'infirmière.

Vingt mètres plus loin, elle se retourne pour me faire au revoir. Je lui rends son salut.

19

Clara

Après avoir gambergé pendant toute la nuit, je me lève à 5 heures. Ma décision est prise.

Je vais rendre visite à Agnes. Il y en a pour une heure et demie de route.

D'abord, je dois prendre le bac par lequel je suis venue hier. C'est le même bateau, le même contrôleur. Il me salue aimablement. J'évite d'engager la conversation. J'envisage de rester dans ma voiture, mais je ne peux résister à l'envie de sortir pour contempler le fjord. C'est une sorte de rituel. Alors, je descends de voiture et vais prendre place près du bastingage.

Une fois arrivée devant l'hôpital psychiatrique, j'attends un moment dans la voiture. Je fais quelques exercices de respiration. J'ouvre ma portière et regarde la montagne noire et abrupte qui se dresse juste derrière le bâtiment. Le ciel est d'un bleu limpide. Un avion passe en laissant derrière lui une traînée blanche. Je me souviens que quand j'étais petite et que je voyais des avions, j'essayais toujours d'imaginer d'où ils venaient, où ils se rendaient, qui était à bord.

Je n'ai vraiment pas envie d'entrer dans ce bâtiment.

Mon corps tout entier se tend, dans une tentative pour résister.

En plus, j'ai promis à papa que je n'irais pas la voir.

Pourtant, je dois y aller. Et maintenant. Comme ça, ce sera fait.

— Clara ! Mon Dieu ! Ça faisait tellement longtemps, dit la femme de l'accueil.

Il est évident pour elle que nous nous connaissons.

Je jette un coup d'œil furtif au badge sur sa poitrine.

Elle s'appelle Bodil. Elle a les cheveux courts, bruns, trop bruns, et une frange coiffée sur le côté. Plusieurs anneaux en or à chaque oreille. Bronzage artificiel. Trente à quarante kilos de trop. De grosses cuisses dans son pantalon d'uniforme. Des tatouages gris bleuâtre délavés sur ses avant-bras hâlés.

Se pourrait-il que l'on soit allées à l'école ensemble ? Au lycée ?

Elle ressemble à une mamie de soixante ans, mais c'est le cas de beaucoup de femmes d'une quarantaine d'années par ici. Je me suis souvent demandé pour quelle raison les quadragénaires de la région faisaient en général plus vieux que ceux d'Oslo. Mais quand c'est Haavard qui me le fait remarquer, je proteste chaque fois.

— C'est vrai que tu n'étais encore jamais venue ici ? dit-elle en regardant son registre.

— Non, je réponds.

Je n'ai aucunement l'intention de me justifier devant cette femme.

— Agnes est dans un pavillon à part réservé aux patients de longue durée. C'est juste là, de l'autre côté. Viens, je vais t'y conduire, dit-elle. – Sur ce, elle part d'un pas énergique, avec ses baskets blanches. – Ta mère n'a pas tellement l'habitude d'avoir de la visite. Elle suit un traitement lourd qui a tendance à la tranquilliser, pour ne pas dire l'assommer. Elle risque de ne pas être très bavarde. Mais elle a recommencé à parler, c'est incroyable, aucune de nous n'aurait cru ça possible…

Je ne dis rien et Bodil finit aussi par se taire.

Le couloir empeste les médicaments et les produits détergents. J'ai hâte de retrouver le balcon de la ferme, le bêlement des moutons, les petits oiseaux et le bruissement du ruisseau.

Il suffit que j'entre dans ce bâtiment. Que je reste un peu. Et puis je pourrai repartir.

Bodil ouvre la porte du pavillon avec une carte d'accès. Cela sent la peinture, et il me vient la nausée.

Un jour, quand j'étais petite, Agnes avait préparé un ragoût d'agneau en même temps qu'elle repeignait la cuisine. Ce devait être pendant une de ses périodes d'euphorie. La cocotte était restée là pendant des jours et l'odeur du chou cuit s'était mêlée à celle de la peinture à l'huile. Depuis, je ne supporte plus ni l'une ni l'autre.

— Nous allons monter à l'étage, dit Bodil en se dirigeant vers un escalier.

Une fois en haut, elle ouvre une porte sur laquelle est inscrit mon nom de famille et entre.

Rien de ce que je vois ne correspond à ce que j'avais imaginé.

Il n'y a pas de grosse dame immonde.

Peut-être ai-je essayé de rendre Agnes moins dangereuse, moins fidèle à elle-même, afin de me donner le courage d'aller la voir.

Mais celle qui se lève de son fauteuil n'a guère changé en trente ans. Ses cheveux sont plus ternes et un délicat filet de rides, semblable à une sorte de filtre photo, s'est posé sur son visage, mais sa peau est exceptionnellement lisse. Ses yeux ont perdu leur éclat, mais elle est toujours aussi svelte et mince, ou plutôt maigre. Elle se tient toujours aussi droit et ses cheveux lui descendent jusqu'au milieu du dos. Elle porte une jupe longue à fleurs et un chemisier blanc, comme autrefois.

Est-ce que ce sont les mêmes vêtements ? Ou lui en ont-ils acheté des neufs, à son goût ?

Quoi qu'il en soit, j'ai l'impression qu'elle a passé ces trente dernières années à dormir ici, telle la Belle au bois dormant.

Je n'arrive pas à prononcer le moindre mot. C'est elle qui finit par prendre la parole.

— Ma foi, c'est toi ? dit-elle avec une sorte de sourire en fixant les yeux sur moi, à travers moi.

J'ai la chair de poule. Je tourne mon regard vers Bodil.

— Eh bien, je vais vous laisser, dit-elle. Vous n'aurez qu'à m'appeler en cas de besoin.

Puis elle referme la porte derrière elle.

— Oui, dis-je. Si on s'asseyait ? j'ajoute en indiquant la petite table ronde en bouleau et les deux chaises près de la fenêtre.

Alors, elle s'assoit, sur le bord d'une des chaises. À présent, il me semble déceler comme une pointe d'amertume dans ses yeux délavés.

— Ça faisait longtemps, dis-je en m'asseyant.

Puis c'est le trou noir.

J'ai prévu ce que j'allais lui dire. J'y ai réfléchi encore et encore, cette nuit, ce matin, sur la route, en venant ici.

Mais maintenant que je suis assise là, face à elle, après toutes ces années, j'ai l'impression d'être paralysée.

— Trente ans, deux semaines et trois jours, dit-elle.

Un gouffre abyssal s'ouvre devant moi. Je joins les mains sur mes cuisses, me penche légèrement en avant, j'ai la tête qui tourne.

— Tu as fait tout le chemin depuis Oslo ? ajoute-t-elle en ramenant ses cheveux derrière son oreille avec sa main maigrichonne.

J'acquiesce.

— Et tes jumeaux, ça leur fait quel âge, maintenant ? Huit ans, c'est ça ? ce sont encore de petits êtres innocents, alors…

Oslo ? Les jumeaux ? Comment sait-elle tout cela ?

Je me racle la gorge.

— Je ne sais pas trop de quoi tu te souviens, dis-je pour changer de sujet.

— De tout, répond-elle avec un sourire radieux. Je me souviens de tout.

C'est comme si je venais de tomber dans la trappe d'une cave et de m'écraser sur un sol en pierre. J'ai le souffle coupé. Je n'arrive plus à parler, je voudrais me lever, mais j'en suis incapable.

Tout à coup, elle me regarde d'un air terrifié.

— Clara…, dit-elle en manipulant l'alarme qui est accrochée autour de son cou. Clara avec un C.

Elle se fige, bouche bée. En l'espace d'une ou deux secondes, elle est redevenue celle qu'elle a dû être au cours des dernières décennies.

— Agnes ? Agnes ?

Pas de réponse. Je tente un :

— Maman ?

Cela ne m'a jamais paru naturel de l'appeler ainsi, et ce n'est toujours pas le cas. C'est comme si j'avais une patate pourrie dans la bouche. Agnes me fixe de son regard apathique.

J'attends dix secondes, vingt.

Puis je me lève et m'en vais sans la regarder.

Une fois dans le couloir, cela recommence. La nausée. Les tremblements. Tout me revient. Je dois m'arrêter et m'adosser au mur.

— Vous allez bien ? demande une infirmière en passant.

— Oui, ça va, merci, dis-je avec un sourire.

Je me ressaisis et m'éloigne aussitôt. Je n'ai pas du tout envie qu'elle me prenne pour une nouvelle patiente.

Mais je ne suis plus ici. Je suis de nouveau dans la voiture, qui quitte la route dans un fracas assourdissant. Et ça recommence, encore et encore.

20

Leif

1981

De mémoire d'homme, nous n'avions jamais connu un été aussi exécrable. La neige avait tenu jusqu'aux environs du 17 mai et, même après cette date, il avait continué de geler la nuit. Puis il avait commencé à pleuvoir et à souffler.

Je n'ai pu faucher qu'une seule fois, alors que l'été était bien avancé, et ce fourrage n'a pas duré bien longtemps. Pour la première fois, je me suis vu contraint d'acheter de la nourriture pour les animaux.

À la place des fraises que nous avions l'habitude de vendre au bord de la route, sur un stand constitué d'une table en palettes et d'un parasol rayé, ou de livrer aux boutiques des alentours, nous n'avions obtenu que des petites boules spongieuses et pâles, que nous avions laissé pourrir en paix au milieu des feuilles.

Les pommes, minuscules, vertes et gâtées, n'étaient même pas propres à être consommées sous forme de jus.

C'était le revers de la médaille de la vie de petit agriculteur indépendant. Ce n'était pas du tout le travail. Ni les faibles revenus. Mais le risque qu'un jour tout aille de travers et que cela nous mène droit dans le précipice. Sans filet de sécurité.

Le soir, je m'asseyais à mon bureau avec ma calculatrice. J'essayais de faire des projections. Mais quoi que je tente, tous les chiffres qui s'affichaient à l'écran étaient négatifs. J'avais complètement vidé mon compte épargne.

Alors que je croyais avoir touché le fond, les moutons ont attrapé la tremblante et on a dû les abattre.

Que fallait-il que je fasse ? Que je vende la ferme que j'avais héritée de mon père et qui avait appartenu à notre famille depuis plus d'un siècle ? Jamais de la vie. J'essayai de trouver du travail à l'extérieur, dans les usines de la ville voisine, dans les boutiques, sur les chantiers, mais nous étions plusieurs embarqués dans la même galère, je n'avais jamais travaillé qu'à la ferme, et je ne récoltai que des brimades et de vagues promesses.

La nuit, incapable de fermer l'œil, je restais allongé à fixer les nœuds creux dans les poutres du plafond, au-dessus de notre lit, à écouter la pluie qui martelait le toit et le vent qui frappait les murs.

C'était un bruit familier, apaisant, que j'avais toujours aimé. Mais cet été-là, il avait quelque chose de menaçant, d'inquiétant.

Plusieurs des gars du village avaient décidé de s'engager dans les forces de l'ONU et de partir pour le Liban. Ils étaient passés me voir pour tenter de me convaincre de les accompagner. Ils savaient tous que l'année avait été mauvaise pour moi. Mais chaque fois qu'il était question du Liban, je repoussais catégoriquement cette possibilité.

Pourtant, au bout d'un moment, j'ai commencé à envisager de m'engager. Avant tout parce que je n'avais plus d'autre choix.

Il nous fallait de l'argent. Et puis ce ne serait que pour une période limitée.

— Je peux parfaitement m'occuper des enfants, a dit Agnes.

J'eus très envie de dire que c'était nouveau, mais m'abstins finalement de tout commentaire.

Après tout, peut-être que cette expérience permettrait à Agnes et aux enfants de se rapprocher.

J'avais vu deux fois Agnes gifler Clara. Je lui avais expliqué en des termes on ne peut plus clairs que je ne voulais plus jamais voir de tels gestes. Et cette affaire commençait déjà à dater. Agnes semblait être entrée dans une bonne période.

— Bien, ai-je dit le lendemain matin, après être resté éveillé toute la nuit. Si tu penses que c'est la meilleure solution.

Nous n'en avons pas soufflé mot aux enfants. Du moins pas jusqu'à ce que tout soit réglé, jusqu'à ce que j'aie signé mon contrat avec l'armée, avec laquelle je n'avais pas eu le moindre contact depuis la fin de mon service militaire.

Clara ne voulait pas me laisser partir.

Je me suis efforcé de lui expliquer que papa serait absent seulement quelques mois, que, pendant ce temps, il ne cesserait jamais de penser à elle et qu'il lui enverrait des baisers chaque soir à travers le ciel. Papa allait juste aider quelques gentilles familles qui avaient besoin d'aide et de protection, puis il rentrerait à la maison pour ne plus jamais repartir. Et maman serait là avec elle, maman, Lars et les animaux.

Elle a grimpé sur mes genoux, ce qu'elle n'avait plus fait depuis quelque temps, passé ses bras autour de mon cou et refusé de me lâcher.

— Tu n'as pas le droit ! a-t-elle crié, encore et encore, tandis qu'elle me serrait fort.

Si fort qu'elle me faisait mal.

J'ai bien tenté de capter le regard d'Agnes pour qu'elle me vienne en aide, en vain. Tout à coup, j'ai été pris d'un doute. Tout cela était-il juste ? Cela avait-il un sens ?

Quelques heures plus tard, je suis monté à bord du coucou qui devait nous transporter à Fornebu. De là, nous prendrions un Hercules pour Rhodes, où nous attendrait un troisième et dernier avion, qui nous conduirait à l'aéroport international de Beyrouth. Après avoir bouclé ma ceinture, fermé les yeux et m'être renversé contre le dossier de mon siège, j'ai eu la sensation qu'un rideau venait de se tirer, l'impression effroyable que j'étais en train de faire la bêtise de ma vie.

Mon foyer me manquait déjà, ainsi que le vent, la pluie et le soleil, le grincement du plancher, le crépitement du feu dans le poêle, les deux petits corps qui m'appartenaient.

J'avais beau être entouré de mes camarades, qui buvaient, fumaient et riaient à leurs mauvaises blagues, jamais je ne m'étais senti aussi seul.

De ce qui nous attendait là-bas, aucun de nous n'en a parlé.

21

Clara

Une fois de retour à la ferme, après ma visite à Agnes, je remplis un seau de savon noir et d'eau bouillante et passe une heure à récurer la maison. J'ôte notamment la couche de crasse graisseuse qui s'est accumulée au-dessus des placards et de la hotte de la cuisine et la poussière sous le banc du couloir et sous les pieds des chaises de la salle à manger.

Pendant tout ce temps, je repense à elle. Je revois son visage flétri. Ses mains maigres. Sa jupe chamarrée, aussi terne et surannée qu'elle.

Rien n'avait changé.

J'enfile mon pantalon de jogging noir et mes chaussures de sport et commence à courir au bord de la rivière et remonte en longeant la cascade. La pente est raide, je ne me suis pas suffisamment entraînée, ces derniers temps, occupée que j'étais à élaborer ma proposition de loi. Je le sens à la fois dans mes jambes et à ma respiration, mais je donne tout ce que j'ai sur le sentier tortueux bordé de rochers couverts de mousse glissante, de sapins et de bouleaux.

Strava enregistre mon parcours par l'intermédiaire de ma montre connectée. Mais je ne suis pas la seule à courir par ici. Il y a d'autres utilisateurs de Strava dans les environs, mais ils ne sont pas nombreux, et ils empruntent d'autres sentiers. Haavard, les garçons et moi sommes quasiment les seuls à venir ici. Deux ou trois fois chaque été. Les gens doivent traverser nos terres pour accéder à ces pâturages, ce qu'ils n'osent pas faire. Et la plupart préfèrent faire du quad sur les chemins de terre que monter jusqu'ici à pied, ce qui a le don d'irriter

Haavard. Chaque fois qu'il dénonce les dégâts infligés par les gens du coin à la nature sauvage, je prends leur défense, lui faisant remarquer que les chemins de terre n'appartiennent pas à la nature sauvage, même si, sur le principe, je suis plutôt d'accord avec lui.

Chaque mètre, chaque crevasse et chaque grosse racine, chaque fourmilière et chaque rocher, je connais tout ici. C'est comme si je ne faisais qu'un avec la nature environnante. Mais à certains endroits, je suis obligée de sauter par-dessus des troncs d'arbres qui sont tombés en travers du sentier.

Il est impossible que papa soit monté ici cette année. Quand je serai en vacances, il faudra que je vienne faire un tour par ici avec sa tronçonneuse pour nettoyer le sentier, qui est de plus en plus envahi chaque année.

Cela m'a sauté aux yeux, hier, quand je suis arrivée à la ferme.

Les ardoises cassées sur le toit, la peinture qui s'écaille dans l'entrée, les carreaux de fenêtres brisés et simplement remplacés par des morceaux de carton, les seaux disposés dans le couloir pour recueillir l'eau qui s'infiltre à travers le toit.

Il y a trop de choses qui ne vont pas. La maison est en train de tomber en ruine, et le phénomène s'est accéléré depuis l'année dernière.

Je vais devoir y remédier, mais pas aujourd'hui.

La cascade est haute, elle bouillonne et gronde, se mêle au sang qui pulse toujours plus vite dans mon corps. Je donne tout ce que je peux. Une fois arrivée au sommet, je m'arrête et me penche en avant pour reprendre mon souffle. L'acide lactique a envahi chaque cellule de mon corps.

Au bout d'un moment, je me redresse et repars au pas de course le long de la rive du lac jusqu'à la petite plage, en contrebas de la cabane, cette petite construction grise au sommet de la colline, pourvue d'une seule fenêtre donnant sur l'eau.

Il y a un rocher sur lequel j'ai l'habitude de m'asseoir. Je peux rester là pendant des heures à regarder l'eau sans éprouver de lassitude. Je suis toujours aussi émerveillée par le contraste entre le calme du lieu et le chaos qui règne un peu plus loin, là où le lac, sous l'action du fort courant, se transforme en une cascade bouillonnante et impétueuse.

Je sens le vent qui souffle, qui me traverse.

La plage, c'est le seul endroit où je peux parler avec lui. C'est ici que je le sens tout près de moi.

— Lars ? je chuchote. Aujourd'hui, je suis allée voir Agnes... enfin, maman, tu sais.

— Oh ! répond-il. Ce n'est pas risqué, Clara ?

— Si. Je crois d'ailleurs que ce n'était pas une bonne idée.

— Tu l'as dit à papa ?

— Non... je ne peux pas.

— Hum, dit-il, pensif.

Lars était si petit et mignon, dans son berceau, agitant ses bras vers nous, riant et gazouillant. J'adorais le prendre dans mes bras et m'asseoir avec lui pour le bercer. Quand il est devenu plus grand, je l'emmenais partout, je sortais avec lui et lui apprenais comment s'appelaient toutes les choses que nous voyions. "Une fleur, Lars. Une vache, Lars. Étable. Du foin. Papa. Maman. Un arbre. La brouette. Le chat."

Je lui enseignai presque tous les mots, je le tins par la main quand il fit ses premiers pas, je lui appris à faire du vélo.

C'est un petit blondinet mince, avec de grands yeux bleus qui ont constamment une expression étonnée, comme s'il ne comprenait pas tout à fait dans quel monde il a atterri.

Quand il est content, il part en courant et fait d'étranges petits mouvements avec ses bras, comme quand on exécute la danse des oiseaux, à l'école. Les oiseaux. C'est ce qui le fascine le plus au monde. Il connaît pratiquement toutes les espèces qui figurent dans le livre sur les oiseaux de papa. Il est même capable d'identifier la plupart d'entre eux rien qu'à leur chant.

La nuit, il fait souvent pipi au lit, même si cela met maman en colère et qu'elle dit qu'il aurait dû arrêter depuis longtemps. Il n'a pas le droit de se coucher avec elle, je l'accueille volontiers dans mon lit quand il vient me voir en trottinant, la nuit. Ici, au chalet, nous partageons le même lit. Et tous les soirs, je chante pour lui jusqu'à ce qu'il s'endorme.

Un petit oiseau bleu entra par la fenêtre, la fenêtre, la fenêtre. Il s'empara d'une pépite d'or, skip skip skare, skip skip skare, skip skip skare.

Ce *skip skip skare* le fait toujours rire.

Maman nous amène souvent ici avec elle, surtout depuis que papa est au Liban. Chaque fois que le téléphone sonne, je sursaute. J'ai tellement peur qu'on nous annonce une mauvaise nouvelle.

Je ne voulais pas qu'il parte. C'était lui qui me lisait les histoires de Jules Verne, le soir, qui m'emmenait me promener avec lui dans les bois et qui m'apprenait les noms des oiseaux et des plantes, et aussi que je devais m'accrocher au tronc d'un arbre et l'appeler si jamais je me perdais. Lui qui m'emmenait à la ferme d'été et qui m'apprenait à apprécier la montagne.

Mais il est quand même parti. Maintenant, il n'y a plus ici que maman, Lars et moi.

Maman dit que c'est que pour la nature qu'elle s'est mariée avec papa, même si elle reste presque tout le temps enfermée à la maison. Quand nous sommes ici, elle aime grimper au sommet d'une montagne et crier ou s'allonger dans la bruyère pour regarder le ciel.

Ou pour "respirer le ciel", comme elle dit. Quand elle fait cela, nous devons la laisser tranquille, ne surtout pas la déranger.

Alors, nous restons sagement assis et jouons à la ferme avec des glands et des pierres. En réalité, j'ai passé l'âge pour cela, mais je le fais quand même, pour Lars.

Ce matin, le ciel est clair et dégagé, il y a encore de la rosée dans l'herbe ; mais le soleil commence à projeter ses rayons sur le sommet le plus proche, celui d'où maman a l'habitude de crier. Bientôt, il illuminera tout le pré autour de la cabane.

Lars est sorti avant moi. Il avait envie de faire pipi. Quand nous sommes ici, nous pouvons faire pipi n'importe où. Il n'y a pas de toilettes dans le jardin.

Je me dirige vers la porte en tâtonnant. Quand j'arrive dehors, Lars n'est pas là. Je l'appelle.

— Lars. Lars ? Lars ?

Je fais le tour de la cabane. Je crie plus fort. Mon cœur commence à battre la chamade. Je cours jusqu'à la porte et l'ouvre brusquement. Il y a trois lits dans la pièce unique, un dans chaque angle, à l'exception de celui où se trouve le poêle à bois. Lars et moi dormons dans le lit qui est à la fois le plus court et le plus large. Maman dort dans le plus large, placé dans le coin le plus sombre.

— Maman ! je crie. Je ne trouve pas Lars.

Elle marmonne quelque chose. Je ressors en trombe.

Il n'est pas autour de la cabane, sans quoi je l'aurais vu. Il a dû descendre au bord de l'eau, il adore aller là-bas pour jeter des cailloux, mais il sait qu'il n'a pas le droit d'y aller sans moi. Il ne sait pas nager, et le courant est fort, à cause de la cascade, qui se trouve un peu plus loin.

Je cours jusqu'à notre plage, qui n'est en réalité qu'un petit banc de sable entre les étendues herbeuses et le ruisseau.

Il y a des traces de pas récentes dans le sable, mais je ne vois personne.

Une fois, à la télévision, j'ai entendu quelqu'un expliquer que la croyance populaire voulait que les enfants flottent dans l'eau et qu'on ait tout le temps de les sauver, mais qu'en réalité, les enfants appellent à l'aide, si bien que leurs poumons se remplissent d'eau et qu'ils coulent comme des pierres.

J'essaie de me souvenir de ce que j'ai appris.

Inspirer profondément. Expirer. Inspirer. Expirer.

Je me débarrasse de ma veste et de mes bottes. J'inspire et plonge. Des particules de sédiment se soulèvent. Je distingue une silhouette au fond de l'eau. J'ai les yeux qui piquent. Je dois les fermer, les rouvrir. Oui, c'est bien Lars, mon frère, au fond de l'eau. Mais il ne me voit pas, le courant l'entraîne au loin.

Il va bientôt falloir que je reprenne ma respiration. J'ouvre les yeux et nage vers Lars. Je me rapproche, je peux presque le toucher avec ma main. Puis il s'éloigne à nouveau, je bats furieusement des pieds, parviens à passer un bras autour de lui. Il se débat.

Le courant nous entraîne irrémédiablement vers la cascade. Nous n'allons pas tarder à disparaître dans les eaux bouillonnantes. Soudain, je repense à quelque chose que m'a dit papa.

Que le courant est moins fort au fond de l'eau.

Je raffermis ma prise autour du cou de Lars et me mets à battre des jambes en direction du fond et de la rive, tandis que je m'efforce d'utiliser mon bras libre pour me déplacer.

Vers le fond. Vers la rive.

L'énorme pression autour de moi diminue légèrement. Le fond, avec les joncs et la vase, est juste en dessous de nous, j'effleure quelque chose avec mes orteils. Mais maintenant, il me faut de l'air. Encore un peu, vers la rive, loin de la cascade, rester au fond, le plus près possible du fond. On dirait que nous commençons à nous approcher de la berge. Le lac n'est pas trop large, mais il est profond et le courant puissant.

Lars est lourd. Mais il faut qu'on remonte, qu'on remonte jusqu'à la surface.

Je m'extirpe péniblement de l'eau, rampe sur le sable. Je tousse, je crache, j'ouvre les yeux. Je suis au bord de l'évanouissement, tout tourne autour de moi. Je m'allonge quelques secondes, puis me redresse.

Lars est étendu sur le dos à côté de moi. Est-il vivant ? Respire-t-il ? Je commence à insuffler de l'air dans sa bouche et à presser sa poitrine. Je souffle et j'appuie, je souffle et j'appuie. Encore et encore.

— Je dois y aller, dit-il maintenant.

Il me prend par le cou, m'étreint.

— Lars, attends un peu, dis-je.

— Désolé, mais je ne peux pas.

Je sens un courant d'air traverser mon corps. Il n'est plus là.

Je me lève, brosse mes vêtements. L'acide lactique a cessé de faire effet.

Je fais le tour de la cabane. Tout a l'air d'être en ordre.

Je n'ai pas pris la clé, je ne peux pas entrer. Je me contente de plaquer les mains contre le mur et de m'y appuyer, une seconde, deux secondes.

C'est mon arrière-grand-père qui a bâti cette cabane. Ce bois a plus de cent ans.

Toutes les parties tendres du bois ont disparu, elles ont été emportées par les tempêtes et la pluie, par le gel et la chaleur, par les hivers et les étés, année après année. Seules les nervures les plus dures ont résisté. Elles s'enfoncent dans mes paumes, comme si nous ne faisions plus qu'un, la vieille cabane et moi.

Je reste comme ça quelques instants, à ressentir le pouls du bois mort et gris. Tous ses anneaux de croissance palpitent sous la paume de mes mains.

Puis je me redresse et prends le chemin du retour.

22

Haavard

Je toque discrètement, attends quelques secondes, puis Sabiya ouvre la porte de sa chambre.

J'entre, la porte se referme.

Deux bras chauds autour de mon cou, un corps légèrement vêtu contre le mien, une bouche contre la mienne.

J'ai essayé de toutes mes forces d'évacuer la vision de Sabiya et de l'homme dans Ullevålsveien. Ce séminaire à Lysebu, organisé pendant la plus belle saison de l'année, est comme un cadeau pour nous. Une nuit entière ensemble, la première. Il est hors de question de laisser quelqu'un tout gâcher.

Je dois avouer que j'ai eu de la peine pour Clara quand elle m'a demandé si elle pouvait rester un peu plus longtemps dans l'Ouest. S'il s'était agi d'un séminaire ordinaire, je lui aurais dit oui et serais resté à la maison. Mais je ne pouvais pas renoncer à ce séjour. Et maman, notre seule baby-sitter potentielle, est actuellement à Stockholm avec des amies.

— On a une heure et demie avant le dîner, dis-je en me laissant tomber sur le dos sur le lit de Sabiya. Une éternité ! j'ajoute en lui tendant les bras.

— Il faut juste qu'on soit prudents, dit Sabiya en agitant une carte magnétique. Regarde, tu as la tienne. Pour cette nuit. Mais pense bien à ne pas faire de bruit dans le couloir. Et demain matin, tu devras être reparti avant que les autres se réveillent.

— Oui, je sais. Ce n'est pas la première fois que je dors dans un hôtel.

— Non, évidemment… dit-elle avec un sourire gêné.

— Pas toi ? je demande, à moitié sérieusement, à moitié pour plaisanter.

— Si. Mais pas aussi souvent que vous autres, j'imagine. – Il y a quelques secondes de silence. – Tu sais, je n'ai jamais pu passer la nuit dans un camp de vacances ni participer à aucun voyage scolaire avec mes autres camarades. Et encore aujourd'hui, c'est à peine si j'ai le droit…

J'aurais dû profiter de l'occasion pour tenter d'en savoir plus sur son passé, sur sa vie, mais je suis trop impatient. Alors, je ne lui pose aucune question. Je m'allonge sur elle, la prends par les poignets et l'embrasse dans le cou.

Elle secoue la tête, pouffe de rire, proteste. Mais je sais que ce n'est qu'un jeu.

Un peu plus tard, alors que nous reprenons notre souffle, étendus côte à côte sur le lit, vient la question inévitable, que j'attends depuis le début :

— Tu as déjà été infidèle avant cette fois ? demande-t-elle en me regardant d'un air curieux.

— Non, je réponds. Et je n'aurais jamais cru que je le serais un jour. Mais c'était avant que tu débarques.

Je passe par le hall en me rendant au restaurant et dans la boutique en face de l'accueil – où l'on vend des céramiques, du miel et Dieu sait quoi d'autre – je vois une femme que je reconnais.

Melika Omid Carter.

Elle doit avoir environ cinquante ans, à présent, mais n'a pas vraiment changé depuis vingt ans, quand elle parcourait Grünerløkka à bord d'une jolie petite Jeep en faisant la tournée de ses restaurants. L'expression de sa bouche s'est quelque peu durcie. Les rides autour de ses yeux se sont creusées. Pour le reste, elle est toujours la même. Sportive, mince, avec un jean de marque noir moulant, un haut noir ajusté, une ceinture large en cuir, des cheveux longs tombant en cascade sur son dos. Des yeux maquillés à outrance, des boucles d'oreilles en or. Légèrement vulgaire, mais surtout sexy. Et bien conservée. Le genre de MILF mature et sensuelle sur laquelle la plupart de mes copains auraient sauté s'ils en avaient eu la possibilité.

C'est dingue de la voir se promener ici. C'est comme si elle était sortie de ma liste pour se manifester en chair et en os. Je ressens la même chose que quand j'étais enfant et que papa recevait la visite de personnalités que je reconnaissais pour les avoir vues dans le journal ou à la télévision.

Après que je l'avais ajoutée sur ma liste, j'avais commencé à faire des recherches sur elle et lu un reportage glamour sur Melika Omid Carter dans *D2*.

Elle est américaine d'origine iranienne. Sa famille a émigré aux États-Unis alors qu'elle était petite. Elle est arrivée en Norvège à l'adolescence et, depuis, la jeune fille pauvre et exilée dans un pays dont elle ne parlait pas la langue est devenue une entrepreneuse intraitable et prospère.

Elle vient juste d'ouvrir un nouveau café branché, mais sinon, elle se consacre surtout au yoga et à la méditation, et possède même son propre blog de fitness et sa marque de vêtements de sport. Cette femme est un modèle, le genre d'immigrée que respectent les partisans d'Anton Munch. Il est même possible qu'elle ait voté pour son parti.

Carter est connue pour son important réseau et pour son sens des affaires hors du commun, en dépit de son sexe et de ses origines étrangères. Et son nom figure sur ma liste.

Elle me tourne le dos et examine un savon. Pour finir, elle sort de la boutique et s'éloigne dans le couloir en traînant derrière elle une petite valise à roulettes.

Quand j'arrive dans la salle de restaurant, les autres ne sont pas encore là. J'en profite pour faire une recherche sur

Google : Melika Omid Carter + Lysebu. Je me concentre sur les résultats des six derniers mois. Et voilà.

Elle propose des stages de formation mensuels pour les professeurs de yoga. Manifestement, il y a de la demande.

Sur son blog, elle écrit que l'hôtel Lysebu est un endroit charmant, que la nourriture y est fantastique, que la piscine est merveilleuse. Rien à voir avec ce que j'ai pu lire sur elle dans les archives.

Je n'avais eu aucune difficulté à constituer ma liste. Je n'avais peut-être pas été honnête à cent pour cent sur l'usage que je comptais faire de ces exemples, mais, en tout cas, mes collègues avaient paru soulagés de pouvoir aider d'une manière ou d'une autre.

Avec Faisal Ahmad, cela fait maintenant cinq affaires.

Cinq familles. Cinq cas. Bientôt, j'en aurai certainement le double.

Ces derniers jours, j'ai déniché les noms de deux, trois journalistes qui ont écrit des articles sur les violences familiales, des gens que je pourrai contacter, le moment venu. J'ai l'impression que l'élaboration de ce document d'une page est la chose la plus utile que j'aie faite depuis longtemps. Ce qui est plutôt ironique dans la mesure où je sauve constamment des vies. J'ai montré cette liste provisoire à Sabiya, qui a paru fort impressionnée.

Askildsen entre dans la salle de restaurant et s'assied à table. Puis suivent Bente et Roger.

— C'est donc ça, l'ancienne maison des combattants du front ? Pas mal du tout, commente Askildsen.

C'est moi qui ai proposé le Lysebu à la place du Holmenkollen Park Hotell, juste en bas de la colline. Certes, la vue y est chouette, mais la nourriture médiocre et le style douteux.

Bien entendu, cela a quelque chose d'extravagant de passer la nuit à l'hôtel dans notre propre ville pour notre réunion annuelle. Il faut admettre que notre budget est serré.

Mais Askildsen, malgré sa personnalité asociale, tient fortement à ces séjours en groupe. Peut-être parce que, contrairement à nous, il vit seul. Je soupçonne d'ailleurs que nous soyons pour lui ce qui se rapproche le plus d'une famille et d'une bande d'amis.

Sabiya porte une robe d'été à motifs bleus et blancs avec un décolleté en V. Elle prend place juste en face de moi, à notre table près de la fenêtre. Je m'efforce de ne pas trop la regarder, de ne pas paraître trop intéressé par elle et de discuter avec les autres. Les conversations sont plutôt banales, mêlant vie privée, football, projets de vacances et ragots sur des médecins qui ne sont pas présents.

Je ne parle pas beaucoup. Je suis perdu dans mes pensées. J'ai du mal à suivre, l'image de Melika Omid Carter continuant de me hanter.

Les autres ne savent pas qui elle est, ni ce qu'elle a fait. L'envie de le leur raconter me démange. Mais ma liste n'a rien d'officiel, et le moment ne s'y prête guère. Mieux vaut que je garde cela pour moi et que je m'implique dans la discussion avant qu'ils ne s'imaginent que je les snobe.

Mais soudain, le silence se fait autour de la table. Tout le monde observe Askildsen et Sabiya, qui s'est figée, un verre de vin blanc à la main.

— Tu n'es pas sérieux ? dit-elle.

— Bien sûr que si, répond Askildsen sur un ton offensé.

— De quoi est-ce que vous parlez ? demande Roger.

— De MeToo, dit Bente, qui a suivi la conversation. De quoi d'autre ?

— Tu ne supportes pas ce mouvement, Askildsen ? je lance.

— J'ai juste peur que la moindre histoire ne prenne des proportions gigantesques, que ça n'engendre une sorte d'hystérie collective, dit-il, manifestement contrarié, mais en même temps heureux de pouvoir s'expliquer. Car alors, tout sera interprété dans le même sens. Et puis, je n'aime pas que les femmes se présentent comme des victimes, alors que ce sont des individus indépendants et autonomes, au même titre que les hommes. C'est en tout cas ce que je me suis toujours figuré.

— Ooooh, lâche Bente, tendue comme si elle assistait à un combat de boxe.

— Honnêtement, personne ne se pose en victime. C'est le contraire, proteste Sabiya.

— Mais est-ce que vous vous souvenez de toutes ces histoires sur le Dr Skjølberg ? dit Bente.

— Il était complètement cinglé, intervient Roger.

— Toi aussi, il t'a harcelé ? demande Bente.

— Non, mon Dieu. – Roger rougit. – Mais je me rappelle…

— Hé ho, cet homme n'est pas là, dit Askildsen. Un peu de retenue…

Il y a des ricanements et quelques secondes de pause.

— Je suis d'accord. Évitons de réveiller de vieux fantômes et parlons plutôt des événements récents, dit Roger. Du meurtre qui a eu lieu pendant notre service et du fait que tout le monde semble déjà l'avoir oublié…

— N'importe quoi, répond Sabiya. C'est bien de pouvoir parler d'autre chose aussi, de temps en temps. Ça fait des semaines qu'il n'est plus question que de ça.

— En tout cas, ça me semble toujours mieux que de faire comme si rien ne s'était passé, insiste Roger.

— Personne n'a dit qu'on devait faire comme si rien ne s'était passé, dit Askildsen. Mais, pendant toute l'année écoulée, je me suis démené pour nous trouver des remplaçants afin de rendre ce séminaire possible. Et pour la première fois avec vous, les infirmiers-chefs, ce qui ne doit pas arriver souvent ailleurs.

— C'est vrai, admet Roger. Et nous t'en sommes reconnaissants. Il ne s'agit pas de ça.

Apparemment, Askildsen est décidé à tenter de sauver la situation.

— Au fait, connaissez-vous l'histoire de ce bel endroit ? demande-t-il, avant de commencer à parler du couple

Hammerich, qui a organisé l'aide humanitaire danoise au profit de la Norvège, pendant la Seconde Guerre mondiale.

— Maintenant, trinquons en l'honneur du Lysebu, et d'Haavard, qui a eu l'idée de venir ici, conclut-il.

Tous lèvent leurs verres pour trinquer. Sabiya hésite un peu.

Pour ma part, je lance un :

— Pour les Hammerich. Et pour nous !

23

Clara

C'est Haavard qui a suggéré que nous tentions d'avoir des enfants. Moi, je n'étais pas aussi enthousiaste que lui. J'avais tellement peur d'échouer, comme ma mère l'avait fait. Et ça ne s'est pas arrangé quand je me suis retrouvée allongée sur la table d'examen, à la clinique de radiologie où Haavard m'avait entraînée pour vérifier que j'étais bien enceinte, vu que je ne me sentais ni nauséeuse ni fatiguée.

— Regardez ça, a dit la sage-femme.

Deux petites chambres avec deux petits cœurs qui palpitaient.

— Waouh, a lâché Haavard. Est-ce qu'il y en a… DEUX ?

— C'est exactement ça, a confirmé la sage-femme. Vous avez peut-être déjà des jumeaux dans votre famille ?

— Non, ai-je soupiré.

— Non, a dit Haavard en riant.

J'ai eu droit à toute une série d'échographies durant ma grossesse, ainsi qu'à vingt-deux semaines d'arrêt maladie, même si j'aurais préféré travailler plus longtemps. Mon estomac appuyait contre ma colonne vertébrale. Je sentais pousser leurs mains et leurs pieds. J'avais mal partout. Cela me démangeait.

Toutes les nuits, je me grattais, incapable de fermer l'œil. Apparemment, c'était tout à fait courant.

L'accouchement n'a pas vraiment été mémorable : j'étais allongée là, avec des électrodes qui enregistraient les battements de cœur des deux bébés, ligotée, coincée sous une marée de câbles. Ce n'était pas ce que j'avais imaginé. Mais, en tout cas, je n'ai pas crié. Les bébés sont venus au monde. Les démangeaisons ont cessé. Et je les allaitais, les berçais et les laissais reposer sur ma poitrine.

Tout allait bien. Je n'étais pas ma mère. Je maîtrisais la situation.

Quand les garçons ont eu six mois, j'ai repris le travail. À l'époque, ils avaient déjà commencé à se battre entre eux. Deux bébés tout ronds, avec leurs couches et leurs bodies, qui ne savaient même pas marcher, mais qui se mettaient des coups à la tête dès qu'on les allongeait côte à côte. Ils passaient leur temps à hurler et à se frapper, au point que je ne savais plus quoi faire.

Haavard était bien plus doué que moi. Il avait un talent naturel pour les faire cesser de crier et de se battre. Il les soulevait, les jetait en l'air, gazouillait avec eux, les chatouillait, leur faisait des grimaces, et les garçons riaient, riaient.

Ils ont grandi, perdu leurs grosses joues et leurs bourrelets et sont devenus grands et minces.

Ils ont eu deux ans, trois ans, quatre ans, cinq ans. Ils me hurlaient dessus comme des fous quand j'allais les chercher à la maternelle.

— Non, maman, disaient-ils. Papa ! On veut papa.

Et même si je n'avais aucune envie d'avoir deux pleurnichards constamment accrochés à mes jambes, cela me préoccupait. Après tout, peut-être avais-je plus d'Agnes en moi que je n'aimais à le penser.

À partir du moment où les garçons ont eu cinq ans, leurs bagarres et leurs chamailleries permanentes ont laissé place à une symbiose stupéfiante.

Ils n'utilisaient plus le mot *je*, mais toujours un grand *nous*.

— Nous et Andreas, disait Nikolai, en parlant de lui et de son frère.

— Nous et Nikolai, disait Andreas.

Si l'un des deux était mécontent de quelque chose et qu'il pleurait, l'autre prenait toujours la parole au nom de son frère. Quand ils ont été assez grands pour se lever seuls le week-end, le premier réveillé allait réveiller l'autre et, à pas de loup, ils descendaient ensemble l'escalier, jusqu'au rez-de-chaussée, et s'installaient devant la télé.

Quel soulagement cela a été. Ils n'avaient plus besoin de moi, du moins plus vraiment. J'avais rempli ma mission.

En plus de pouvoir compter l'un sur l'autre, ils avaient un père joueur et aimant. Les enfants mis à part, Haavard est surtout chaleureux et jovial avec les inconnus, quand cela ne lui coûte rien. Plus on se rapproche de lui, plus il devient froid.

Nous nous disputons à propos de ses poches de pantalons, qu'il ne prend jamais la peine de vider avant de les mettre à laver, du tri sélectif, pour savoir où nous passerons nos prochaines vacances, comment parler aux garçons, qui est responsable de l'état d'abandon dans lequel se trouve notre jardin.

Dernièrement, nos conflits ouverts ont été remplacés par une guerre de positions silencieuse.

J'ai rapidement perdu tout intérêt pour le sexe. Ce n'était que du réchauffé, il n'y avait plus rien de nouveau ni d'excitant. En plus, j'étais toujours fatiguée. Ce n'était peut-être pas très original, c'était la vérité.

Et puis, après plusieurs années à se plaindre du manque de sexe, plusieurs années à se coller à moi en pleine nuit, à des heures où il était inenvisageable que je fasse autre chose que dormir, et à grogner, frustré et vexé, parce que je lui tournais le dos, tout s'est soudain arrêté.

Il a fini par renoncer. Ce qui me convenait tout à fait. Peut-être s'était-il lassé d'essuyer des refus.

Mais en même temps, il a commencé à se montrer plus enjoué qu'avant. Plus doux. Et il a aussi changé d'apparence. Légèrement, mais assez pour que je le remarque. La petite brioche qui passait par-dessus la ceinture de ses pantalons a disparu. Et il allait chez le coiffeur plus souvent qu'avant.

Haavard semblait croire qu'il était habile pour masquer les indices.

Mais ce n'était pas le cas. Il y avait des notes de restaurant dans sa serviette, des préservatifs dans la doublure de sa trousse de toilette. Quant au mot de passe de son téléphone, il n'a pas été compliqué à deviner. C'est le 2205, le même qu'il utilise un peu partout. Sur son téléphone, j'ai trouvé des messages intimes adressés par des femmes dont je n'avais jamais entendu parler.

Je hais l'infidélité. Je n'ai rien connu de plus ignoble depuis que ma mère a quitté mon père, quand j'étais enfant.

Pourtant, j'ai découvert que la seule façon de gérer le sentiment d'humiliation était de faire comme si de rien n'était.

24

Haavard

Sabiya nous quitte à 22 h 30, bientôt imitée par Roger. À 22 h 45, je me retire à mon tour.

Je regagne d'abord ma chambre. Dehors, j'ai un balcon et une vue splendide sur l'horizon lointain, où se mêlent diverses nuances de vert et de gris. D'après le dépliant d'information posé sur le bureau, l'hôtel est équipé d'une piscine agréable. Ouverte jusqu'à minuit, est-il précisé.

Peut-être pourrions-nous aller nager un peu pour nous échauffer ?

Tu me rejoins à la piscine dans dix minutes ? Une petite baignade avant d'aller au lit, ça te dit ? j'écris.

Sa réponse arrive au bout de dix secondes.

OK, mais tiens-toi à distance raisonnable. Le tout ponctué d'un smiley.

Je m'empresse de revêtir ma tenue de sport. Vu que je dois rencontrer quelqu'un demain matin, je pourrai prétendre que je suis sorti car je me suis réveillé de bonne heure et que je n'arrivais pas à me rendormir. Muni de ma carte magnétique, de mon maillot de bain, d'une serviette de toilette et de mon téléphone, je me glisse discrètement hors de ma chambre.

Dans la galerie qui relie les différents bâtiments, celle avec un toit bas, des parois vitrées et une sculpture en bois représentant une mère avec son enfant peinte dans des couleurs criardes, il me semble déceler le parfum caractéristique de Jean Paul Gaultier.

J'espère vraiment que Roger ne sera pas à la piscine. Dans ce cas, nous n'aurions plus qu'à faire demi-tour. Je me sentirais tellement mal à l'aise de nager avec lui.

Heureusement, Roger n'est pas là.

Il n'y a que Sabiya, qui fait la planche sur le dos.

Le local est seulement éclairé par quelques spots qui forment un rectangle dans le plafond, au-dessus du bassin, et de grosses bougies placées dans des pots en verre. L'éclairage fait scintiller l'eau.

Nous sommes seuls. Mais sur un des longs côtés du local, il y a de grandes fenêtres panoramiques qui donnent sur l'extérieur, si bien que n'importe qui pourrait nous observer, dans l'obscurité, sans que l'on puisse le voir. Alors pour ce qui est de la discrétion, ce n'est pas vraiment l'idéal. Mais je m'en moque. Il est tard, tout le monde a bu, j'ai tout de même bien le droit de me baigner avec une collègue.

Sabiya se redresse et se tient là, dans la lumière, de l'eau jusqu'aux seins, un sourire aux lèvres, les cheveux mouillés et des gouttes d'eau brillant comme des perles sur sa peau dorée. On dirait une sorte de déesse. Brigitte Bardot, Ursula Andress, Bo Derek, Halle Berry, elles peuvent toutes aller se rhabiller.

Je me dirige vers le sauna, m'arrête au moment où je pose la main sur la poignée en bois.

— Tu m'accompagnes ? je demande, tandis que Sabiya passe devant moi en nageant. En fin de compte, ça me stresse un peu de savoir qu'on peut nous voir de l'extérieur. Dans le sauna, au moins, personne ne pourra nous observer. Ni savoir ce qu'on fait.

— Non merci, répond-elle en s'arrêtant un instant. C'est trop chaud et humide pour moi, ça me rend claustro.

— Je comprends, dis-je même si ce n'est pas vrai.

Je lâche la poignée.

— Tu ne préfères pas me rejoindre dans l'eau ? demande-t-elle en me lançant un regard que j'ai du mal à interpréter, avant de repartir sur le dos.

Ses bras rament en arrière, elle agite les pieds de haut en bas dans l'eau.

Je vais jusqu'à l'échelle dans un angle de la piscine, me mets à l'eau et commence à nager dans sa direction.

Il y a une odeur étrange dans la piscine, comme une odeur d'encens, une odeur familière que je n'arrive toutefois pas à identifier.

Je prends une bouffée d'air et plonge dans l'eau. J'essaie de voir, même si je n'ai pas de lunettes de piscine. Ce n'est pas facile. Les lumières et les ombres tournoient dans une sorte de danse, tout tourne autour de moi, comme si j'avais bu bien plus que je ne l'avais fait en réalité.

Tout à coup, je crois distinguer une ombre au-dessus de nous, mais lorsque je remonte à la surface, que je me retourne et que je regarde vers le bord du bassin, je ne vois rien.

25

Clara

Il est 8 heures précises lorsque je toque à sa porte ouverte. Mona aime que nous arrivions à l'heure. Ni une minute trop tôt, ni une minute trop tard, à l'heure, tout simplement. La rumeur dit qu'elle avait décidé que les réunions des chefs de service commenceraient à 12 h 05 chaque jeudi pour éviter que les gens n'arrivent avec cinq minutes de retard. Maintenant, tout le monde arrive à 12 h 05 précises.

— Bonjour, Clara, dit Mona. Referme derrière toi, tu veux bien ?

Pourrais-tu passer me voir à 8 heures, si tu es là ?

Voilà ce qui était écrit dans le champ réservé à l'objet de l'e-mail que j'avais reçu une heure plus tôt.

Le message lui-même ne contenait rien d'autre que sa signature.

Mona Falkun, secrétaire générale du ministère.

Quand on m'a engagée, je venais tout juste de terminer mes études, mais j'avais devancé des personnes bien plus expérimentées que moi, probablement parce que je paraissais posséder les qualités personnelles requises, quelles qu'elles soient.

Au début, je tentai de prendre part à la vie sociale du ministère, la directrice m'ayant fait comprendre que ce serait plus convenable. Je participais aux dîners et aux loteries du vendredi, je sortais prendre une bière avec les autres après le travail, je me portais volontaire pour courir le relais d'Holmenkollen avec des collègues en plus ou moins bonne forme et dépourvus de tout instinct de compétition, car tout ce qui les intéressait, c'était la bière qu'on irait ensuite boire sur la place Youngstorget.

Tout cela prit fin rapidement.

Et bientôt, je fus celle qui arrivait la première au travail et qui repartait la dernière.

Un soir, j'emportai même mes dossiers à la maison pour les lire dans mon lit. Des solutions et des associations évidentes m'étant apparues, je décidai d'aller voir mon chef le lendemain matin pour lui présenter mon raisonnement.

Il sourit.

— Oui, dit-il. On peut voir les choses de cette manière. En théorie. Mais dans la pratique, c'est bien plus compliqué.

Suivit alors un monologue d'un quart d'heure.

Par la suite, je tentai ma chance auprès de plusieurs de mes collègues. Ils me gratifièrent tous de ce même sourire qui signifiait : "Un jour, tu comprendras."

Je me dis simplement que si je prenais plus d'importance, que je trouvais un meilleur moyen de présenter mon point de vue, je finirais bien par les convaincre. En attendant, je m'efforçai de remplir au mieux ma mission.

Être conseiller dans un ministère, c'est comme tenter de traverser une forêt épaisse. On suit un sentier, puis un autre, mais on débouche invariablement sur des buissons impénétrables, et il y a toujours de nouveaux chemins qui apparaissent.

Et au bout de quinze ans, on finit par s'apercevoir qu'on n'a rien accompli du tout.

Mona est assise derrière son bureau, avec son visage rubicond et ses lèvres pincées. Ses cheveux gris coupés court, qui me font toujours penser à M, la supérieure de James Bond, forment comme un casque autour de son crâne. Elle porte une veste de costume noire agrémentée d'une broche en argent élaborée. Les broches sont sa marque de fabrique.

— Munch est passé et m'a exposé les projets qu'il a pour toi, dit-elle une fois que je me suis assise.

— Ah bon ? je réponds, sur la réserve.

Je voudrais savoir ce qu'elle sait avant de dire quoi que ce soit. Après tout, c'est elle qui m'a fait venir.

— Tu n'envisages tout de même pas sérieusement de devenir secrétaire d'État ?

Elle cite le titre en appuyant sur chaque syllabe.

— Je ne sais pas.

Ce qui est vrai.

Quand Munch m'a fait sa proposition, cela m'a paru ridicule, comme s'il s'agissait d'une blague. Mais avec le recul, je dois admettre que l'idée n'est pas pour me déplaire. À mon retour du Vestland, je lui ai demandé si son offre était toujours d'actualité. Il m'a répondu que c'était le cas. Pour le moment.

Devenir secrétaire d'État me permettrait en effet d'avoir une réelle influence, plus que je n'en ai jamais eu.

Par ailleurs, ce serait nouveau. J'aime faire des choses que les autres ne font pas, des choses que personne n'attendrait de moi.

À la base, le parti de Munch n'est pas le mien.

Mais peut-être que je pourrais le transformer de l'intérieur. Peut-être que ce serait plus efficace que toute la bureaucratie du monde.

Mona m'adresse un de ses sourires désarmants.

— Clara, tu es une de mes meilleures collaboratrices. Si tu dois me quitter pour…

Elle s'interrompt, cherche ses mots.

— … pour passer *du côté obscur* ? dis-je avec un petit sourire.

— Quelque chose de ce genre, oui… Eh bien, je n'arrive même pas à comprendre que tu puisses seulement y songer. Une bureaucrate de ta compétence, après quinze ans de service ? Devenir *politicienne*…

Elle dit cela avec cette pointe de dédain dans la voix que seuls les hauts fonctionnaires sont capables de montrer quand la situation devient vraiment brûlante. Au quotidien, tout le monde fait semblant de se respecter mutuellement.

— Je sais que tu as travaillé dur sur ta proposition de loi, mais ce n'était juste pas le bon moment. Tu ne peux pas changer de camp comme ça. Ce n'est pas ainsi que ça fonctionne. Enfin si, c'est déjà arrivé. Mais on ne peut pas dire que ça ait été une réussite.

— Non ? je fais, avant tout pour lui montrer que je l'écoute.

Mais c'est comme si j'avais jeté de l'huile sur le feu, car elle enchaîne avec ferveur :

— Inger Louise Valle. Elle aussi était juriste. Et elle est effectivement devenue ministre de la Justice. Elle a fini par être rétrogradée au rang de ministre des Affaires locales et s'est retirée. La ministre de la Justice Anne Holt est tombée malade et a démissionné pour se consacrer à l'écriture de romans policiers. Le secrétaire d'État Haktor Helland était auparavant directeur général au sein du ministère des Affaires de l'enfance et de la famille et ils l'ont sacrifié lors du scandale Rød-Larsen. Et puis un tel changement de bord est rarement bon du point de vue social…

— Ah. Mais je ne suis pas forcément aussi…

— … obsédée par ce que les gens pensent de toi ? complète-t-elle avec un soupir.

Nous sourions toutes les deux.

— Qu'est-ce qui t'obsède, alors ?

— Je veux accomplir quelque chose. D'une manière ou d'une autre.

— Mon Dieu ! s'exclame-t-elle.

Cette fois, il est évident qu'elle est agacée. Je le vois aussi aux traits tendus de son visage.

— Tu ne crois pas que c'est ce que tout le monde voudrait ? Et tu penses sincèrement que tu parviendras à accomplir plus de choses en tant que coursière de Munch ?

Elle se renverse dans son fauteuil, comme pour mieux m'observer.

Mona Falkum non plus n'est pas vraiment quelqu'un de sympathique. Et je n'ai aucun doute sur le fait qu'elle a ses propres ambitions.

Lorsqu'elle reprend la parole, c'est comme si elle avait lu dans mes pensées.

— On n'accède jamais à des postes à hautes responsabilités en étant sympathique, ne l'oublie pas. Anton Munch a enterré ta proposition de loi. Et qu'arrivera-t-il le jour où ils le destitueront ? Je ne devrais sans doute pas te dire ça, mais je sais que tu es quelqu'un de discret. Munch est compétent. Et, apparemment, il est plutôt facile de travailler avec lui. Mais je le connais mieux que vous tous, et j'ai commencé à remarquer certaines choses. Il ne faut pas que tu te fies à lui. Il possède plusieurs facettes. Tu comprends ?

J'acquiesce.

Mona fait le tour de son bureau, s'approche de moi et pose une main sur mon épaule.

— Clara… Si jamais tu changes d'avis, j'oublierai tout ce que j'ai entendu. On ne peut jamais rien prévoir. Mais le poste de directeur de département sera bientôt vacant. Et il se trouve que j'aurai mon mot à dire au moment de le pourvoir. Alors, si tu n'as pas changé de camp d'ici là…

Elle m'adresse un regard entendu.

Je ne réponds pas. Je ne sais pas quoi dire.

— Promets-moi en tout cas que tu vas y réfléchir, dit Mona.

— Je te le promets.

Ma réponse sonne comme un écho de celle que j'ai faite à Munch récemment.

Je me lève.

26

Haavard

Juste après huit heures et demie, je suis réveillé par des sirènes, des cris et des bruits de moteurs qui me parviennent par la fenêtre de ma chambre d'hôtel. Aussitôt, j'ai le sentiment qu'il est arrivé une catastrophe.

Je bondis hors du canapé, m'empare de ma carte magnétique et dévale l'escalier jusqu'à la réception, où sont rassemblés plusieurs de mes collègues, l'air perplexe.

— Qu'est-ce qui se passe ? Je viens seulement de me réveiller.

J'ai l'impression qu'on peut lire sur mon front ce que j'ai fait cette nuit.

En réalité, j'avais décidé que je resterais éveillé toute la nuit afin de profiter de chaque seconde avec Sabiya. Mais vers 2 h 30, nous avons fini par nous endormir. Et dès 6 heures, nous étions réveillés. Sabiya m'a alors fait remarquer qu'il était temps que j'y aille.

Ensuite, je me suis endormi comme une masse sur le canapé de ma chambre, épuisé, dans le jogging que j'avais enfilé hier soir et que je porte encore en ce moment.

— On ne sait pas trop, dit Roger.

Trois policiers en uniforme franchissent les portes et disparaissent dans l'hôtel. Que se passe-t-il ? Mon rythme cardiaque accélère d'un coup.

— En tout cas, ça doit être quelque chose de grave, dis-je.

Dehors sont garés plusieurs ambulances et véhicules de police.

— J'ai entendu qu'ils avaient découvert un cadavre, intervient Bente. C'est dingue…

— Comment savoir si ce n'est pas un des nôtres ? demande Roger.

— Bonne question, dis-je. Mais nous sommes tous là…

— Et Sabiya ? Est-ce que quelqu'un l'a vue ? lance Bente.

J'ai la chair de poule.

— Pas moi, je ne l'ai pas vue, répond Roger.

— Moi non plus, dis-je en tentant de me souvenir.

Se pourrait-il qu'il lui soit arrivé quelque chose après que j'ai quitté sa chambre ? Et qu'on s'en soit déjà aperçu ? C'est peu probable. Néanmoins…

— Je vais essayer de l'appeler, je propose.

Je sors mon téléphone. Je l'appelle. Pas de réponse.

— Je monte la chercher, dis-je en me dirigeant vers l'escalier qui mène à l'étage où loge Sabiya.

Je commence à monter doucement. Puis j'accélère.

Mon cœur bat la chamade, j'ai la bouche sèche. J'essaie de me convaincre que tout va bien. Ce n'est pas elle, elle est dans sa chambre, en train de se pomponner. C'est que cela prend du temps, ces choses-là. Et Sabiya est du genre très coquette.

Mais lorsque je frappe à sa porte, personne n'ouvre. J'essaie de regarder par le trou de la serrure, mais tout ce que je vois semble noyé dans le brouillard. Je reprends mon téléphone et l'appelle à nouveau. Pas de réponse. En revanche, j'entends sonner dans la chambre.

Est-elle à l'intérieur ? Ou bien est-elle sortie en laissant son téléphone ?

Soudain, j'ai une vision. Sabiya étendue sur son lit, étranglée, le visage tuméfié. Peut-être que son mari est réellement cinglé, qu'il a tout découvert, qu'il est venu jusqu'ici et qu'il a déchaîné sa rage sur elle.

Oh, mon Dieu, tout est ma faute.

J'ai envie de vomir. Je n'aurais pas dû boire, hier soir. Je n'aurais pas dû me baigner. J'aurais mieux fait de dormir plus. Je n'aurais pas dû être infidèle.

Et puis il y a encore ces flics, encore une victime. Et Sabiya qui a disparu. Merde, merde, merde. Alors que je suis là, tête penchée, les mains plaquées au mur, quelqu'un surgit au bout du couloir.

Sabiya, vivante, le visage rouge et transpirant, en jogging.

— Haavard ? Que fais-tu ? demande-t-elle.

— Sabiya ? Tu es… là ?

— Oui, répond-elle, surprise. Où est-ce que je devrais être, sinon ?

— Mon Dieu, j'ai bien cru que tu étais… morte.

— Morte ? – Elle se met à rire. – Morte, ouais, c'est ça…, ajoute-t-elle avec dédain.

Je suis tellement en colère que je dois me retenir de la gifler.

— Bon sang… Quelqu'un a été tué dans l'hôtel cette nuit, dis-je. Et comme je n'arrivais pas à te joindre, et que tu n'étais pas non plus dans ta chambre…

— Je suis juste allée courir. Mais… quelqu'un a été tué ? – Elle écarquille les yeux. – Tu es sérieux ?

— Oui, d'après la police. Maintenant, tu comprends pourquoi j'étais si inquiet pour toi ? Tu n'as pas vu les voitures de police ? Quand tu étais dehors ?

Elle secoue la tête.

— Je suis passée par la porte de derrière.

Roger arrive dans le couloir et s'arrête devant la porte à gauche de celle de Sabiya.

— C'est une conférence de médecins ou quoi ? demande-t-il en nous regardant d'un air plein de sous-entendus.

Aucun de nous ne répond. Sabiya s'était vantée d'avoir obtenu une chambre à l'étage, loin de tous les autres. Raté.

— Je vous laisse. Je ne voudrais pas vous déranger, ajoute-t-il avant d'entrer dans sa chambre.

— Qu'est-ce qu'il a voulu dire ? fait Sabiya en lui lançant un regard sceptique.

— Sabiya, dis-je. – J'appuie une main contre le mur, à côté de sa tête, et me penche vers elle. – Je…

— Haavard. – Elle secoue la tête et me considère avec froideur. – Pas ici. Pas maintenant. OK ?

— Mais enfin…

Mon esprit s'enflamme à nouveau, mais avant que j'aie eu le temps de dire un mot de plus, elle se faufile sous mon bras et s'éloigne vers le bout du couloir avant de disparaître.

La nuit que nous avons passée ensemble s'est déroulée exactement comme je l'avais espéré. Mais au petit matin, elle s'est montrée désintéressée et fuyante. Elle ne semblait penser qu'à une chose : me faire sortir de sa chambre au plus vite.

Et il y a quelques instants, alors que je l'avais crue morte, elle m'a ri au nez.

Comment peut-on changer d'humeur aussi rapidement ?

Je suis là, à remuer la queue comme un chiot pour qu'elle me repousse. Et il y a des policiers partout.

— Ils t'ont déjà auditionnée ? je demande, alors que nous sortons ensemble de l'hôtel.

J'ai profité du déjeuner pour lui glisser deux mots et exiger que nous nous retrouvions dans le parc, tous les deux, afin d'avoir une discussion. Naturellement, notre rencontre a un peu dévié vers d'autres sujets et nous avons surtout parlé des meurtres. Mais nous ne pouvons pas quitter Lysebu tant que la police ne nous y aura pas autorisés.

— Pas encore, répond-elle. Et toi ?

— Non. Mais j'ai l'intention de leur dire que je suis resté dans ma chambre toute la nuit. Et toi ?

— Que j'étais dans ma chambre, dit Sabiya, avec un sourire en coin. Après tout, c'est la vérité.

— Tu vas leur dire que j'étais là aussi ?

Elle secoue la tête, sans rien dire.

— Bente a entendu dire que le cadavre a été découvert dans le sauna, m'indique-t-elle.

— Ah bon ?

— Et que ce n'était autre que Melika Omid Carter *en personne*.

— Quoi ? – Je m'arrête et la regarde. – Tu plaisantes ?

— Tu trouves qu'il y a matière à plaisanter ? dit-elle, sur un ton hostile.

Des ruches situées dans les alentours nous provient un bourdonnement réconfortant. La serre est pleine de plantes. Le petit kiosque, constitué de simples panneaux de bois en treillis, ressemble à une sorte de volière ou de cloche à fromage. Il abrite un banc en marbre blanc entouré de galets, blancs eux aussi. Tout autour, il y a des arbres. C'est probablement ici que les mariés se font prendre en photo. Mais pour l'instant, ce lieu idyllique a presque quelque chose de hideux.

— Et au fait, notre petite escapade à la piscine ? dis-je. Peut-être qu'on ferait mieux de ne pas en parler ? Pareil pour notre liste ?

— *Ta* liste…

— Très bien. *Ma* liste. N'empêche qu'on devrait quand même accorder nos versions.

— Cette femme méritait de mourir, dit-elle sans répondre à ma suggestion, mais avec une lueur étrange dans le regard. Un jour, je l'ai reçue avec un de ses enfants à la polyclinique. Un des pires cas auxquels j'ai été confrontée.

— Mais est-ce que ça ne pourrait pas être son mari ?

— C'est un riche homme d'affaires d'origine iranienne qui vit à Los Angeles. Elle s'occupe seule de leurs enfants. C'est elle, crois-moi. Des gens comme ça, on en trouve dans tous les milieux, de toutes les nationalités, et il en a toujours été ainsi. Melika était sûrement une de ces personnes qui ont subi des choses elles-mêmes, des choses encore plus horribles que tout ce que tu pourrais imaginer… Et contre toute attente, elle s'en est sortie, et de victime elle est devenue bourreau. Elle a reproduit sur ses enfants ce qu'elle avait elle-même subi.

— Putain de péché originel.

— C'est exactement ça, dit-elle d'un air triste.

À notre retour, les autres sont assis à de petites tables, dehors, devant la réception, avec des tasses de café. Leurs visages sont tous blêmes.

— Où est Askildsen ? je questionne.

— À l'intérieur. Il est en train de négocier avec la police pour qu'ils nous laissent partir, répond Roger.

— Ce serait bien qu'ils trouvent ce malade avant qu'il ne tue d'autres gens, dis-je, laconique.

— Oui… Ou cette malade, rectifie Roger.

— Qu'est-ce que tu veux dire au juste par là ? demande Bente, des sanglots dans la voix.

— Simplement qu'on n'a aucune idée de qui il s'agit, explique Roger. Ça pourrait être n'importe qui, un homme ou une femme.

— C'est fort probable, en effet, soupire Bente.

— Il est surtout probable que ce soit l'un de nous, reprend Roger. Ça paraît logique, non ? Deux meurtres ont été commis, et chaque fois nous étions sur les lieux…

— Hé ho ! je l'interromps. Si ça avait été l'un de nous, on aurait sans doute choisi un autre endroit pour agir, tu ne crois pas ? Si j'avais voulu tuer ces gens, par exemple, je ne l'aurais pas fait à Ullevål, ni à Lysebu. Je les aurais tués à leur domicile. En tout cas dans un lieu sans aucun lien direct avec nous.

— Tu marques un point, Haavard, je le reconnais. Mais quand même… Deux meurtres en deux semaines alors que nous sommes dans les parages ? On va nous suspecter, c'est certain. Et ça ne me plaît pas du tout.

— À moi non plus, dit Bente en séchant ses yeux.

Je sens l'angoisse monter en moi. Les demi-vérités que j'ai confiées aux policiers commencent à me hanter. Je ne suis qu'un mari infidèle, méprisable et menteur.

Askildsen sort de l'hôtel, avec sa veste sur le bras et traînant derrière lui sa valise à roulettes.

— Ça y est, ils sont arrivés. Les policiers de l'autre fois. Elin et Morten. Il semblerait donc que ce crime soit lié au précédent. Ils t'attendent, Haavard. Ensuite, ce sera au tour de Sabiya, puis de Roger. Bente et moi, on peut rentrer chez nous. Ils nous recontacteront plus tard.

— Est-ce que c'est vrai qu'ils l'ont retrouvée dans le sauna ? demande Roger, en nous regardant, Sabiya et moi.

— Je crois, oui, répond Askildsen avant de soupirer. Mais elle aurait été tuée hier soir, d'après ce que j'ai compris...

— Alors elle est restée à faisander là-dedans pendant toute la nuit ? commente Roger.

Il fronce le nez.

— Roger, bon sang, je proteste.

— Oui, ça suffit, gronde Sabiya.

— On l'ignore, dit Askildsen. Apparemment, le sauna serait équipé d'une minuterie qui éteint tout automatiquement, si bien qu'ils n'ont pas besoin de passer par là-bas le soir, quand ils ferment. Mais pour l'instant, je suggère qu'on arrête de spéculer sur le sujet. C'est déjà assez moche comme ça...

— Mais si elle a été abattue, est-ce qu'on n'aurait pas dû entendre les coups de feu ? fait remarquer Bente.

— Tu as déjà entendu parler des silencieux ? interroge Roger. Comme à Ullevål ?

— Si la victime est encore d'origine étrangère, qu'elle a encore été abattue avec une arme à feu et que le tueur s'est volatilisé dans la nature, comment ne pas voir un lien entre ces deux crimes ? dis-je, sans préciser que les victimes ont encore d'autres points communs.

— Ils t'attendent, au cas où tu l'aurais oublié, dit Askildsen.

— C'est bon, j'y vais, je réponds en me levant.

27

Roger

Ça ne me plaît pas tellement de faire partie de ceux qu'ils souhaitent entendre dès maintenant. Comme si j'étais une de leurs priorités. Dois-je en déduire qu'ils me suspectent ?

— Très bien, Roger. D'après nos informations, votre dîner a pris fin vers 22 h 45. Pouvez-vous nous dire ce que vous avez fait ensuite ? me questionne la policière avant d'enfourner dans sa bouche un morceau de tabac à priser.

Je n'aurais jamais cru qu'ils y avaient droit pendant le service. Cela fait plutôt mauvais genre.

— Je n'étais pas fatigué, dis-je. Alors je me suis un peu baladé dans l'hôtel. Et puis je suis sorti faire un tour. Là, dans le coin.

— Seul ?

— Oui ?

— Pendant combien de temps vous êtes-vous promené ?

— Eh bien, je dirais… une demi-heure, peut-être ?

— Êtes-vous passé du côté de la piscine ?

— Pas vraiment…

— Pas vraiment ? Que voulez-vous dire ?

— En fait, non. Comme je vous l'ai dit, j'ai un peu tourné dans les bâtiments. Je m'étais égaré et j'essayais de retrouver mon chemin. Et à un moment, j'ai descendu l'escalier, dans l'aile en question, mais je me suis arrêté dès que j'ai compris que ça menait à la piscine. C'était juste avant que je sorte.

— Donc, vous n'êtes pas entré dans les vestiaires, ni dans la piscine ?

— Non.

— Avez-vous parlé à quelqu'un ?

— Non, je répète.

Ils me soupçonnent, je le sens.

Je me suis trouvé trop près, trop de fois. Il faut que je fasse quelque chose pour corriger cette impression.

— Mais… j'ai vu quelqu'un.

— Racontez-nous, dit le policier.

— Quand je suis remonté du sous-sol, j'ai vu Haavard descendre vers la piscine. Et quand je suis sorti, je suis passé devant les grandes fenêtres panoramiques. Et là…

J'hésite, comme si je n'étais pas sûr que je devais le dire.

— Oui ?

C'est Morten qui parle, maintenant. Sur un ton amical. Intéressé. Je l'aime bien, lui.

— Eh bien, j'ai vu Haavard et Sabiya dans la piscine. Elle nageait et lui se tenait au bord. Il la regardait.

— Donc, vous étiez dehors et vous les avez vus à l'intérieur ? Vous les avez observés longtemps ?

— Non, trente secondes, peut-être. Mais maintenant que j'y repense, c'est étrange. À Ullevål aussi, je les avais vus ensemble, ce soir-là.

— D'accord. Il va falloir que vous développiez, dit la policière.

— Haavard et Sabiya. – Je me penche en avant et prends une profonde inspiration. – Je les ai vus. Ensemble. Dehors. En même temps que moi. Alors qu'ils n'avaient aucune raison d'être là. Mais j'imagine qu'ils vous en ont parlé ?

28

Haavard

Les enfants ont mis en marche l'arroseur sous le trampoline, ils sautent et rebondissent dans l'eau qui jaillit à travers la toile noire, tels des dauphins joyeux, exécutent des sauts périlleux en arrière et des saltos, hurlant et riant. Le soleil projette ses rayons à travers le jet d'eau, dessinant de petits arcs-en-ciel.

Ces petits corps, dans le soleil, dans l'eau, beaux comme des sculptures, qui ont tout l'avenir devant eux.

J'ai l'impression de les voir grandir et s'allonger chaque jour. En même temps, c'est comme s'ils étaient nés hier.

Sans trop y croire, j'ai essayé de prendre la main de Clara, ce jour-là, de poser un gant de toilette sur son front, de respirer avec elle, ce genre de choses. Mais elle m'a tout simplement repoussé. Forte, comme à son habitude. Et s'il y avait bien une chose pour laquelle elle n'avait pas besoin qu'on l'aide, c'était la respiration.

— Pouvez-vous me dire à combien vous évaluez la douleur, sur une échelle de 1 à 10 ? a demandé la sage-femme après que l'ouverture du col était passée de deux à huit centimètres en une heure.

— À cinq, peut-être ? a dit Clara.

— Savez-vous si vous avez une forte capacité de résistance à la douleur ?

Clara a haussé les épaules.

— Oui, très forte, ai-je dit.

J'avais senti que je devais intervenir. Mais à peine avais-je prononcé ces paroles que je les regrettais déjà. J'ai aussitôt compris que j'avais surestimé cet être grand et mince avec un ventre énorme au milieu.

Le plus dur, pour elle, apparemment, c'était d'être allongée là, nue, dépendante des médecins, des sages-femmes et de moi. Elle vivait cela comme une humiliation. C'est peut-être pour cette raison qu'elle n'émit pas le moindre son alors qu'elle luttait pour mettre au monde des jumeaux sans péridurale, ce qui va à l'encontre de toutes les recommandations en cas d'accouchement multiple.

Un ou deux légers grognements, rien de plus. Pas un mot, pas un cri.

Rien à voir avec les accouchements auxquels j'avais assisté pendant mes études ou lors de mes gardes.

En partant à Lysebu, hier, dans ce temps printanier, j'étais joyeux et plein d'espoir. Tout était en ordre à la maison, Clara tenait la baraque, j'avais lancé mon projet, je m'apprêtais à passer vingt-quatre heures avec Sabiya, et Faisal et Mukhtar Ahmad ne me hantaient plus autant.

En l'espace d'une journée, tout s'est effondré.

Je vois l'eau, les feuilles des buissons secouées par la brise, le soleil qui se faufile entre les branches. Mais je vois tout cela à travers une sorte de brouillard.

Et le jet d'eau, les rires, le grincement du trampoline, tous ces bruits estivaux, je les entends à distance.

Il y a quelque chose d'inquiétant dans toute cette sécurité harmonieuse et idyllique. Le contraste est trop saisissant avec tout ce que j'ai lu ces dernières semaines, tout ce que j'ai vu au fil des années et dont je saisis l'ampleur seulement maintenant.

Tout à coup, il me revient une strophe d'un poème suédois. De Pär Lagerkvist, il me semble.

Tout est à moi et tout me sera repris, sous peu tout me sera repris.

J'ai de nouveau cette sensation qu'il y a une connexion que je devrais capter, mais elle m'échappe, comme ces petits poissons que les garçons essaient de capturer avec leurs épuisettes, quand nous sommes à la plage, et qui parviennent toujours à s'enfuir.

Il y a tellement de méchanceté en ce monde.

Mais qui sont réellement les méchants ? Ceux qui maltraitent leurs enfants et qui les battent parfois à mort ? Ceux qui tuent ces gens ? Les deux ? La fin justifie-t-elle les moyens dans de tels cas ?

Peut-on tuer quelqu'un sous prétexte que c'est lui-même un tueur, un bourreau ? Est-ce défendable ?

Andreas s'est allongé sur le dos, sur le trampoline mouillé, et met des coups de tête dans un ballon pour essayer de l'envoyer jusqu'à ses pieds levés. Nikolai et son copain sont occupés à remplir notre petite piscine, une sorte de jacuzzi gonflable en plastique merdique. C'est leur grand-père Leif qui la leur a achetée pour leur anniversaire. J'ai un peu tiqué, mais les garçons l'adorent, évidemment.

Ils ne vont pas tarder à se lancer dans leurs habituels concours d'apnée. Ils font cela depuis qu'ils ont trois ans. Ils peuvent tenir une éternité la tête sous l'eau.

— Tu étais de garde, cette nuit ? demande Andreas en me regardant d'un air compatissant.

Il voit bien que je suis fatigué. Je secoue la tête.

— J'étais juste en séminaire. Et j'ai très mal dormi à l'hôtel.

Aujourd'hui, une fois n'est pas coutume, nous sommes tous réunis pour le dîner. Clara est rentrée de bonne heure et a préparé le repas, pendant que j'apportais ma contribution en mettant la table et en lui parlant du nouveau meurtre.

Au menu, il y a du saumon aux épinards, une de ses spécialités.

Clara n'aime pas cuisiner. Je suis sûr qu'elle pousse un soupir de soulagement chaque fois qu'elle pose un plat sur la table et qu'elle peut rayer la ligne *dîner* dans la liste de tâches qu'elle tient dans sa tête. Manifestement, le saumon lui donne l'impression d'être une bonne cuisinière, comme si elle n'avait pas encore compris que ces poissons d'élevage n'ont rien de sain.

Comme toujours, le saumon est trop cuit, il est brûlé et morcelé, tandis qu'à l'intérieur, la chair rose est crue et gélatineuse. Les quartiers de pommes de terre baignent dans l'huile. Les épinards sont bouillis et tristes. Je dois faire un gros effort pour ne rien dire.

— Beurk, je n'aime pas le saumon, se plaint Nikolai.

— Moi non plus, dit Andreas. Pourquoi est-ce qu'on doit toujours manger du saumon ?

Clara se contente de les regarder par-dessus son verre d'eau, silencieuse et immobile, comme toujours quand le monde la déçoit. C'est à moi qu'il revient de les remettre dans le droit chemin.

— Oh, allez, espèces de petites chochottes, dis-je. Vous ne voulez pas devenir grands et forts, et écraser les autres garçons au foot ? Si ? Eh bien, dans ce cas, il n'y a rien de mieux que le saumon et les épinards pour avoir des super-biscoteaux.

J'use du même stratagème depuis des années, et je sais qu'ils n'y croient plus, mais il a au moins le mérite de leur faire avaler une bouchée de poisson chacun.

— Je peux avoir du ketchup avec ? demande Andreas.

— Mon Dieu, gronde Clara en secouant la tête avant de soupirer.

Elle a une aversion totale pour le ketchup, comme si c'était une invention de Satan en personne.

— Non, pas de ketchup avec le saumon aux épinards, dis-je. Ça gâche tout l'effet super-biscoteaux, ça a été prouvé scientifiquement…

— Oh, papaaaaaa, lâche Nikolai en riant de bon cœur.

Andreas se met à rire aussi, et même Clara commence à se dérider légèrement.

— Allez, dépêchez-vous de finir de manger et vous pourrez sortir de table, dis-je.

— Oui ! s'exclament-ils en chœur, avant d'engloutir les dernières bouchées et de filer.

— Bien joué, commente Clara en haussant les sourcils. Tu leur donnes de bonnes habitudes…

— OK. Si ça ne te convient pas, je te laisserai gérer, la prochaine fois.

Nous finissons notre repas en silence, sans dire un mot. Puis je me lève et commence à débarrasser la table. Clara est penchée sur le lave-vaisselle et range les assiettes sales.

— Au fait, on m'a offert un nouveau poste… m'annonce-t-elle.

— Ah bon ?

Qu'est-ce que cela peut bien être ? Un cabinet d'avocats ? Je sais qu'ils recrutent souvent au sein du ministère de la Justice, mais Clara est depuis trop longtemps dans la bureaucratie pour les intéresser.

— Où ça ?

— Au ministère de la Justice…

Je dois me mordre la langue pour ne pas me moquer. Jusqu'à présent, Clara a fait toute sa carrière au ministère.

— C'est une promotion, au moins, j'espère ?

— Secrétaire d'État, dit-elle, avec un sourire malicieux. Woll va arrêter. Munch voudrait que je le remplace.

Je suis tellement sidéré que j'en reste bouche bée, immobile, une poêle à la main.

— Mais tu es pourtant une fonctionnaire ? C'est courant de passer de l'un à l'autre, comme ça ?

— Non. Mais ça s'est déjà produit. Et ça se reproduira.

Je pose la poêle dans l'évier et m'assois sur un des tabourets.

— Mais pas cette fois, hein ?

Elle hausse les épaules et se remet à remplir le lave-vaisselle.

— Attends un peu. Tu ne veux tout de même pas dire que tu l'envisages ?

— Peut-être, dit-elle en esquissant à nouveau un sourire. Ça te paraît dingue ?

— Carrément. Et est-ce que ces gens ne font pas des horaires de dingues ? Et puis tu as la sécurité de l'emploi, pour l'instant. Tu serais prête à y renoncer pour une sorte de travail intérimaire où tu serais en permanence sur un siège éjectable ?

— Je te signale que, toi non plus, tu n'es pas titulaire de ton poste, rétorque-t-elle, ce qui est vrai.

À Ullevål, on n'est pas titularisé avant cinquante ans. Et encore, si on est chanceux.

En ce qui me concerne, ce n'est pas si important, mais la plupart des autres sont obsédés par leur titularisation. Cela génère une culture malsaine, où personne n'ose contester quoi que ce soit.

— Tu ne préférerais pas profiter de la vie ? Te détendre un peu ? Voyager, boire du bon vin ? Avoir de longues vacances ?

— Non ? dit Clara en me regardant, perplexe.

Je ne suis jamais sûr qu'elle comprenne mon humour, quand je la taquine sur ce sujet.

Rentrer "chez elle" dans le Vestland, oui. Partir en vacances, non.

Clara est et demeurera une fille de la campagne, une compétitrice, une carriériste. En fin de compte, elle n'a jamais été une hédoniste.

— Tu n'aimes pas avoir des chefs au-dessus de toi. Et puis, as-tu jamais éprouvé la moindre sympathie pour ces gens ? Je croyais que tu n'aimais pas Munch ?

— Pas spécialement, c'est vrai. Mais ce n'est pas non plus nécessaire. J'ai pour projet de les faire imploser, si tu vois ce que je veux dire ?

Elle paraît enthousiaste, pour une fois.

Je ne devrais pas la contrarier purement et simplement. Je devrais l'écouter, la soutenir, la laisser se rendre compte d'elle-même de la folie que représente cette idée.

Mais je ne suis pas suffisamment intelligent.

— Non, dis-je. Ce n'est pas possible. Même pour toi.

Aussitôt, je comprends que j'ai commis une grossière erreur et qu'il est trop tard pour revenir en arrière.

— Bien, se contente-t-elle de répondre, sur un ton inquiétant, tandis que son visage se ferme complètement.

29

Clara

La porte du bureau du ministre est fermée.

— Il sera prêt à vous recevoir dans un instant, m'assure Vigdis, qui est en charge de répondre aux demandes concernant la participation du ministre à diverses activités.

Oui au discours du 1er Mai de l'année prochaine. Oui à l'assemblée annuelle. Oui à une audience.

Non pour présenter sa recette favorite dans un livre de cuisine. Non pour choisir des disques dans une émission de radio.

En attendant, je vais me placer près de l'ours polaire et me mets à feuilleter les journaux à disposition : *VG*, *Dagbladet*, *Aftenposten*. Tous font leurs gros titres sur les meurtres des immigrés.

Apparemment, *VG* a un informateur au sein de la police, une sorte de gorge profonde, qui s'exprime sur l'une et l'autre de ces deux affaires, certainement à la grande frustration de la direction de la police.

Deux théories semblent se dessiner, résume le journal, qui indique également qu'un groupe d'employés de l'hôpital d'Ullevål se trouvait sur place lors des deux meurtres.

La première théorie avancée est celle d'un individu extrêmement raciste et dérangé qui rôderait et tirerait au hasard sur des personnes d'origine étrangère, à la manière de l'Homme au laser.

Bien entendu, le journal se fait une joie de revenir sur la vieille histoire de l'"Homme au laser" pour ses lecteurs.

Entre les mois d'août 1991 et de janvier 1992, le Suédois John Wolfgang Alexander Ausonius a ouvert le feu sur douze personnes à Stockholm et Uppsala.

Seule une de ses victimes est décédée, mais plusieurs souffrent de séquelles permanentes. Leur seul point commun était la couleur foncée de leur peau.

Ausonius avait une mère allemande et un père suédois. Pendant son enfance, il avait lui-même fait l'objet de moqueries à cause de ses cheveux sombres et de son aspect sombre en général.

Ses crimes avaient déclenché la deuxième plus grande chasse à l'homme de l'histoire de la Suède, et six mois après, il était arrêté en flagrant délit de braquage de banque. Plus tard, on lui a diagnostiqué un trouble dissociatif de l'identité.

L'article précise qu'Ausonius a été condamné en 2018 pour l'assassinat d'une personne à Francfort en 1992.

S'il existe réellement à Oslo quelqu'un qui souhaite marcher dans les pas de l'Homme au laser, cela peut être dû au clivage qui s'est accru ces derniers temps au sein des diverses franges de l'extrême droite, ainsi qu'à la couverture médiatique massive de la communauté musulmane et aux problèmes liés au phénomène des gangs, commente le journal.

La seconde théorie, en revanche, soutient qu'il s'agirait de règlements de comptes entre gangs d'immigrés d'Oslo.

Le meurtre d'Ahmad cadre parfaitement avec cette théorie.

Celui de l'entrepreneuse Melika Omid Carter, d'origine irano-américaine, s'y accorde beaucoup moins. Toutefois, il n'est pas impossible qu'elle ait eu des liens avec ces milieux, sans qu'on le sache.

La police n'a pas souhaité en dire plus pour l'instant, ni accréditer quelque hypothèse que ce soit.

Les médias ont tenté d'interroger Askildsen afin de savoir si lui et ses collègues s'étaient bien trouvés à proximité des deux scènes de meurtres au moment des faits, mais il a refusé catégoriquement toute interview.

Les journalistes font part de leurs commentaires.

Il faut que la police résolve cette affaire au plus tôt, avant que la ville ne s'embrase, écrit l'un d'eux.

— Tu m'as piqué mon marqueur, hurle quelqu'un derrière moi. Rends-le-moi, c'est le mien ! C'est le mien !

Je me retourne. Deux fillettes anémiques, qui doivent avoir entre quatre et six ans, avec des tresses, des tutus et des justaucorps rayés sont assises en train de dessiner, tandis que, derrière elles, sur le mur, un écran diffuse la chaîne Cartoon Network.

Les filles de Munch.

— Tout va bien, les filles ? demande la secrétaire en se levant, prête à intervenir.

Au même moment, la porte s'ouvre.

Woll sort, nos regards se croisent pendant une ou deux secondes.

Puis j'entre, ferme la porte derrière moi et m'arrête au milieu de la pièce, face au bureau du ministre.

— Mon Dieu, Clara, ces meurtres m'épuisent, dit Munch. C'est tout ce qui importe pour la presse, actuellement, ils ne s'intéressent plus à rien d'autre, c'est insensé. Allez, changeons de sujet. Comment vas-tu ? As-tu pris une décision ?

Il se renverse dans son fauteuil en me regardant avec impatience.

J'ai hésité, j'ai douté.

Mona a raison dans ce qu'elle dit. Haavard a raison dans ce qu'il dit.

La raison voudrait que je refuse.

En réalité, l'argument le plus important n'est pas la considération que je porte à ma famille, à l'administration publique ou à moi-même, mais le fait que je ne m'identifie pas à Munch, pas plus qu'à ses idées ou à son parti. Et que cet homme se comporte parfois comme un véritable imbécile.

— Oui, je réponds. J'ai pris ma décision.

— Et ?

— J'accepte.

— Ah, parfait ! s'exclame-t-il, sur le ton d'un serveur suédois qui essaie de jouer les charmeurs. – Il se lève et me tend la main. – Je le savais ! Même toi, tu ne pouvais pas dire non à une telle offre.

Tout à coup, son téléphone sonne. Il est posé sur la table de réunion à côté de laquelle je me tiens.

Anna-Karin.

Je lui donne son téléphone. Il regarde l'écran et grimace.

— Coucou, dit-il. Oui, bien sûr. Oui, nous sommes à Egertorget. Les filles ont essayé des vêtements. Maintenant, on est en train de boire du thé glacé dans un café. Oui, on s'amuse bien, ajoute-t-il en m'adressant un regard honteux.

J'examine mes ongles et m'efforce de faire comme si de rien n'était.

— Elles n'ont pas école, aujourd'hui, explique-t-il après avoir raccroché. Ma femme devait travailler. Alors, je n'ai pas eu d'autre choix que de garder nos filles. Et j'avais promis que je ne les amènerais pas ici…

— Je comprends, dis-je.

Je comprends tout à fait. Je comprends que c'est un lâche et qu'il est aussi menteur que tous les autres.

— Nous allons procéder à ta nomination dès que possible, annonce-t-il. Au fait, j'ai une question, Clara. Tu es membre du parti ?

— Non, je réponds en secouant la tête.

Je ne suis pas quelqu'un de politiquement engagé, je n'ai jamais été membre d'aucun parti politique. Et si j'avais dû en rejoindre un, celui de Munch aurait été loin de figurer en tête de liste.

— C'est bien ce que je pensais, dit Munch. Dans ce cas, ce serait bien que tu adhères.

— Je suis obligée de le faire ?

— Eh bien…, hésite-t-il. Personne ne peut t'y forcer. Mais c'est comme ça que ça fonctionne dans notre parti.

— OK.

— Par mesure de sécurité, tu devras aussi répondre à une série de questions d'ordre privé. Ils vont te demander s'il y a des éléments de ton passé qui pourraient se révéler problématiques, mais ce ne sera qu'une simple formalité. Ensuite, tu seras nommée lors du Conseil des ministres de ce vendredi. Bienvenue à bord !

30

Haavard

— Mais, maman, pourquoi est-ce que tu veux devenir secrétaire ? demande Andreas.

Clara vient d'annoncer aux garçons qu'elle allait être nommée secrétaire d'État au sein du ministère de la Justice par le roi, au cours du Conseil des ministres qui va avoir lieu aujourd'hui. Deux jours après que je lui ai fortement déconseillé d'accepter la proposition de Munch.

— Très bien, ai-je répondu en m'efforçant de compter jusqu'à dix, quand elle m'a annoncé la nouvelle, hier soir.

Et je suis effectivement parvenu à me taire. Car je suis malgré tout un homme moderne, qui ne pense pas qu'il peut ou qu'il doit décider pour sa femme. Un homme qui accepte que son épouse s'épanouisse professionnellement, un homme qui assume une grande partie des responsabilités domestiques.

Le problème, c'est que j'aimerais bien qu'on m'écoute aussi, de temps en temps.

Et même s'il paraît impossible que Clara travaille beaucoup plus qu'elle ne l'a fait quand elle se consacrait à sa proposition de loi, au moins, à cette époque, je savais que cela ne durerait qu'un temps.

Je travaille en équipe, je veux avoir une vie, et je ne peux pas être un papa à temps plein.

— C'est-à-dire… je ne serai pas une secrétaire normale, tente d'expliquer Clara. Je serai une secrétaire qui aide le monsieur qui est ministre de la Justice.

— Et comment il s'appelle, ce monsieur ? questionne Andreas.

— Anton Munch, je réponds, en appuyant bien sur chaque syllabe.

— C'est exact, confirma Clara.

— Tu seras son assistante ? fait Nikolai.

— En quelque sorte, oui, dit-elle en s'emparant de la boîte contenant son déjeuner, sur le plan de travail de la cuisine.

Elle sera certainement la seule secrétaire d'État à apporter son repas. Des sandwichs au foie avec des cornichons, ou bien au salami et au concombre, exactement comme quand elle était à l'école.

— Mais tu ne voudrais pas plutôt être la chef ?

— Je serai aussi un peu chef, dit Clara. Je vais pouvoir prendre plus de décisions. En tout cas, je l'espère. Nous commanderons, entre autres, les pompiers. Et la police…

— La police essaie de trouver celui qui a tué le monsieur au travail de papa, dit Nikolai.

— Oui, et la dame à son hôtel, ajoute Andreas.

Clara me lance un regard réprobateur, comme si c'était ma faute s'ils sont au courant de l'actualité.

— Pendant ce temps, papa sera plus le chef à la maison, dis-je, parce que nous verrons maman encore moins que d'habitude.

— Mon Dieu, se lamente Clara, en me regardant d'un air découragé. On en a déjà parlé.

— Je ne dirais pas qu'on en a parlé. J'ai plutôt été informé.

— Mais maman, pourquoi est-ce que tu ne veux pas être avec nous ? demande Nikolai.

— Oui, pourquoi tu préfères être avec cet Anton plutôt qu'avec nous ? renchérit Andreas.

— Je te remercie. – Clara me fusille du regard. – Bien sûr, que je veux être avec vous, dit-elle aux garçons en souriant.

Je hausse les sourcils et siffle. Clara rougit, mais s'abstient de répliquer. Elle se contente de m'ignorer, comme toujours quand elle est fâchée.

— Mais il faut bien que maman travaille, ajoute-t-elle. Si elle veut gagner de l'argent pour pouvoir vous acheter à manger, des vêtements et des jouets…

— Oui, bien sûr. C'est seulement pour ça, je commente.

— Et maintenant, je vais avoir à faire des choses légèrement différentes à mon travail, poursuit Clara. Mais je vais continuer de travailler au même endroit et avec les mêmes personnes. Vous comprenez ?

— Tu vas passer à la télé et tout ça ?

— C'est peu probable.

— À la radio ? Dans les journaux ?

— Je ne sais pas. Peut-être, dit-elle, d'une voix dans laquelle je sens monter l'impatience. Bon, à présent, il faut vraiment que j'y aille. Passez une bonne journée.

Elle se penche sur Nikolai et l'embrasse, fait de même avec Andreas, passe son sac à son épaule et s'en va.

— À plus tard ! je lance, ostentatoirement, avec une douceur exagérée. Je te souhaite une excellente journée, ma chérie.

Hier soir, à ma grande surprise, elle s'est créé un compte Facebook. Elle qui a toujours fait preuve d'un immense scepticisme à l'égard des réseaux sociaux. Elle pourra ainsi y partager vidéos, selfies, propagande du parti et autres divertissements variés. C'était apparemment une des exigences du ministre, qu'elle soit active sur les réseaux sociaux.

Pour couronner le tout, son téléphone bipe désormais de 6 heures du matin, heure du premier bulletin d'informations à la radio, jusqu'au dernier journal télévisé de la soirée sur NRK. Munch semble vouloir qu'elle suive l'actualité vingt-quatre heures sur vingt-quatre.

Le plus surprenant, c'est l'enthousiasme dont elle fait preuve à l'égard de tout cela.

— Tu penses dormir quand, en fin de compte ? lui ai-je demandé quand elle s'est assise sur la terrasse, avec un plaid, pour répondre à ses messages.

Elle venait tout juste de parler avec Munch pendant une demi-heure au téléphone et paraissait détendue et de bonne humeur.

— Je ne sais pas, m'a-t-elle répondu en haussant les épaules, avant de tirer une bouffée sur son joint du soir.

Son éternel rituel. J'ai alors éprouvé une sorte de joie à l'idée que quelque chose, malgré tout, demeurerait inchangé. Mais ne va-t-elle pas devoir arrêter de fumer, maintenant qu'elle est secrétaire d'État ?

Une fois dans mon bureau, j'ouvre ma liste. Depuis mon retour de Lysebu, je dois avouer que je ne suis plus aussi motivé. J'y ai déjà consacré beaucoup trop de temps, je vais finir par me faire renvoyer de mon travail, si je continue ainsi. En plus, une ombre ténébreuse et inquiétante plane désormais sur mon projet.

Melika figurait sur cette liste.

Ma liste me donne un mobile.

Et puis elle a fini par s'interposer entre Sabiya et moi. Du moins, quelque chose s'est interposé entre nous.

Elle n'a plus de temps pour nos rendez-vous sur la colline, à côté de Frognerseteren. Nous n'avons quasiment plus de contacts sur Strava. Si je poste un commentaire, je n'obtiens aucune réponse. Si j'entre dans le bureau et qu'elle y est, elle s'empresse d'en sortir.

J'ignore pour quelle raison elle m'évite de la sorte, mais cela m'inquiète.

Oui, il faut que j'abandonne ce projet, en tout cas jusqu'à ce que tout soit rentré dans l'ordre. Peut-être même que je devrais purement et simplement détruire ma liste. Le problème, c'est que je l'ai envoyée à Sabiya par e-mail. Elle est quelque part dans le système. Elle est dans sa boîte de réception.

Je n'arrive pas à me concentrer. Pourtant, aujourd'hui, je dois travailler sur mon article.

Soudain, Askildsen entre dans le bureau et s'assoit dans le fauteuil de Sabiya sans y avoir été invité. Son corps est mince et sec, mais pas à la manière robuste de ceux des sportifs. Son visage est pâle et creusé. Il porte des lunettes rondes.

— Haavard, dit-il en passant une main sur son crâne luisant. Ces putains de meurtres…

— Oui ? je réponds, en m'efforçant de paraître naturel, décontracté, honnête.

Mais mon cœur bat à tout rompre dans ma poitrine.

— Saurais-tu par hasard quelque chose que j'ignore ?

— Non… comme quoi ?

— Je ne sais pas. J'ai juste l'impression qu'il y a quelqu'un ici qui me cache quelque chose. – Il regarde autour de lui et hésite quelques secondes avant de se tourner de nouveau vers moi. – Je vois que Sabiya n'est pas ici ? Vous ne seriez pas un peu en froid, en ce moment, tous les deux ?

— Non, pas du tout, dis-je en déglutissant.

— Parfait. Eh bien… Consacre-toi à ton travail, Haavard.

Cette phrase résonne comme une sorte de menace. Il referme la porte derrière lui avant que j'aie eu le temps de dire quelque chose.

Je me penche et appuie ma tête sur mes mains. Que sait-il ? Soupçonne-t-il Sabiya ? Me soupçonne-t-il ? Connaît-il l'existence de la liste ?

La discussion avait été du genre qui peut paraître cordial si elle est écrite. Toutefois, si l'on prend en compte le ton, les gestes et les pauses, cela devient tout de suite beaucoup plus désagréable.

Je réfléchis un instant, assis dans mon fauteuil.

Puis je fais exactement ce que j'avais décidé de ne pas faire.

Je vais chercher la clé qui est cachée au-dessus de la bibliothèque et j'ouvre le tiroir du haut du bureau de Sabiya. Puis celui du milieu. Enfin, celui du bas.

Merde. Il n'y a rien dans les tiroirs. Rien non plus sous le bazar qui recouvre le bureau de Sabiya.

Le Glock a disparu.

Une seconde. Deux secondes. Trois secondes. Je refais tout le processus à l'envers. Je referme les tiroirs, les verrouille et repose la clé à sa place.

Je me rassois et sens la panique me submerger, telle une énorme vague qui frappe le rivage quand un bateau vient de passer trop vite et trop près.

Je suis terrorisé.

Que se passe-t-il ? Quelqu'un cherche-t-il à me nuire ? Quelqu'un est-il en train de jouer avec moi ? Sabiya a-t-elle quelque chose à voir là-dedans, elle avec qui je me trouvais au moment où les deux homicides ont eu lieu ? Me manipule-t-elle ? Qui est-elle réellement ? Que dois-je faire maintenant ? Je n'en ai pas la moindre idée.

Aussi, je fais ce que j'ai toujours fait dans les moments de crise : j'appelle Axel, mon frère de cœur, mon ami de toujours.

— Hé, lui dis-je. J'ai besoin de déconnecter un peu, il faut que tu me rejoignes à la cabane ce week-end.

— À Kilsund ? Ce week-end ? répond-il, surpris.

Ce qui n'a rien d'étrange. Je n'ai rien fait d'aussi spontané depuis que j'ai rencontré Clara, ou en tout cas depuis la naissance des garçons.

— Oui. Et ce n'est pas négociable. Dépêche-toi de faire tes bagages !

31

Clara

L'e-mail annonçant que je vais être nommée secrétaire d'État aujourd'hui en Conseil des ministres est envoyé sur notre messagerie interne juste après 9 heures.

Deux heures plus tard, les ministres et la Première ministre se rassemblent en conseil avec le roi dans le palais royal.

Lorsque le conseil est levé, je ne suis plus conseiller supérieur.

— Félicitations, Clara. Tu vas peut-être avoir besoin de ça ? me demande Vigdis avec professionnalisme.

Elle se tient dans l'embrasure de ma porte avec quelques caisses en carton pliées.

Elle possède une grande expérience dans ce domaine, avec tous ces ministres qui ont dû remballer leurs affaires à la hâte, ne disposant pour la plupart que de quelques heures pour faire place nette avant que leur successeur ne se présente à leur porte avec un bouquet de fleurs, une carte magnétique et un grand sourire, tandis qu'eux devaient descendre par l'ascenseur, dans l'indifférence générale, et sortir dans la rue, où aucune voiture officielle ne les attendait. J'imagine que Vigdis montrera moins d'enthousiasme le jour où il lui faudra remballer la collection d'hélicoptères et de véhicules de secours de Munch.

— Merci, je réponds en saisissant les cartons.

— Le bureau de Woll a été vidé et nettoyé cette nuit. Il doit être prêt à t'accueillir, à l'heure qu'il est. Je vais aller te chercher un chariot pour que tu puisses transporter tes cartons. C'est un peu la pagaille, chez nous, depuis quelque temps.

Le ministre a été très perturbé par ces affaires de meurtres, tu sais. Je crois qu'un peu de sang-froid féminin nous fera le plus grand bien, Clara. C'est une bonne chose que tu nous aies rejoints.

— Merci beaucoup, dis-je. C'est très gentil, j'apprécie.

Alors que j'empile mes premiers cartons sur le chariot, devant ma porte, deux de mes collègues du service se tiennent face à moi, dans la kitchenette, appuyés au plan de travail.

Ils m'observent sans rien dire.

Quand j'arrive dans la section du ministre en poussant mon chariot, le petit conseiller et les deux secrétaires d'État qui seront mes collègues sont réunis à côté de l'ours polaire, riant aux éclats.

Je capte un commentaire à propos du siège du parti et de quelque chose qu'ils n'arrivent pas à croire. Vigdis est assise à son bureau, en train de travailler, un sourire indulgent et tolérant aux lèvres.

Mes nouveaux collègues me repèrent, cessent soudainement de rire et se font silencieux.

Au même moment, Mona sort de son bureau. Elle s'arrête et nous contemple avec un sourire pincé.

— Tiens, Clara, te voilà avec ta nouvelle bande.

Un des deux secrétaires d'État marmonne quelque chose. Cette fois, je ne parviens pas à entendre ce qu'il dit.

Munch sort à son tour de son bureau. Sa porte est en face de celle de Mona. Entre les deux se trouvent Vigdis et les autres secrétaires d'État.

— J'ai besoin de quelqu'un pour faire une déclaration dans le journal télévisé à propos du manque d'hélicoptères bombardiers d'eau pour combattre les feux de forêt. Ce soir. Je ne suis pas disponible, ma belle-mère fête son soixante-quinzième anniversaire à Bodø, ce week-end.

Les autres baissent le regard. Ce n'est pas vraiment le sujet idéal pour se montrer. Ces derniers jours, il en a été beaucoup question dans les médias et l'affaire dite "des hélicoptères" commence à tourner au scandale.

— Clara, ça te dirait de faire ton baptême du feu ? demande Munch en se tournant vers moi.

— C'est d'accord, je réponds. Je n'y connais absolument rien en feux de forêt, mais…

— Ce n'est pas grave, les autres non plus, dit-il en adressant un regard en coin au reste des dirigeants politiques.

— N'oubliez pas qu'on est vendredi, c'est le jour de notre loterie du vin, fredonne Vigdis. 15 heures, ça vous va ? Clara, tu seras notre invitée d'honneur. On compte sur toi ?

— Bien sûr, dis-je.

Au même instant, mon téléphone bipe dans mon sac à main.

32

Haavard

Mon père a appelé, il veut que j'aille ouvrir Kilsund. Tu peux t'occuper des enfants, ce week-end ? j'ai écrit à Clara.

Elle me répond par un *OK* lapidaire.

C'est sacrément généreux de sa part de me laisser partir à l'improviste, surtout qu'elle-même n'a pas pu rester longtemps dans le Vestland.

Bien sûr, Axel sera là. Il est libre, ce week-end. Les enfants sont chez Caroline.

Au bout d'un moment, alors que je file à toute allure sur l'autoroute E18, je parviens à réprimer la panique qui me rongeait jusqu'alors, en songeant à la côte rocheuse, au parfum de l'iode, à l'horizon infini seulement parsemé de récifs et de quelques navires par-ci par-là.

Après être restée fermée durant les longs mois d'automne, d'hiver et de printemps, exposée au vent et à la pluie, la cabane a besoin d'être aérée. Il y règne une forte odeur de renfermé. J'ouvre les portes et les fenêtres.

Les rideaux bleus sont tout décolorés. Aux murs habillés de lambris jaunis sont accrochées une énorme carte marine et de vieilles photos en noir et blanc ou sépia consacrées à la pêche ou à d'autres temps forts. Le parquet est en pin verni.

Tout est demeuré inchangé depuis que mon grand-père paternel l'a construite, en 1952.

Deux ans plus tard, il a acquis un bateau en bois de vingt et un pieds que nous possédons toujours. Avec, chaque été, nous participons à la régate annuelle de Kilsund, que ma grand-mère Edith a d'ailleurs remportée en 1959. Pour ma part, j'ai gagné deux fois dans la catégorie des 8-12 chevaux.

Mon père et moi sommes d'accord sur le fait que rien ne doit changer ici. Mon oncle avait repris la cabane au décès de ma grand-mère, et il l'avait complètement défigurée. Nous devons conserver Kilsund.

J'aime bien venir ici pour faire du canoë, m'asseoir au bord de l'eau, repeindre un mur, bricoler un peu. Les garçons adorent naviguer, pêcher des crabes et plonger de la jetée. Souvent, nous venons tous les trois, tandis que Clara reste travailler.

Axel, au contraire, n'est pas vraiment familier des lieux.

Nos mères se sont rencontrées dans l'ancienne maternité, alors qu'elles étaient hospitalisées dans la même chambre, prêtes à accoucher. Après avoir passé leurs journées à papoter, elles sont devenues inséparables. Et nous aussi. Durant des années, nous avons été colocataires et, aujourd'hui, nous habitons à deux minutes l'un de l'autre. Et nous fêtons toujours le Nouvel An et le 17 Mai* ensemble.

Christian Ferner-Hansen, le père d'Axel, est devenu le meilleur ami et compagnon de beuverie de mon père à partir de notre naissance. Nos mères respectives adoraient se retrouver pour les dénigrer.

Parfois, je me dis que c'est la raison pour laquelle ils sont toujours mariés, ma mère, mon père, Jenny et Christian. Parce que maman a Jenny et que papa a Christian, et inversement.

J'ai la merveilleuse sensation de m'être échappé du monde, mais je sais que cela fonctionne toujours moins de quarante-huit heures. Et même les couchers de soleil rougeoyants sur les récifs et les verres de whisky partagés avec Axel sur le perron de la cabane ne pourront atténuer l'angoisse qui me ronge de l'intérieur comme de l'acide.

---

* Le 17 mai, les Norvégiens célèbrent leur fête nationale : *Grunnlovsdagen* (le jour de la Constitution). *[Toutes les notes sont du traducteur.]*

Je bois un verre. J'en bois un deuxième, puis un troisième. Nous parlons de football et de géopolitique, nous nous demandons pourquoi cela fait aussi longtemps qu'il n'est pas sorti un bon album de rock et si l'épisode consacré à Gengis Khan est bien le meilleur podcast de la série *Hardcore History*, réalisée par Dan Carlin. Je pense que oui. Je suis fasciné par ces cavaliers mongols sortis de nulle part et qui ont conquis le monde, mais Axel préfère l'épisode sur la chute de l'Empire romain, qui, d'après lui, traite en réalité des États-Unis.

Quatre verres. Cinq verres. Pour finir, Axel me regarde d'un air préoccupé.

— Qu'est-ce qui t'arrive, Haavard ?

— Ce n'est rien, dis-je.

— Ça ne te ressemble pas de boire autant. Ça concerne Clara ?

Nous n'avons pas l'habitude de parler de nos relations de couple. C'est pourquoi ces questions me prennent de court.

— Elle est devenue secrétaire d'État du jour au lendemain. À part ça, tout va bien.

Axel tourne son regard vers la mer et sourit.

— Impressionnant. C'est une sacrée femme. Une louve parmi les moutons, une sorte de Clint Eastwood en version féminine.

Il a toujours apprécié Clara.

— Vu de l'extérieur, peut-être.

Axel se redresse et me regarde.

— Fais ce que tu veux, mais en tout cas, ne divorce pas.

Il est toujours aussi désabusé depuis son divorce. De nouvelles vagues de déception et d'amertume s'abattent sur lui en permanence.

Actuellement, son principal problème, c'est le nouveau mari de Caroline.

— Il faut toujours qu'il y ait un imbécile qui débarque et qui se mêle de l'éducation des enfants. L'autre jour, mes propres mômes m'ont fait la leçon parce que j'avais posé ma tasse de café sur la table sans mettre de dessous de verre. Tu te rends compte ? – Axel se met à gesticuler. – Un dessous de verre sur la table ? Pour qui ils se prennent ? Voilà ce que leur enseigne ce petit-bourgeois de Tønsberg. Putain de nouveau riche. Il est la preuve vivante que les hipsters sont plus ou moins aussi autonomes qu'une adolescente. Je suis allé voir son compte Facebook. Il n'y est question que de vélos électriques, d'Interrail et de vins bios !

— J'ai déjà entendu pire, je commente.

— C'est seulement plus tard que je me suis aperçu que Caro et ses copines utilisaient le même avocat spécialisé dans les divorces. Ce type est réputé pour obtenir à ses clientes des conditions particulièrement favorables. Ça coûte une fortune de divorcer ! Mieux vaut avoir une aventure. Mais n'oublie pas : il faut qu'elle soit mariée, pour qu'elle ait autant à perdre que toi. C'est là que j'ai merdé.

— Elle *est* mariée, dis-je soudainement.

— Ah bon ? s'exclame Axel en me regardant, surpris. C'est déjà un bon début…

Je lance une recherche sur Sabiya sur Google et trouve une photo d'elle sur un site professionnel. La voilà : bronzée, souriante, rayonnante.

*Sabiya Rana. Interne, service de pédiatrie de l'hôpital d'Ullevål. MD 2008. Ph. D. 2012**. Des cheveux noirs ondulés, longs jusqu'aux épaules. Du rouge à lèvres. Un regard sombre et vif.

— Tiens, dis-je en tendant le téléphone à Axel, tandis que je contemple la vue sur la mer.

La lune flotte juste au-dessus de la surface de l'eau dans un ciel rose. À une centaine de mètres de nous, un idiot a allumé un bûcher sur un promontoire, malgré l'interdiction provisoire de faire des feux ouverts, en vigueur ici comme dans le reste du pays.

---

* MD, abréviation de "doctorat en médecine". Ph. D., abréviation de "doctorat de recherche".

Il observe longuement la photo.

— Je vois…

— C'est tout ce que tu as à me dire ? je lance, quelque peu vexé.

— C'est une belle femme, une très belle femme.

— Et ?

— Mais ça, ce n'est pas mon genre.

— *Ça ?*

— Je connais un mec qui a eu une liaison avec une Kurde, et pour rester poli, disons qu'il s'est fourré dans le pétrin. Elles peuvent être aussi laïques qu'elles le veulent, c'est toujours compliqué avec elles.

— Tu généralises, dis-je, agacé.

— Caro aussi me le reprochait tout le temps. Et bien sûr que je généralise. Tout le monde le fait. On a le pouls qui accélère quand on croise un groupe d'immigrés dans le métro, mais pas quand on croise une vieille dame. C'est une question de généralisation, d'intuition. Et les intuitions sont souvent bonnes.

— Moi aussi, j'ai une intuition.

— Ah oui ? dit-il, curieux.

— Les médias sont persuadés que les meurtres sont l'œuvre d'un raciste du genre de l'Homme au laser, ou qu'ils sont le résultat d'une guerre de gangs, mais ce sont des conneries.

— Pourquoi tu dis ça ?

— Parce que personne n'a compris que ce qui relie les deux victimes, en dehors de leurs origines étrangères, c'est qu'elles étaient des bourreaux d'enfants. C'était évident dans le cas du Pakistanais d'Ullevål, mais Mme Carter ne valait pas mieux que lui. Il s'agit d'affaires particulièrement sordides.

— Les immigrés sont surreprésentés dans ce genre d'affaires, dit Axel. Que ça nous plaise ou non, c'est un fait.

— En tout cas, Sabiya était sous le choc. On aurait dit qu'elle avait honte que le Pakistanais soit un de ses compatriotes. Ensuite, j'ai appris qu'autrefois elle avait fait partie d'une de ces bandes de filles qui rackettaient les autres filles dans le centre-ville d'Oslo. C'était bien avant qu'elle devienne pédiatre. Qu'en penses-tu ?

— Comme je te l'ai dit, c'est toujours très compliqué avec ces filles-là.

Je reprends mon souffle.

— On partage le même bureau, tous les deux. Et un jour, Sabiya a tenu à me rappeler à quel point il était important que nous gardions le secret à propos de notre relation. Elle m'a alors montré un pistolet qu'elle gardait sous clé dans un des tiroirs de son bureau, au cas où son rétrograde de mari découvrirait la vérité. Maintenant, le Glock a disparu. Et d'après les premiers éléments de l'enquête, il semblerait que les victimes aient été abattues avec un… – Je ménage une pause. – … Glock.

— Mon Dieu, s'exclame Axel, stupéfait.

Apparemment, il n'a pas de meilleure réponse à me donner.

Quand je me lève pour suivre le chemin infesté de fourmis menant aux toilettes extérieures, je me sens presque sobre.

Le dimanche après-midi, Axel me dépose devant chez moi. Je descends de voiture avec mon sac de voyage pendu à l'épaule.

Les enfants courent dans le jardin. Je soulève Andreas, le fais tourner en l'air, l'embrasse. Il sent la crème solaire et l'été. Il hurle de joie et rit aux éclats.

Je fais la même chose avec Nikolai. Puis nous rentrons à la maison.

Dans le couloir, ils se jettent sur moi. Ils veulent jouer à la bagarre. Je les laisse me submerger et me renverser. Puis ils s'allongent de part et d'autre de moi, en quête de câlins. Je les serre contre moi et sens la chaleur de leurs petits corps.

Alors que nous sommes assis là – Andreas le front appuyé contre ma joue et Nikolai un index enfoncé dans ma poitrine – quelqu'un sonne à la porte.

Les garçons et moi bondissons aussitôt sur nos jambes.

— Je vais ouvrir, je vais ouvrir ! dit Andreas en courant vers la porte, talonné par son frère.

— Non, c'est moi qui vais ouvrir ! crie Nikolai.

Ils sont tout le temps comme ça. Tout est prétexte à la compétition. C'est toujours à celui qui aura terminé sa saucisse le premier, qui skiera le plus vite, qui sera le meilleur en calcul, qui perdra le plus de dents avant l'autre, qui s'endormira le plus tard et se réveillera le plus tôt.

Je ne veux rien perdre de tout cela. C'est surtout pour cette raison que je tiens, et non pas grâce aux conseils d'Axel.

Nikolai arrive le premier, mais Andreas se faufile devant lui, appuie sur la poignée et ouvre la porte.

À l'extérieur se tiennent trois policiers. Ils portent des uniformes, des chemises bleu ciel, des cravates et la totale. Ils sont trop nombreux pour venir annoncer un décès. En outre, je les connais.

Durant les premières secondes, tout est silencieux. Comme dans un film muet.

Andreas et Nikolai, qui pendant toute leur enfance ont toujours crié "police, police, police" avec allégresse chaque fois qu'ils voyaient une voiture de patrouille ou un agent en uniforme, et qui ont souvent proclamé qu'ils deviendraient policiers quand ils seraient grands, refluent vers moi sans dire un mot.

Ils ont senti le danger, instinctivement.

Je me lève, les prends par le bras et les tire à moi. Clara apparaît à son tour dans le couloir.

— Pourrions-nous entrer un instant ? demande un des policiers.

Sans attendre une réponse, ils pénètrent tous les trois dans l'entrée, avec leurs brodequins. Ce n'est pas plus mal ainsi. Je n'ai aucune envie qu'ils restent sur le perron et que les voisins les voient.

— Que se passe-t-il ? lance Clara derrière moi, sur un ton glacial.

— Haavard, dit la policière, ignorant Clara. Nous souhaiterions que vous nous accompagniez pour nous aider et répondre à quelques questions.

Nikolai émet un bref sanglot.

— Rejoignez votre maman, tous les deux. Nous allons vous emprunter un peu votre papa, ajoute la policière en regardant Nikolai.

— Allez-y, dis-je aux garçons. – Je n'ose pas leur demander d'explications en présence de Clara. – Allez voir maman. Je vais juste aider un peu la police.

Andreas court rejoindre Clara et s'accroche à sa jambe, comme quand il était petit. Il est terrifié et regarde dans le vide.

Nikolai, en revanche, se met à crier.

— Papa, papa, papa ! hurle-t-il en me tirant vers lui.

Je le prends dans mes bras et le porte jusqu'à Clara. Il est devenu grand. Et lourd.

— Vous allez venir en voiture avec nous, Haavard, déclare la policière.

Je me contente d'acquiescer docilement. Je ne veux pas poursuivre la conversation ici, dans le couloir. J'embrasse les garçons sur la joue et essaie de leur dire que je les aime, mais mes paroles se noient dans les hurlements de Nikolai.

— À tout à l'heure, dis-je à Clara, qui ne semble pas vraiment disposée à m'accorder un baiser conjugal en public.

J'emboîte tranquillement le pas aux policiers en m'efforçant de me déplacer de la manière la plus naturelle et la plus détendue possible.

33

Clara

D'habitude, je n'appelle jamais le matin. Aujourd'hui, je suis au téléphone avant 8 heures.

— Bonjour, comment ça va ? je demande.

— Comme ci comme ça. J'ai fait un tour au supermarché, hier. Puis je suis allé acheter de nouveaux essuie-glaces pour la voiture et des pierres à lécher pour les moutons. L'argent file à une vitesse phénoménale. Mais je n'ai pas vu Bella depuis deux jours. Je n'aime pas trop ça.

— Elle finira bien par revenir, dis-je, avant de me lancer. Tu sais, papa… La police est venue chercher Haavard pour l'interroger et, maintenant, il semblerait qu'ils le retiennent.

— Mon Dieu… Qu'est-ce que tu dis ? Ça a quelque chose à voir avec le meurtre d'Ullevål ?

— Oui. Et avec celui de Lysebu. Il s'agit d'un malentendu, d'une sorte de bavure. Tout devrait rentrer dans l'ordre bientôt. Mais est-ce que tu pourrais venir passer quelques jours ici ? Bien sûr, je te paierai tes billets.

Il y a un bref silence.

Mon père s'est toujours senti mieux chez lui.

Avant la mort de ses parents, il a été marin pendant quelques années. Mais du moment où il a repris la ferme, une grande partie de son esprit baroudeur a disparu. Il faut reconnaître aussi qu'il lui était beaucoup plus difficile de voyager. Le peu de goût qu'il lui restait pour l'aventure l'a définitivement quitté au cours de ses six mois au Liban.

Hormis cinq ou six nuits passées chez nous tout au long de ces années, pour le baptême des garçons ou d'autres fêtes de famille, depuis cette époque, il n'a plus jamais dormi ailleurs que chez lui, dans sa ferme.

— Oui, répond-il. Bien sûr que oui.

34

Haavard

L'attitude des agents de police Elin et Morten a changé. C'est comme si le ton amical et coopératif qu'ils avaient employé jusque-là n'avait été qu'artifice, un masque qu'ils avaient à présent retiré pour dévoiler leur vraie nature. Ou peut-être est-ce maintenant qu'ils jouent la comédie ?

Je l'ignore. Et au fond, cela n'a pas la moindre importance. Ce ne sont pas mes amis.

La seule chose qui compte, pour l'heure, c'est que je sorte d'ici le plus vite possible.

— Nous avons eu accès à une intéressante correspondance par courrier électronique, annonce Elin en conclusion de leurs interminables formalités, après que j'ai encore refusé l'assistance d'un avocat, bien que je commence à me demander si je n'en aurais pas besoin, tout compte fait. Il en ressort que vous avez tenté de rassembler des informations sur divers patients qui ont été victimes de violences familiales sans en avoir informé votre responsable. Est-ce exact ?

— Oui, c'est exact, je réponds, en m'efforçant de parler sur un ton honnête et ouvert.

— Dans un message adressé à Sabiya Rana en date du 23 mai, vous écrivez, je cite : "Voici la liste des auteurs de maltraitances, ces rebuts de notre société. À mon humble avis, on devrait les torturer et les crucifier."

Et merde ! Dit avec cette voix et sur ce ton, ce bref commentaire que j'ai fait à Sabiya paraît effrayant.

— C'est effectivement ce que je ressentais à ce moment-là, dis-je en me raclant la gorge. Vous n'avez pas idée des atrocités qu'ont commises ces gens. Oui, c'est vrai que ça me rend furieux quand j'y pense, et je reconnais m'être mal exprimé. Mais non, ça ne fait pas de moi un assassin !

Elle feuillette ses documents.

— Est-il exact que le nom de Melika Omid Carter figurait sur cette liste ?

J'acquiesce. Je vais devoir jouer cartes sur table, maintenant.

— Oui, c'est exact, dis-je d'une voix calme.

— OK. Revenons-en à l'hôpital d'Ullevål, à ce 10 mai, poursuit la policière. À ce père d'origine pakistanaise qui a été abattu avec un pistolet. Il a été découvert à 22 h 27. En théorie, la mort s'est produite entre 22 h 15 et 22 h 20. La police a été alertée à 22 h 35 et est arrivée sur place à 22 h 45. Voilà ce que nous savons. Ce que nous ne savons pas, en revanche, c'est où vous vous trouviez entre 22 h 15 et 22 h 30.

— J'étais dans le service, je réponds. Comme je vous l'ai déjà déclaré à maintes reprises.

— Vous êtes resté là-bas pendant tout ce temps ? À l'intérieur du bâtiment ?

J'opine du chef. Je ne peux tout de même pas changer de version maintenant.

— Bien, dit Elin. C'est étonnant que vous choisissiez de maintenir vos déclarations alors que nous vous avons offert l'opportunité de revenir dessus. Car vous avez été aperçu dehors en compagnie de Sabiya Rana à 22 h 20. D'après le témoin, vous aviez une attitude affectueuse et sembliez nerveux.

Qui peut bien nous avoir vus ? Qui nous a dénoncés ? Et pourquoi n'avons-nous simplement pas dit les choses comme elles étaient ?

— Oui, c'est vrai. Sabiya était bouleversée, elle est sortie prendre l'air. Je l'ai accompagnée. C'est juste que j'avais oublié.

— Vous arrive-t-il souvent de sortir tous les deux sur vos temps de garde ?

— Non, mais ce n'était pas non plus une garde ordinaire. En tout cas, ça ne l'a plus été dès l'instant où ce garçon est arrivé. En tout cas, Sabiya était bouleversée, comme je l'ai dit. C'était même plus que ça. Elle était totalement hors d'elle. Je ne l'avais jamais vue ainsi. Alors, oui, j'ai essayé de la calmer.

— Le témoin affirme que vous sembliez être, je cite à nouveau : "dans tous vos états". Et qu'en même temps, vous donniez l'impression d'entretenir "une relation intime".

— Oui, évidemment. L'incident avec le petit garçon nous avait profondément touchés et j'étais très préoccupé parce que Sabiya paraissait très ébranlée…

Je frissonne légèrement. Mais bon sang, je n'ai plus d'autre choix. Il s'agit maintenant de sauver ma peau, comme j'avais décidé de le faire en revenant de Kilsund.

— Dois-je comprendre que vous souhaitez modifier vos précédentes déclarations ? Admettre que vous n'êtes pas resté tout ce temps à l'intérieur du bâtiment, mais que vous êtes sorti avec votre collègue ?

Elle est en train de me conduire dans un cul-de-sac.

— Oui, mais juste quelques minutes, je réponds, en me rendant compte à quel point je suis pathétique. Cinq tout au plus. Et puis nous sommes rentrés.

— Bien, dans ce cas, nous nous trouvons face à une contradiction, dit Elin.

— Pardon ?

Je me sens déjà totalement épuisé.

— Comment avez-vous accédé au service après votre conversation avec Sabiya ?

— Sabiya a utilisé sa carte. On est rentrés ensemble.

— Elle a effectivement utilisé sa carte. À 22 h 23. C'est exact.

— Oui, c'est ça, je constate en m'adossant à ma chaise. On est rentrés tous les deux à ce moment-là.

— Le problème, c'est que vous avez utilisé votre carte à 22 h 32. Autrement dit, neuf minutes plus tard. D'où ma question : Que faisiez-vous dehors neuf minutes après que Sabiya était rentrée, *sans vous* ? Et pourquoi continuez-vous de prétendre que vous êtes rentrés ensemble alors que c'est impossible ?

C'est comme si une avalanche de neige déferlait sur moi sans que je ne puisse rien faire pour y échapper.

Tout ce qu'ils disent est faux.

— En théorie, neuf minutes suffisent pour aller à la salle de prière, abattre Mukhtar Ahmad et revenir pour badger à 22 h 32, constate Morten.

— En théorie, je murmure en joignant les mains et en les serrant fort dans une tentative pour rester calme.

La climatisation dans la pièce doit être hors service et des gouttes de sueur dégoulinent le long de mes tempes et de mes pommettes.

35

Clara

La réunion matinale débute dans une ambiance joviale.

— Clara ! La vedette du week-end, dit Munch. Quel succès pour une première.

— Merci. Au moins, j'ai reçu un cours intensif sur les hélicoptères bombardiers d'eau…

— C'est dommage que tu aies dû déléguer, Anton, intervient le conseiller. C'était le genre de sujet idéal pour briller.

— Non, ce n'était pas du tout le cas jusqu'à ce que Clara le prenne en main, réplique le directeur de la communication, ce dont je lui suis reconnaissant.

Dans la foulée de mon interview au journal télévisé de vendredi soir, on m'a envoyée faire une émission de radio. Un peu plus tard, mon intervention a de nouveau été diffusée dans le journal de la nuit. Puis, le samedi et le dimanche, j'ai été invitée à participer à diverses émissions d'actualité, tant à la télévision qu'à la radio.

Dans un premier temps, je me suis contentée de confirmer que nous avions besoin de plus d'hélicoptères bombardiers d'eau et que nous reviendrions sur cette question dès que possible, ce qui n'était guère satisfaisant, dans la mesure où, au même moment, des incendies de forêt faisaient rage dans l'Est du pays.

J'ai appelé Munch.

J'ai appelé le fonctionnaire en charge du dossier et les responsables du département.

J'ai appelé la direction de la protection civile.

J'ai rappelé Munch.

Samedi après-midi, j'ai ainsi pu annoncer en exclusivité que nous avions acheté quinze nouveaux hélicoptères afin de lutter contre les incendies, prioritairement dans les zones rurales, et que ces dépenses allaient être prises en charge par l'État.

— Beau travail, Clara, me félicite Mona. Maintenant, il ne reste plus qu'à déterminer ce que nous allons faire avec cette série d'homicides. Il y a moins de meurtres à Oslo que ne le pensent les gens. Seulement un ou deux par an. Et là, on vient d'en avoir deux presque coup sur coup. Si la thèse de l'Homme au laser se confirme, l'opinion exigera que nous agissions promptement, que nous montrions que nous ne laisserons pas les immigrés se faire exterminer systématiquement.

— Je vais m'en charger, dit Munch.

— Veux-tu que je te rédige des notes d'allocution ? demande le directeur de la communication.

— Non, ce ne sera pas nécessaire. La thèse de l'Homme au laser n'est rien de plus qu'une affabulation des médias. L'inspecteur qui dirige l'enquête me tient personnellement informé et je sais que la police est à présent certaine que l'arme du crime provient du milieu des gangs d'immigrés d'Oslo.

Tous les regards se tournent vers lui. Et soudain, il se lance dans un monologue enflammé qu'il avait manifestement hâte de débiter, tandis qu'il fait tourner son portable sans arrêt, avec vigueur et rapidité, comme s'il battait un jeu de cartes.

— Les conflits entre gangs s'intensifient. C'est l'escalade permanente. Il suffit de regarder du côté de la Suède pour comprendre ce qu'il va se passer si nous laissons faire ces gens. Là-bas, les règlements de compte sanglants sont monnaie courante. On ne les arrêtera pas avec de l'enseignement moral et civique ou en augmentant les budgets alloués aux maisons des jeunes ! On a l'impression que la police a renoncé à lutter contre le crime organisé. Ces gens ne comprennent qu'un seul langage : celui de la force. Il faut les traquer vingt-quatre heures sur vingt-quatre. Confisquer leurs véhicules. Perquisitionner leurs domiciles. Les arrêter pour le moindre délit. Leur faire passer le message que nous n'accepterons jamais cela.

— Bien dit, proclame le conseiller.

Munch reprend son souffle et continue de battre le rythme sur la table avec son iPhone.

— Les autres partis croient qu'ils peuvent résoudre ce problème en dialoguant avec des groupes qui méprisent les valeurs occidentales et cela fait des années qu'ils nous attaquent chaque fois que nous tentons d'attirer l'attention sur cette question. Maintenant, il apparaît que nous avions raison depuis le début. Si certaines personnes ne veulent pas respecter les lois et le droit norvégiens, elles n'ont qu'à faire leurs valises et quitter le pays. Ce qu'il faut, c'est envoyer les délinquants en prison, armer la police et expulser les immigrés clandestins sur-le-champ.

— Bien dit, répète le conseiller, enthousiaste.

À côté de moi, Mona pousse un soupir.

— Le fait qu'aucun autre parti ne nous soutienne sur cette question est une pure provocation. Si le gang du quartier d'Holmlia, les Young Bloods, se promenait avec des pistolets factices en plastique, les médias et les autres partis auraient élevé la voix pour réclamer l'interdiction de ces jouets sous prétexte qu'ils polluent l'environnement. Mais quand ces gens portent de vraies armes, nous sommes les seuls que cela inquiète.

Il y a un instant de silence. Personne ne sait comment réagir. Munch a en grande partie raison. Ce qui déroute, c'est le ton qu'il emploie. C'est comme si, au cours de sa propre réunion matinale, il récitait un discours longuement préparé, en plus d'insister pour tirer des conclusions tranchées concernant les récents homicides.

Et il n'a pas terminé.

— Je pourrais utiliser cette affaire pour dénoncer la culture corrompue qui règne dans cette communauté. Voilà maintenant qu'ils se déchirent entre eux, comme… Et merde ! s'emporte-t-il en regardant fixement son portable.

Son écran s'est soudainement brisé et ressemble à une énorme toile d'araignée en cristal.

— Oh là là ! s'exclame Vigdis. Je vais appeler le service informatique tout de suite et leur demander de t'en commander un nouveau. Je vais m'occuper de celui-ci, Anton.

— Merci, répond Munch en observant l'écran de son portable, triste et choqué, comme s'il ne comprenait pas ce qui s'est passé.

— Allez, donne-le-moi, dit Vigdis d'une voix douce.

Et tel un enfant maladroit qui aurait cassé son jouet, il finit par lui remettre son téléphone.

— En tout cas, il faut que tu fasses attention à ce que tu dis dans cette affaire, insiste Mona. Il n'est pas bon que le ministre de la Justice du pays spécule sur les circonstances entourant deux homicides à propos desquels nous ne disposons que de peu d'informations. Si nous nous exprimons, nous devons le faire en des termes plus généraux.

— Allons donc, lâche Munch, ironique.

— Consulte au moins Monrad, la directrice de la police, avant de te prononcer. Après tout, c'est une affaire policière.

— Tiens, en parlant de populisme… Nous n'avons pas besoin de cette dame. Nous avons nos propres contacts au sein de la police, intervient le conseiller.

— Tu te trompes, rétorque Mona, découragée, en passant une main dans ses cheveux courts. – C'est un geste qu'elle fait quand elle est irritée, ce qui est souvent le cas lors de ces réunions matinales entre la direction politique, le secrétaire général du ministère et le directeur de la communication. – Monrad est une personne avisée. Et elle exerce un contrôle absolu. Mieux vaut l'avoir avec soi que contre soi.

— À propos, dis-je. Mon mari et ses collègues du service pédiatrique de l'hôpital d'Ullevål se sont retrouvés mêlés par hasard à ces homicides et essaient maintenant d'aider les enquêteurs du mieux qu'ils le peuvent. Je crois d'ailleurs qu'Haavard est avec eux en ce moment même.

— Oui, le monde est petit, commente Munch, peu intéressé.

— C'est très bien qu'ils collaborent, dit Mona.

Je soupire de manière inaudible. J'ai volontairement évité d'employer des mots comme interrogatoire, tout comme j'ai omis de préciser qu'Haavard était au poste de police depuis hier.

Plusieurs fois au cours de la réunion, j'ai consulté mon téléphone.

Haavard m'a-t-il appelée ? Ou la presse ?

Je n'ai aucun appel en absence. Mais plus le temps passe, plus cette bombe à retardement risque de faire de gros dégâts.

— Changeons de sujet, suggère Munch, impatient, en poussant un soupir. Il y a un dîner au palais royal mercredi soir. Je suis censé y participer, mais je prends l'avion pour Bruxelles ce soir et ne serai pas de retour avant jeudi. Désolé, Mona, je viens seulement de me rendre compte que cela allait créer un problème d'agenda…

Il place un doigt devant sa bouche et regarde sa secrétaire, qui secoue la tête et lève les yeux au ciel avec un sourire où transpire la loyauté.

Quelques-uns se mettent à rire. Tout le monde sait que Munch déteste ces dîners et que Mona n'apprécie guère qu'il néglige ces rendez-vous.

— Parfait, soupire-t-elle.

— Alors… Clara, dit Munch en me regardant droit dans les yeux. Si ma secrétaire parvient à t'obtenir une accréditation, tu pourras y assister à ma place ? Si possible avec ton mari, le médecin. De cette manière, le ministère serait représenté au dîner.

Je hausse les épaules. J'acquiesce.

Du coin de l'œil, je vois Mona secouer la tête.

— Envoyer une secrétaire d'État constituerait une violation caractérisée du protocole.

— D'autres sujets à traiter ? Aucun ? poursuit Munch. Une fois ? Deux fois ? Non ? Dans ce cas, tout le monde dehors.

La réunion prend fin. Tout le monde se lève.

Je regarde mon téléphone. J'ai un appel manqué d'un numéro inconnu commençant par 22 et un message sur ma boîte vocale. Je l'écoute tandis que je regagne mon bureau.

Haavard. Qui me demande de le rappeler à ce numéro.

— Clara, dit Haavard, essoufflé, en décrochant.

Je suis assise dans mon nouveau bureau, dont j'ai pris soin de fermer la porte.

— Putain, c'est incroyable. Apparemment, la police n'a pas l'intention de me relâcher pour le moment. Ils m'ont juste accordé une petite pause dans leurs interrogatoires. Je ne crois pas qu'ils aient le droit de me garder ici plus de quarante-huit heures, à moins de m'inculper officiellement. Tu peux informer Askildsen que je vais être absent quelque temps ? Et demande-lui de dire aux autres que je suis malade ou quelque chose de ce genre. Je n'ai pas envie que tout le monde sache que je suis toujours retenu ici. Dis-lui qu'il s'agit d'un malentendu. Tu pourrais aussi contacter papa ? Il faut qu'il m'aide. Demande-lui de m'appeler. D'accord ? Maintenant, je dois raccrocher…

Sa voix est haletante, presque paniquée.

— Je les appelle tout de suite. Et Haavard ?

— Oui ?

— Ça va s'arranger.

— Tu crois ?

On dirait qu'il est au bord des larmes.

— Bien sûr. En attendant, accroche-toi.

36

Haavard

La pièce dans laquelle nous sommes est exiguë et aseptisée. Même Clara l'aurait trouvée plutôt minimaliste.

J'ai lu quelque part que, de nos jours, les interrogatoires ont lieu dans une pièce plus cosy, meublée de chaises confortables séparées par une petite table. Personne n'est assis en face de vous car toutes les recherches ont montré que, dans ce cas, les interrogés se referment sur eux-mêmes et refusent de parler.

Toutefois, cet interrogatoire se déroule selon l'ancien usage.

Une table, avec de l'eau, des verres, un thermos de café et des tasses, les chaises sur lesquelles nous sommes assis, une fenêtre qui donne sur un bouleau qui, comme tout le reste, a commencé à brunir après un mois de chaleur intense, sans une goutte de pluie. Les feuilles de couleur jaune brunâtre tombent en tourbillonnant.

J'ai appris certaines choses aux côtés de mon père et de Christian ainsi qu'au cours de mon année à la fac de droit. Notamment que, comme dans chaque profession, tout ne se passe pas toujours exactement comme on l'imagine.

Les interrogatoires se déroulent rarement à cent pour cent selon le code de procédure, même si c'est ce que les policiers voudraient nous faire croire. On voudrait que tout se fasse toujours de façon équitable et ouverte. Mais dans ce domaine comme dans les autres, on n'est pas à l'abri des erreurs et des dérapages.

Tout ce qui compte, souvent, pour les enquêteurs, c'est d'arrêter un coupable, quel qu'il soit.

Je les observe, essaie de capter leur regard. Elin, la policière, s'est maquillée, ce qui lui donne un caractère plus autoritaire, plus adulte.

— Je suis rentré avec Sabiya ! je m'écrie. Je vous en donne ma parole. Vous n'avez qu'à lui demander. Je ne me suis pas absenté aussi longtemps, ça aurait été de la folie.

— Je vous rappelle que vous venez de modifier vos déclarations en admettant enfin que vous étiez sorti. Et votre carte d'accès a été utilisée pour rentrer à 22 h 32, constate la policière calmement.

Silence. On n'entend plus que le bruit du ventilateur qui tourne continuellement, à l'image de mon cerveau. J'ai le tournis, je ne sens plus mes doigts, j'ai l'impression que je vais m'effondrer sur le sol d'un instant à l'autre.

— Passons à la déclaration que vous avez faite à Lysebu, poursuit la policière, impassible, en lisant un document : "Je suis sorti jusqu'à 11 heures. Puis, j'ai regagné ma chambre et ai dormi profondément jusqu'à ce que je sois réveillé par le tumulte, ce matin. Je suis alors descendu à la réception." Mais la femme de ménage qui a préparé votre chambre a déclaré lors de son audition que votre lit n'avait pas été défait. Comment est-ce possible ?

— J'ai dormi dans le canapé, dis-je désespéré.

— Vous avez dormi dans le canapé. Donc, nous le notons.

— Non. J'étais avec Sabiya, je m'exclame brusquement. Dans sa chambre.

Elin et Morten échangent des regards.

— Lors de son interrogatoire, Sabiya Rana a déclaré que vous aviez eu une liaison l'année dernière. Est-ce exact ?

Elle leur a donc raconté. Sans m'en parler.

— Oui, j'avoue, nerveux. C'est exact. Mais nous avions promis de ne jamais le dire à personne. J'ai pris ma promesse très au sérieux. Je craignais que mon épouse ne le découvre, mais j'avais surtout peur du mari de Sabiya, l'homme dont elle se protégeait avec un pistolet.

Cela fait un long moment que Morten n'a rien dit. Soudain, il s'éclaircit la voix et se penche en avant.

— D'après les balles et le calibre utilisés, il semblerait que Melika Omid Carter ait été tuée avec le même pistolet que Mukhtar Ahmad. Il s'agit probablement d'un Glock 17 9 mm équipé d'un silencieux.

— D'accord, dis-je.

— Le Glock 17 est une arme plutôt commune, explique-t-il. Il est notamment utilisé par l'armée. Et il arrive de temps en temps que certains de ces pistolets disparaissent. Après le meurtre, nous avons enquêté sur les groupes criminels qui ont été en conflit avec Ahmad et son entourage. Et nous avons découvert qu'un Glock 17 volé équipé d'un silencieux avait circulé parmi les délinquants de la ville pendant plusieurs années.

Je commence à avoir la nausée.

— Nous avons interrogé le propriétaire illégal de l'arme. Il nous a avoué qu'il connaissait Sabiya Rana et qu'il lui avait donné son arme en novembre, l'année dernière.

Ils ont donc établi un lien entre les meurtres et Sabiya. C'est pour cette raison qu'ils voulaient me parler. Parce qu'ils la soupçonnent. Merci, mon Dieu.

— Sabiya vous a-t-elle montré cette arme ?

Maintenant, ils voudraient que je nie pour pouvoir me maintenir en détention.

— Oui, je réponds à voix haute et distincte. Elle me l'a montrée.

— Lui avez-vous dit ce que vous pensiez du fait qu'elle conserve une arme à feu dans le bureau que vous partagez ?

— J'aurais certainement dû le faire. J'ai essayé. Mais j'avais peur que son mari lui fasse du mal.

— Au cours de son interrogatoire, Sabiya a reconnu avoir gardé une arme dans votre bureau. Elle nous a spontanément expliqué comment l'arme était arrivée en sa possession, confirmant ainsi la version qui nous avait été donnée par son ancien détenteur. Ce n'est pas à nous de déterminer les conséquences que pourra avoir cette violation flagrante de la loi norvégienne sur les armes. Notre rôle est d'enquêter sur un homicide. Ce qui est intéressant pour nous, c'est que l'homme qui a donné l'arme à Sabiya savait évidemment qu'elle l'avait en sa possession, mais pas où elle la conservait. Vous, en revanche, vous le saviez.

— Oui.

Je commence à me demander si je ne devrais pas leur parler de la fois où j'ai vu Sabiya et son mari dans Ullevålsveien, leur dire que j'ai maintenant des raisons de croire que Sabiya m'a menti sur tout un tas de choses. Mais comment pourrais-je l'exprimer d'une manière crédible ?

— Sabiya affirme également avoir cherché le pistolet, juste après le meurtre du père pakistanais, et s'être alors aperçue qu'il avait disparu.

J'ai de plus en plus de mal à respirer.

Je voudrais enfouir mon visage dans mes mains.

Elin se lève, fait quelques pas, se retourne et remonte légèrement son pantalon tenu par un large ceinturon, comme si elle se préparait à tourner encore une fois sur elle-même. Morten se penche en avant, manifestement pour prendre la parole.

Je ferme les yeux et enfonce l'ongle de mon pouce dans la blessure que j'ai à l'extrémité d'un de mes doigts, histoire de me concentrer sur autre chose.

— En ce qui concerne Lysebu, commence Morten, le témoin qui vous a vu à l'extérieur de l'hôpital, à 22 heures, le soir où Mukhtar Ahmad a été abattu, vous a aussi aperçu à la piscine de l'hôtel, à 23 heures, quand Melika Omid Carter a été tuée. Est-ce exact ?

— Oui, dis-je.

— Êtes-vous allé dans le sauna ?

— Non.

— Pourtant, vos empreintes digitales ont été relevées sur la poignée de la porte. Auriez-vous une explication plausible à nous fournir ?

Non, je n'en ai pas la moindre. Pas maintenant. La seule chose dont je sois capable actuellement, c'est de poser ma tête dans la paume de mes mains.

— Nous nous trouvons ainsi dans une situation particulière où vous n'avez d'alibi crédible pour aucun des deux meurtres. Dans les deux cas, vous êtes revenu sur vos déclarations. Vous saviez où était cachée l'arme qui a servi à commettre les crimes. Vous avez fait part de votre désir que les deux victimes meurent. Et vous avez un mobile, dit Morten.

Elin pose une main sur mon épaule.

— Je comprends votre colère, Haavard. Moi-même, je vois des choses terribles dans le cadre de mon travail. Mais vous êtes un homme respectueux de la loi qui a commis des actes répréhensibles, qui doivent être punis. Je suis certaine que vous le savez, au fond de vous. Le moment n'est-il pas venu de jouer cartes sur table ?

— Ce n'est pas moi qui les ai tués, je murmure.

37

Clara

— Ces deux meurtres sont l'illustration d'une tendance à laquelle nous devons mettre un terme, déclare Munch avec une grande véhémence.

Son visage légèrement bouffi remplit l'écran.

Mona, Vigdis, le directeur de la communication et moi sommes plantés devant le téléviseur fixé au mur qui donne sur le bureau de Mona.

— Oslo, en particulier les quartiers est, est en train de devenir une ville sans loi rappelant de plus en plus des pays auxquels nous n'aimons guère nous comparer, et de moins en moins notre capitale où, autrefois, nous nous sentions tant en sécurité. Ces groupes se conduisent de manière extrêmement brutale envers les gens ordinaires. Les meurtres du père de famille Mukhtar Ahmad et de l'entrepreneuse et mère de deux enfants Melika Omid Carter ont été la goutte qui a fait déborder le vase. Il faut mettre un coup d'arrêt à ces agissements avant qu'ils ne deviennent monnaie courante et ne détruisent notre pays. Depuis longtemps, nous œuvrons afin d'alourdir les condamnations, d'armer la police, de renforcer la présence policière dans les rues et d'augmenter nos capacités pénitentiaires. Désormais, ce sera pour nous une priorité. J'ai demandé que soient prises une série de mesures urgentes visant à soutenir la police dans sa lutte contre les groupes criminels qui ravagent notre capitale.

— Qu'avez-vous à dire à propos des deux meurtres choquants qui se sont produits récemment ? demande le journaliste en charge de l'interview.

— Une mère et un père ont été tués. Plusieurs enfants ont perdu des êtres qui leur étaient chers. Nous ne pouvons pas continuer sur cette voie. Je vais veiller à ce que la police dispose de toutes les ressources et de tous les effectifs nécessaires pour combattre ce fléau.

— "Nous ne pouvons pas continuer sur cette voie", répète Mona. Ce n'est pas vrai. Je lui avais pourtant formellement interdit d'employer cette expression.

— Je te trouve sévère, Mona, dit le directeur de la communication.

— C'est nécessaire. C'est du même niveau que "dans le pays le plus riche du monde".

— Anton n'est pas vraiment lui-même, ces temps-ci. Il dort mal, intervient Vigdis, son éternelle protectrice.

— Où est-il, au fait ? j'interroge.

— Au Parlement, répond Vigdis – la seule personne qui a une vue d'ensemble à tout moment.

Tout le monde a le regard rivé sur le téléviseur. Cathrine Monrad apparaît à l'écran. Avec son épaisse chevelure blonde, son maquillage abondant et ses énormes boucles d'oreilles, elle ne correspond pas vraiment à l'image que l'on se fait d'un directeur de la police nationale.

— Mais regardez-moi cette femme, dit Vigdis. Vous ne trouvez pas ça un peu… inapproprié ?

— Chut ! fait le directeur de la communication.

— Cathrine Monrad. En tant que directrice de la police nationale, que pensez-vous des déclarations que vient de faire le ministre Munch ? l'interroge le journaliste d'une voix métallique.

Cathrine Monrad fixe l'objectif de la caméra d'un air sévère.

— Il est fortement regrettable que le ministre se prononce de manière aussi catégorique à propos d'une enquête en cours dans une affaire de cette gravité. Surtout que nous en sommes encore à envisager toutes les possibilités. Aussi, je tiens à me désolidariser des déclarations du ministre de la Justice.

— Aïe, aïe, aïe, s'exclame le directeur de la communication.

— Oui, cette fois, on est dans de beaux draps, affirme Mona, les bras croisés, en se balançant nerveusement d'une jambe sur l'autre.

— Attendez, dit Vigdis en regardant son portable, une fois le bulletin d'information terminé. J'ai reçu un SMS du ministre.

— Il a déjà un nouveau téléphone ? Ou est-ce qu'il se taillade le bout des doigts sur son écran chaque fois qu'il rédige un message ? je demande.

Je n'ai pas pu m'en empêcher.

— Clara, voyons, répond Vigdis en m'adressant un regard déçu. Il a un nouveau téléphone. J'ai fait le nécessaire, évidemment.

— Qu'est-ce qu'il veut ? questionne Mona.

— Que vous appeliez Cathrine Monrad afin de la recadrer.

— Maintenant ? s'étonne Mona.

— Cet après-midi, oui, avant qu'il parte pour Bruxelles.

— D'accord, je vais essayer d'organiser ça, même si je ne pense pas que le moment soit bien choisi…

Mona a l'habitude d'assister à ce genre de réunions délicates avec les directeurs des différentes instances. Après tout, c'est la directrice des ressources humaines.

— Bien, dit Vigdis avec un sourire désolé. Il a aussi écrit qu'il voulait que Clara soit présente, et personne d'autre. Je vois qu'il a un trou à 15 heures. Tu seras disponible, Clara ?

— Oui, je réponds de la voix la plus neutre possible. Je suppose que oui.

— Oooooh, s'exclame le directeur de la communication avec une grimace.

— Parfait, fait Mona avec une dignité forcée. Si c'est ce qu'il veut, alors…

— Je vais tout de suite appeler Cathrine Conrad, dit Vigdis en arborant soudain le sourire qu'elle adopte seulement quand elle s'apprête à avoir des communications téléphoniques très compliquées.

38

Haavard

Vu de l'extérieur, l'endroit présente plutôt bien. Mais dans un sens, j'aurais préféré que ce soit la même chose à l'intérieur. Depuis que les prisons norvégiennes ont été réhabilitées, les gens s'imaginent que ce n'est pas si terrible d'y être incarcéré.

Ils se trompent.

La cellule et le mobilier me rappellent l'armée. Surtout les draps bleus. La seule différence, c'est qu'ils sont frappés de l'inscription "Administration pénitentiaire" et non "Forces armées".

Pour le reste, il y a des murs gris épais, une porte métallique, un miroir, un lavabo, une armoire, une fenêtre munie de barreaux, un plafonnier et une lampe de lecture, un poêle, une grille de ventilation et une glacière souple pour conserver les aliments. Et une cuvette de toilette en acier.

Le plus problématique, c'est qu'il n'y a pas de distractions. Bien entendu, ils ont confisqué mon portable. Ils m'ont donné un stylo et du papier. Au début, j'ai essayé de griffonner quelques idées qui me tournaient dans la tête, pour évaluer la situation. Puis j'ai été pris d'une sorte de paranoïa, j'ai eu peur que mes notes soient saisies, qu'ils les utilisent contre moi. Si bien que j'ai fini par déchirer la feuille et jeter les morceaux.

Au loin, j'entends quelqu'un jouer au tennis de table.

Ici, tous les bruits sont amplifiés du fait qu'il n'y a rien à voir.

Je n'avais pas mis les pieds dans une cellule depuis cette triste année à la fac de droit, où j'avais travaillé bénévolement pour une association qui offrait une assistance juridique gratuite. Et je dois dire que c'est une expérience totalement différente de se retrouver ici en tant que détenu plutôt que dans la peau d'une sorte de héros ambulant.

Il y a tant de choses qui m'échappent.

Qui m'a vu à l'extérieur de l'hôpital et à la piscine ? Qu'ont-ils pu voir d'autre ? Pourquoi diable le système indique-t-il que ma carte d'accès a été utilisée dix minutes après mon retour ? Où est passé le Glock de Sabiya ? Et ces indices qu'ils ont en leur possession, sont-ils suffisants pour me faire enfermer ici pour de bon ? Ce n'est pas possible ? Si ?

Et si je restais ici pendant une durée indéterminée ?

Cette pensée m'est insupportable.

Une petite pause dans la routine. Personne pour vous casser les pieds, pas de chef, pas de patients, pas d'enfants, ni de femme, ni de voisins. Comme ce serait agréable de pouvoir couper avec tout cela pendant une courte période, me suis-je souvent dit, quand j'entendais parler de gens qui étaient incarcérés pour une raison ou pour une autre. Sans rien à faire. Juste déconnecter, se détendre, lire, dormir. Une sorte de parenthèse dans la vie quotidienne.

Mon Dieu, quelle idée stupide.

Il est évidemment impossible de se détendre quand on est enfermé dans une petite pièce sans autre compagnie que toutes ces pensées qui s'entremêlent toujours plus pour former un gigantesque enchevêtrement.

Pourquoi n'ai-je pas compris plus tôt que la liberté, que j'ai considérée comme acquise pendant quarante-trois ans, est le bien le plus important et le plus précieux que je possède ?

Que vont penser les enfants ? Savent-ils où je suis ? Croient-ils que je les ai abandonnés, que je les ai trahis ? Ont-ils peur pour moi ? Quel effet cela va-t-il avoir sur Nikolai, lui qui est si souvent sujet aux cauchemars ?

Et Sabiya ? Que pense-t-elle réellement ? Se doute-t-elle de quelque chose ? Qu'a-t-elle compris ? M'a-t-elle tendu un piège ?

Qu'adviendra-t-il si elle appelle Clara et qu'elle lui déballe tout ?

Clara et son nouveau travail. Est-ce déjà compromis ?

J'aurais dû agir autrement depuis le début. Ou tout simplement ne pas me laisser embarquer dans cette affaire.

La porte s'ouvre et le gardien, un homme du genre body-buildé, passe la tête dans l'entrebâillement.

— Vous avez un appel, m'annonce-t-il.

— D'accord, je réponds en me levant.

J'espère que c'est Clara. C'est la seule personne avec qui j'ai envie de parler en ce moment.

Mais ce n'est pas elle.

— Haavard ? dit mon père à l'autre bout du fil.

Les larmes me montent aux yeux, si bien que je dois m'essuyer le visage dans la manche de mon pull – en partie parce que je suis déçu que ce ne soit pas Clara, en partie parce que je suis soulagé que ce soit mon père.

William Fougner trouve toujours des solutions. Les choses ont tendance à s'arranger quand il est dans les parages. J'éclate en sanglots comme un petit morveux.

— Papa, m'entends-je dire d'une voix faible. – Ce mot sonne étrangement, cela doit faire un siècle que je ne l'ai pas appelé ainsi. – Il faut que tu m'aides.

Silence.

— Je vais passer quelques coups de fil, finit-il par dire. Je vais tâcher de vérifier si les médias savent quelque chose, tenter de les convaincre d'attendre avant de publier leurs informations. Et je vais demander à Christian s'il peut nous aider.

Christian, le père d'Axel et le meilleur ami de mon père, a la réputation d'être l'avocat le plus féroce de la ville.

— Merci…

Si quelqu'un peut me faire sortir d'ici, c'est probablement lui.

— Clara aurait voulu te rendre visite, mais aucun de nous ne peut se permettre de passer te voir pour l'instant. Si elle l'avait fait, cette affaire aurait sans doute éclaté au grand jour.

Ça n'aurait pas été une bonne idée. Mais quand nous nous verrons, tu devrais tout me raconter dans les moindres détails. Du début à la fin. Compris ?

— Bien sûr, dis-je.

39

Clara

Cathrine Monrad est une femme de grande taille, encore plus grande que moi. Aujourd'hui, elle est habillée en civil. Svelte et athlétique, elle porte un costume à motifs léopard et sa chevelure longue tombe en cascade sur ses épaules. Autour du cou, elle a un châle coûteux de couleur claire. Elle fait davantage penser à une auteure de polars suédoise glamour qu'à une haute fonctionnaire norvégienne.

— Je suis Cathrine Monrad, me dit-elle avec un fort accent de Bergen.

— Clara Lofthus, je me présente en tendant la main. Enchantée de faire votre connaissance, j'ajoute.

Il me semble plus judicieux de me montrer d'emblée courtoise.

— Félicitations pour votre nomination, déclare-t-elle en me jaugeant du regard, comme si elle essayait de déterminer si ses félicitations sont méritées. Il n'y aura personne d'autre ? interroge-t-elle en regardant autour d'elle.

— Non. Aujourd'hui, nous nous réunissons en petit comité, dit Munch.

Puis il l'invite à s'asseoir avant de faire le tour de la table.

La salle de réunion peut accueillir une vingtaine de personnes. Aussi paraît-elle bien grande pour nous trois. La raison pour laquelle notre réunion se tient quand même ici est avant tout d'ordre psychologique. C'est une sorte de technique de domination.

Je le suis et m'assieds à côté de lui, face à Monrad.

Mona Falkum aurait dû être présente. Du moins, un membre de l'administration aurait dû être là. J'ai bien tenté de le suggérer, mais Munch n'a pas daigné m'écouter.

Un de nos anciens ministres, qui avait l'habitude de convier un représentant de l'administration à chacune de ses réunions, avait déclaré, après avoir démissionné, qu'il ne l'avait jamais regretté. Selon lui, le meilleur moyen de s'assurer la loyauté des gens est de leur accorder sa confiance.

Munch, en revanche, a tendance à traiter de plus en plus les membres de l'administration comme des ennemis.

— Bien, j'ai vu que tu avais fait des commentaires sur moi dans les médias, commence Munch. Et moi qui croyais que les directeurs des départements qui me sont subordonnés devaient m'être loyaux en ma qualité de ministre.

— En principe, oui, réplique Monrad.

— En principe ? répète Munch, en insistant sur la dernière syllabe.

Monrad prend tout son temps. Elle se sert un verre d'eau gazeuse, puis une tasse de café. Elle boit une gorgée de café et repose la tasse sur la table.

— Donc, dit-elle dans un soupir. Il est fort regrettable que tu insistes autant sur le fait qu'il y aurait un lien entre les gangs criminels et les deux homicides qui ont été commis dernièrement. Cela pourrait même être risqué. Et quant à ma loyauté, je considère qu'elle doit aller avant toute autre chose à nos concitoyens et aux intérêts du pays.

— Les intérêts du pays, eh bien voyons, ricane Munch.

— Exactement, dit Monrad. Les commentaires de ce genre ne contribuent qu'à mettre de l'huile sur le feu. Ils sont anxiogènes et peuvent avoir de graves conséquences. Et surtout, ils ne s'appuient sur aucun élément concret. La situation avec les gangs est assez tendue pour que nous n'en rajoutions pas inutilement. Je n'ai fait que donner mon avis aux journalistes. Il est de mon devoir de m'en tenir strictement aux faits. Si tu m'avais consultée avant de faire tes déclarations, je t'aurais mis en garde.

— Tu aurais pu tout simplement m'appeler. Pourquoi ne l'as-tu pas fait ? demande Munch.

Maintenant, il nous prend pour des idiotes. Nous savons tous les trois qu'il l'aurait fait quoi qu'elle lui ait dit.

Anton Munch ne pense qu'à son intérêt personnel, il ne dit que ce que les gens veulent entendre. Ou plus exactement : ce qu'il croit que *ses électeurs* veulent entendre. Les autres, il s'en moque royalement.

Ils sont tous pareils, même si Munch est sans doute pire que la moyenne.

En outre, il est accepté que les politiciens aient une communication stratégique, qu'ils ne disent pas ce qu'ils pensent, seulement ce qu'ils croient être dans leur intérêt. Entre une communication stratégique et une communication mensongère, il n'y a qu'un pas que l'on peut vite franchir.

J'ai toujours détesté cela. Et voilà qu'à présent j'y participe. J'ai même rejoint le mouvement volontairement.

Mais qu'est-ce que j'imaginais ? Que j'allais pouvoir y changer quelque chose ?

— Franchement, continue Monrad, il faut éviter d'alarmer la population inutilement. Ce n'est pas la première fois que tu fais des déclarations de ce genre, alors je suis au regret de te dire qu'un appel téléphonique n'aurait rien changé. Le directeur de la police ne peut adhérer à de tels propos et il se doit de le faire savoir dans les médias. Et rapidement, de préférence.

C'est tellement typique de ces hauts fonctionnaires vaniteux de parler d'eux à la troisième personne !

— Et en ce qui concerne la loyauté, poursuit-elle, il est également malvenu que tu nous sautes à la gorge en public sans nous avoir consultés préalablement.

— Très bien, fait Munch. Quoi qu'il en soit, j'ai une exigence stricte envers mes subordonnés…

Au moment où il prononce le mot "subordonnés", je m'écarte de Munch le plus discrètement possible, m'empare de mon téléphone, que j'avais posé sur la chaise à côté de moi et le lève de quelques centimètres, de manière à ce qu'il demeure dissimulé sous la table.

Munch et Monrad sont trop occupés à se défier du regard pour prêter attention à moi, tandis que j'entre mon code et exerce quelques pressions sur l'écran.

Voilà. Je repose le téléphone sur la chaise.

— ... c'est qu'ils fassent preuve de loyauté à mon égard dans les médias. Constamment et en toutes circonstances, cela va de soi.

Leurs mines se renfrognent.

— J'ajoute que ce n'est pas non plus la première fois que tu fais ce genre de déclarations. Il suffit de remonter quelques jours en arrière, lors d'un journal télévisé du soir, par exemple.

Cathrine Monrad secoue son épaisse chevelure blonde et lâche un petit rire frustré.

— Avec tout mon respect, nous avons reçu tellement d'instructions, tellement de nouvelles procédures, tellement d'objectifs et de travail dernièrement que nous n'avons plus le temps de nous concentrer sur notre mission première. C'est très problématique.

— Qu'est-ce que ça a à voir... ?

— Pour ne parler que de ce cas concret, j'ai, comme je l'ai déjà dit, de bonnes raisons de démentir tes théories. C'est une question de sécurité. Si la Norvège, représentée par son ministre de la Justice en personne, affirme que les responsables de ces homicides appartiennent à des gangs et que cette information ne correspond pas à la réalité, cela peut avoir des répercussions néfastes. Je ne peux m'abstenir de réfuter ces théories juste pour te faire plaisir. Il y a déjà suffisamment de gens qui n'osent pas te contrarier.

Il y a un moment de silence.

Monrad a raison. À l'exception notable de Mona, personne n'ose contredire le ministre. Ils ont trop peur des représailles. Et dans leur ardeur à protéger le ministre face à toute forme de résistance, ils ne font que l'exposer davantage.

— Cathrine, dit Munch, lentement et avec clarté. Si tu t'obstines, je ne pourrai pas continuer à te faire confiance. Tu comprends ce que je suis en train de te dire ?

— Eh bien… dit Monrad, le visage cramoisi, en me regardant pour la première fois. Que pense notre secrétaire d'État de ces menaces ? demande-t-elle d'une voix non dénuée d'un certain mépris.

— Récapitulons, intervient Munch, qui n'a pas très envie que je réponde. Tu vas devoir changer ton style de communication face aux médias. Ou encore mieux : tu vas tout simplement cesser d'avoir ton style.

— Tu parles sérieusement ? demande Monrad.

— Oui. En réalité, ce n'est pas ton rôle de jouer les salopes médiatiques politiquement correctes.

Silence. Il n'y a que le son d'un verre invisible qui se brise sur le sol.

— D'accord, répond Cathrine Monrad en se levant. Cette réunion est donc terminée.

Elle reprend sa veste de couleur claire qui était accrochée au dossier d'une chaise et la pose sur son avant-bras, passe son sac à main sur son épaule et s'en va, sans un regard ni une poignée de main, bien que nous nous soyons levés.

Mais au moment de franchir la porte, elle se retourne brusquement.

— Si tu m'avais contactée, j'aurais pu te dire qu'un Norvégien de souche se trouvait actuellement derrière les barreaux et que nous le soupçonnons fortement d'avoir commis les deux meurtres.

Elle me regarde fixement pendant quelques instants. Je me redresse. Mon regard croise le sien et je m'efforce de ne pas laisser transparaître ce que je ressens.

Je comprends qu'elle sait. Elle aurait pu le dire.

Mais elle ne l'a pas fait.

Puis elle disparaît dans le couloir. Ses talons martèlent le sol tandis qu'elle s'éloigne.

— Qu'est-ce que c'est que ces conneries ? balbutie Munch, en se penchant pour ramasser son stylo, ses documents et son téléphone. Il va falloir que j'appelle mon contact pour savoir de quoi il retourne exactement.

Une demi-heure plus tard, Munch me convoque.

Il est assis à son bureau, l'air sévère et manifestement de mauvaise humeur.

— Bon sang, Clara… Est-ce que c'est vrai ? C'est vrai que c'est ton mari, le suspect ? Des deux meurtres ?

— Oui. Mais il est innocent.

— Tu parais bien sûre de toi…

— Crois-moi, il s'agit d'une erreur. Ils vont bientôt le relâcher.

Il me scrute du regard et soupire.

— Ils m'avaient tous déconseillé de t'offrir le poste de secrétaire d'État. Je constate maintenant qu'ils avaient raison. Je devrais te renvoyer sur-le-champ.

— Tu fais ce que tu veux.

— Le problème, c'est que ça ne serait pas non plus du meilleur effet…, poursuit-il comme s'il parlait tout seul. Vingt-quatre heures, Clara ! C'est le temps que je te laisse. S'il est remis en liberté, nous oublierons cette histoire. Ainsi que cette conversation. Mais j'imagine que tu comprends que si ces accusations sont maintenues, je n'aurai plus le choix.

Une fois de retour à la maison, cet après-midi-là, je me connecte à Strava.

Je suis au courant pour elle. Je l'ai toujours été. Pour les autres aussi. Mais je n'ai rien dit, et Haavard s'imagine que j'ignore tout. Il se croit si intelligent parce qu'il n'échange pas de messages avec elle et parce qu'ils ne chattent pas ensemble. Il ne sait pas que j'ai découvert son compte sur Strava. Il m'a suffi de passer minutieusement en revue les listes de son parcours habituel pour le trouver. DOCTORH.

Après l'avoir localisé, j'ai facilement trouvé aussi MRSSPLENDID. Elle n'aurait pas pu inventer un pseudonyme plus ridicule.

Haavard croyait-il vraiment qu'il suffirait qu'ils ne se suivent pas sur Strava ? Alors qu'ils s'adressent des pouces levés et des commentaires chaque fois que l'un d'eux poste un message ou une photo ? Alors qu'ils empruntent en permanence les mêmes parcours et que l'aperçu de leur rythme cardiaque montre qu'ils ont fait une pause de vingt à trente minutes en même temps ?

Quoi qu'il en soit, je ne me suis pas connectée à l'application dans le but de trouver des preuves de son infidélité, mais pour vérifier ce que cette hypocrite de MRSSPLENDID fait de ses soirées.

J'ouvre ses itinéraires. Apparemment, Sabiya sort courir sur le même parcours à 20 heures plusieurs fois par semaine.

Il est 19 h 35. Il me faut vingt minutes pour me rendre dans le quartier où elle habite.

— Tu peux garder un peu les garçons ? je demande à mon père. Je vais aller faire un petit tour de vélo.

C'est réconfortant d'avoir mon père à la maison, de le voir avec les garçons. Je me rends compte maintenant à quel point cela m'a manqué de ne pas le voir quotidiennement.

— Bien sûr, répond-il.

Après avoir informé les garçons, qui sont concentrés sur leurs iPad, je bondis sur ma bicyclette.

Je ne peux pas croire qu'Haavard ait fait ce qu'on lui reproche.

Et Sabiya avait un pistolet dans le tiroir de son bureau. Un Glock, c'est ce que m'a dit Haavard.

Les victimes ont été abattues avec ce type d'arme, je l'ai lu dans les journaux.

Sabiya était dans les parages. À Ullevål. À Lysebu. Chaque fois qu'Haavard était près des victimes, elle était près de lui.

Si je parviens à démontrer que Sabiya est impliquée dans des affaires louches, il pourra sortir de prison et rentrer à la maison.

Après que Cathrine Monrad a fait son commentaire final, tout à l'heure, j'ai pris conscience que je n'avais pas beaucoup de temps devant moi. Elle pourrait divulguer l'information sur Haavard afin de nuire à Munch.

La course contre la montre a commencé.

Vingt minutes plus tard, j'ai pris position parmi les arbres du bosquet qui fait face à son jardin. Leur terrain est bien entretenu, le gazon, dense et taillé à ras, ressemble à un tapis. Rien à voir avec notre jardin anarchique. Une terrasse en bois grisâtre avec de grandes jardinières remplies de marguerites blanches et de roses. Une maison blanche, récemment repeinte et traitée. De grandes fenêtres.

À l'intérieur, je peux apercevoir le salon. Lumineux, vaste, bien rangé.

Haavard m'a raconté que les immigrés aisés et bien intégrés comme Sabiya se qualifient eux-mêmes volontiers de *desi*. Et aucun *desi* ne souhaite vivre dans un quartier tel que Grønland, cela aussi il me l'a dit une fois. Ce type de quartier leur rappelle trop les logements surpeuplés et empestant le *garam masala* dans lesquels ils ont grandi.

Non, les *desi* résident dans de grands pavillons ou de grandes maisons mitoyennes modernes en périphérie de la ville.

Et bien entendu, c'est comme cela que vit Sabiya.

Je la vois se déplacer à l'intérieur. Mince, avec un jean noir et un haut blanc en soie. Elle prend un plaid sur le canapé et le plie. Elle ramasse des jouets sur le sol. Elle sort, revient, s'assoit avec son téléphone, se relève.

Son mari entre, ils discutent tous les deux, debout au milieu de la pièce. Est-il au courant pour Haavard et leur petit nid sexuel, sur la colline, dans les bois ? Ou pour le pistolet dans le tiroir du bureau de sa femme ? Probablement pas.

L'espace d'une seconde, j'ai envie d'y aller et de tout lui révéler. Mais pour l'instant, il est plus important de relier Sabiya aux meurtres que de mettre le feu à son couple.

Sabiya quitte le salon et, lorsqu'elle réapparaît, elle porte sa tenue de sport moulante, un collant et une veste à capuche noirs. Elle fait au revoir à son mari et disparaît à nouveau.

Je me replie parmi les arbres.

Quelques instants plus tard, je la vois sortir par une porte située dans un pignon de la maison. Les semelles de ses baskets font crisser le gravier, là où sont garées leurs deux voitures. Une Tesla blanche, propre et flambant neuve, et une petite BMW électrique, blanche elle aussi. Des voitures impeccables, une maison impeccable, ils doivent bien gagner leur vie, ces deux-là.

Tout paraît parfait.

40

SUSANNE

— Maman ! Maman ! Maman ! hurle-t-il.

Comme s'il pensait que cela allait me faire arrêter. Mais je cogne sa tête encore plus fort contre le sol. Peut-être que les voisins du dessous nous entendent. Je m'en moque, même si je suis convaincue que ce sont eux qui ont averti la protection de l'enfance, à cause d'eux qu'ils sont venus ici fouiner et enquêter.

Ils ne peuvent me retirer mes enfants à moins de me surprendre alors que je suis ivre ou en train de les battre, mais je suis parvenue à l'éviter jusqu'à maintenant. Parce que je suis plus futée qu'eux, beaucoup plus futée qu'ils ne le croient. Les gens s'imaginent que je suis stupide à cause de mon apparence quand je sors, avec mon maquillage surchargé, mon botox, ma coiffure et mes vêtements. Mais ils se trompent.

Je ne suis pas comme eux, tout simplement.

— Maman, non ! crie sa sœur en tentant de me repousser. Arrête, tu n'as pas le droit ! Non ! Non !

Je me retourne et la gifle, si violemment qu'elle tombe au sol. Sales gamins… Je les attrape tous les deux par le bras et les traîne dans le couloir et dans l'escalier.

Leurs corps cognent contre les marches, émettant des bruits sourds. Ils hurlent. Tous les deux. Mais j'ouvre la porte du grenier et les jette à l'intérieur, ferme la porte et mets le loquet. Ils ont des matelas sur lesquels ils peuvent jouer ou dormir, des biscuits qu'ils peuvent manger. La pièce est insonorisée. Le précédent propriétaire de la maison l'utilisait comme salle de cinéma privée, probablement pour pouvoir visionner tranquillement des films pornos.

L'homme qui est venu me voir peut devenir nerveux quand nous n'avons plus d'alcool. Il veut aller en ville acheter de la coke. Comme je n'ai pas bu tant que ça, j'accepte de le conduire au métro. Au moins, je serai débarrassée de lui.

En rentrant à la maison, je perçois des bruits sourds. Putain, ça commence à bien faire. Je gravis l'escalier en titubant. Ma tête est de nouveau sur le point d'exploser. Au moment où j'ouvre la porte, je suis assaillie par l'odeur.

Le petit a chié et a mis la main dans sa couche. Il y a de la merde partout : sur sa main, sur le mur, sur le matelas et sur sa sœur.

— Putain de bordel ! je m'exclame en claquant brusquement la porte.

Je vais dans la salle de bains, ouvre le robinet de la baignoire, retire mes vêtements et les suspends aux crochets fixés à la porte.

Puis je sors la poudre blanche de ma cachette et l'étale sur mon petit miroir.

J'ai dit que je n'en avais plus. Je n'avais pas envie de la partager avec lui. Avec personne, d'ailleurs. Je pose le miroir sur le rebord de la baignoire, délicatement.

Puis je redescends me chercher un verre de ce rosé que je garde dans le réfrigérateur. Je l'ai payé cher, lui non plus je n'avais pas envie de le partager.

De retour dans la salle de bains, je place le verre à côté du petit miroir, sur le rebord de la baignoire, avant de m'immerger doucement dans l'eau du bain. Je vais probablement m'endormir. J'ai tendance à m'assoupir quand je suis comme ça dans la baignoire.

J'entends grincer dans la maison. C'est sûrement le vent.

Je m'allonge, prends un selfie et l'envoie à quelques amis, mais surtout pas au type qui était là ce soir. En fait, j'espère bien qu'il ne reviendra jamais. Trop petite bite, pas assez de fric et de neurones Seule l'opinion qu'il a de lui-même est énorme.

La chaleur se répand dans mon corps, mais je sens sur la partie de mon torse qui dépasse de l'eau un petit courant d'air en provenance de la porte. J'ai dû oublier de la fermer. Je devrais me lever et aller le faire, mais je n'ai guère envie de quitter la chaleur de ma baignoire maintenant.

Je me tourne vers la porte pour voir à quel point elle est ouverte.

C'est alors que je la vois.

Une inconnue, vêtue d'un collant de sport noir et d'une veste à capuche, également noire. Elle se tient immobile dans l'embrasure.

Comment est-elle entrée ? Et que fait-elle ici ?

Je m'apprête à crier, mais elle met l'index devant sa bouche et fait un signe de tête en direction du mur qui donne sur le couloir.

— Chut ! dit-elle. Ça ne sert à rien de crier. Personne ne peut t'entendre.

Je ne réponds pas. J'essaie de me redresser. L'eau s'agite et la baignoire déborde. Je l'ai trop remplie. La femme s'approche.

Je devrais me lever, me lever et me jeter sur elle, tenter quelque chose, n'importe quoi, mais je suis incapable de bouger. Je suis même incapable de réfléchir.

— Qui êtes-vous ? je chuchote, comme si je ne voulais pas la provoquer. Que faites-vous ici ?

— Je suis venue me débarrasser de toi, répond-elle, d'une voix basse et rauque.

Elle parle différemment. Elle n'est pas d'ici.

Je sens quelque chose de froid, de métallique, contre ma tempe.

Une arme.

— S'il vous plaît, je la supplie.

Je me relève de quelques centimètres, mais elle m'arrête en pressant le métal encore plus fort contre ma tempe. Je lève les yeux sur elle, en prenant soin de ne pas trop bouger la tête.

— J'ignore qui vous êtes et ce que vous voulez. Mais on pourrait peut-être quand même discuter…

— Je suis venue pour eux, déclare-t-elle en faisant de nouveau un mouvement de tête en direction du grenier.

— Pour les enfants ? dis-je d'une voix de fausset. Mais… pourquoi ?

— Pour qu'ils n'aient plus à subir ça. Il est grand temps que quelqu'un les débarrasse de toi.

Elle se penche vers moi.

C'est une belle femme. Ses yeux sont maquillés de manière élégante.

Ils sont d'un bleu profond. Je n'ai jamais vu des yeux aussi bleus.

— Et pour Lars, ajoute-t-elle.

PARTIE 3

41

Haavard

— L'accusé accepte-t-il quatre semaines d'emprisonnement, tel que requis par le procureur, ou demande-t-il sa remise en liberté ?

— Je demande ma remise en liberté, dis-je d'une voix éraillée.

— L'accusé est-il disposé à se justifier ?

— Oui.

Lors d'une audience de cette nature, le juge dispose des documents de l'affaire, m'a expliqué Christian.

L'accusé, en l'occurrence moi, n'a pas à procéder à une nouvelle déclaration détaillée, mais se contente généralement de confirmer celle qu'il a auparavant faite à la police. Ensuite, le juge lit à voix haute la transcription du témoignage et demande à l'accusé s'il la valide en tant que déclaration judiciaire.

La parole est donnée au procureur afin qu'il procède à son réquisitoire. Puis, l'avocat de la défense peut faire sa demande de remise en liberté, si tel est le souhait de l'accusé.

Après cela, le juge s'accorde un peu de temps afin de définir la sentence qui sera alors lue dans la salle de tribunal.

L'accusé peut faire appel de cette décision, l'accepter ou encore demander un temps de réflexion.

Je connais la procédure grâce à mes souvenirs de cette absurde première année de droit que j'ai suivie avant de changer de voie. Nous avions même fait plusieurs sorties au tribunal de district et passé des journées entières à assister à des incarcérations.

Christian a demandé que l'audience se déroule à huis clos afin de préserver ma vie privée, mais sa requête a été rejetée. Apparemment, il est rare que le juge accède à une telle requête. Je regarde nerveusement autour de moi. Heureusement, il n'y a ni journalistes ni connaissances dans la salle. Christian a convaincu mon père et Clara de ne pas venir pour éviter de trop attirer l'attention.

Cela a dû les arranger tous les deux.

En revanche, je remarque que Morten et Elin sont bien là. En général, les enquêteurs ne sont pas présents au tribunal, sauf dans les plus grosses affaires, m'a expliqué Christian.

Je commence à prendre conscience que je suis une grosse affaire.

— Compte tenu de la gravité des faits, de la probabilité que des preuves soient détruites et du risque de récidive, la police estime nécessaire que soit ordonnée une incarcération provisoire d'une durée de quatre semaines, assortie d'une interdiction de correspondance et de visites, déclare le juge, faisant référence aux réquisitions du procureur.

Il y a une heure et demie, j'ai été transféré au palais de Justice à bord d'un véhicule de police et conduit directement en cellule, au sous-sol, où j'ai eu droit à une brève entrevue avec Christian. Il venait tout juste de recevoir le dossier de l'affaire. Apparemment, ceux-ci sont remis aux avocats de la défense seulement une heure avant le début des audiences. Ensuite, on m'a escorté jusque dans la salle.

C'est tellement réconfortant de voir le visage familier de ce bon vieux Christian Ferner-Hansen que j'en ai la gorge nouée.

Je suis certain qu'il est venu ici à bicyclette en empruntant la rue Ivar Aasen. Plusieurs fois, je l'ai vu passer en ville sur son vieux vélo sans qu'il ne me voie. Chaque fois, j'ai éprouvé la même émotion. Christian dégage une sensation de force primitive quand il passe en pédalant à toute allure, avec les pans de son manteau et son épaisse crinière grisonnante soulevés par le vent.

Depuis à peu près un an, Christian s'est retiré afin de se consacrer à de longues promenades dans la campagne, jusqu'à Puttedalen ou bien de la ferme de Fyllingen jusqu'au sommet de Kikuttoppen, d'où l'on a vue, au sud, sur des lieux tels que Bjørnsjøen, Appelsinhaugen et Tryvann. Les jours les plus lumineux, il est même possible d'apercevoir le fjord d'Oslo.

Aujourd'hui, cependant, il a dépoussiéré son révolver et est revenu à la charge pour me sauver.

Le procureur présente l'acte d'accusation dans lequel il demande au juge de prononcer mon incarcération sur-le-champ.

Toutes ces phrases vides entendues au cours de mon année de droit, il y a vingt ans, et quand j'étais caché sous le bureau de mon père acquièrent une signification toute nouvelle maintenant qu'elles concernent ma personne, ma vie, mon avenir.

Le juge fait référence au caractère extrêmement grave de l'affaire et au fait que l'enquête n'est encore que dans sa phase initiale. Dans ces conditions, une incarcération préventive semble nécessaire, avant tout pour éviter que des preuves ne soient détruites. Il n'est pas non plus à exclure, si l'accusé était libéré, qu'il en profite pour contacter les témoins et tenter de les influencer.

Je m'affaisse de plus en plus sur ma chaise.

J'ai dc plus en plus l'impression que tout ceci est irréel. Mon sang bat dans mes tempes. Je m'empare du verre d'eau qu'ils ont posé devant moi et bois une gorgée. Je n'ai pas mangé et je n'ai pas suffisamment bu. Je commence à me sentir déshydraté et épuisé. Le moindre mouvement me demande un grand effort.

Tous les indices qu'ils ont rassemblés contre moi sont accablants.

Tous mes petits mensonges stupides s'assemblent en une boule dans ma gorge que je n'arrive pas à avaler.

Le pire, c'est que je ne sais plus ce qui est vrai et ce qui ne l'est pas. Tous mes souvenirs se sont entremêlés pour former un immense bourbier.

42

Clara

Trois semaines plus tôt

Nous ne sommes que le 10 mai, pourtant c'est le premier jour de l'été ici.

Dans la soirée, alors qu'il fait enfin frais, je suis assise dans le salon, à la maison, avec mon ordinateur portable sur les genoux. Je passe en revue mon courrier électronique et essaie de dresser une liste de mes tâches à accomplir dans les jours à venir. Ce n'est pas facile.

Munch a enterré mon projet de loi.

Mon père a fait un infarctus.

Tout va de travers.

Le téléphone à côté de moi se met à clignoter.

Les deux mots *Portable Haavard* apparaissent à l'écran, suivis d'un cœur. C'est sans doute un des garçons qui a fait cela. Il faudra que je pense à le supprimer.

— Allô ? dis-je.

Il y a d'abord un instant de silence.

— Haavard ?

Il s'éclaircit la voix.

— Tu peux aller voir si les enfants vont bien ?

— Haavard..., dis-je.

Puis il me parle du gamin et de l'homme au maillot bleu de Chelsea qui est en train de se rendre à la salle de prière.

Je vais voir les garçons.

Nikolai est couché sur le ventre dans son lit. Aujourd'hui, il dort en caleçon, un vert avec des dinosaures. Andreas est étendu sur un matelas posé à même le sol. Il a sa propre chambre, mais préfère dormir avec son frère. En vérité, nous pourrions très bien transférer sa chambre ici. Il dort en pyjama, comme d'habitude, un pyjama élimé du capitaine pirate Sabeltann, de couleur gris clair, avec des têtes de mort.

Ils ont le sommeil si lourd qu'il n'y a aucune chance qu'ils se réveillent.

J'informe Haavard. Nous raccrochons.

Un petit garçon de quatre ans.

Un garçonnet un peu plus jeune que ne l'était Lars à l'époque. Si petit et si grand à la fois. Qui comprenait à la fois beaucoup et peu de choses.

J'ai lu tellement de rapports et d'études sur ce type de maltraitance que je peux imaginer son petit corps, guère différent de ceux de mes fils, qui sont endormis à l'étage. Guère différent de celui de Lars à l'époque. Seulement plus mat et plus menu.

Un petit corps qui encaisse encore et encore, qui tient bon, pensant que la vie est ainsi.

Un petit corps qui aime sa mère et son père, qui doit penser que c'est sa faute si on le traite ainsi.

Diverses scènes apparaissent devant mes yeux, des choses dont je ne souhaite pas me souvenir. Mon père, assis, qui regarde Lars dans la baignoire rose et qui m'appelle.

J'y vais. Je le vois. Je comprends.

Bon sang, c'est insupportable.

C'est à ce moment-là que je prends ma décision.

Je n'ai pas de temps à perdre. Je viens d'aller voir les garçons. Il n'est pas nécessaire que j'y retourne maintenant.

Je me rends aussitôt dans le bureau kitsch d'Haavard pour récupérer la carte d'accès de son travail. Je sais qu'il en garde une ici. Son code est le même que pour le reste : la date de naissance des garçons, 2205. Une fois de retour au rez-de-chaussée, dans le couloir, j'enclenche l'alarme, verrouille la porte et vais chercher ma bicyclette.

Seulement quatre minutes après avoir raccroché, les pneus de mon vélo crissent dans le gravier de l'allée.

Une rage brûle en moi, aussi ardente qu'une boule de feu, qui a toujours été là, mais qui couvait, comme un volcan.

Maintenant, la boule de feu brûle intensément.

À cette heure de la soirée, l'air est frais et clair, saturé du parfum des cerisiers à grappes, des spirées et des premiers lilas, si précoces cette année.

Je pédale aussi vite que je le peux. Il y a peu de circulation, peu de gens dans les rues. Je m'efforce d'appliquer mes exercices de respiration, dans la mesure du possible. Les conditions ne sont pas optimales, mais je n'ai de toute façon pas le temps de faire autre chose.

Quand j'arrive à Ullevål, j'entre par le garage et range mon vélo.

Dans un des couloirs, je trouve un énorme chariot plein de vêtements qui, apparemment, reviennent de la laverie. J'enfile une blouse et un pantalon. Ainsi, j'attirerai moins l'attention car cela fait déjà longtemps que les visites sont terminées. Dans les couloirs, il y a des paniers destinés à recevoir le linge sale. Je les ai déjà vus, quand les enfants et moi avons accompagné Haavard à son travail. Ce linge est ensuite lavé à des températures élevées.

J'emprunte l'escalier de service du sous-sol jusqu'au troisième étage, où se trouve le bureau d'Haavard, en évitant la réception. Haavard s'est souvent plaint de l'absence de caméras de surveillance à Ullevål. C'est quelque chose qui agace les employés, qui sont régulièrement confrontés à des comportements agressifs de la part des patients ou de leurs familles. Mais s'ils se sont enfin décidés à en installer, j'imagine qu'ils auront commencé par la réception.

L'aile des bureaux est plongée dans le noir. Il n'y a personne au travail en ce moment. Comme toujours à cette heure, même si les étages inférieurs grouillent de vie. J'enfile des gants à usage unique, sors la carte, compose le code et ouvre la porte. Je ne veux pas allumer la lumière, alors j'utilise la lampe torche de mon téléphone.

Le bureau d'Haavard et Sabiya est le troisième sur la gauche. C'est un bureau miteux, guère différent de ceux que nous avons au ministère. Chacun son poste de travail, son PC, son clavier, ses piles de documents. Je reconnais bien là le désordre d'Haavard. Le bureau de Sabiya, la briseuse de couples, est soigneusement rangé. Dessus trône une photo de trois enfants basanés que je reconnais pour l'avoir vue sur sa page Facebook.

Dans l'angle formé par les deux bureaux, le désordre augmente graduellement. Il y a notamment un scalpel au manche vert menthe du même genre que ceux qui traînent en plusieurs endroits à la maison. Je le glisse dans ma poche. Qui sait si je n'en aurai pas besoin ? Je m'empare également d'une petite brosse à cheveux rose avec une épaisse couche de cheveux entremêlés parmi les picots.

Ensuite, je me plante face au bureau de Sabiya et contemple les tiroirs un instant.

Je repense à cet hiver, à cette soirée où Haavard m'a raconté comment la pauvre Sabiya, la plus intelligente et la plus brillante de toutes, était piégée comme un rat par son horrible mari.

— Et tu sais quoi ? me dit-il au terme d'un long monologue.

— Non.

Comme je pouvais m'y attendre, il n'en fallut pas plus pour qu'il se mette à nouveau à déverser tout un flot de paroles.

— Mais il faut que tu me promettes de ne jamais le répéter à personne…

— S'il te plaît, épargne-moi tes…

— D'accord. Eh bien voilà, après notre cours sur la leucémie, nous étions assis en train de faire le bilan. Et nous étions sur le point de nous en aller, nous avions juste besoin d'atterrir après toutes les questions des parents et…

— Abrège.

Il me regarda, comme toujours quand je lui demande d'en venir au fait.

— Oui, tout à coup, elle a ouvert un des tiroirs de son bureau et en a sorti un pistolet muni d'un silencieux et…

— Un pistolet ? l'interrompis-je, profondément surprise.

— Un pistolet, exactement. Un Glock, je crois. Et elle l'a pointé sur moi.

— Elle n'a pas peur que quelqu'un le trouve ? demandai-je.

— Son tiroir est fermé à clé, évidemment. Mais elle cache sa clé au-dessus de notre bibliothèque.

Pourquoi m'a-t-il confié tout cela ? Était-il si convaincu que je ne savais pas qu'ils étaient amants ? Pensait-il que c'était le genre d'informations sur leurs collègues de travail que les époux fidèles partageaient avec leurs femmes ?

Pour finir, il me parla du mari et souligna qu'il avait exigé que Sabiya fasse disparaître ce pistolet de leur bureau et que, par la suite, ils désignent l'arme sous un nom de code : la bête.

Depuis, je ne l'ai jamais questionné sur le sujet et il ne m'en a pas non plus reparlé. Mais je ne crois pas qu'il ait osé imposer quoi que ce soit à sa précieuse maîtresse.

L'arme est sûrement encore là, à moins qu'elle ne l'ait déplacée de sa propre initiative.

J'essaie d'abord d'ouvrir les tiroirs de Sabiya. Ils sont tous verrouillés.

Alors, je m'approche de la bibliothèque et passe la main au-dessus de l'étagère supérieure. Je n'ai aucune garantie que la clé soit encore là-haut. Cependant, elle est bien là, tout au fond.

Je retourne au bureau soigneusement rangé avec la photo des enfants et ouvre les tiroirs.

Rien dans le premier. Rien dans le deuxième.

Mais dans le troisième, sous une copie d'une présentation PowerPoint, parmi des cure-dents, des trombones de tailles diverses, des reçus et un collier de perles certainement confectionné par ses enfants – elle doit dissimuler tout son bazar dans ses tiroirs –, je découvre un pistolet muni d'un silencieux.

Je sors l'arme du tiroir, vérifie le magasin, la glisse dans la ceinture de mon pantalon, que je recouvre de mon pull, referme les tiroirs d'un coup, les verrouille et remets la clé à sa place.

Puis je sors dans le couloir.

Seulement vingt-trois minutes se sont écoulées depuis qu'Haavard m'a appelée et dix-neuf depuis que je me suis élancée dans la rue sur mon vélo. Mais il est possible que l'homme au maillot de Chelsea ait terminé de prier depuis longtemps.

Il faut à tout prix que j'arrive à la salle de prière avant qu'il n'en reparte.

Un jour, j'ai entendu un musicien expliquer que, pour pouvoir jouer de son instrument, il devait s'effacer complètement, s'annihiler. Seulement alors la musique pouvait affluer à travers lui. Il n'était plus qu'un élément conducteur par laquelle la musique s'écoulait.

Parfois, quand je sors courir et que tout s'emboîte parfaitement et que j'atteins cet état, je parviens en effet à oublier que je suis un corps qui court.

Je me contente d'avancer.

En ce moment, je me trouve dans cette zone, je suis un néant vibrant avec une boule de feu au milieu, qui me pousse à continuer, à le traquer, tel un chien pisteur. À travers le sous-sol. À travers le garage. Vers la droite. Vers l'endroit déprimant où se trouve le fumoir, sorte de cabine de forme cubique semblable à un abri d'arrêt de bus. Je continue mon chemin jusqu'à la porte bleue qu'Haavard m'avait un jour désignée comme l'entrée de la salle où les musulmans pouvaient venir prier.

Le scalpel que j'ai dans ma poche est silencieux. C'est un avantage. Mais je risque de m'exposer à une riposte de la part de l'homme. Mieux vaut utiliser le pistolet. Je le tire de la ceinture de mon pantalon et le tiens à deux mains contre mon corps, abaisse la poignée avec mon coude et pousse la porte de l'épaule.

Maintenant, il s'agit d'être rapide. En espérant que le silencieux soit efficace.

La pièce doit faire une vingtaine de mètres carrés.

Sur un tapis de prière étalé à même le sol, il y a un homme qui me tourne le dos. Il porte un maillot bleu de Chelsea et je l'entends murmurer :

Astaghfirullah.

Astaghfirullah.

Astaghfirullah.

Il implore le pardon de Dieu.

Je m'éloigne de la porte et la laisse se refermer toute seule derrière moi.

L'homme se retourne pour voir qui vient.

Son regard. D'abord irrité, puis étonné, et enfin effrayé.

J'avance de trois pas en tenant le Glock devant moi.

— Putain, qu'est-ce que… ? commence-t-il à dire.

Je l'interromps.

— C'est pour le petit garçon qui est là-bas. Et pour tes autres enfants. Et pour Lars.

Alors, je tire.

Le canon de l'arme crache une flamme orangée. Et j'entends un bruit sec étouffé. On dirait que je l'ai atteint aux côtes. Il tente de s'éloigner à quatre pattes.

Je tire à nouveau.

Cette fois, je le touche dans le dos. Mais il continue d'avancer. Je m'approche de lui, le saisis par le bras, le retourne sur le dos et lui tire une nouvelle balle à bout portant dans la région du cœur.

Son regard s'éteint enfin.

L'espace d'un instant, la colère et l'inquiétude que j'éprouvais jusque-là laissent place à une légère sensation effervescente de joie, comme des bulles dans une flûte de champagne quand elles remontent à la surface, une exaltation que je n'avais encore jamais ressentie, du moins pas depuis trente ans.

Je vis un instant silencieux, d'une clarté cristalline, jusqu'à ce que mon système d'alarme s'active.

Il ne faut pas que je m'attarde ici.

Je ramasse deux douilles sur le sol. La troisième a disparu et cela me prendrait trop de temps de la chercher.

La dernière balle a provoqué un trou sombre dans son maillot. Mais je suis étonnée qu'il y ait aussi peu de sang si je pense aux trois coups de feu que j'ai tirés. Je me penche et soulève son maillot bleu. Un ventre gras couvert d'une toison brune. À l'endroit où la balle a pénétré, je distingue une sorte d'excroissance d'où s'écoule un liquide rouge bleuâtre.

Avec quel genre de munition l'ai-je donc abattu ?

Je glisse à nouveau le pistolet dans la ceinture de mon pantalon. On dirait que son cœur continue de battre, alors qu'il est allongé là, palpitant et ardent. Puis je sors par la porte bleue et repars en direction du service pédiatrique.

À l'instar de tous les autres sentiments, la peur n'est avant tout qu'une illusion.

Ce n'était pas une bonne idée de ranger mon vélo dans le garage. Je n'ai guère envie de déambuler en ce lieu maintenant, mais il faut bien que je le ramène à la maison.

J'utilise la carte d'accès pour entrer, ôte à la hâte ma blouse et mon pantalon, les jette dans un des paniers à linge sale portant la mention "lavage à 60 °C" et me rends dans le garage.

L'endroit est aussi silencieux et désert que quand je suis arrivée tout à l'heure. Je pousse ma bicyclette tranquillement.

Dix minutes plus tard, je remonte l'allée de notre maison. C'est seulement maintenant que je retire mes gants. Je les découpe en morceaux minuscules que je jette dans les toilettes avant de tirer la chasse d'eau.

Les garçons dorment toujours dans la même position qu'une heure plus tôt. J'ouvre en grand la fenêtre pour laisser entrer l'air frais, puis je me penche et les embrasse l'un après l'autre.

Au moment de passer la porte, je me retourne.

— Bonne nuit, je chuchote.

Puis je me mets en quête d'une cachette pour le Glock 17 de Sabiya.

43

Haavard

C'est au tour du procureur. Une fois de plus, il présente la série d'indices qui me relient aux homicides et aux lieux où ils ont été perpétrés. J'ai la nausée, je me sens mal, comme si j'avais la gueule de bois et que l'on me conduisait dans une voiture à toute vitesse avec les yeux bandés et sur une route sinueuse.

À chaque nouvel argument exposé, le juge semble de plus en plus convaincu de ma culpabilité.

Je suis fichu. Je suis comme Per Liland et Fredrik Fasting Torgersen, condamnés injustement pour des crimes qu'ils n'ont pas commis, et comme Harrison Ford dans *Le Fugitif.*

Puis, la parole est enfin donnée à Christian. Cet homme est bronzé tout au long de l'année. Il est sec et mince. Il mène une vie saine, à l'exception du verre de vin qu'il boit chaque soir, sur sa terrasse ou dans sa véranda, avec Jenny.

Il prend son temps.

— Il est dans notre nature à nous, les humains, de tirer des conclusions hâtives, de pousser notre cerveau à s'activer afin de trouver des arguments qui les soutiennent, que ces conclusions soient exactes ou erronées, déclare-t-il en guise d'introduction. Le piège de la confirmation est un concept largement répandu parmi les avocats norvégiens. Normalement, je n'aborderais jamais ce sujet à un stade si précoce du procès, mais dans cette affaire tout indique que ce phénomène s'est introduit dans l'enquête. Par conséquent, celle-ci a hélas été menée selon une approche partiale et biaisée, consistant à chercher exclusivement des éléments susceptibles de confirmer l'hypothèse de départ. Une série d'erreurs particulièrement graves a été commise dans cette investigation. Les enquêteurs ont notamment demandé à mon client de se rendre sur les lieux du premier crime pour identifier Mukhtar Ahmad avant que les techniciens de la police scientifique aient terminé leurs constatations. Ce qui constitue une violation manifeste du principe de base selon lequel on doit veiller à ne pas contaminer une scène de crime. Mais il y a bien d'autres problèmes à soulever, aussi ne perdons pas de temps avec cela maintenant.

Une brève rumeur d'étonnement, quasi imperceptible, parcourt alors l'assemblée.

— La police affirme que le détenu est coupable et nous a présenté une série d'indices. Quelles informations pouvons-nous en tirer ? Tout d'abord, que la personne en question éprouve de la haine et du dégoût à l'égard des individus qui maltraitent des enfants. C'est ce qui ressort d'un courrier électronique datant du 16 mai 2018. Dès lors, si nous devions enfermer tous les Norvégiens qui partagent ce sentiment, nos prisons ne tarderaient pas à être pleines…

— Tenez-vous-en à l'affaire qui nous intéresse, intervient le juge.

— Veuillez m'excuser, monsieur le président. L'accusation souligne également que mon client, M. Fougner, est revenu sur ses déclarations concernant le lieu où il se trouvait au moment des deux crimes. Ce fait peut paraître étrange, seulement jusqu'à ce que nous apprenions qu'il a été motivé par des raisons de caractère privé. On peut penser ce que l'on veut des relations extraconjugales, toutefois, grâce à Dieu, je crois parler au nom de beaucoup d'entre nous en affirmant que cela ne regarde en rien le système judiciaire.

Christian fait un petit tour de salle. Ses vêtements sont cachés sous sa robe d'avocat.

— Et puis il y a la question de l'arme. Mme Rana informe M. Fougner qu'elle est en possession d'une arme à feu qu'elle conserve dans leur bureau commun. Aurait-il dû la dénoncer ?

Oui ! Avec le recul, nous pouvons sans conteste dire qu'il aurait dû le faire. Mais pour la même raison qu'il a tu sa relation avec Sabiya Rana – à savoir sa profonde loyauté –, il a fait le choix de garder ce secret pour lui. Qu'il ait eu connaissance de l'existence de cette arme fait-il de lui un assassin ? Non. En aucun cas. Il n'existe aucune preuve technique ou scientifique. Son ADN n'a été relevé sur aucune des scènes de crime ni sur l'arme, qui n'a pas non plus été retrouvée. La seule conclusion que l'on puisse en tirer est qu'il est hautement improbable qu'il puisse être condamné pour ces faits. Et je voudrais vous rappeler qu'il est explicitement précisé dans les règles régissant l'emprisonnement préventif que la probabilité que l'accusé ait commis le délit doit être supérieure à la probabilité qu'il ne l'ait pas commis.

Le vieux renard reprend son souffle.

Je me sens soulagé, bien que je sois loin d'être persuadé que cela suffise.

44

Clara

Depuis la dernière fois que je l'ai utilisé, le Glock est resté caché derrière une poutre de plafond du vieux grenier où, par ailleurs, s'accumulent des squelettes d'oiseaux, des livres de psaumes et des journaux depuis environ 1912.

Ce sera la deuxième fois. Et tout sera différent, mieux préparé.

J'aime penser que j'ai réussi à récupérer une partie de ce que Sabiya m'avait pris.

J'ai mené quelques recherches sur le Glock 17 et ai ainsi appris qu'il était en usage dans l'armée et que c'était une arme très populaire auprès des tireurs amateurs en raison de sa fiabilité et de son prix relativement bon marché.

Au fil des années, un certain nombre d'exemplaires de ce type ont disparu des stocks de l'armée, tandis que d'autres étaient volés chez des particuliers ou des armuriers. Mais au vu des projets à long terme que j'ai commencé à mettre en place, j'espère que l'arme est enregistrée légalement et, si possible, au nom de Sabiya.

Les munitions sont de calibre 9 mm, le même que celui des pistolets de la police. Pour en acquérir, il est nécessaire de détenir un permis de port d'arme, ce qui n'est pas mon cas, bien évidemment. On peut aussi en acheter illégalement. Mais ce serait trop risqué. Je vais donc devoir me débrouiller avec les balles qui sont dans le magasin. Comme celui-ci était chargé à bloc quand je me suis emparée de l'arme, je devrais pouvoir tenir un bout de temps.

J'ai tiré trois balles dans la salle de prière. Maintenant, il m'en reste quatorze.

Federal Hydra-Shok. C'est le nom de ces munitions. Et elles ne sont pas données.

J'ai lu tout cela sur internet, dans un cybercafé de la gare centrale d'Oslo. Il n'aurait guère été sage que je fasse ce genre de recherches à la maison ou au travail.

Melika Omid Carter était un choix évident sur la liste d'Haavard, celle que j'ai découverte en me connectant à son PC personnel le matin qui a précédé mon départ pour l'ouest du pays. J'avais remarqué qu'il préparait quelque chose et je voulais savoir de quoi il s'agissait.

J'ai mémorisé la liste du mieux que je pouvais, puis noté les noms sur un post-it que j'ai rangé avec le Glock dans le grenier.

Carter étant aussi une immigrée, les gens croiraient à un crime raciste, ce qui était préférable pour le moment. Du fait de ses origines, Carter appartient à la sphère de Sabiya, tout comme Ahmad.

En lisant un article sur Carter, dans le journal économique *DN*, il y a quelque temps, je me rappelle m'être dit que cette femme était impressionnante. Dure. Implacable. Toutefois, les informations qu'Haavard a rassemblées indiquent que cette dame est aussi une pourriture.

Ses enfants étaient couverts de traces de cravache et on la soupçonnait aussi de leur avoir brûlé la langue et le corps avec une cuillère chauffée à blanc. Je n'arrive pas à croire qu'ils vivent toujours avec elle.

Haavard peut bien dresser autant de listes qu'il le voudra, cela ne servira à rien.

Ce qu'il faut, c'est agir, comme je l'ai fait à Ullevål, comme je m'apprête à le refaire maintenant.

Melika dispense des cours à l'hôtel de Lysebu tous les mois. Sur son blog, elle décrit l'excellente qualité des chambres et de la nourriture. Elle indique également qu'elle arrive toujours la veille et qu'elle savoure un menu à trois plats composé des matières premières les plus exquises du restaurant en profitant de la vue sur la cime des arbres et sur la ville que l'on distingue loin en contrebas, avant d'aller faire ses deux mille mètres, à 23 heures, dans la délicieuse piscine où elle se retrouve presque toujours seule.

Et cerise sur le gâteau : elle donnera son prochain cours au moment même où Haavard et Sabiya séjourneront à l'hôtel.

Munch doit assister à une conférence à Lysebu plus tard, en juin. Son équipe de sécurité a vérifié la situation des lieux et m'a communiqué qu'il n'y avait qu'une seule caméra de surveillance dans tout l'hôtel, juste à l'entrée. Je devrais pouvoir l'éviter sans problème. Il y a plusieurs portes arrière, notamment celle qui donne accès à la piscine, qui seront fermées quand Munch sera là-bas, mais qui d'ordinaire sont ouvertes.

Dans le cybercafé, j'ai aussi trouvé un vieux plan d'ensemble de l'hôtel, qui avait été joint à une demande de permis d'extension adressée à la mairie. Ce document était soigneusement conservé dans les archives électroniques municipales et offrait une bonne vue générale du complexe.

À exactement 22 h 40, j'entre par une porte latérale. Haavard et ses collègues sont occupés à boire un cognac dans le restaurant.

Je n'ai qu'à descendre un petit escalier pour accéder au sous-sol.

Ici, le plafond est si bas que je suis tout près de me cogner la tête. Le couloir est étroit et blanc, on dirait une sorte de version miniature des catacombes d'Ullevål.

La porte du vestiaire n'est pas non plus fermée à clé. Il règne dans cette pièce une ambiance agréable et détendue dans le plus pur esprit dano-norvégien. Pas de gardien, pas de carte magnétique, rien que des portes ouvertes. Le vestiaire est vide. Il y a dix placards, aucun n'est verrouillé. J'enfile mes gants et mes surchaussures jetables ainsi qu'une blouse en plastique par-dessus mes vêtements. Je mets aussi une casquette. C'est discret mais efficace. Je me regarde dans le miroir pour vérifier que je ressemble bien à la femme de ménage que je cherche à imiter. Puis je sors du vestiaire et accède à la piscine. Il est 22 h 45.

Je commence à déambuler dans la pièce. Je suis Clara, une employée de maintenance qui contrôle l'établissement.

Un des murs longitudinaux est formé de grandes baies vitrées. Le long du mur opposé se trouve le vestiaire d'où je viens de sortir et une de ces douches à effet pluie. Le sauna est plongé dans le noir, à l'exception d'une petite lumière verte qui irradie juste au-dessus du plancher.

Le plus frappant, c'est le mur près de la porte du vestiaire des dames, auquel est fixée une sculpture ovale et blanche comme de la craie représentant une mère avec ses enfants. La référence à Marie, la mère de Jésus, est plutôt évidente. Elle porte un enfant dans chaque bras. Ils la contemplent avec admiration, la bonne mère.

Si je croyais à ce genre de choses, je l'interpréterais comme un signe.

Le long de la piscine elle-même, une rangée de troncs de bouleaux forme comme une paroi de séparation entre l'eau et le mur où est accrochée la sculpture. Lorsque je pose la main contre un des troncs, une fine couche d'écorce s'en détache, une couche de peau de bouleau. Ces troncs me rappellent les jeunes arbres qui ont poussé autour de la cabane ces derniers temps et que j'ai tant de mal à contenir.

Tout est silencieux. Je perçois seulement le ronflement du système de climatisation et une lointaine rumeur qui provient peut-être d'Haavard et de ses collègues dans le restaurant.

Enfin, Melika Omid Carter apparaît.

Même avec son bonnet et ses lunettes de natation, elle est parfaitement reconnaissable. Elle m'adresse un regard furtif. Elle paraît surprise et agacée de voir qu'il y a quelqu'un d'autre ici malgré l'heure tardive. Puis, comme si elle avait changé d'avis, elle remonte ses lunettes au-dessus de son front, entre dans le sauna et referme la porte derrière elle. Elle porte un petit sac en bandoulière.

La lumière verdâtre me permet de distinguer sa silhouette. Elle pose son sac, étale sa serviette de toilette et s'allonge sur le banc inférieur, dans l'obscurité.

L'horloge murale de la piscine indique 22 h 50.

Je vais chercher mon propre sac en toile, me dirige vers le sauna, entre, referme la porte, m'approche du banc, brandis mon pistolet et le pointe sur Melika.

Elle lève la tête et me regarde d'un air étonné.

— C'est pour tes enfants, dis-je. Et pour Lars.

Le recul est plus violent que la dernière fois, bien que je sois maintenant prévenue.

Je lui tire en plein cœur, à bout portant. Cette fois non plus, il n'y a pas beaucoup de sang, mais autour de nous giclent de minuscules gouttelettes dans lesquelles je marche sans inquiétude.

J'ai aux pieds des surchaussures en plastique. Ils ne pourront pas identifier mes empreintes de pas. Dans le pire des cas, leurs dimensions leur permettront de deviner que je suis une femme. Et même si j'ai de plus grands pieds que Sabiya, ils sont relativement petits pour ma taille puisque je chausse du 38. Il est possible que cela les égare quelque peu.

Lorsque je ressors, l'eau de la piscine est bleue et limpide.

Je jette à nouveau un coup d'œil à l'horloge. Je ne suis restée qu'une minute dans le sauna.

Dans le vestiaire, j'ôte ma blouse à la hâte et la fourre dans mon sac. Comme Melika a emporté toutes ses affaires dans le sauna, il n'y a aucune trace d'elle dans le vestiaire ni autour de la piscine. Avec un peu de chance, elle ne sera pas découverte avant demain.

Puis, je m'en vais d'un pas calme et naturel, comme si j'étais une cliente de l'hôtel. Je passe mon sac à mon bras, enfonce mes mains dans mes poches, de manière que personne ne puisse remarquer mes gants fins, et m'éloigne dans le couloir.

J'emprunte l'escalier jusqu'au rez-de-chaussée, où se trouvent les salles de réunion, le salon et la machine à café. L'endroit est désert et silencieux.

À présent, la porte est verrouillée de l'intérieur. Je l'ouvre, sors, m'arrête près du mur, ôte mes gants et les glisse dans ma poche.

Je traverse tranquillement la petite place jusqu'à mon vélo, que j'ai caché non loin, à la lisière de la forêt.

45

Haavard

Christian n'en a pas terminé. Il lève l'index, comme pour demander à l'assistance de l'écouter avec encore plus d'attention.

— Enfin, je voudrais ajouter un détail qui ne manque pas d'importance. Hier soir a été commis à Oslo un autre meurtre dont le procureur, par convenance, a choisi de ne faire mention à aucun moment pendant son intervention. Une femme d'une trentaine d'années a été retrouvée morte chez elle.

— Cela ne concerne en rien l'affaire en question ! proteste le procureur.

Christian sourit.

— Cela ne concerne pas mon client, je suis d'accord. Néanmoins, il apparaît que la victime, Susanne Stenersen, figurait sur la liste de parents maltraitants qui, selon les enquêteurs de la police, aurait servi de mobile à mon client pour commettre les crimes qui lui sont injustement reprochés.

Du coin de l'œil, je vois qu'Elin s'est penchée en avant et qu'elle écoute avec intérêt.

— Évidemment, bien que ce soit fort peu probable, il pourrait s'agir d'une simple coïncidence. Haavard Fougner pourrait avoir commis les deux premiers homicides. Pourtant, les investigations techniques et scientifiques préliminaires montrent que Susanne Stenersen a été abattue avec des balles du type Federal Hydra-Shock, une munition peu courante qui a aussi été retrouvée dans les corps des deux premières victimes. Par conséquent, tout indique que c'est la même arme qui a été employée pour commettre les trois homicides. Comme nous le savons, la police a consacré beaucoup de temps à démonter l'alibi de mon client. Mais, bon sang, je ne puis imaginer meilleur alibi que le fait qu'il était incarcéré au moment du crime. C'est pourquoi je demande la mise en liberté immédiate du détenu.

— Le procureur souhaite-t-il ajouter quelque chose ? demande le juge.

— Non.

Le procureur affiche une mine abattue.

Christian, en revanche, a du mal à réprimer un petit sourire.

Je regarde Elin et Morten, qui, visiblement, ne s'attendaient pas du tout à cela. Je suis persuadé qu'ils étaient au courant pour le dernier meurtre, mais qu'ils n'imaginaient pas que Christian l'était aussi, aucun détail n'ayant encore filtré dans les médias.

Le vieux faucon aura certainement passé un coup de fil au commissariat de Grønland, "juste histoire d'en savoir plus".

Et un de ses contacts au sein de la police lui aura révélé qu'un nouveau meurtre avait été commis et qu'il présentait de nombreuses similitudes avec les précédents.

— D'accord, merci, conclut le juge. La cour va maintenant se retirer et fera son retour dans cinq minutes pour annoncer son verdict.

46

Clara

Trois quarts d'heure plus tard, je suis de nouveau à la maison.

C'est la troisième fois et c'est déjà presque devenu une routine.

Je tape le code et pousse la porte, qui se déverrouille automatiquement avant de se refermer derrière moi. La maison est silencieuse. Je m'apprête à monter l'escalier pour aller dans la salle de bains prendre une douche.

Mais au milieu de l'escalier, je tombe sur mon père, assis, immobile, dans l'obscurité.

— Où étais-tu ? demande-t-il en me lançant un regard inquisiteur.

— J'étais sortie faire un tour de vélo. Je te l'avais dit, non ?

— Si, c'est vrai, tu me l'avais dit, répond-il sur un ton étrange, comme s'il savait où j'étais allée et ce que j'avais fait.

— Descendons, ne réveillons pas les garçons.

— Comme si dix chevaux lancés au galop pouvaient les réveiller, dit-il en se levant avec une prudence exagérée.

Nous allons dans la cuisine et nous nous asseyons sur deux chaises en Y Wegner, celles que j'ai achetées et qu'Haavard juge trop conventionnelles.

— Ils n'ont pas eu de problème à s'endormir ? je demande.

— Non, évidemment. Mais je suis quand même resté auprès d'eux un moment, dit-il avec un sourire.

Il a beaucoup vieilli depuis un an, mais il fait toujours plus jeune que son âge. Ses cheveux épais, qu'il garde courts depuis qu'il a fait l'armée et qu'il coupe lui-même avec sa tondeuse, et son beau teint bronzé qu'il a toute l'année lui donnent une apparence saine, forte et vigoureuse, même s'il ne l'est pas.

— Tu veux du thé ? Un sandwich au fromage ? je demande en allant chercher de l'eau pour faire du thé.

— Oui, s'il te plaît.

Il se rend dans le salon en traînant les pieds.

J'ai remarqué qu'il marchait avec plus de difficulté le soir, peut-être à cause de la fatigue. Je sors du pain en tranches, du fromage et du beurre, tout ce qu'il faut. Dans le salon, j'entends le journal du soir.

Ce meurtre est celui qui m'a procuré le plus de satisfaction. Notamment parce qu'il va fournir à Haavard le meilleur alibi au monde, étant donné qu'il est derrière les barreaux.

Et aussi parce que c'est maintenant Sabiya qui risque d'être suspectée.

En faisant mes recherches sur les personnes nommées sur la liste d'Haavard, où figurent principalement des Norvégiens de souche, je me suis aperçue que Susanne et Sabiya étaient presque voisines. Ainsi, je n'avais plus qu'à mettre le piège en place.

Je devais tuer Susanne à un moment où Sabiya était sortie courir. À un moment pour lequel elle n'aurait aucun alibi solide à fournir.

J'ai acheté à l'avance un portable à carte prépayée pour pouvoir avertir la police, afin que ce ne soient pas ses enfants qui la découvrent. La carte prépayée est un vieux truc, mais qui fonctionne toujours bien.

Alors que je gravissais discrètement les marches entre le rez-de-chaussée et le premier étage, j'entendis des bruits sourds en provenance du grenier pratiquement insonorisé.

J'ai éliminé Susanne en lui mettant une balle dans la tempe. C'était ce qu'il y avait de plus pratique, étant donné sa position.

Un mince filet de sang s'écoula de sa tempe et donna à l'eau une couleur rose semblable à celle du vin qui était dans le verre posé sur le rebord de la baignoire. Puis je tirai le petit sachet en plastique de la poche de mon pantalon et en sortis trois des cheveux que j'avais prélevés sur la brosse de Sabiya.

J'avais introduit dans ce sachet des cheveux spécialement sélectionnés parce qu'ils avaient encore leur follicule. C'est là que réside l'ADN.

J'avais été convaincue que l'arme de Sabiya suffirait pour que la police fasse le lien avec elle après Lysebu.

Mais cela n'avait pas été le cas. Et avec Haavard en prison, j'ai compris que je devais fabriquer des preuves encore plus probantes.

J'ai placé le premier cheveu dans la main de Susanne qui reposait sur le rebord de la baignoire. Puis, j'ai mis le deuxième sur son épaule et le troisième dans l'eau rosâtre. Cela faisait suffisamment de cheveux pour que les techniciens de la police scientifique les découvrent et pas assez pour que cela paraisse suspect. Et puis il était impossible de les confondre avec les cheveux blond vénitien de Susanne.

Cette fourbe de Sabiya allait avoir bien du mal à justifier la présence de ses cheveux sur la scène de crime.

En rentrant à la maison, j'ai appelé la police. Je me suis présentée comme une voisine qui avait entendu des cris d'enfants à l'étage du dessus. J'ai ajouté que j'avais l'impression que les enfants étaient enfermés et seuls à la maison.

Ensuite, j'ai détruit le téléphone et jeté les débris dans une bouche d'égout, par sécurité.

Ainsi, j'ai évité que les enfants ne restent enfermés trop longtemps dans le grenier.

Un autre nom que je peux rayer de la liste, même si je le fais juste mentalement.

J'avais réussi, cette fois encore. Je devrais être heureuse.

Mais il y a encore des noms. Sept rien que sur la liste. Et puis il y a tous ces autres noms, tous ces autres enfants. Combien d'enfants sont enfermés dans un grenier ?

Ce qui avait commencé comme un acte plus ou moins impulsif à Ullevål s'était transformé en une boule de neige que rien ne pouvait plus arrêter. Du moins, je n'étais pas décidée à le faire.

C'est comme quand j'étais petite et que je descendais la colline de Langebakken sur mes skis, et que tout était blanc et dur et scintillant, et que j'allais de plus en plus vite. Mon corps se muait en une flèche qui fendait l'air et je savais que j'allais bientôt devoir freiner brusquement. Mon pouls accélérait et mon cœur battait à tout rompre, mais je ne ralentissais pas, je ne m'arrêtais pas, je continuais simplement de filer sur mes skis.

En réalité, il est possible que cela ait commencé quand mon père est parti au Liban. Je me souviens encore de la période qui a précédé son départ, je me rappelle à quel point j'étais heureuse.

Comme si j'avais des bulles de savon dans mon corps.

Après le départ de mon père, je n'ai plus jamais été vraiment heureuse. Quand il est rentré, j'ai éprouvé du soulagement, pas de la joie, ni à ce moment-là, ni depuis.

47

Leif

1982

Le jour où je suis rentré à la maison, la neige recouvrait presque tout et, dans le jardin, l'herbe avait pourri sur place et collait aux pieds. La porte était verrouillée. Personne n'a ouvert quand j'ai sonné, si bien que j'ai dû contourner la maison et toquer à la fenêtre de derrière.

Pour finir, le visage de Clara est apparu. Je lui ai fait signe d'aller m'ouvrir.

— Coucou, ma chérie, j'ai dit en m'agenouillant quand elle a ouvert la porte.

Elle était plantée face à moi. Il faisait froid dans le couloir, et cela sentait mauvais.

— Tu n'embrasses pas ton papa ? je lui ai demandé.

Alors, elle s'est approchée de moi, prudemment. Je l'ai enlacée et elle a émis un bref gémissement, mais n'a rien dit.

— Où est maman, Clara ?

— Elle arrive.

— Et Lars ?

— Là-bas, a-t-elle dit en faisant un mouvement de tête vers le salon, où l'on entendait la télévision, bien qu'on fût en plein milieu de la journée.

Je suis entré dans la cuisine. Il y avait de la vaisselle partout. Il ne restait plus une seule assiette ni un seul verre propres dans les placards. La pièce était envahie de détritus et de vieux journaux, il y avait un tas de linge sale dans un coin et le sol était couvert d'un mélange de miettes de pain et de terre. On aurait dit que personne n'avait passé l'aspirateur ni la serpillière depuis mon départ.

— Mais qu'est-ce qui t'arrive, bordel ? ai-je crié à Agnes, plus tard, le même jour.

Elle était allongée dans le lit, comme avant, blême et éteinte.

Elle ne m'a pas répondu. Et je me suis lancé dans le grand ménage.

Les enfants étaient muets et pâlichons. Les animaux maigres et terrifiés, ils n'avaient pas l'air en bonne santé. Il n'y avait plus un seul cochon. Agnes les avait tous envoyés à l'abattoir.

Pendant plusieurs mois, je me suis appliqué à tout remettre en marche, à recoller les morceaux, à rétablir une relation avec les enfants, à me faire une idée générale de notre situation financière.

Au moment de quitter l'armée, j'avais reçu l'ordre de ne parler à personne de mon séjour au Liban. Surtout, je ne devais pas mentionner la fusillade qui avait eu lieu à Rachaya, au risque de compromettre la mission norvégienne. En dehors de cela, je n'eus pas de nouvelles de leur part.

Au début, j'ai maintenu le contact avec mes camarades de section, mais cela me stressait de les rencontrer et de parler avec eux. J'avais suffisamment de sujets de préoccupation à la maison, si bien que nos liens ne tardèrent pas à se distendre.

Je me faisais du souci pour les enfants, pour leur bien-être. Je me demandais comment ils avaient vécu mon absence. Clara, en particulier, avait subi un grand bouleversement. Elle ne montrait aucune émotion et ne pleurait jamais non plus. Elle ne cherchait pas à se faire consoler quand elle se faisait mal ou quand quelque chose n'allait pas. Elle refusait obstinément de dire ce qu'elle pensait, ce qu'elle ressentait, ce qu'elle souhaitait. J'ai bien essayé de lui demander ce qu'il s'était passé pendant que j'étais parti, mais elle n'avait pas envie d'en parler.

— Je me suis occupée de Lars.

C'est tout ce qu'elle m'a dit.

Et elle a continué à le faire. Elle le tenait dans ses bras quand ils regardaient les dessins animés à la télévision, elle lui racontait des histoires, elle l'aidait à mettre ses chaussures, ce qu'il était toujours incapable de faire tout seul.

— Chut, Lars ! lui disait-elle en lui caressant les cheveux quand il pleurait.

C'était une petite maman pour lui. Une petite adulte.

Avec le temps, elle commença à s'asseoir sur mes genoux, à passer ses bras autour de mon cou.

Mais elle ne disait jamais rien. C'était moi qui parlais.

— Je n'aurais pas dû m'en aller, je le sais, disais-je. Mais à partir de maintenant, je ne te laisserai plus, je te le promets. Tout ira bien.

Elle ne répondait pas, mais je voyais bien qu'elle m'écoutait. C'était autant à moi qu'à elle que je m'adressais.

Je dormais très mal. Chaque nuit, je me réveillais plusieurs fois, baignant dans ma sueur et affolé. Souvent, j'étais pris de tremblements en plein jour. Parfois, mon cœur se mettait à battre la chamade et faisait même comme des bonds dans ma poitrine. La première fois, j'ai cru que j'allais mourir, que j'étais en train de faire un infarctus. La deuxième fois, j'ai compris que cela passerait si je m'allongeais dans le canapé et que je tenais pendant quelques heures.

La fusillade près de l'olivier. Les hommes qui s'effondraient.

Le béret vert criblé de balles sur le sol et qui était devenu le premier objet de ma collection.

Et puis l'épisode qui avait eu lieu quelques semaines plus tard. Au poste d'écoute, près de la grotte qui servait d'abri aux chèvres. Le silence. On entendait seulement les cris et les aboiements des chiens. Les chèvres que j'avais l'habitude de gratter entre les cornes.

Les explosions sourdes et le crépitement des mitrailleuses. La grenade qui a explosé juste à côté de moi.

Puis je me suis aperçu que ma hanche était tout ensanglantée.

L'éclat s'était planté dans ma chair. Il s'était infiltré juste au-dessous de ma veste.

C'est devenu ma deuxième pièce de collection.

Ces deux objets, le béret et l'éclat de grenade, sont les deux seules choses que j'ai rapportées à la maison.

Le fait que j'avais abattu plusieurs personnes ne me tourmentait pas particulièrement. Je savais que c'était eux ou moi. Si je n'avais pas tiré, Clara et Lars n'auraient plus de père.

Et puis j'étais ravi d'être rentré chez nous. Bien sûr, que je l'étais.

Mais en même temps, ce lieu où tout était question de vie ou de mort, où je n'avais jamais douté de ce que je devais faire, où nous participions constamment à quelque chose de grand et d'important me manquait.

À la maison, tout me paraissait soudain si étrange, comme si j'avais atterri sur une planète inconnue. Cela m'effrayait. Les gens m'effrayaient.

La nuit, je restais souvent assis près de la fenêtre, le regard perdu dans l'obscurité. Mon fusil était accroché au mur du cellier. Mais au bout d'un certain temps, j'ai pris l'habitude de le placer sous mon lit avant d'aller dormir.

C'est à peu près à cette époque qu'Agnes a recommencé à se déplacer, de la même manière que les mouches qui hibernent sous le toit de la cabane reviennent à la vie quand on allume un feu dans le poêle un jour d'hiver. Elle s'est levée, a pris une douche, s'est brossé les cheveux, est allée au nouveau centre commercial s'acheter des vêtements, s'est maquillée. Elle a retrouvé une apparence étonnamment saine, comme si elle n'était pas restée blottie pendant des mois sous sa couette, taciturne et effrayante.

Elle était de nouveau dans une phase ascendante.

Peu de temps après, elle m'a annoncé qu'elle s'était fait engager comme assistante au collège. Nous avions besoin d'argent. Et ainsi, elle aurait une bonne raison de se lever, le matin. J'ai poussé un grand ouf de soulagement quand elle est partie au travail, le premier jour, avec son sac en bandoulière et ses cheveux soigneusement rassemblés en une jolie tresse.

J'ai pensé que c'était une bonne chose qu'elle remonte la pente maintenant que j'étais en train de sombrer.

48

Haavard

— Il est regrettable que tu te sois fourré dans cette histoire, dit mon père. Maintenant, nous devons éviter à tout prix que la presse l'apprenne, même si je doute que ce soit possible. En ce moment, je me fais beaucoup de souci pour Clara et son travail, je dois l'admettre.

C'est bien mon père, ça. Il a toujours eu un faible pour Clara, qu'il considère comme sa propre fille. Il vante sans cesse sa perspicacité, même s'il estime certainement qu'elle a passé trop d'années au ministère.

— Au fait, ta mère est dans tous ses états. Tu devrais lui parler, ajoute-t-il.

— D'accord, je réponds. Mais est-ce que ça ne pourrait pas attendre un peu ?

— Je m'occupe d'elle pour le moment. Mais le plus important, Haavard, c'est que... Tu es bien marié. Très bien marié.

— Papa, dis-je. S'il te plaît.

La dernière chose dont j'aie besoin actuellement, c'est d'une leçon de morale sur l'infidélité. Surtout venant de lui.

Je crois vraiment qu'il aime ma mère et qu'il ne peut pas envisager la vie sans elle. Seulement, il a une drôle de manière de le montrer.

Leur relation a été tellement mouvementée au fil des années... Les appels téléphoniques à des heures avancées de la soirée, ma mère pleurant et se lamentant, mon père qui gardait le silence. Un jour, alors que j'étais rentré plus tôt du collège et que ma mère était à Paris, j'ai vu les fesses blanches de mon père faire des allers-retours entre les cuisses de Ninni Jessen. Et je les ai entendus gémir, ricaner et chuchoter.

Je suis ressorti aussitôt de la maison, sans qu'ils m'aient remarqué. Depuis, je ne lui en ai jamais parlé. Je me suis juste juré que je ne me comporterais jamais comme lui.

L'ironie de cette histoire, c'est que je suis justement devenu comme lui.

Tout a commencé quand Clara et moi avons emménagé ensemble dans la maison de mes parents. Je suis alors devenu comme mon père, tandis que lui s'assagissait enfin, semblant davantage intéressé par les balades dans la nature, le vin hors de prix et les soirées entre amis que par les femmes.

— Bien, Haavard, va remettre de l'ordre dans tes affaires, dit-il en s'arrêtant devant notre entrée.

49

Clara

Tous sauf Munch, qui est à Bruxelles, sont en train de lire avec beaucoup d'intérêt les articles sur leurs iPad respectifs. La première page de *VG* montre une photo en gros plan de Cathrine Monrad avec le portrait de Munch agrafé dans le coin supérieur droit.

Le titre : "Salope médiatique !"

Et juste en dessous : "Le ministre de la Justice doit-il démissionner ?"

— Mon Dieu ! s'exclame le directeur de la communication. Comment est-ce possible ?

— Si quelqu'un doutait de cette description, le voilà maintenant fixé, commente le conseiller.

— Si Munch a effectivement fait la moitié de ces déclarations, alors ce n'est pas Monrad le problème, réplique Mona en lui adressant un regard sévère.

— Mais comment allons-nous gérer ça ? Telle est la question, remarque le directeur de la communication.

— Quelqu'un a-t-il parlé personnellement avec le ministre ? demande Mona.

— Pas pour le moment, répond le directeur de la communication. J'ai essayé de le joindre plusieurs fois, sans succès. Je vais recommencer. Mais toi, Clara, tu étais bien présente lors de cet entretien, n'est-ce pas ? Il a vraiment dit ça ?

Je sens que Mona me lance un regard glacial.

— Il a fait preuve d'imprudence dans ses propos. Je ne me souviens pas qu'il ait dit tout ça, mais…

— Je vais réessayer de l'appeler, me coupe le directeur de la communication. Continuez de passer la presse en revue. Quoi qu'il arrive, ce sera le grand sujet de conversation du jour.

— Du mois, intervient Mona. Ou même de l'année. Avec le nouveau meurtre qui vient d'être commis. Je ne comprends décidément pas ce qui se passe.

— Oui, mon Dieu, dit le directeur de la communication. C'est dingue. Une femme assassinée chez elle. Et sans qu'il y ait le moindre témoin. Comment est-ce possible ?

— Les voisins du dessous affirment avoir entendu du bruit dans l'appartement de Susanne Stenersen, un peu plus tôt, le même soir, dit Mona en citant un article. Ils ont déclaré aux journalistes que c'était habituel et qu'ils avaient plusieurs fois tenté d'alerter la police et la protection de l'enfance, car ils craignaient que les enfants de Susanne Stenersen ne soient maltraités. Mais aucune mesure n'a été prise…

— Exactement…

— Par ailleurs, les voisins ont vu un homme rendre visite à Susanne Stenersen une heure avant le meurtre, continue Mona. Elle serait partie en voiture avec cet homme à 20 heures. Ils se sont demandé ce qu'elle avait fait de ses enfants, puis ils ont entendu qu'ils étaient chez eux. Ils ont aussi été surpris qu'elle soit en état de conduire car il leur semblait qu'elle avait organisé une petite fête dans son appartement un peu avant. Susanne Stenersen est rentrée chez elle une dizaine de minutes plus tard. Ensuite, ils n'ont plus rien vu ni entendu de spécial jusqu'à ce que la police intervienne à 23 h 10, en leur faisant la peur de leur vie.

— Eh bien…

— La police est allée de logement en logement et a parlé à tous les voisins, mais personne n'a rien remarqué de particulier, hormis un homme qui était sorti prendre l'air et qui a vu une femme blonde passer à bicyclette. La police rappelle qu'il est important que toute personne qui aurait fait la moindre observation se manifeste, blablabla, blablabla, blablabla.

L'alerte leur a été donnée par une personne qui les a appelés en se présentant comme la voisine du dessous. Mais les voisins démentent formellement avoir appelé. Enfin, le téléphone qui a servi à donner l'alerte s'est révélé impossible à tracer. Comme c'est curieux !

Nous continuons de lire chacun de notre côté jusqu'à ce que le directeur de la communication revienne.

— Dernières nouvelles : Munch s'est vu accorder un droit de réponse de vingt minutes et a déjà fait de nouvelles déclarations à *VG*. Il nie catégoriquement avoir tenu les propos qui lui sont reprochés. Apparemment, Monrad aurait tout inventé afin de créer un scandale et ainsi miner son autorité.

— Mon Dieu ! je m'exclame.

Il s'est comporté comme un idiot, c'est un fait. Mais je trouve abominable de la part des journalistes d'affirmer d'un côté que vous avez évidemment un droit de réponse, alors que, de l'autre, ils s'empressent de publier leur article, que vous ayez eu ou non l'occasion de répondre. Il s'agit d'une technique d'extorsion flagrante.

— J'espère seulement que Munch n'a pas menti, poursuit Mona, avec une pointe de satisfaction dans la voix, avant de se lever et de rassembler ses documents. Je vais appeler Cathrine Monrad et voir si je ne peux pas sauver les meubles. Et je suggère que tu laisses provisoirement à Clara le soin de répondre aux questions des journalistes dans cette affaire, déclare-t-elle en regardant le directeur de la communication.

— D'accord. Pour l'instant, je vais devoir me charger des vingt-cinq appels en absence que j'ai reçus, dit-il.

— Qu'est-ce qu'il se passe ? je demande à Vigdis, quand nous sortons dans le couloir, en faisant un signe de tête en direction de l'ours polaire.

Deux hommes vêtus de combinaisons du service technique du ministère finissent de l'enrouler dans du plastique transparent que je suspecte être du même type que celui qui sert à envelopper les cadavres.

— Il part au nettoyage, dit-elle, tandis que nous les regardons s'éloigner en portant l'ours polaire. Apparemment, des bestioles ont élu domicile dans sa fourrure.

— Mince alors ! je lâche, au moment d'entrer dans mon bureau.

Après avoir fermé la porte derrière moi, je m'assois dans le fauteuil en cuir noir ultra ergonomique que j'ai hérité de Woll.

Je me renverse contre le dossier et m'accorde quelques minutes de méditation.

Ensuite, j'ouvre le répertoire téléphonique de mon ordinateur en quête du numéro de Cathrine Monrad. Je passe plusieurs minutes à chercher la bonne formulation pour mon message.

Mon téléphone émet un bip lorsque j'envoie le SMS.

Juste après, Haavard m'appelle pour m'annoncer qu'il est de nouveau un homme libre et qu'il s'apprête à rentrer à la maison.

50

Haavard

— Enfin, te voilà ! dit Clara en venant à ma rencontre, au moment où je franchis la porte.

— J'étais sorti faire un tour. Je n'avais aucune envie de rester assis à la maison en attendant les autres.

— Tu vas bien ?

— En fait, non, je réponds, au bord des larmes. – Comme c'est bon d'être de retour à la maison, mais je me sens mentalement détruit, épuisé, incapable d'éprouver de la joie. – Quel cauchemar...

— Et maintenant ? Qu'est-ce qu'il va se passer ?

— Je ne sais pas.

— Qu'est-ce qui les a convaincus de te relâcher ?

— Christian, dis-je en m'asseyant sur un des tabourets de cuisine. Tu aurais dû le voir. Putain, il a été fantastique. Et il a conclu en signalant qu'un nouveau meurtre avait été commis hier soir, pendant que j'étais enfermé. Et puis il y a aussi eu ces nouvelles preuves scientifiques, des traces ADN qui m'innocentent, d'après ce que j'ai compris. Au fait, où sont les garçons ?

— Dans leurs chambres.

— Très bien, je vais monter les voir.

— D'accord. Mais, Haavard... ils sont un peu désorientés.

— À cause de tout ça ?

Elle acquiesce.

— Ne leur en demande pas trop.

— Salut, Haavard, dit une voix.

Leif rentre du jardin avec une tasse de café dans la main.

— Hé, salut ! je réponds. Tu es là ? Tu m'as fait une de ces peurs.

— Content de te voir, Haavard.

Leif me tend la main.

— Merci, moi aussi je suis content de te voir. Mais excuse-moi, dis-je en lui serrant la main. Il faut que je…

— Bien sûr. Allez, va dire bonjour aux enfants, répond Leif en me gratifiant d'un sourire chaleureux.

Je me dirige vers l'escalier en trottinant. Je suis impatient de les revoir, de leur parler, de les serrer dans mes bras.

Une fois de plus, je me demande comment cela s'est passé pour eux à la maison, pendant que j'étais absent. Clara, qui est d'ordinaire si brillante en tout point, a toujours dû m'appeler quand un des garçons, en pleine crise d'hypoglycémie, s'était mis à piquer une colère, à la frapper furieusement ou à hurler. Elle n'a aucune idée de la manière dont réagir face à ces crises. Alors, le plus souvent, elle s'enferme dans notre chambre ou sort courir. Maintenant, les garçons sont grands, si bien que leurs colères sont devenues rares. Malgré tout, c'est encore moi qui les gère le mieux.

— Salut, dis-je en toquant à la porte d'Andreas.

Ils sont là. Tous les deux. Andreas avec son iPad et Nikolai penché sur un bateau de pirates Lego dont il a entamé la construction il y a bien longtemps.

— Salut, papa ! s'exclame Nikolai.

Andreas garde le silence.

— Alors, je n'ai pas droit à un câlin ? je demande.

Nikolai se lève, s'approche de moi en hésitant, m'embrasse prudemment, sur la pointe des pieds, en maintenant une certaine distance, comme s'il avait peur que je le contamine.

— Coucou, toi !

Je le soulève et le serre dans mes bras.

— Hé, papa, dit-il en se libérant de mon étreinte. Tu es allé en prison ?

Je mets quelques instants à me ressaisir.

— Alors ? insiste-t-il.

— Bien sûr que non, voyons. J'aidais juste la police.

— Mais tu as été parti tellement longtemps.

Andreas daigne enfin lever les yeux de son iPad et me lance un regard méfiant.

— Coucou, Andreas, dis-je en me penchant pour l'embrasser.

— Non ! proteste-t-il en me repoussant. Tu sens mauvais.

Lorsque je redescends au rez-de-chaussée, je trouve Leif en train de se balancer sur un des tabourets de la cuisine. Il a tellement maigri. Il n'est plus que l'ombre de lui-même.

— J'ai un dîner au palais royal, ce soir, m'informe Clara. Ce serait bien que tu m'accompagnes. Papa s'occupera des enfants.

Sa proposition me met en colère. Comme si j'étais en état de lui servir de faire-valoir après avoir passé deux jours en prison parce qu'on m'accusait de meurtre.

— Viens, suis-moi, dis-je.

Je la saisis par le bras, l'entraîne dans le couloir, ferme la porte et la plaque contre le mur.

Ma réaction est certes quelque peu excessive, surtout avec son père dans la pièce voisine, mais à ce moment précis, je n'en ai vraiment rien à foutre.

— Lâche-moi ! gronde-t-elle.

— C'est bon, je te lâche.

— Très bien. Je peux y aller, maintenant ?

— Non. C'est bien joli que ton père soit là. Mais tu trouves ça raisonnable de le laisser seul avec des enfants qui vivent un moment compliqué pendant que nous allons à un bal au palais royal ? Est-ce que je suis sorti de prison... uniquement pour te permettre d'entretenir ton nouveau réseau ?

— Tu as terminé ?

— Non. Je ne fais que commencer.

— Contrairement à ce que tu crois, le monde entier ne tourne pas autour de toi et de ton nombril.

— Non, c'est certain. En revanche, tout tourne autour de Son Altesse royale la secrétaire d'État.

— Je te signale que c'est toi qui es allé fourrer ta queue n'importe où…

— Qu'est-ce que tu as dit ?

— Tu m'as très bien entendue, dit-elle, à voix basse, comme d'habitude.

Clara ne hausse jamais le ton, quoi qu'il arrive, ce qui lui donne une certaine autorité. Mais je perçois malgré tout sa colère.

— J'ai tout géré toute seule, ici, pendant que tu étais à Lysebu, que tu faisais la fête avec Axel et que tu étais enfermé en prison. Ce soir, je dois participer à un dîner au palais royal. Et j'espérais que tu pourrais m'accompagner, maintenant qu'on t'a libéré. Mais je n'ai jamais eu l'intention de te forcer.

— Waouh !

Ce n'est pas souvent que j'entends Clara aligner autant de phrases. À part au téléphone, avec d'autres personnes, et toujours pour parler du ministère. J'en serais presque attendri. Presque.

— Tant mieux, j'ajoute, car je reste ici. Je n'irai pas à un bal au palais royal.

— Un dîner, me corrige-t-elle sur un ton sévère.

— Hum ?

— C'est un dîner, pas un bal.

— Peu importe. Je ne t'accompagnerai pas, dis-je, en insistant sur chaque mot.

— D'accord.

Sur ce, elle va dans la cuisine et se met à parler à voix basse avec son père. J'ai la terrible sensation qu'elle ne va pas l'oublier et que je risque de le regretter. Mais bon sang, je sors tout juste de prison. Je serais bien incapable d'avoir une conversation avec les ministres et leurs épouses ce soir.

Je sors m'asseoir dans le jardin. Je ne me relève qu'après l'avoir entendue partir.

— Je me suis dit qu'on pourrait peut-être se faire un barbecue, je suggère à Leif.

— Bien, très bien. Je croyais que tu irais à ce bal au palais royal avec Clara…

— C'est un dîner, pas un bal, dis-je avec un sourire ironique.

— Un dîner… qu'importe. Clara m'a dit qu'on devait commander des pizzas. Mais je n'ai rien contre un bon barbecue.

— C'est bien ce que je m'imaginais.

Leif n'est pas un homme à faire un barbecue. Je n'ai jamais vu de barbecue ni de gril à la ferme. Mais il raffole de la nourriture grillée. Une côtelette, une saucisse accompagnée d'une bière blonde et c'est un homme heureux. Et il se trouve que, ce soir, j'ai envie de le rendre aussi heureux que possible. Alors, j'allume le barbecue, j'assaisonne des côtelettes, je sors des saucisses et je prépare de la salade.

Je mets la table dans le jardin. Des verres, des serviettes en papier, des couverts, des assiettes. Un vase avec des fleurs. Leif sort. Les garçons jouent avec l'arrosoir.

Il fait une chaleur suffocante, on entend le tonnerre gronder au loin.

— Alors, comment va la forme, Leif ? je demande quand nous avons fini de manger et que les garçons ont de nouveau disparu.

Il doit bien avoir perdu dix kilos depuis la dernière fois que je l'ai vu, et il n'a jamais été gros. Il a le teint pâle et les yeux cernés.

— Pas si mal, ça pourrait être pire. Quand on pense à ce que j'ai eu.

— Oui, tu veux parler de… ? je tente, sans avoir la moindre idée de ce à quoi il fait référence.

— De mon AVC, bien sûr…

— Oui, c'était quand, d'ailleurs ?

J'espère qu'il ne remarquera pas que j'ignore de quoi il parle. Et je maudis Clara qui ne m'a rien dit.

C'est parce qu'il y avait un problème avec son père qu'elle est rentrée au village, mais elle ne m'a donné aucun détail. Pour être honnête, je ne lui ai pas non plus posé de questions.

— Deux ou trois semaines ? Un peu plus ? Je ne me souviens plus très bien.

— Et comment te sens-tu, maintenant ?

— Eh bien, je me sens surtout… faible.

— Ça passera, dis-je. Je te le promets. Et merci beaucoup d'avoir fait l'effort de venir. Tu nous as vraiment été d'une grande aide, à Clara et à nous tous.

Il y a un moment de silence. Nous contemplons le lilas, avec ses grappes violettes. Nous percevons le bourdonnement d'une abeille qui butine de fleur en fleur. Le lilas me rend nostalgique. Il me rappelle ma grand-mère Edith, sa vieille maison toute branlante qui est à présent en ruine. Il me rappelle surtout l'été où j'ai fait la connaissance de Clara et où tout me semblait possible.

— Alors comme ça, on t'avait mis au cachot ? demande Leif.

— Oui, dis-je en m'efforçant d'imaginer comment mon père aurait géré cette situation. – Je me sens toujours aussi fébrile, même si cela allait mieux pendant que je préparais le repas. En tout cas, cela aurait certainement été pire si j'avais été au palais royal, une coupe de champagne dans la main, à échanger des banalités. – C'était une absurdité, une lamentable erreur judiciaire. Au fait, tu veux une bière ?

Leif acquiesce. Je vais chercher deux Carlsberg, les décapsule et en donne une à Leif.

— Je suis resté seulement deux jours derrière les barreaux, mais c'était plus que suffisant. J'en ai presque été traumatisé, j'ajoute. – Je regrette aussitôt d'avoir employé cette formulation malheureuse. Je suis tout de même en présence d'un vétéran du Liban. Je m'empresse d'enchaîner pour faire diversion. – Ils croient que les trois crimes ont été commis par une seule et même personne.

— Et quel pourrait être son mobile ? Des règlements de comptes entre Pakistanais ?

— Eh bien, ils sont partis sur cette hypothèse après le premier meurtre. Mais en plus du fait que les deux premières victimes étaient d'origine étrangère, Melika Omid Carter maltraitait aussi ses enfants…

— Bon sang. C'est quelque chose de courant ?

— Hélas, dis-je. C'est plus courant qu'on le croit. Ça arrive même dans les meilleures familles. Tu serais surpris. Malheureusement, les immigrés sont surreprésentés dans les statistiques…

Nous gardons le silence un bref instant.

— Comment les garçons le prennent-ils ?

Je hausse les épaules.

— Ils sont un peu distants…

— Il faut que tu leur laisses du temps.

— Oui, je n'ai pas le choix, je réponds avant de boire une nouvelle gorgée de bière. Heureusement, Clara a su garder la tête froide et son calme durant mon absence.

— Oui, confirme Leif avant de boire à son tour une gorgée. Elle est comme ça. Je me demande comment ça se passe pour elle à ce bal… pardon… ce dîner !

Il ajoute ces derniers mots avec un petit sourire crispé. J'ai envie de le serrer dans mes bras.

— Elle est sûrement dans son élément. Trinquons à elle, dis-je en tendant ma bière vers lui. Ta fille est capable d'obtenir tout ce qu'elle veut.

51

Clara

Une longue file de véhicules noirs, voitures officielles, diplomatiques et taxis, stationne devant l'entrée du palais royal.

Sur l'invitation, frappée du monogramme du couple royal, les invités étaient priés de se présenter à la porte principale entre 19 h 20 et 19 h 40. Ce qui signifie certainement qu'il faut arriver à 19 h 30 précises, ce que je fais.

Une foule de photographes et de journalistes est rassemblée là pour photographier les invités les plus célèbres. Au moment où j'arrive, les appareils photos commencent à crépiter. Plusieurs reporters ont pris place sur le tapis rouge, devant moi. Il est évident qu'après mon week-end médiatique et l'acquisition des nouveaux hélicoptères, ils me reconnaissent et savent qui je suis.

— Jolie robe, Clara ! lance l'un d'eux.

Le bas de ma robe est tellement long et large qu'il traîne derrière moi tandis que je marche. Vigdis est sortie me l'acheter plus tôt dans la journée car je n'avais pas le temps de m'en charger moi-même. C'est fascinant comme on s'habitue vite à avoir quelqu'un qui fait les choses à notre place. Même si les secrétaires sont avant tout au service de Munch, elles peuvent aussi être utiles aux autres.

Soudain, j'ai quelqu'un qui répond à une grande partie de mes e-mails, qui gère mon planning, déplace mes rendez-vous chez le dentiste, achète mes vêtements et connaît le protocole pour chaque occasion.

Vigdis m'a expliqué, entre autres choses, que le code vestimentaire de gala impliquait des tenues larges pour les femmes et excluait tout ce qui était blanc ou noir.

Je laisse mon manteau au vestiaire et vais faire un petit tour aux toilettes.

19 h 40 précises, dans les toilettes du rez-de-chaussée, a écrit Monrad en réponse à mon SMS. *Nous n'aurons pas beaucoup de temps.*

Il est 19 h 38. Il fait froid, ici. L'eau du robinet me glace les mains.

Je me regarde un instant dans le miroir. Mon maquillage est fin et discret et je suis bien coiffée. J'ai une allure fantastique.

Pourtant, je me fige en voyant mon reflet. Je me penche pour me regarder de plus près.

Mon visage, si familier. J'y vois le visage de mon père. Et celui de ma grand-mère Klara, que je n'ai jamais connue, mais que j'ai pu voir sur de nombreuses photos.

Malgré tout, il me paraît étranger.

Qui est-ce ? Qui suis-je ? Que fais-je ici ?

Une seconde passe ainsi. Deux secondes. Trois. Je m'efforce de respirer.

Puis, la grande porte s'ouvre et Cathrine Monrad entre. Elle paraît usée et fatiguée, mais est maquillée et coiffée avec élégance. Ses cheveux sont rassemblés en un chignon sur le sommet de son crâne et elle est habillée en rose.

Je sors la clé USB de mon minuscule sac à main.

— Tiens, dis-je en la lui confiant.

Elle est blanche et anonyme, contrairement aux clés USB du ministère, qui sont métalliques et portent le logo officiel.

— Écoute, dit-elle en posant une main sur mon épaule droite. Comment puis-je te remercier ?

— Eh bien…, je réponds en essayant de sourire. En disant que tu as toi-même enregistré la conversation, non ?

Elle lâche un petit rire.

— Bien sûr, mais ce que je ne comprends pas, c'est… Pourquoi fais-tu ça ?

Je hausse les épaules.

— J'y étais, j'ai entendu ce qu'il a dit. Ça ne me plaît pas que Munch te traite de menteuse et nie tout en bloc. Est-ce que je devrais te laisser te retirer la queue entre les jambes, humiliée, pendant que lui récolterait les lauriers, comme d'habitude ? La réponse est non.

— Tu dois juste être consciente que ça pourrait te retomber dessus, dit-elle en glissant la clé USB dans son petit sac à main. Si Munch saute, il est probable que tu sauteras avec lui.

— Si c'est nécessaire, je suis prête à l'accepter.

Je pourrais la remercier de n'avoir rien dit à propos d'Haavard, je ne souhaite pas donner l'impression qu'il s'agit d'un échange de bons procédés.

Juste après, nous gravissons ensemble le large escalier menant au premier étage. Il fait beaucoup trop chaud. Les portes des balcons sont ouvertes, mais il est interdit de sortir. C'est une des instructions que l'on m'a communiquées.

Je regarde autour de moi, m'efforçant de ne pas avoir l'air trop seule. Des ministres, la Première ministre. J'ai la sensation qu'elle me scrute du regard. Des acteurs et des actrices connus, des hommes d'affaires, des invités islandais. Tout le monde est rassemblé dans le couloir, à l'extérieur des salons.

Je répète en moi-même. Au roi et à la reine, il faut dire "Bonsoir, Votre Majesté".

Au prince héritier, à la princesse héritière et à la sœur du roi, on doit dire "Bonsoir, Votre Altesse royale".

Au reste des invités, on dit tout simplement "Bonsoir".

À présent, le défilé commence, je prends le bras d'un cavalier corpulent, transpirant et chauve qui est seul, lui aussi. Ensemble, nous nous dirigeons vers la salle à manger du palais.

Les photographes sont cantonnés à la périphérie, le long des murs. Ce sont sans doute leurs photos que l'on retrouve dans *Se og Hør*.

Finalement, nous arrivons devant la famille royale et les saluons.

J'exécute une révérence et parviens à me rappeler lesquelles sont les majestés et lesquelles ne le sont pas. Mais au moment où je m'apprête à tendre la main pour saluer la sœur du roi, une princesse vieillissante, mon cavalier corpulent marche sur ma robe, si bien que je trébuche sur elle.

La vieille princesse sursaute et me regarde d'un air horrifié.

— Il a marché sur ma robe. Bonsoir, Votre Altesse royale, je m'exclame.

Alors, elle se met à rire.

À table, je me retrouve avec un écrivain fatigué de la vie sur ma gauche. L'homme à ma droite a une frange blonde et des yeux bleu clair. Il est séduisant, mais sa gestuelle est prétentieuse, comme un comédien qui joue un rôle au théâtre. Il ne prend même pas la peine de se présenter, considérant manifestement que je suis censée savoir qui il est.

Et effectivement, je l'ai déjà vu. Mais où ? Je n'en ai aucune idée.

Les serveurs en grande livrée commencent à nous servir avec une précision militaire. Le roi se lève, nous souhaite la bienvenue, en particulier à l'invité d'honneur islandais, qui se lève à son tour et se met à prononcer un discours pour son hôte. Ensuite, tout le monde se lève tandis que nous entonnons les hymnes nationaux.

L'homme qui ne s'est pas présenté se révèle être un compagnon de table agréable qui parle volontiers de lui et de tout ce qui le concerne.

— Au fait, pourquoi donc Munch n'est-il pas là ? finit-il par demander. Aurait-il pris la fuite à cause de l'affaire Monrad ?

— Non. Il avait une réunion à Bruxelles.

Le roi et la reine se lèvent. Tout le monde les imite, les conversations cessent et nous restons ainsi jusqu'à ce que la famille royale ait quitté la pièce. On nous sert maintenant du café et des digestifs. Selon le protocole, les invités doivent passer dans le salon contigu afin d'entretenir leurs relations. S'ils en ont, évidemment.

Je me dirige vers l'escalier. Là, je suis arrêtée par un des hommes en livrée.

— Excusez-moi. Où allez-vous ?

Son sourire est poli, mais forcé.

— Chez moi.

— Je ne crois pas que ce soit une bonne idée.

Nos regards se croisent brièvement.

Je fais volte-face et retourne me plonger dans la marée humaine, bien décidée à jouer le rôle de la nouvelle Clara. Celle que l'on a envie de photographier, celle qui fait croire aux gens qu'elle aime converser avec eux et qu'elle apprécie son nouveau travail. Je déambule ainsi parmi la foule, enchaînant les poignées de main, saluant, souriant, acquiesçant. Je me laisse même aller à quelques embrassades, bien que je déteste cela.

Puis, la Première ministre s'approche de moi.

— Clara ? C'est bien ça ? dit-elle en me tendant une petite main.

— C'est exact, je réponds.

Il s'en faut de peu que je ne lui fasse une révérence.

— C'est donc toi la nouvelle trouvaille de Munch ? Je dois dire qu'il m'a bien surprise. Je n'ai jamais eu l'impression qu'Anton avait compris qu'on pouvait engager des femmes, mais je constate qu'il n'y a pas de règle sans exception.

— En effet, je réponds.

Elle m'observe d'un regard critique et inquisiteur.

Un homme tente d'attirer son attention en posant une main sur le haut de son bras. Certainement un de ses conseillers.

Elle hoche la tête.

— Apparemment, il faut que j'y aille, déclare-t-elle.

Alors, elle se tourne vers l'homme qui attend et disparaît.

Enfin, une heure plus tard, les conversations commencent à se faire rares et le silence s'installe tandis que les membres de la famille royale se retirent. Au vestiaire, on m'invite à aller au bar le Lorry.

Je décline au prétexte que je dois rentrer libérer ma baby-sitter.

Alors que je traverse Dronningsparken, je me rappelle tout à coup qui était l'homme à la gestuelle précieuse.

Erik Heier, c'est son nom. Et il dirige une émission politique sur TV2. Je vais devoir travailler ma mémoire des visages.

Le pire, c'est que Cathrine Monrad a raison. Cela paraît étrange de voir un nouveau ministre engager une secrétaire d'État récemment convertie et déjà impliquée dans un scandale. Je pensais avoir tout mon temps pour accomplir quelque chose, mais à présent, je comprends que tout peut s'arrêter avant d'avoir commencé. Même si Haavard a été remis en liberté.

Mais au moins, mon père est là. Ça va m'aider.

52

LEIF

Elle était trop jeune, je le savais bien, mais en même temps, elle n'avait jamais vraiment été une enfant.

Au début, je lui racontais seulement que le ciel était bleu, qu'il faisait chaud, que tout sentait bon, que le café était divin, que les gens étaient amicaux et beaux.

Puis, j'ai commencé à lui parler aussi de l'affrontement à Rachaya.

Du bruit que faisaient les balles en frappant les corps.

Du bruit que faisaient les humains en s'écroulant sur le sol.

Du fait que je n'avais pas l'impression d'ôter une vie à un être humain, mais plutôt de tirer sur une cible. Et que je devais l'atteindre. Que c'était pour moi une question de vie ou de mort.

Ainsi, peut-être qu'elle comprendrait à quel point il s'en était fallu de peu que je ne rentre jamais à la maison. Elle ne semblait pas particulièrement heureuse de me revoir. Mais quand je lui parlais du Liban, c'était comme si elle se réveillait. Elle s'approchait de moi, ses yeux revenaient à la vie.

J'avais le sommeil léger. Je me réveillais souvent au bout d'une heure.

Le matin, j'étais épuisé, si bien que je n'étais pas toujours en mesure de me lever. Il arrivait que je boive. J'allais dans l'étable, je faisais une petite sieste dans le canapé, je parlais avec les enfants, je retournais dans l'étable, j'embrassais les enfants et je leur disais bonne nuit.

C'était comme si plus rien ne serait jamais facile, comme si plus rien ne serait jamais comme avant.

Le médecin m'a prescrit des somnifères pour m'aider à dormir, mais ces comprimés ne me réussissaient pas, et durant la journée, je tournais en rond, comme si j'avais la gueule de bois.

Je ne parlais pas avec Agnes, je parlais trop avec Clara.

Un jour, Magne, un collègue d'Agnes, s'est présenté à notre porte. C'était un fanfaron qui siégeait au conseil municipal. Je ne l'avais jamais apprécié.

— Agnes a peur de toi, Leif, m'a-t-il dit. Ça m'inquiète. Elle a dû se débrouiller seule et avec peu de moyens pendant ton absence.

Sa voix était chaleureuse et pleine d'égards, mais son regard était froid et méprisant, comme si quelqu'un avait écouté notre conversation.

J'ai lancé un regard vers la porte de la cuisine, où se tenait Agnes, tel un spectre.

— C'est Agnes qui t'a demandé de venir ? je lui ai demandé.

Au lieu de répondre à ma question, il a dit :

— Tu es trop faible pour ça, Leif. Tu as besoin d'aide.

Ce dont je me souviens le mieux, c'est des tremblements dans mes jambes. Et de la manière dont il a adressé un signe de tête à Agnes en disant :

— Pauvre diable.

Ensuite, elle m'a annoncé qu'elle souhaitait partir. Que ce n'était plus vivable, ici. Voilà ce qu'elle m'a dit, à moi qui l'avais supportée pendant toutes ces années, alors qu'elle passait son temps au lit, sans rien faire, et qu'elle me laissait m'occuper seul des enfants, les bercer, leur brosser les dents, les coiffer, faire la cuisine, les lessives, le ménage et Dieu sait quoi d'autre.

Elle m'a dit qu'elle allait emmener les enfants. Mais Clara ne voulait pas partir avec elle.

— Tu peux t'en aller, moi je reste, a-t-elle lancé à sa mère.

— Clara, ce n'est pas possible, a déclaré Agnes sans conviction.

Je la soupçonnais, au fond d'elle, d'être soulagée.

Clara a pleuré et hurlé tandis qu'elle tentait de retenir son frère.

53

CLARA

Comme toujours, j'imagine la voix de mon père, tandis que je m'achète mon café quotidien du matin, un double *latte*.

D'après mon père, un café *latte* par jour pendant deux ans équivaut au prix d'une voiture. Lui qui raccommode ses chemises, ses pulls et ses chaussettes, qui répare ses vêtements de pluie avec des rustines pour chambres à air de vélo, qui lit le journal à la bibliothèque quand il se rend au village pour faire ses courses, une fois par semaine, qui achète le café et les œufs les moins chers, qui règle ses factures dès qu'il les reçoit, plusieurs semaines avant la date d'échéance, de crainte d'avoir à payer un rappel.

Je m'efforce de ne pas gaspiller mon argent, mais je suis très loin de ses standards.

Tous ces imbéciles qui affirment que l'argent ne fait pas le bonheur.

Au moins, il réduit l'angoisse vitale et, pour beaucoup d'entre nous, c'est tout ce qui compte.

Il ne s'agit pas de s'acheter tout ce que l'on désire, ni de payer quelqu'un pour qu'il fasse le ménage, qu'il lave notre voiture ou qu'il tonde notre gazon à notre place, mais plutôt de ne pas avoir à se demander comment on va pouvoir régler nos factures et conserver notre maison.

C'est un privilège que ne peuvent comprendre ceux qui n'ont jamais manqué de rien.

Tandis que je quitte la place de Youngstorget en direction d'Akersgata, mon café à la main, je passe devant l'endroit où une jeune femme, une fonctionnaire comme moi, a été tuée quand la bombe a explosé le 22 juillet 2011*.

C'est exactement là, à 15 h 25, en ce vendredi gris et pluvieux, que sa vie s'est arrêtée. Et que mon lieu de travail, tel que je le connaissais, a été détruit.

J'y étais. J'étais au bureau, mais j'ai survécu. J'ai descendu l'escalier, traversé la réception dévastée et suis sortie dans la rue. Sans une égratignure.

Certains de mes collègues souffrent toujours des blessures qu'ils ont reçues ce jour-là. Une cicatrice au visage, une jambe en moins, un bras raide.

Et puis il y a toutes ces autres blessures, celles que l'on ne voit pas.

J'entre par ce qui était le hall de la tour, comme je le fais toujours quand j'arrive de ce côté. Beaucoup préfèrent faire de grands détours pour l'éviter, mais pour moi, c'est devenu une sorte de rituel.

Cela a été mon lieu de travail pendant des années. J'ai traversé cette réception des centaines de fois.

J'aimais la tour, avec son mélange de murs en pierre, de teck des années 1960 et sa toile murale d'Hannah Ryggen, *Nous vivons sur une étoile*, qui me fait toujours penser aux tableaux d'Astrup.

Tout cela était à moi. Tout a explosé. Tout a disparu.

Pulvérisé, parti en fumée, réduit en poussière, effacé.

Le ministère de la Justice a acquis une place particulière parmi les ministères. Nous avons perdu des collaborateurs, nos bureaux et la confiance que nous avions en nous-mêmes. De plus, le ministère a dû assumer la responsabilité de la plupart des procédures qui avaient failli. Pourtant, nous n'étions pas les seuls concernés. La responsabilité des moyens de sécurité incombe à différents ministères et organismes régionaux et municipaux. Avec en tête de la liste des dirigeants qui jouissaient d'un poste à vie.

* Référence aux attentats perpétrés par Anders Behring Breivik le 22 juillet 2011.

La toile d'Hannah Ryggen, qui avait été vilainement fendue, a été restaurée, débarrassée de ses éclats de verre et de sa poussière de béton, soigneusement recousue, et est à présent exposée à un autre endroit.

Mais le bâtiment est resté tel quel depuis sept ans. Aucune solution n'a encore été trouvée. Le hall, qui était autrefois un lieu si chaleureux et si vivant, n'est plus qu'une coquille vide et lugubre.

Seul l'élégant miroir d'eau qui séparait la tour du R5, qui abrite maintenant notre ministère, est demeuré intact.

Avant, j'avais l'habitude de m'asseoir là et de contempler l'eau qui s'écoulait paisiblement. Désormais, je n'ai plus le temps.

— *VG* voudrait suivre Clara pendant toute une journée, annonce le directeur de la communication après avoir passé en revue les articles de presse. De préférence un jour animé, où ils auront l'occasion de prendre de bonnes photos, dans des endroits cool…

— C'est non, dis-je sans même prendre le temps de réfléchir.

Munch, qui est déjà rentré de Bruxelles, et le directeur de la communication me regardent avec étonnement.

— Ils t'accompagneraient juste sur une de tes journées de travail. D'ailleurs, nous avons reçu d'autres demandes du même genre. De la part d'Erik Dammann-Heier, de TV2, notamment. Il souhaiterait faire un portrait de Clara.

— Heier ? Ce vieux con ? murmure Mona.

— TV2 ? Un portrait de Clara ? s'exclame le conseiller en secouant la tête. C'est toi qui devrais être au centre de l'attention, ajoute-t-il en s'adressant à Munch. Même si Clara est une femme.

Mona se racle la gorge.

— Je le suis déjà suffisamment, merci. Qu'en penses-tu ? demande Munch au directeur de la communication, qui hausse les épaules.

— À mon avis, on va avoir du mal à y échapper. Si nous refusons, ils diront qu'on a des choses à cacher.

— Mona ? demande Munch, cette fois à la secrétaire générale du ministère.

— Je ne veux pas me mêler de votre stratégie médiatique, déclare-t-elle en soupirant.

Son scepticisme est flagrant, même si, ces derniers temps, elle semble s'être détendue à mon sujet. Je crois qu'elle apprécie le fait que je sois organisée, que je réponde toujours avec clarté et célérité et que je ne submerge pas ses services de requêtes et de commandes absurdes et voraces en ressources.

— À la fois *VG* et TV2 ont exprimé le souhait d'aller chez toi, reprend le directeur de la communication. Ils voudraient saisir le contraste entre ta vie professionnelle et ta vie privée, voir comme tu jongles entre l'une et l'autre…

— Mon Dieu, mais pourquoi devrait-elle faire l'objet d'autant d'attention ? Ce n'est pas comme si elle était Première ministre, soupire le conseiller.

Malgré son jeune âge, il a déjà trois enfants dans son village natal, dans le Sud du pays. Sa femme assure seule toutes les tâches ménagères, mais il publie volontiers des photos de lui avec ses enfants sur Facebook et sur Instagram quand il rentre chez lui pour le week-end. Mais pour une fois, je dois admettre que je suis d'accord avec lui.

— C'est une belle femme, qui dégage quelque chose de mystérieux, tu sais, intervient le directeur de la communication. C'est suffisant. En plus du fait qu'elle nous a obtenu quinze hélicoptères bombardiers d'eau en l'espace d'une nuit.

— En tout cas, ils ne mettront pas les pieds chez moi, dis-je.

Alors que je m'apprête à quitter la réunion, le téléphone du directeur de la communication se met à sonner.

— Oui ? Comment ? Très bien, on en reparle. Je te rappelle.

Sur ce, il raccroche.

— Mon Dieu… C'était *VG*, me dit-il en regardant autour de lui. – Munch a disparu. – Devine quoi.

— Je n'en ai pas la moindre idée.

Il pousse un profond soupir.

— Quel cauchemar ! Maintenant, ils voudraient savoir si Munch a quelque chose à dire sur le fait que Cathrine Monrad a fourni un document sonore sur lequel on entend Munch tenir les propos qu'il a niés.

— Comme quoi ? demande Mona en fronçant les sourcils.

— Que ce n'est pas son boulot de jouer les salopes médiatiques.

— Mon Dieu... Alors il l'a vraiment dit ? Dans ce cas, c'est un fieffé menteur. C'est le pire qu'il pouvait arriver. Vous savez combien de ministres ont été contraints de démissionner juste parce qu'ils avaient tenté de mentir à propos de broutilles ? Et menacer une subordonnée de lui retirer sa confiance si elle ne se tait pas...

Au même moment, le téléphone de Mona sonne.

— Le cabinet du Premier ministre, dit-elle en rajustant sa broche du jour, en forme de pélican, après un coup d'œil à l'écran. Je m'y attendais, tiens.

— Qu'est-ce qu'ils veulent ? demande le directeur de la communication.

— Ils veulent la vérité, rien que la vérité, évidemment. Allô, dit Mona avec une grimace en répondant à l'appel.

Aussitôt, elle se dirige vers son bureau.

54

Leif

1982

D'une certaine manière, les choses se sont quelque peu calmées après le départ d'Agnes.

Je respirais, je me sentais plus libre, je dormais mieux, je passais moins de temps sur la terrasse avec mon fusil, je parlais avec Clara, je lui racontais des anecdotes sur l'olivier, sur la grotte, sur les chèvres, sur les grillons, sur les obus qui entrecoupaient le silence et sur le morceau de métal qu'ils avaient retiré de ma hanche et que j'avais rapporté à la maison.

— Où est ton éclat de grenade, maintenant ? m'a demandé Clara.

Alors, je suis allé chercher la boîte d'allumettes que je gardais dans un des tiroirs de la commode de la chambre et je lui ai montré l'éclat.

— Je peux le toucher ? a-t-elle dit.

Je l'ai soupesé dans le creux de ma main.

— C'est mon souvenir. Enfin, un de mes souvenirs.

— On ne pourrait pas en faire un bijou ?

— Un bijou ? j'ai dit, étonné. Si, peut-être, si tu veux.

— Tu as d'autres choses ? Je peux les voir ? a-t-elle demandé en inclinant la tête.

— Attends un instant.

Je suis retourné dans la chambre et en suis revenu avec le béret vert tout troué.

Elle l'a posé sur ses cuisses et est restée assise là, à l'observer sous tous les angles possibles.

— Tu l'as pris à quelqu'un ? a-t-elle dit.

— Non, je l'ai trouvé par terre.

— Et c'est toi qui as fait tous ces trous dedans ?

— Je ne sais pas, mais… oui, ça se pourrait bien. Tu sais… C'est étrange, mais alors que j'étais là, au milieu de cet enfer, et que ça tirait dans tous les sens, je ne m'étais encore jamais senti aussi vivant.

— Parce que tu avais tué quelqu'un ?

— Non, pas pour ça, s'il te plaît.

— Pour quoi, alors ?

— C'est impossible à expliquer à quelqu'un qui n'était pas là-bas. Mais c'était un sentiment très fort.

55

Clara

Je suis assise à notre petite table, dans le jardin. Je porte une robe bleu ciel en lin et pose pour *VG* avec une tasse de café dans la main. Ensuite, je m'appuie contre le poirier. Je m'agenouille près d'un parterre. Je me place devant une fenêtre.

Comme tous les autres, je me suis moquée de ces ministres qui parcouraient le pays pour permettre aux photographes de prendre de belles photos au lieu d'être dans leur bureau et de faire leur travail. Mais à présent, c'est moi qui me prostitue aux médias. Je souris tellement qu'on dirait que mon visage est sur le point de se fendre.

L'équipe a sa propre styliste, maquilleuse ou je ne sais quoi. J'essaie de dire que je n'aime pas être autant maquillée, qu'un peu de mascara et de fond de teint suffirait, mais cela ne sert à rien. Ils m'appliquent un rouge à lèvres rouge pétant et me coiffent dans le plus pur style Betty Draper.

Quand vient enfin le moment de la séance de photos, j'ai droit à des instructions détaillées. Pose la main comme ça. Regarde-moi droit dans les yeux, merci. Penche-toi légèrement. Redresse-toi un peu. Merci, merci, merci, clic, clic, clic, clic.

Et pendant tout ce temps, notre directeur de la communication se tient à l'arrière-plan, m'adressant des pouces levés, comme si j'étais un chien de concours.

Je l'avais pourtant prévenu que sa présence n'était pas nécessaire, mais il est quand même venu.

Pour être franche, je n'ai jamais apprécié les gens. Ils me stressent. Tous les bruits qu'ils émettent, leurs conversations, tout cela absorbe mes forces et ma concentration.

J'aime bien être avec mon père. Et avec mes fils, jusqu'à un certain point. La compagnie d'Haavard m'est aussi agréable, du moins à petites doses. Comme l'était celle de sa grand-mère Edith. Mais les autres, non. Je considère que c'est une perte de temps.

Je me suis toujours appliquée à paraître la plus normale possible. À une certaine époque, j'ai même envisagé de changer de prénom pour quelque chose de plus courant, comme Anne, Anita ou Marie. Je trouvais que Clara était trop original.

En fin de compte, je n'ai jamais changé de prénom. Mais j'ai veillé à ce que personne, pas même Haavard, ne sache rien de moi. Je préfère qu'il en soit ainsi. Vivre comme une bureaucrate invisible, une mère de famille des quartiers ouest tout ce qu'il y a de plus banal.

Et maintenant cela. Toute une équipe dans mon jardin, prête à m'exposer devant le monde entier. Mes collègues de travail, mes voisins, les gens dans les supermarchés, les parents de l'école. Tous ceux qui, en réalité, ne savent rien de moi vont maintenant se rapprocher.

Il est trop tard pour changer d'avis. Je n'ai plus d'autre option que de sourire et de regarder l'objectif.

Peut-être ma mère verra-t-elle l'article ? Peut-être que Bodil ou qu'une autre salope de la résidence lui apportera le journal ou lui découpera l'article.

— Regarde, Agnes, c'est Clara, ta fille, qui vit à Oslo, tu sais.

Avais-je fait une erreur en allant lui rendre visite dans sa résidence psychiatrique, à Kleivhøgda ?

Je m'étais convaincue que c'était nécessaire, qu'après ce qu'il s'était passé à Ullevål, ce soir-là, il fallait que je sache dans quel état était vraiment ma mère, de quoi elle se souvenait et dans quelle mesure elle était capable de s'exprimer.

Pendant toutes ces années, je m'étais imaginé qu'elle n'existait pas, qu'elle était morte, comme je le disais à tout le monde.

Mais elle était bel et bien vivante. Et ma rencontre avec elle ne m'a pas apporté grand-chose.

La plupart des gens de mon village ont oublié Agnes Lofthus depuis belle lurette. Mais tous ceux de la résidence, comme Bodil, réagiront s'ils lisent une interview larmoyante dans laquelle je parle de ma mère décédée. Ils risquent d'appeler le quotidien pour les informer que c'est un mensonge.

— Gravement malade, dis-je, à la place, à la journaliste aux cheveux longs de *VG*. Mais je pense qu'il vaudrait mieux que tu ne la mentionnes pas dans le reportage. C'est une situation très difficile pour la famille.

— D'accord, fit la journaliste en enroulant une mèche de cheveux autour de son index. Mais ton père, tu es très proche de lui, n'est-ce pas ?

Je soupire, agite la main pour repousser une guêpe qui vole autour de ma tasse avec autant d'insistance que la journaliste avec son interrogatoire.

— Je n'aurais pas cru qu'on aborderait des questions aussi intimes.

La journaliste redresse la tête et me regarde d'un air sombre.

— Ça n'a rien d'intime, c'est juste un peu personnel. Et il faut bien que ce le soit.

— Ah bon ?

— Bien sûr.

Une lutte de pouvoir silencieuse s'engage. Elle me gratifie d'un sourire à la fois mielleux et ostentatoire, et je décide de lui raconter la vérité.

— Mon père a toujours représenté ma sphère de sécurité, je déclare, ce qui est en même temps vrai et faux. Chaque enfant a besoin de sécurité dans sa vie. Beaucoup n'en ont pas.

— Non, dit-elle, distraite, en mordant le bout de son stylo.

Je n'avais pas vu quelqu'un mordre son stylo avec une telle intensité depuis l'école.

— À ce propos, est-il exact que vous avez été impliquée dans un accident de voiture quand vous étiez enfant ? demande-t-elle ensuite, avant que j'aie eu le temps d'ajouter quelque chose.

Bon sang, elle ne renonce jamais, elle est entraînée à cette sorte d'exercice, c'est évident. Elle s'accroche à sa proie comme une sangsue. Et ça correspond parfaitement à ce que j'ai entendu et aussi vu dans d'autres interviews stupides du même genre que j'ai pu lire. Ces journalistes sont constamment à l'affût d'un événement traumatisant à utiliser comme point de départ. Que vous ayez souffert de maux intestinaux quand vous étiez bébé ou n'importe quoi d'autre. Tout est bon pour eux.

— Oui, mais c'est toujours un sujet de traumatisme, alors je préférerais que tu n'en parles pas, dis-je en essayant à nouveau de chasser la guêpe.

Elle acquiesce, même si elle constate que la liste des sujets qu'elle ne doit pas aborder commence à être longue.

C'est la principale raison pour laquelle je n'aime pas les interviews.

— Mon engagement vient de tout ce que j'ai lu et entendu, c'est un océan d'histoires sur des enfants qui ont été victimes de violences et de maltraitance au sein de leur famille. Quand ils essaient de le raconter à l'école, par exemple, il ne se passe rien, si ce n'est peut-être que les parents sont avertis. Et alors, les choses empirent. Il y a trop de gens qui savent et qui ne font rien. Parce que c'est plus simple d'ignorer ces agissements. C'est ce que nous devons changer.

— Merci, murmure la journaliste sans enthousiasme.

Au même moment, je parviens enfin à abattre la guêpe. Elle gît, agonisante, à côté de ma tasse et est secouée d'ultimes spasmes.

Le meurtre de Susanne a totalement anéanti la théorie de Munch sur les gangs, qui lui est maintenant vivement reprochée. Il est obligé de participer à diverses émissions d'actualités et de politique à la télévision et à la radio afin de fournir des explications, que ce soit dans l'affaire Monrad ou à propos du dernier homicide.

Est-il devenu dangereux d'habiter à Oslo ? Et pourquoi a-t-il fait dans les médias des déclarations aussi controversées sur la culture des gangs alors qu'il s'avère que la série de meurtres n'a rien à voir avec ce phénomène ? A-t-il agi dans l'unique but de se faire passer pour une personne résolue ? Ou était-ce une stratégie préméditée dans le cadre du débat sur une police armée, qu'il défend avec tant de ferveur ?

Les médias s'interrogent sur le fait que les trois victimes se soient rendues coupables de violences domestiques et commencent à parler de ces enfants qui sont maintenus dans leurs familles en dépit de tout sens commun. Comment est-ce possible ? Pourquoi le système ne détecte-t-il pas ces cas ?

Munch doit répondre à toutes ces questions et est incapable de donner de bons arguments. Il marmonne quelque chose à propos d'un projet de loi qui devrait bientôt voir le jour, mais en dehors de cela, il n'a pas grand-chose à dire.

Deux jours plus tard, *VG* publie un article sur le fait que le Comité de contrôle constitutionnel du Parlement a demandé à Munch de comparaître devant elle afin de s'expliquer dans l'affaire Monrad. Le Bureau de l'auditeur général va également enquêter sur ce cas.

Dans le supplément du week-end qui accompagne le journal ce samedi, mon portrait est publié sous le titre "Une nouvelle étoile est née au ministère de la Justice".

Au ministère, une opération médiatique a été lancée pour tenter de sauver Munch. Quant au reportage élogieux qui m'a été consacré, on ne peut pas dire qu'il ait été particulièrement bien reçu.

— C'est un superbe coup de pub pour toi, Clara, commente le conseiller en passant la tête dans mon bureau.

Nous sommes tous les deux au travail pour boucler quelques dossiers avant de partir en vacances.

— Bien joué ! C'est exactement ce dont le chef avait besoin…

— Cette interview n'était pas mon idée. *VG* est entré en contact avec le service de la communication. Tu le sais très bien.

— C'est la version qu'on nous a donnée, en effet, dit-il en grimaçant. Mais peut-être quelqu'un leur a-t-il soufflé l'idée ?

— Tu peux penser ce que tu veux.

Je vois qu'il commence à douter.

— Donc, tu reconnais…

— Je ne reconnais rien du tout, je le coupe. J'ai seulement dit que tu pouvais croire ce que tu voulais.

Cette fois, il se contente de secouer la tête et s'en va en serrant les poings dans les poches de son pantalon, si bien que le tissu se met à épouser la forme de ses fesses.

Il est vraiment potelé, comme tous les autres laquais de Munch. Trop de nourriture pendant les heures supplémentaires, trop de barres chocolatées en provenance du distributeur dans le couloir, pas assez de sommeil.

Je dois faire attention à moi pour ne pas devenir comme eux.

En rentrant, ce soir, je ferai un long détour par la forêt, parmi les racines et les flaques de boue, juste histoire de courir, de respirer et de transpirer jusqu'à ce que j'aie complètement éliminé de mon corps l'interview, Munch, le conseiller et tous les journalistes du monde.

Ensuite, nous serons en vacances. Et nous resterons à la maison.

56

Leif

1986

Lars venait chez moi un week-end sur deux. C'était bien trop peu, mais c'est la même chose pour les autres pères divorcés. Tout s'arrangera avec le temps, je me disais quand Agnes sombrait dans ses ténèbres intérieures et était incapable de se lever le matin.

Peu à peu, Agnes a cessé de répondre à mes appels téléphoniques. Un jour, je me suis présenté à la porte de l'appartement en sous-sol qu'elle louait. Elle n'était pas chez elle. Même chose le lendemain. Pour finir, j'ai trouvé Agnes à Liagården, la ferme de Magne. Elle était dans le jardin quand je suis arrivé en voiture. Je n'ai pas vu Lars.

— Je veux voir mon fils, ai-je dit.

— Et si lui n'a pas envie de te voir ? m'a-t-elle répondu en resserrant son gilet en laine rose autour de son corps. – Elle a secoué la tête, a ramené sa longue chevelure blonde d'un côté et m'a regardé de cet air interrogateur qui m'avait tant plu autrefois. – Je crois que ta présence ne fait pas de bien à Lars. À Clara non plus. Pas depuis que tu es revenu du Liban.

— Parce que toi, au contraire… – Je me suis rendu compte que j'élevais la voix. – Toi, tu es la maman du siècle, pas vrai ?

— Mon Dieu, a-t-elle dit en reculant de quelques pas avant de rentrer et de claquer la porte.

Alors, je suis allé le chercher directement à l'école. C'était encore la meilleure solution. Lars a paru content de me voir. À la maison, il se blottissait dans mes bras devant les émissions pour les enfants, à la télévision, tandis que j'observais son petit nez, le duvet sur son visage, la courbe de son sourire. Lars était très doux, il avait presque plus un comportement de fille que Clara. Et silencieux. Il avait toujours son pouce dans la bouche. Il a même recommencé à faire pipi au lit, alors qu'il avait arrêté depuis des années. J'ai alors dû laver son pyjama et ses draps.

Clara voulait que je demande l'autorité parentale. Elle trouvait absurde qu'il vive avec sa mère et Magne et estimait que ce n'était pas bon pour lui. "Regarde comme il est devenu craintif", disait-elle. Je ne devais pas penser au fait que je ne me sentais pas bien depuis le Liban. Elle témoignerait en ma faveur et déclarerait que j'étais le meilleur papa du monde.

Et je me suis dit que c'était ce que j'allais faire, que j'allais tout régler. Il fallait juste que je me repose un peu, avant, que je rassemble mes forces pour m'opposer à Magne et à Agnes.

Ils ont fini par accepter que Lars passe un week-end avec nous.

Le samedi, je lui ai fait prendre un bain dans la baignoire rose pour laquelle Agnes m'avait obligé à dépenser trop d'argent.

Au début, il a refusé d'aller dans l'eau. Mais j'ai insisté. Il était dégoûtant.

Quand il a commencé à retirer ses vêtements, j'ai dû déglutir ma salive et détourner les yeux.

Aucun enfant ne peut se cogner à ce point. Aucun enfant ne peut se faire des contusions sous les bras, sur les hanches, sur le ventre.

— Qu'est-ce qu'il t'est arrivé ? j'ai demandé à Lars.

— Je me suis cogné, m'a-t-il répondu en sanglotant un peu.

J'ai appelé Clara pour qu'elle vienne constater.

Après cet incident, je me suis rendu à la mairie pour rencontrer la personne qui, entre autres, était la représentante des services de protection de l'enfance.

— Donc, tu prétends que la mère du garçon…

— Ou son beau-père, ai-je dit.

— … le bat parce que tu trouves qu'il parle moins et parce qu'il s'est cassé le bras ?

— Ce n'est pas tout, j'ai soupiré. Il y a plein de choses. Comme je te l'ai dit, il est couvert de bleus.

— Bien. Mes enfants aussi sont couverts de bleus, et je ne les bats pas, pour dire les choses ainsi. D'après moi, ces accusations sont infondées, a-t-elle dit en tambourinant des doigts sur le plateau de son bureau.

Nous avions été à l'école ensemble et je ne l'avais jamais appréciée. Je crois que c'était réciproque.

— Bien entendu, nous allons l'examiner, mais Magne Lia est un homme bon. Et on ne peut pas dire que tu sois au sommet de ta forme, ces derniers temps. Pas vrai ? a-t-elle ajouté en me défiant du regard. Même si ça ne te plaît pas que ta femme t'ait quitté, même si tu te sens trompé et trahi, ça ne t'autorise pas à débarquer ici et à lancer des accusations de cette nature, j'imagine que tu peux le comprendre…

— Est-ce que ça signifie que tu ne me crois pas ? ai-je demandé.

En réalité, j'avais surtout envie de la gifler.

— Ce n'est pas ce que je dis, a-t-elle répondu.

Son regard indiquait tout le contraire.

Quand je suis ressorti de son bureau, j'avais la sensation d'avoir dépensé l'énergie de toute une vie. Je n'avais plus la moindre ardeur combative. Je l'avais laissée près de l'olivier de Rachaya et dans la grotte.

J'espérais que les choses s'arrangeraient d'elles-mêmes ; qu'Agnes finirait par revenir à la raison et qu'elle rentrerait à la maison ou, du moins, qu'elle quitterait Magne ; que quelqu'un se rendrait compte qu'il fallait prendre le problème en charge ; qu'une maîtresse dénoncerait la situation ou ferait quelque chose ; qu'après tout, Agnes disait la vérité : que tout allait parfaitement. Car Agnes et Magne me terrorisaient. Je savais qu'ils utiliseraient le Liban contre moi, qu'ils diraient que j'étais un père inapte. Il était à craindre que la situation ne s'aggrave si je les provoquais.

Puis, Agnes m'a téléphoné pour m'annoncer que Lars ne voulait plus venir chez moi.

— Ça l'épuise, a-t-elle dit. Il a besoin de tranquillité. De stabilité.

Alors, j'ai raccroché. C'était comme si de l'eau glaciale circulait dans mes veines. Maintenant, il allait falloir que je sois capable de faire quelque chose, de protester, d'agir, d'une façon ou d'une autre.

Mais d'abord, je devais me reposer un peu, me relaxer, faire une pause.

Je réglerais cela plus tard. Le lendemain. Mais pas tout de suite.

57

Haavard

Nous partons demain, après avoir retardé plusieurs fois notre départ. Je suis libre. Clara a encore fait une séance de photos à la maison, contre ma volonté, et est retournée faire un tour au bureau.

Sur le pas de notre porte se tient un livreur de fleurs.

— Tenez, dit-il en me tendant un énorme bouquet emballé dans du papier brun.

— Merci, je réponds avant de rentrer et de déballer le bouquet, comme je l'ai fait avec tous ceux que nous avons reçus.

La plupart proviennent d'organisations. Elles souhaitent établir de bonnes relations avec la nouvelle secrétaire d'État et s'activent déjà pour organiser un lobby. Apparemment, Clara en a reçu d'autres au bureau.

Ce bouquet est de type traditionnel et ostentatoire, constitué de lilas blancs, de roses rouges et de grappes de fleurs violettes. Il ne manque plus que le voile de mariée. Jamais je n'aurais l'idée d'acheter un des quatre bouquets que nous avons reçus. Et demain, nous partons dans l'Ouest du pays. Malgré tout, je vais chercher un vase, que je remplis d'eau et y place le nouveau bouquet sans raccourcir les tiges.

Puis, je jette un coup d'œil à la carte qui l'accompagne.

Félicitations pour cette merveilleuse nomination. Nous sommes très fiers de toi, Clara. Nous avons été ravis que tu viennes nous voir et espérons que tu repasseras la prochaine fois que tu seras dans l'Ouest. Salutations cordiales de la part de tout le personnel et de tous les résidents de Kleivhøgda. Bodil.

Kleivhøgda ? Qu'est-ce que c'est ? Et qui peut bien lui envoyer des félicitations aussi chaleureuses ? Clara n'a plus de contacts avec qui que ce soit dans l'Ouest, à l'exception de son père. Nous ne rendons jamais visite à personne, nous ne voyons jamais personne, c'est à peine si elle salue les gens qu'on croise au supermarché.

Une recherche rapide sur Google m'apprend que Kleivhøgda est une résidence psychiatrique située à quelques kilomètres du village natal de Clara. Sans réfléchir, je compose le numéro sur mon téléphone et appuie sur l'icône verte.

Au bout de trois sonneries, quelqu'un décroche à l'autre bout du fil.

— Résidence de Kleivhøgda, Bodil à l'appareil.

— Oui, bonjour, je suis Haavard Fougner, le mari de Clara Lofthus…

— Ah, oui, bonjour…

— Je voulais juste vous remercier pour les fleurs que nous venons de recevoir. Clara n'est pas à la maison, mais je viens de les déballer et elles sont splendides.

— Comme c'est gentil ! répond-elle d'une voix enjouée. Nous avons pensé que nous devions faire un petit cadeau à Clara… Vous venez de temps en temps par ici ?

— Oui. D'ailleurs, nous partons dans l'Ouest demain, dis-je avant de me lancer. Nous pourrions peut-être passer vous voir un jour ? Si ça vous convient.

— Mais bien sûr, dit-elle. – Cette fois, elle se met à parler pour de bon. – Je crois que ce serait une bonne chose pour Agnes qu'elles se revoient bientôt. Vous savez, elle n'avait pas vu sa fille depuis trente ans et, soudain, voilà qu'elle réapparaît. Alors il est naturel qu'elle soit pressée de la revoir. Et maintenant qu'Agnes est enfin sur la voie du rétablissement, il est encore plus important pour elle de renouer des liens avec sa fille.

— Évidemment. Si Clara est trop occupée, il se pourrait que je vienne seul. Enfin, nous verrons ça.

J'ai toujours entendu dire que sa mère, son frère et son beau-père étaient morts dans un accident de la route quand Clara avait seulement douze ans. Elle était elle-même dans la voiture et avait tenté de sauver les autres, en vain. Depuis, elle n'avait jamais eu la force d'en parler, jusqu'à ce que nous ayons cette brève conversation dont je me souviens si clairement après toutes ces années.

Nous étions dans son lit étroit, chez ma grand-mère Edith. Nous avions mangé et bu. Nous étions tous les deux allongés sur le flanc, nos visages tout près l'un de l'autre, si près que je pouvais sentir son front contre le mien et son souffle sur ma bouche, le genre de situation qui nous paraît si merveilleuse au début d'une relation, mais qui, plus tard, devient un supplice.

Ses yeux étaient si près des miens que je n'arrivais pas à me focaliser dessus, j'étais incapable de distinguer ses iris bleus.

Juste une vague tache bleuâtre, comme le ciel, comme un champ de lavande.

Puis elle m'a parlé de sa mère, de Lars et de Magne, m'a transmis ces mots mélangés à son souffle.

J'ai dû lui promettre que nous n'en reparlerions jamais.

Et j'ai tenu parole.

À l'époque, je pensais évidemment que nous vivrions de nombreuses autres soirées semblables, que ce n'était que le début, que nous reviendrions sur ce sujet un jour ou l'autre, que nous nous rapprocherions, que nous parlerions plus.

J'étais loin d'imaginer que je ne parviendrais jamais à être plus proche d'elle qu'au cours de ces premiers jours, de cette brève période.

Chaque fois que j'entends les garçons lui demander pourquoi ils ne peuvent aller sur la tombe de leur grand-mère et de leur oncle Lars, elle trouve une excuse. Et cela fait maintenant longtemps qu'ils ne lui ont plus posé la question. Moi-même, je n'y suis jamais allé. Leif ne veut pas non plus parler de sa femme ou de son fils, je ne sais rien d'eux, je n'ai même jamais vu de photos d'eux.

Ça n'a rien d'anormal. De nombreuses familles réagissent ainsi après avoir vécu un traumatisme. Je me suis parfois dit que ça expliquait pourquoi Clara était aussi hermétique.

Mais il s'avère que ma belle-mère, qui, en théorie, est morte il y a trente ans, vit toujours.

Quel mensonge atroce de la part de Clara !

PARTIE 4

58

Clara

1987

Tous les jours, mon père disait qu'il allait faire quelque chose. Très bientôt.

C'est ainsi que le temps s'est écoulé, jusqu'à ce mercredi.

Comme toujours, après l'école, j'ai traversé les collines aux pentes escarpées qui s'étendaient entre l'endroit où le bus scolaire me déposait, le long de la route nationale, et notre ferme. J'étais assise à la table de la cuisine, en train de faire des exercices de mathématiques, avec un verre de lait chocolaté, quand le téléphone gris a sonné sur le guéridon du couloir.

— Oui ? ai-je dit en décrochant.

— Clara ?

Il parlait si bas que je l'entendais à peine.

— Lars ?

— Il faut que tu viennes. Je ne veux plus rester ici.

— Super, on va venir te chercher. Mais qu'est-ce qu'il se passe ?

— Je crois qu'ils vont me frapper, qu'ils vont me donner une bonne correction, je… Il faut que je raccroche. Excuse-moi.

— Attends, ai-je dit. Lars, attends…

Mais je n'ai plus perçu qu'un signal sonore.

J'ai mis mes chaussures. Je me suis précipitée dans le jardin. J'ai appelé mon père.

J'ai cherché dans la grange. Dans l'étable. Je suis allée partout.

Je suis retournée dans la maison. Je ne voyais mon père nulle part. il devait être dans les prés. Je suis repartie au pas de course, jusqu'au verger, en criant. J'ai traversé la première rangée de pommiers, la deuxième, la troisième.

— Papa ! Papa ! Papa !

Mais il n'était nulle part.

De retour dans le jardin, je me suis assise et j'ai attendu un peu.

Cela me prendrait beaucoup de temps d'y aller à vélo, sûrement plus de temps que d'attendre que papa revienne. Mais il m'était insupportable d'attendre.

Alors, j'ai fini par sauter sur mon vélo tout neuf, que j'avais eu au printemps. J'avais économisé pendant des années pour pouvoir me l'offrir. J'ai pédalé aussi vite que mes forces me le permettaient, tandis que je dévalais les pentes. Il fallait que je garde l'équilibre, que j'évite de tomber.

J'ai ensuite emprunté la route qui longe le fjord, sur plusieurs kilomètres. Ma bicyclette était dangereusement secouée chaque fois qu'une voiture passait à côté de moi à toute allure, jusqu'à ce que j'arrive au carrefour d'où partait le chemin menant à la ferme de Magne. Dans les côtes, je me levais sur les pédales, donnant tout ce que j'avais, même après que l'acide lactique avait envahi mes muscles.

Lorsque je suis enfin arrivée à la ferme, j'ai vu qu'il y avait une ambulance.

Le chien de Magne, un chien d'élan qui était en permanence attaché au mât du drapeau et qui aboyait furieusement chaque fois que quelqu'un passait, n'était pas là. Aucun oiseau ne chantait dans l'arbre qui se dressait devant la maison.

On n'entendait pas le moindre bruit.

J'ai gravi le perron, saisi la poignée de la porte et suis entrée dans le grand vestibule. Lars gisait sur le sol.

Deux hommes corpulents vêtus de vestes et de pantalons trop serrés étaient en train de pratiquer sur lui un massage cardiaque, comme je l'avais fait moi-même quand il s'était noyé dans le lac, à côté de la cabane.

Magne était là, contemplant la scène, une main devant la bouche, comme un professeur préoccupé. Je ne voyais ma mère nulle part.

— Oh, Clara, a dit Magne en me voyant. Tu es venue.

Je ne regardais que Lars.

Son visage n'avait pas le même aspect qu'au bord du lac, quand je lui avais fait le massage cardiaque et le bouche-à-bouche et que l'eau avait fini par jaillir de sa bouche comme le jet d'une fontaine.

Cette fois, c'était complètement différent.

À l'hôpital, j'étais assise près du lit de Lars. Ma mère et Magne étaient restés dans le couloir. Pour une fois, ils devaient se tenir à l'écart.

— Lars, Lars, réveille-toi, lui répétais-je, encore et encore.

Je lui chantais *Un petit oiseau bleu.*

Il ne réagissait pas.

Pour finir, mon père a débarqué dans le couloir.

— Où sont-ils ? Où sont mes enfants ? a-t-il crié.

Ma mère et Magne se sont levés et ont essayé de lui barrer l'accès à la chambre.

— Lars a besoin de calme, a dit ma mère, comme s'il y avait quelque chose au monde qui pouvait aider mon frère, à ce moment-là.

— Oui, viens t'asseoir avec nous, Leif, a ajouté Magne, d'une voix inhabituellement douce.

— Dans tes rêves, a répliqué mon père en se frayant un passage entre eux.

Puis il est entré dans la chambre et s'est approché du lit.

Et alors, tout a recommencé.

Car mon père a compris, comme j'avais moi-même compris un peu plus tôt.

Lars était étendu, immobile, les deux mains posées à plat sur son ventre. Ses ongles étaient extrêmement courts et irréguliers. Il avait commencé à se les ronger et à s'arracher la peau des doigts. J'avais essayé de l'en empêcher, mais chaque fois, il s'arrêtait un instant, puis repartait de plus belle. Cela m'agaçait.

Comment était-il possible que cela m'agace ?

Comment était-il possible que je sois agacée par quelque chose qui venait de Lars ?

À présent, il ne respirait pas, il ne bougeait pas et sa peau était bleuâtre et froide. Papa pleurait, mais pas moi.

Je sentais que j'étais aussi froide que mon frère, qui était étendu là, à côté de moi. Je sentais que je ne pourrais plus jamais respirer correctement.

J'avais envie de le prendre dans mes bras pour l'emporter avec moi. Mais je ne le faisais pas. C'était trop tard.

C'était trop tard pour tout. Et c'était ma faute.

Puisque mon père était incapable d'agir, j'aurais dû m'en charger. J'aurais pu aller chercher Lars et m'enfuir avec lui. Nous aurions pu aller vivre dans une cabane dans la montagne. J'aurais pu le sauver, mais je ne l'avais pas fait, et maintenant, je ne méritais plus de vivre.

Je ne l'ai dit à personne. Je me suis juste penchée et ai déposé un baiser sur son front froid. Puis je me suis levée, je me suis allée me placer à côté de mon père, qui était tombé à genoux et qui sanglotait sur le corps de Lars.

"Oh mon Dieu ! Oh mon Dieu ! Oh mon Dieu !" répétait-il sans cesse.

Les vêtements de Lars étaient trempés et, même si je savais qu'il ne pouvait plus le sentir, cela ne me plaisait pas. J'avais envie de dire à mon père qu'il fallait qu'il arrête, mais je n'en ai rien fait. Au lieu de cela, je me suis mise à lui caresser le dos.

Lars était silencieux. Et je gardais le silence.

Nous étions morts tous les deux, même si je l'étais d'une manière différente.

Je devais continuer de respirer. Inspirer, expirer.

Encore et encore.

J'étais convaincue que Magne allait être condamné.

Pourtant, il fut rapidement question de crise d'épilepsie et d'autres troubles pour expliquer la mort de Lars. Ni mon père ni moi n'en avions entendu parler, mais ma mère a soutenu cette thèse. Et le médecin, qui était un ami de Magne, l'a confirmée.

L'épilepsie avait causé la chute fatale de Lars dans l'escalier, à la suite de quoi il avait fait une hémorragie cérébrale. C'était la version de Magne et de ma mère.

Ils disaient que c'était une tragédie.

Les gens ont gobé ces explications.

Mon père a essayé de parler à la représentante de la protection de l'enfance, mais elle a refusé de l'écouter. Ce qu'il avait à dire ne l'intéressait pas.

Pour ma part, je n'ai tenté de parler à personne, je savais que c'était inutile. De plus, j'avais déjà commencé à envisager d'autres options. Au contraire, je me suis appliquée à dire du bien de ma mère et de Magne à toutes les personnes à qui je parlais.

Seuls moi, mon père, ma tante et son mari avons assisté aux funérailles, outre le sacristain et le diacre.

Deux jours plus tôt, j'avais téléphoné à ma mère.

— Je ne veux pas te voir aux funérailles, avais-je dit. Ni toi ni Magne. Si vous venez quand même, je vous tuerai.

J'avais insisté pour aider à porter le cercueil, même si mon père estimait que je n'étais pas assez grande.

Bien que Lars fût menu et son cercueil de petites dimensions, c'était terriblement lourd, mais j'étais déterminée à ne rien laisser transparaître et l'ai porté le plus haut possible, des deux mains.

Les autres ont pleuré. Je n'avais toujours pas de larmes.

Dans le cimetière, nous avons placé le cercueil sur des planches. Puis, les planches ont été retirées et nous avons descendu le cercueil au fond de la tombe. J'ai entendu du bruit dans la fosse. Ce devait être le corps de Lars qui bougeait à l'intérieur du cercueil. Une pierre a émis un grincement désagréable au moment où le cercueil a touché le fond, et il y a eu un autre bruit tout aussi désagréable quand la terre jetée par le pasteur s'est abattue dessus.

À part cela, l'unique son qui nous accompagnait était celui de la pluie qui martelait nos manteaux, la terre et le cercueil.

Là, tout en bas, dans l'obscurité, Lars allait reposer tandis que les vers et les coléoptères rampaient dans la terre sombre, à l'extérieur du cercueil. Et peu à peu, ils parviendraient jusqu'à lui.

59

Haavard

L'univers de Leif et de Clara commence au moment où l'on quitte la route principale pour s'engager sur le chemin communal sinueux et mal entretenu qui s'enfonce au cœur de la vallée. Après être passé devant quelques fermes, on finit par déboucher sur celle de Leif, au fond de la vallée. C'est là que le chemin prend fin.

L'expression "au fond de la vallée" peut faire penser à un lieu sombre, étroit et encaissé, mais en réalité, la ferme est située au sommet d'une colline escarpée offrant une vue fabuleuse.

J'avais montré les photos à mes parents et ils avaient été fascinés. L'Ouest du pays est une région majestueuse et les poèmes d'Olav H. Hauge sont tellement sublimes, avait dit ma mère. Ils auraient voulu venir, mais ni Leif ni Clara ne les ont jamais invités. Je crois que Leif aurait eu un infarctus si ma mère avait fait un tour dans le jardin ou, pire, si elle était entrée dans la maison avec son regard de faucon. Cela fait longtemps qu'ils ne m'ont plus parlé d'aller visiter le village de Clara. Ma mère se contente de me regarder d'un air affligé et légèrement réprobateur chaque fois qu'il est question de l'Ouest.

Mes parents auraient adoré la neige dans les montagnes, les moutons dans les pâturages, le fjord verdoyant et tout le reste.

Ma mère aurait apprécié pendant un certain temps le choix de produits limités offert par le supermarché du village. Mais elle n'aurait guère goûté l'absence fréquente d'eau chaude dans la douche de la petite salle d'eau, par exemple. L'été, nous résolvons ce problème en nous baignant dans la rivière, malgré la froideur de l'eau. Cela me convient parfaitement, dans la mesure où je suis habitué à prendre des bains matinaux, quelle que soit la température, quand je suis dans notre cabane, à Kilsund. Mais Clara m'impressionne. C'est comme si elle était insensible au froid.

Cette fois, cela me fait drôle d'être ici.

Je me suis toujours plu à la ferme, en dépit des mouches et des autres insectes. L'endroit m'a toujours fait l'impression d'être un havre de paix sur terre, une oasis verte de calme et d'une époque révolue. J'ai toujours aimé voir la Clara des beaux quartiers de la capitale se transformer en une sorte de paysanne armée d'une tronçonneuse.

Mais cette fois, c'est différent.

La veille de notre départ, après ma petite conversation avec Bodil de Kleivhøgda, j'étais fermement décidé à demander des explications à Clara quand elle rentrerait à la maison, ou en tout cas quand elle s'installerait pour savourer son joint vespéral.

Le problème, c'était de trouver la bonne manière d'aborder le sujet.

En fin de compte, je n'ai tout simplement pas osé le faire. J'ai préféré remettre cela à plus tard.

Nous étions en vacances.

Et maintenant, c'est comme si un voile d'irréalité enveloppait ce cadre idyllique.

Autour de la maison, tout paraît bien entretenu. Certes, l'herbe est un peu haute, mais il y a des fleurs et des arbustes partout. La grange est rouge et la maison blanche. Le mât du drapeau est toujours debout, intact. Les moutons paissent dans les prés.

La grange est remplie de tout un bric-à-brac accumulé au fil des générations, comme de vieux pneus de voiture et de tracteur, des vélos, des tonneaux de vin, de l'engrais, du foin, de la sciure, le tout formant un authentique chaos recouvert d'une épaisse couche de poussière. L'étable sombre, étroite, basse de plafond et imprégnée d'une intense odeur d'urine de mouton et de fourrage ensilé n'a jamais dû faire l'objet de la moindre inspection des services vétérinaires.

Et puis il y a la maison, encombrée du sol au plafond. Des livres et des revues d'un siècle entier. De vieux vêtements qui ont dû appartenir aux parents de Leif. Il a probablement dû baisser les bras face à l'ampleur de la tâche. Pas étonnant qu'il ne s'achète jamais rien, il n'y a plus la moindre place.

Entre la ferme et les pâturages, situés environ trois ou quatre cents mètres plus haut, résonne la cascade d'Huldrefossen. Elle n'est pas très grande, mais extrêmement puissante, en particulier en période de pluies abondantes. De la ferme, la cascade n'est qu'un murmure lointain et monotone, mais quand on se trouve dans les pâturages, on l'entend véritablement rugir, bien qu'on ne puisse la voir.

Clara s'est efforcée de nous inculquer que nous devions cesser de qualifier de cabane leur refuge établi là-haut, dans la montagne.

"C'est une zone de pâture, dit-elle. Et l'endroit où nous dormons est un refuge."

Zone de pâture et refuge. À présent, les garçons emploient les termes adéquats.

Pour ma part, je continue de dire "la cabane".

Dès que j'ouvre la lourde porte, je vois les minuscules cadavres momifiés d'une souris et de sept souriceaux dans le seau placé juste à côté. La mère a dû grimper à l'intérieur, mettre bas, puis elle a été incapable de remonter, si bien qu'elle est morte au fond du récipient avec ses nouveau-nés.

— Oh merde ! je m'exclame en détournant le regard.

Clara contemple le contenu du seau.

— Négligence non préméditée, dit-elle en s'emparant du seau pour aller le vider quelque part dans la lande.

Dans des circonstances normales, j'aurais pensé qu'elle était vaillante, mais cette fois j'interprète sa réaction comme une preuve de son absence d'empathie.

Dans un coin de la pièce, il y a un poêle à bois surmonté d'une plaque en fonte pouvant accueillir les casseroles qui sont accrochées au mur. L'extérieur des gamelles est calciné après des décennies d'utilisation, tandis que l'intérieur demeure luisant.

Dans les trois autres angles sont disposés des lits qu'à Oslo nous qualifierions de "faits sur mesure". Ils sont tellement courts que je dors toujours sur un matelas à même le sol. Les matelas, des couvertures en laine de l'armée et de vieux draps sont suspendus aux poutres de la toiture.

La première fois que j'ai accompagné Clara dans l'Ouest, c'était en automne, quelques mois après notre rencontre.

La ferme était recouverte d'un tapis de neige immaculée. Sur le chemin menant à la cabane, nous avions de la neige jusqu'aux genoux, si bien qu'il était impossible de voir où nous mettions les pieds. Quand nous sommes arrivés, nous nous sommes assis sur le sol, près du vieux poêle à bois, et nous l'avons maintenu allumé pendant toute la nuit. Ainsi, nous pouvions réchauffer le côté de notre corps qui était tourné vers le poêle, tandis que l'autre était gelé.

Au bout de quelques heures, il a commencé à y avoir du mouvement sous le toit. Une première mouche moribonde s'est abattue sur moi. Puis une deuxième. Quand j'ai levé les yeux, j'ai distingué une grosse tache sombre sous la toiture. On aurait dit que toutes les mouches des environs s'étaient rassemblées là pour hiverner. À mesure que la température augmentait, elles ont commencé à se réveiller et à pleuvoir sur nous, sur la table, où étaient posés notre fromage et nos biscuits salés, et sur les bougies, dans les flammes desquelles elles se consumaient.

Partout, des mouches à moitié mortes gisaient sur le flanc ou sur le dos, impuissantes. C'était comme dans le film *Magnolia*, quand il y a la pluie de grenouilles.

J'aurais dû y voir un signe.

Lorsque je me réveille, après notre première nuit dans la cabane, j'ai pris ma décision.

— J'ai quelques affaires à régler dans le monde civilisé, j'annonce. Ne me demande pas de quoi il s'agit. Je vais peut-être en profiter aussi pour m'assurer que tout va bien à l'hôpital.

— On peut venir avec toi ? crient les garçons.

— Non, pas aujourd'hui.

Je descends en trottinant le long de la cascade. Je mets environ une demi-heure. Je passe devant la ferme sans m'arrêter, monte dans ma voiture, rejoins la route principale, au bord du fjord.

Là-bas, je prends la direction du village et entre "Kleivhøgda" dans le GPS.

60

Clara

1988

J'ai essayé de consoler mon père. Je me suis assise par terre, à ses pieds, j'ai posé mes bras sur ses genoux, en y appuyant ma tête, et je l'ai regardé.

Mais il s'est remis à sangloter, alors j'ai arrêté.

— Mon Dieu. Je ne le supporterai pas, a-t-il gémi.

— Tout ira bien, mon petit papa, ai-je dit, comme ils disaient dans les films suédois.

Il s'est mis à pleurer de plus belle. Alors, j'ai aussi arrêté de l'appeler "mon petit papa", même si c'était ce qu'il était pour moi.

Je faisais du café, je mettais la table du déjeuner, je sortais ses vêtements, je lui rappelais qu'il devait prendre une douche quand il commençait à sentir le rance et la transpiration, je préparais le dîner, je faisais la lessive, je m'occupais des bêtes, je retirais le fumier de l'étable, j'allais au courrier, je sortais les factures de leurs enveloppes et je les plaçais sur la table, je lui signalais qu'il fallait qu'on aille à la banque pour les payer, je lui rappelais qu'il devait téléphoner à sa sœur et aux services de protection de l'enfance, qui s'étaient décidés à enquêter sur mes conditions de vie.

Je me consacrais uniquement aux tâches pratiques et essayais d'éviter tout le reste.

Avant tout, je m'efforçais de ne pas penser à Lars.

Il était parti et ne reviendrait jamais.

Je n'avais plus de mère.

Je n'avais qu'un père. Je devais l'aider à se ressaisir, faire en sorte qu'il ne sombre pas.

Au bout d'un certain temps, j'ai commencé à entrevoir une lueur d'espoir. Lentement, mais sûrement. Puis, mon père m'a parlé de son rêve.

— Je fais le même rêve, de temps en temps. Je roule le long du fjord. Tu es assise à côté de moi. Et tout à coup, je perds le contrôle, la voiture quitte la route et tombe dans l'eau. Et moi, je reste assis, incapable de bouger, pendant que la voiture coule... Je ne comprends pas ce que ça signifie. Est-ce que toi aussi je vais te perdre ?

Nous étions assis devant le poêle, dans les fauteuils à oreilles rouges des grands-parents de mon père.

— Papa, voyons. Je ne vais pas me noyer.

— Mais pourquoi est-ce que je fais ce rêve, alors ? J'ai l'impression que c'est un avertissement.

— Parce que tu as perdu Lars. Et parce que tu as peur de me perdre aussi.

— Et si ça devait quand même se produire ?

— Dans ce cas, je m'en sortirais, je te le promets.

Mon père avait cessé de croire en lui après ce qui était arrivé à Lars. J'essayais de lui rappeler tous ses succès, comme le Liban. Mais la tâche s'est révélée extrêmement difficile. C'était un peu comme de marcher dans un marécage ou sur une fine couche de glace.

— Papa, tu t'en es parfaitement sorti à Rachaya.

— Certes, a-t-il répondu en se raclant la gorge. Mais c'était complètement différent.

— Comment ça ?

— Dans des situations comme celle-là, soit tu te bats, soit tu t'enfuis, mais jamais tu ne restes paralysé.

— Tu crois que moi aussi je pourrais le faire ? Me transformer en soldat ?

Il a remué les braises dans le poêle avec une bûchette avant de la jeter dans le feu.

— Oui, je crois que tu en serais capable. Tu réussis toujours tout ce que tu entreprends, tu peux devenir ce que tu veux, a-t-il dit en me souriant.

Mais j'ai bien vu qu'il n'y croyait pas.

Quand mon père s'est enfin décidé à s'occuper de la ferme et à prendre des douches de son propre chef, l'unique objet de mes pensées était Lars.

Tous les jours, en rentrant du collège, je passais par le cimetière. Je m'asseyais contre la pierre rugueuse de forme ovale que nous avions trouvée pour lui dans notre rivière, celle sur laquelle nous avions fait graver des petits oiseaux.

Les oiseaux coûtaient tellement cher que nous n'avions pas les moyens de nous le permettre, mais nous l'avons quand même fait.

Parfois, je chantais pour lui, sur sa tombe. Mais la plupart du temps, je me contentais de lui parler.

— Bonjour, Lars, je lui disais. Je pense tout le temps à toi.

Au début, il ne me répondait pas, mais au bout d'un moment, je suis parvenue à l'entendre. Il répétait toujours la même chose en boucle. C'était une phrase qu'il n'aurait jamais prononcée ni même comprise clairement de son vivant.

Pourtant, je l'entendais distinctement.

Venge-moi, disait-il.

61

Haavard

— Vous êtes donc le mari de Clara, dit la femme qui m'accueille et se présente comme Bodil.

Elle me jauge de la tête aux pieds.

— Oui, Haavard Fougner, je réponds en lui tendant la main.

— Eh bien… À dire vrai, nous n'aurions jamais cru que Clara se marierait un jour. Elle n'était pas du genre à s'intéresser aux garçons. Ni aux filles, d'ailleurs, ajoute-t-elle en ricanant. Elle était juste différente.

— Elle l'est toujours, je déclare.

— Oui, j'ai pu le constater quand elle est passée ici. Et puis je l'ai aussi vue plusieurs fois à la télé, récemment. Enfin, bref, je suppose que vous voudriez voir Agnes ? Ce n'est pas très réglementaire, mais j'ai décidé de faire une exception pour cette fois.

— Merci, c'est très aimable à vous.

— Oui, le fait est que Clara n'a pas fait partie de la vie d'Agnes ces dernières décennies. Et maintenant qu'Agnes va un peu mieux, elle mérite de faire la connaissance de sa famille. Si Clara ne souhaite pas venir, il me semble que c'est une bonne chose que vous veniez à sa place. Vous pourriez même amener les garçons, une prochaine fois, si vous voulez ?

— Je vous remercie.

— Clara ne m'a jamais remerciée pour le bouquet de fleurs que je lui ai envoyé.

Mon Dieu, combien de fois faudrait-il appeler certaines personnes pour les remercier ?

— En effet, comme vous l'avez dit, elle est très particulière, je réponds. Ne vous formalisez surtout pas.

— Non, je ne le prends pas mal, dit-elle sur un ton qui indique le contraire. Vous êtes prêt à faire la connaissance de votre belle-mère ? Vous avez de la chance, aujourd'hui elle est dans un bon jour. Ce n'est pas toujours le cas, mais de manière générale, elle se porte de mieux en mieux.

Elle me guide à travers des couloirs et le jardin jusqu'à un autre bâtiment. Puis, nous gravissons un escalier et franchissons une porte.

Je me retrouve face à une dame dans un fauteuil qui m'observe fixement.

Elle ressemble à Clara, à part qu'elle a les yeux vairons, marron et bleu. Pour cette raison, j'ai du mal à la regarder dans les yeux.

— Agnes, voici Haavard, dit Bodil, le mari de Clara. Il est venu te saluer. Ça te fait plaisir, n'est-ce pas ?

Elle fait un signe affirmatif de la tête.

Cette femme est d'une beauté surprenante et a un aspect juvénile. Est-il réellement possible qu'elle ait plus de soixante ans ? On dirait qu'elle a été conservée dans le formol ces trente dernières années. Elle a les cheveux longs, un visage pratiquement dénué de rides, la silhouette svelte et porte des vêtements qui semblent tout droit sortis d'un film des années 1970 : une jupe longue à fleurs et une tunique.

— Parfait. Alors, je vous laisse. Amusez-vous bien, lance Bodil avant de disparaître.

— Agnes, dis-je. Savez-vous qui je suis ?

— Tu es celui qui a épousé Clara.

— Clara est venue ici récemment ?

Elle acquiesce. Je remarque qu'elle me scrute du regard.

— Ça faisait très longtemps que vous ne l'aviez pas vue, n'est-ce pas ?

— Plus de trente ans.

— Pourquoi aussi longtemps ?

Elle hausse les épaules.

— Non… Ils ne veulent plus entendre parler de moi.

— Ils ? je demande.

— Clara. Leif, répond-elle sur le ton de celui qui vient de mettre un objet sale dans sa bouche.

— Pour être franc, j'ai toujours cru que vous étiez morte, que vous aviez été tuée dans l'accident de voiture avec Lars et Magne ?

— L'accident de voiture avec Lars et Magne ? – Elle émet un ricanement bref, puis secoue lentement la tête. – Oh non, comme tu le vois, je suis vivante. D'une certaine manière, ajoute-t-elle d'un air méprisant. J'ai passé la moitié de ma vie ici, sans avoir de contact avec quiconque. Ma seule fille, je la vois uniquement à la télé. Alors… oui. Mais au moins, je suis nourrie et logée.

— Et vous avez commencé à retrouver la mémoire, n'est-ce pas ? En tout cas, c'est ce que m'a dit Bodil…

— Ah, Bodil. Cette idiote, dit Agnes sur un ton dédaigneux.

Je ne peux réprimer un sourire.

C'est bien la mère de Clara, cela ne fait aucun doute. Et en ce moment, elle semble avoir toute sa lucidité.

— Qu'attends-tu de moi exactement ?

— Euh… je voulais simplement saluer ma belle-mère, que je ne connaissais pas.

— OK, dit-elle, sceptique. Maintenant, c'est fait.

— D'ici quelque temps, peut-être que vous voudrez rencontrer vos petits-enfants ? dis-je, pleinement conscient que je m'engage sur un terrain délicat. – Je ne sais pas si Clara sera d'accord. Moi-même, je ne suis pas non plus certain de vouloir les amener ici pour qu'ils voient cette femme. – Oui, et j'aurais bien aimé en savoir un peu plus aussi sur ce…

— Plus sur quoi ? demande-t-elle, de nouveau sur un ton hostile.

— Avant tout sur l'accident. Ainsi, vous ne vous êtes pas noyée. Que s'est-il réellement passé ?

Une fois de plus, elle a ce petit ricanement amer.

— Mon cher, tu n'es au courant de rien, n'est-ce pas ? dit-elle en secouant la tête. Tu es sûr de vouloir entendre cette histoire ?

Une partie de moi a envie de répondre non, de se lever et de partir. Pour ne jamais revenir. Mais l'autre partie veut savoir. Maintenant. Tout de suite.

— Oui, dis-je. Je veux tout savoir.

— Eh bien… Clara et Leif, on aurait dit qu'ils ne formaient qu'un, ces deux-là. Et c'est toujours le cas, pour autant que je sache… Ça a été comme ça dès le début. Dès que cet enfant est venu au monde, c'est devenu son seul centre d'intérêt. À aucun moment il n'a essayé de se mettre à ma place, de comprendre ce que ça me faisait d'avoir atterri dans un trou aussi paumé. Pour Leif, sa ferme était l'endroit le plus magnifique de tout l'univers et je devais remercier mon Créateur pour m'avoir permis d'y vivre. Si tu lui poses la question, il te dira certainement que j'étais une fainéante. Mais il ne savait pas ce que c'était que d'être dans mon corps.

— Et comment était-ce, alors ? je m'enquiers.

Il y a un instant de silence.

— Pendant ma grossesse, j'avais l'impression d'avoir été empoisonnée. Mes bras, mes jambes, mes mains, mes pieds, mon corps entier avait perdu sa force, comme s'il était en proie à une sorte de paralysie. Le simple fait d'aller aux toilettes me demandait plus d'énergie que je n'en avais. La lumière du jour me consumait. Tout me consumait. C'était inexplicable. Dès que j'essayais de faire quelque chose, des douleurs fulgurantes me parcouraient le corps.

— Je comprends, dis-je bien que je n'y comprenne rien.

Que lui était-il arrivé ?

Souffrait-elle d'un syndrome de fatigue chronique ? De rhumatismes aigus ? D'autre chose ? De la maladie de Lyme ? Ou s'agissait-il tout simplement d'une psychose ? D'une dépression périnatale ?

— Maintenant, tu dois te demander si je me suis fait diagnostiquer une maladie. Eh bien non, poursuit Agnes. Pour dire la vérité, mes souvenirs se mélangent, j'ai perdu le fil chronologique. Je me souviens seulement de m'être retrouvée plongée dans l'obscurité. Comme si j'étais déjà morte et que personne ne pouvait me voir. Et Clara et Lars me faisaient me sentir comme une coquille vide. Je n'avais pas l'impression d'être une mère. C'était comme si les enfants d'une autre vivaient sous le même toit que moi. Ils me mettaient en colère. Leif me mettait en colère. Toute cette maudite ferme me mettait en colère.

— Ça a dû être difficile pour vous, dis-je d'une voix la plus neutre possible, même si ses propos me donnent la chair de poule.

— Mais, en réalité, l'histoire débute quelques années plus tard, dit-elle. Tu es toujours certain de vouloir l'entendre ? Il s'est passé des choses terribles à cette époque…

Son petit sourire infâme m'inquiète.

— Allez-y, racontez-moi tout, je réponds, bien que je sente que je vais le regretter.

62

Clara

1988

Ma mère avait de nombreux défauts. C'était une femme stupide, irresponsable et couarde. Parfois, elle nous battait. Et j'ai appris qu'elle était à la maison quand c'est arrivé à Lars, bien qu'elle prétendît être sortie étendre du linge.

Malgré tout, c'était sa mère. Elle n'aurait jamais pu le pousser dans l'escalier.

En outre, Lars avait changé dès qu'ils avaient emménagé chez Magne. Le petit garçon joyeux et adorable que j'avais connu avait disparu. C'était devenu un gamin craintif, qui faisait d'étranges crises de colère, qui donnait des coups de pied au chat et qui n'avait plus goût au jeu.

Que des symptômes révélateurs, devais-je apprendre plus tard.

Magne prenait tous ses mercredis pour s'occuper de sa ferme, dont il avait mis une partie des terres et des bâtiments en location, et aussi pour régler toutes ses autres affaires. À ce moment-là, ma mère était à l'hôpital. Elle venait de subir une opération mineure. Elle avait même appelé pour me prévenir, comme si cela pouvait m'intéresser. Et elle voulait que je lui rende visite. Je lui ai répondu que c'était hors de question, puis j'ai raccroché. Je ne l'avais pas revue depuis ce jour, à l'hôpital, avec Lars, et je n'avais aucune intention de la revoir.

Mais j'avais quand même noté les dates de son hospitalisation.

Et à présent, tout était prêt.

J'ai remonté à pied le long chemin qui menait à la ferme de Magne. À un moment, j'ai fait une pause. Je me suis allongée dans l'herbe entre des bouleaux et je me suis appliquée à respirer profondément.

Une fois arrivée à la ferme, je me suis dirigée vers la porte de la maison, j'ai placé mon index sur le bouton de la sonnette et j'ai appuyé.

— J'ai fini les cours plus tôt, aujourd'hui, parce que le prof d'éducation domestique est malade, ai-je expliqué quand il m'a ouvert. Et comme on n'avait pas d'autres cours après, ils nous ont autorisés à rentrer chez nous.

— Ah bon ? a fait Magne en me regardant, sur la réserve.

— Alors, je me suis dit que je pourrais passer par ici.

Je savais qu'il avait l'habitude de rester à la maison pour boire, le mercredi. C'est ce que m'avait raconté Lars. Le mercredi, Lars était encore plus terrifié que les autres jours, c'est pourquoi il demeurait dans sa chambre et s'efforçait de faire le moins de bruit possible.

Cette fois aussi, j'ai pu voir que Magne avait bu. Son regard était flou et vitreux. C'était parfait. Jusque-là, tout se déroulait selon le plan.

C'était le rêve de mon père, dans lequel je me noyais dans la voiture, qui m'avait donné cette idée. J'étais allée à la bibliothèque et j'avais lu un livre sur les premiers secours et un manuel d'auto-école. J'avais pris des notes et recopié certaines illustrations.

J'avais notamment appris que, quand une voiture tombe dans l'eau, les gens ont tendance à trop attendre avant de réagir. C'était la raison pour laquelle ils se noyaient. Pour s'en sortir, il fallait être rapide, ne pas se poser de questions, agir immédiatement. Quasiment personne ne mourait à cause de l'impact avec l'eau. Les gens mouraient noyés parce qu'ils restaient coincés dans la voiture.

La veille au soir, je m'étais aussi rendue à vélo jusqu'à la ferme de Magne. Comme toujours, les clés de la voiture étaient accrochées dans l'entrée, la porte n'était pas verrouillée et Magne dormait profondément.

— Ah, d'accord, a-t-il dit en fronçant les sourcils. Mais Agnes n'est pas à la maison. Elle est à l'hôpital.

— Je le sais. D'ailleurs, je voudrais bien aller la voir. Tu peux m'y conduire ? S'il te plaît ?

— C'est que… ça ne tombe pas vraiment bien, a-t-il dit en hésitant.

Il ne voulait certainement pas admettre qu'il avait bu un jour de semaine.

— Je voudrais aussi te parler de papa. Il ne va pas très bien en ce moment… Pour être franche, je me fais du souci pour lui.

Et là, j'ai décelé une étincelle dans son regard. L'étincelle du prédateur. Je l'avais ferré.

— D'accord. Je vais chercher mes papiers, a-t-il dit avant de retourner à l'intérieur.

Depuis la porte, je l'ai vu se diriger vers l'armoire d'angle du salon.

C'était là qu'il stockait son alcool. J'ai entendu les bouteilles tinter, bien qu'il essayât de ne pas faire de bruit. Maintenant, il fallait seulement qu'il soit capable de garder la voiture sur la route.

Sa voiture était une Opel récente, rutilante et d'une couleur dorée peu commune. À l'intérieur, cela sentait le neuf et l'odeur infecte d'alcool que dégageait Magne était encore plus marquée dans cet environnement stérile.

Magne ne tolérait aucun désordre, il ne permettait pas que Lars sorte ses jouets de sa chambre. À la fin, mon frère n'avait même plus du tout le droit de les sortir. Magne les avait tous jetés, y compris ses Lego et ses petites voitures qu'il aimait tant.

Nous avons descendu le chemin gravillonné de la ferme. Magne regardait fixement devant lui. Il devait être encore plus ivre que je ne l'avais cru. En arrivant à la route principale, il a mis son clignotant et nous avons pris à droite. L'hôpital se trouvait à une vingtaine de kilomètres. Sur les dix premiers kilomètres, la route serpentait le long du fjord, terriblement étroite et vétuste. On risquait de rencontrer d'autres véhicules à tout moment. En ce début d'été, il y avait déjà des voitures allemandes et hollandaises partout, la plupart tractant des caravanes. Souvent, les touristes restaient bloqués dans les parties les plus étroites. Ils devaient alors faire marche arrière et, comme ils n'y arrivaient pas, les locaux s'arrachaient les cheveux.

C'était une de ces belles journées ensoleillées où le ciel était d'un bleu intense et les pentes du fjord verdoyantes, comme si c'était toujours le printemps. Le fjord scintillait et émettait une chaleureuse couleur dorée, même si je savais que ses eaux devaient être glaciales.

Les sommets des montagnes étaient toujours blancs et les petits torrents glissaient comme de grosses couleuvres albinos le long des parois rocheuses.

Le dégel. C'était grâce à l'eau issue de la fonte des neiges que le fjord avait cette couleur vert émeraude.

Mon cœur a commencé à battre plus vite.

Mais je ne pouvais plus reculer. Il fallait que j'aille jusqu'au bout.

Nous roulions maintenant sur le tronçon le plus étroit, à une seule voie. Nous nous sommes arrêtés pour laisser passer une voiture qui arrivait en sens inverse. Puis, cela a été notre tour et nous nous sommes engagés. Il y avait à peine une dizaine de centimètres de marge de chaque côté de la voiture. Au moins, Magne roulait lentement.

Plus loin, nous sommes arrivés sur la seule partie où la route était suffisamment large pour permettre aux véhicules de se croiser normalement. Magne a accéléré.

Nous n'étions plus qu'à une quinzaine de kilomètres de l'hôpital où se trouvait ma mère.

Plus qu'à deux kilomètres de l'endroit que j'avais sélectionné.

Nous nous rapprochions.

Magne roulait trop vite. Tant mieux, ça allait me faciliter la tâche.

Quand nous avons abordé le virage, l'accotement était juste à côté de ma portière. C'était un virage prononcé sans rail de sécurité ni arbres, rien qu'un ravin qui plongeait dans le fjord. Ceux qui voulaient se débarrasser de leur voiture pour toucher l'assurance venaient le faire ici la nuit. Les gens disaient que les autorités devraient sécuriser ce virage avant qu'un drame ne se produise.

J'avais prévu que nous sortirions de la route de mon côté.

Je m'étais imaginé la scène, encore et encore, j'y avais réfléchi un nombre incalculable de fois. Je savais que je n'aurais droit qu'à une seule chance.

J'ai saisi le volant de ma main gauche et l'ai tiré vers moi. Brusquement et de toutes mes forces.

Nous avons quitté la route.

Je me suis cramponnée à ma portière, j'ai tendu les jambes devant moi et j'ai serré les mâchoires. Il était hors de question que je crie.

J'avais imaginé bien des fois l'impact avec l'eau.

Mais je n'avais pas prévu que le bruit serait aussi assourdissant, le choc aussi brutal au moment où la voiture heurterait la surface.

Ma tête a été projetée d'abord en avant, puis en arrière et nous avons commencé à être submergés. Magne a hurlé quelque chose. Un juron. Je me suis accrochée à ma portière.

J'avais lu tout ce qui était possible sur ce genre de situation et je savais que l'eau ne tarderait pas à trouver de nombreux passages par où elle s'infiltrerait, si bien que la voiture commencerait immédiatement à couler.

Généralement, les gens avaient tendance à céder à la panique et oubliaient d'agir de manière rationnelle et raisonnée. Mon gros avantage, c'était que je savais ce qui allait se passer, aussi m'y étais-je préparée. J'avais appris que je devais garder la tête froide, agir promptement, baisser la vitre en même temps que je détachais ma ceinture de sécurité.

Au bout de quelques secondes, tout cela deviendrait impossible et il ne resterait plus qu'une seule solution pour sortir : briser la vitre.

Il serait dans tous les cas impossible d'ouvrir les portières à cause de la pression de l'eau.

Chaque année, aux États-Unis, quatre cents personnes meurent noyées dans leur voiture en attendant un miracle, alors que, pour survivre, les trente à soixante premières secondes sont déterminantes.

Parfois, les gens sont vraiment stupides.

J'ai baissé ma vitre avec la main droite, tandis que je détachais ma ceinture de la gauche.

Et comme je l'avais lu, l'eau a commencé à s'infiltrer beaucoup plus rapidement qu'on ne pourrait l'imaginer.

J'entendais des glouglous. Et la panique s'est emparée de moi.

La voiture était en train de couler au fond d'un fjord profond. Avec moi à l'intérieur.

J'ai jeté un bref coup d'œil à Magne. Il avait l'air complètement paralysé.

— Ouvre ta portière, Magne, ai-je dit en prenant appui contre mon siège avec mes pieds afin de m'extraire par la vitre.

Magne s'est mis à lutter désespérément avec sa portière, bien qu'elle fût impossible à ouvrir. Même s'il avait compris qu'il devait baisser sa vitre, il n'y serait pas parvenu.

J'ai commencé à nager en direction de la berge.

Quand je me suis retournée, seule l'extrémité du coffre de la voiture dorée émergeait encore des flots. Et en dessous de moi, il était impossible de distinguer le fond du fjord, juste des ténèbres.

Je ne suis pas arrivée sur une plage, mais sur des rochers. Je les avais repérés quand j'étais passée en reconnaissance avec mon vélo, quelques jours plus tôt.

Je suis sortie de l'eau, me suis assise et, adossée à un rocher, j'ai commencé à scruter la surface de l'eau.

Il n'est pas remonté.

J'avais suivi mon plan et je l'avais réussi.

J'allais devoir passer à la phase suivante : gravir la pente, arrêter une voiture, feindre la panique, pleurer, me faire conduire en ville, parler avec la police, omettre quelques détails et tout expliquer de manière crédible.

Mais avant cela, j'allais rester un peu ici, à contempler le fjord, le temps de reprendre mon souffle.

63

Leif

1988

Quand nous sommes passés à l'endroit où Magne et Clara étaient tombés dans le fjord, quelques heures plus tôt, là où un ravin bordait la route, là où des chutes de pierres bloquaient régulièrement la circulation en hiver, là où des bandelettes en plastique ont maintenant été tendues, j'ai perçu un éclat étrange dans les yeux de Clara, comme quand elle était petite et qu'elle avait de la fièvre.

Au même moment, la policière qui nous conduisait nous a observés dans le rétroviseur. Elle a souri avec prudence et empathie. Clara a remarqué son regard et je l'ai alors vue prendre une expression de petite fille triste et malheureuse.

J'ai passé un bras autour d'elle et ai posé ma tête contre la sienne.

Il ne restait désormais plus que nous deux. À partir de maintenant, il n'y aurait plus que Clara et moi.

Mais peu après que nous sommes rentrés, quelqu'un a commencé à frapper frénétiquement à la porte.

Il neigeait quand j'étais parti chercher Clara à l'hôpital et, sur le chemin du retour, il s'était mis à pleuvoir.

Agnes était là, dehors, les cheveux plaqués sur son crâne et les vêtements trempés. Elle tremblait et claquait des dents. Je l'ai fait entrer dans le couloir, bien que j'eusse envie de lui fermer la porte au visage.

— Tu ne peux pas rester ici, lui ai-je dit en me plantant devant la porte du salon. Clara se repose.

— Cette gamine ne va pas bien, a dit Agnes en secouant la tête. Où est-elle ? Il faut que je lui parle.

— Il n'en est pas question, ai-je protesté sur un ton méprisant.

Toute la haine que j'avais éprouvée pour Agnes, ces dernières années, surtout après la mort de Lars, a soudain débordé, comme la cascade derrière la ferme, au printemps, au moment de la fonte des neiges.

— Tu ne parleras pas *avec* Clara et tu ne parleras pas *de* Clara. Tu vas partir d'ici et tu ne reviendras plus. Tu m'entends ? Je ne te pardonnerai jamais d'avoir laissé Magne s'approcher de mes enfants.

J'ai presque beuglé cette dernière phrase. Elle m'a regardé, les yeux écarquillés, le visage livide.

— Les choses ne sont pas comme tu le crois, Leif, a-t-elle dit d'une voix lasse. Rien n'est comme tu l'imagines.

— Ah non ? Comment sont-elles, alors ? Hein ? Je n'ai qu'une seule chose à te dire : ne t'approche plus de ma fille…

— C'est aussi la mienne.

— Merde, quel culot ! L'unique fois où tu as dû t'occuper seule des enfants, c'était quand j'étais au Liban. Et quand je suis rentré, ils étaient à peine vivants. Je suppose que tu as passé tout ton temps au lit à te morfondre. Et quand tu es partie en emmenant Lars, contre ma volonté, tu as réussi à le faire tuer. Je ne sais pas comment tu peux avoir le toupet de venir ici. Comment oses-tu ?

J'ai levé l'index et l'ai quasiment planté dans son visage, tandis que je hurlais.

Agnes se tenait face à moi, immobile, maigrichonne et trempée. Mais je ne me suis pas laissé émouvoir, j'étais devenu implacable. Clara m'avait transmis son courage.

— Leif, Clara ne va pas bien, elle est dangereuse… a-t-elle commencé.

Je lui ai répondu à voix basse mais ferme.

— Je vais te le dire une fois de plus : Je sais ce qui est arrivé à Lars. Clara sait ce qui est arrivé à Lars. Tu sais ce qui est arrivé à Lars. Il est mort par ta faute. Alors, tu vas arrêter avec tes histoires grotesques. Tu comprends ? Maintenant, je vais appeler la police et leur demander de t'embarquer.

— Ce ne sera pas nécessaire, a-t-elle sangloté. Je m'en vais.

— D'accord. Alors, va-t'en. Tout de suite, lui ai-je presque craché à la figure.

— Elle ne nous embêtera plus, ai-je dit à Clara, quand elle est apparue en haut de l'escalier, juste après le départ de sa mère.

Et cela a effectivement été la dernière fois que j'ai vu Agnes.

Trois jours plus tard, j'ai appris qu'elle avait tenté de mettre fin à ses jours et été envoyée dans un hôpital psychiatrique. Les médecins estimaient qu'elle devait souffrir d'un syndrome de stress post-traumatique, d'un trouble de la personnalité ou de quelque chose de ce genre, et ils désiraient me rencontrer.

Je leur ai dit qu'Agnes et moi n'avions plus de contacts, que je ne voulais pas entendre parler d'elle, ni d'eux, qu'ils pouvaient faire ce qu'ils voulaient, que, pour Clara et moi, elle était morte.

Ils ont rappelé plusieurs fois. Toujours pour me tenir le même discours.

Puis ils ont fini par arrêter.

Je ne suis jamais allé la voir.

Clara n'est jamais allée la voir.

Nous avons retrouvé le calme. Je dormais mieux, la nuit. Clara allait au collège, rentrait, faisait ses devoirs. Parfois, il lui arrivait de se rendre chez une camarade de classe, parfois c'était elle qui en invitait une à la maison. Mais je n'ai jamais eu l'impression que l'une d'elles eût de l'importance pour elle.

Elle sortait courir dans la montagne. De temps en temps, elle me faisait la lecture. D'autres, c'était moi qui la lui faisais. Elle m'accompagnait dans les pâturages, dans les collines, dans les bois. Elle était intelligente et travailleuse. Aucun fils n'aurait fait mieux.

Peut-être que j'aurais dû parler avec elle de ce qui s'était passé, mais je n'en avais tout simplement pas la force.

Je trayais et soignais les vaches, je fauchais l'herbe, je labourais et je récoltais, je préparais le dîner et faisais la vaisselle, je lavais le linge, aidais Clara avec ses leçons d'anglais et d'allemand.

Parfois, j'étais réveillé par mes propres cris, mais cela se produisait de moins en moins fréquemment. Et j'ai aussi arrêté de boire.

Parfois, nous prenions la voiture et nous rendions ensemble au cimetière, de préférence quand il n'y avait personne. L'automne, nous apportions de la bruyère, l'hiver des branches de sapin et des bougies. L'été, c'étaient des bégonias, des géraniums et des lobélies.

Quand il ne pleuvait pas et que nous étions seuls dans le cimetière, nous nous asseyions de part et d'autre de la tombe et posions chacun un bras sur la pierre tombale, comme si nous l'embrassions.

64

Haavard

Clara s'est lancée dans une ambitieuse entreprise d'élagage. S'accordant une brève pause, elle descend jusqu'à la petite plage rocheuse où elle aime s'asseoir pour méditer.

La secrétaire d'État élégante et bien maquillée, avec ses cheveux blonds ondulés, ses costumes hors de prix et ses talons aiguilles, a disparu.

Elle est redevenue une paysanne, une combattante, forte et tenace.

Clara le caméléon.

Je ne suis qu'un idiot qui ne connaît même pas la femme avec qui il est marié et a des enfants, et qui ne l'a probablement jamais connue.

Que dois-je faire ? Essayer de parler avec elle ? Faire comme si de rien n'était ? Tenter de tout oublier ?

— Comment pouvez-vous en être si sûre ? ai-je demandé à Agnes. Comment pouvez-vous savoir que ça s'est passé comme ça ?

— Je le sais notamment parce que Magne était un excellent conducteur, même quand il avait bu, d'autant que dans ces cas-là il était encore plus prudent, m'a-t-elle répliqué. Il est impensable qu'il ait mis sa voiture dans le fjord. Il avait travaillé en mer du Nord et était aguerri à ce genre de situations. Il ne serait jamais resté assis tranquillement dans la voiture. Il s'en serait tiré.

J'ai acquiescé.

— Et tu sais quoi ? Je m'attendais justement à ce qu'un drame se produise. Je l'avais lu dans les yeux de Clara. Cette enfant n'a jamais été normale. Et après ce qui était arrivé à Lars, elle était devenue obsédée. Après l'accident, je suis allée à la ferme, j'ai essayé de leur parler. Leif a refusé de me laisser entrer. Ce jour-là, j'ai compris que jamais plus je ne reverrais Clara. Pour être honnête, je ne suis pas sûre que ça m'ait chagrinée.

Selon Agnes, Clara souffrirait d'un trouble dissociatif de la personnalité. C'est probablement un diagnostic qu'elle a établi elle-même, peut-être en reportant sur sa fille ses propres problèmes. Car Clara n'avait jamais été diagnostiquée officiellement ni n'avait reçu le moindre traitement.

Je me souviens qu'une fois, avec des collègues, nous avions eu une discussion sur ce que nous préférerions être si nous devions choisir : la victime ou l'assassin. J'avais défendu la thèse selon laquelle les deux vivent en nous. Et j'en ai maintenant la preuve.

Je suis assis sur l'escalier de derrière, contemplant les fougères qui forment des buissons sur la colline. Les fougères sont tellement hautes qu'elles m'arrivent à la poitrine. Elles sont aussi grandes que les garçons. Tout à coup, Andreas se précipite vers moi. Il s'est coupé avec une hache ou une scie et saigne de l'index de la main droite. J'ai beau l'interroger, je ne parviens pas à savoir exactement comment c'est arrivé. Il est comme Clara quand il se blesse : muet comme une tombe.

— C'est comme quand papa s'était coupé le doigt à table. Ce n'était pas si grave. Tu t'en souviens ?

Il hoche la tête.

— Tu peux essayer de plier le doigt ?

Il s'exécute.

— Génial ! Ça veut dire que tu ne t'es pas sectionné le tendon. C'est bon signe. Maintenant, je vais aller chercher ma trousse de premiers secours et on va te soigner. D'accord ?

Il acquiesce.

Mais ma trousse de premiers secours n'est pas dans mon sac à dos. Soudain, je me souviens que je l'ai sortie avant de venir ici. Et merde !

On doit quand même bien avoir des pansements quelque part. Ou au moins des bandages.

Je commence par vérifier dans ma trousse de toilette. Rien.

Puis, je vais voir dans celle de Clara. Il y a sa brosse à dents, du dentifrice, du déodorant, du shampooing, divers soins pour la peau. Mais pas de pansements. Ni de bandage. Je suis sur le point de refermer sa trousse de toilette lorsque je le repère.

Un scalpel. Un scalpel portant le logo de l'hôpital d'Ullevål.

Un scalpel du même type que celui qui était dans notre bureau.

Un scalpel du même type que ceux que nous avons à la maison.

A priori, il n'y a rien d'exceptionnel à ce que Clara ait un scalpel de l'hôpital d'Ullevål dans sa trousse de toilette.

Rien d'exceptionnel, en soi.

Pourtant, quelque chose me pousse à le saisir.

L'automne dernier, Sabiya a chuté lourdement en courant dans les bois et s'est fait une petite entaille à la tempe. Elle estimait que ça ne méritait pas qu'on y touche, mais j'ai protesté et, pour finir, je l'ai recousue. Une semaine plus tard, j'ai retiré les trois points de suture.

Après cet incident, le scalpel est resté dans l'angle formé par nos deux bureaux, comme une sorte d'étrange souvenir romantique.

Jusqu'au jour où il a disparu, la nuit qui a suivi le meurtre.

Le scalpel du bureau avait une encoche à l'arrière du manche, du côté où il n'y avait pas de logo. Sabiya et moi avions plaisanté sur le sujet. Elle prétendait que je l'avais marqué volontairement pour ne pas qu'elle me le vole.

Je sors le scalpel de la trousse de Clara et le lève comme si c'était un rat mort. Cela ne fait aucun doute.

Ce scalpel a aussi une encoche au niveau du manche.

Clara est allée dans mon bureau. Récemment. Sans moi.

Et elle a pris le scalpel de Sabiya.

Alors, toutes les pièces du puzzle commencent à s'imbriquer. Clic, clic, clic.

Clara était à la maison le soir où on nous a amené Faisal Ahmad. Les garçons dormaient profondément. Elle a très bien pu les laisser seuls une heure.

Je lui ai parlé des mauvais traitements qu'avait subis Faisal.

Je lui ai décrit Mukhtar Ahmad.

Je l'ai informée qu'il avait l'intention d'aller à la salle de prière.

Je lui ai dit qu'il y avait un pistolet dans un des tiroirs du bureau de Sabiya.

J'avais laissé une carte d'accès de secours à la maison.

J'ai choisi le même mot de passe stupide que j'utilise partout.

Je lui ai servi un mobile et une opportunité sur un plateau.

Et Clara est passée à l'acte.

Mais elle a commis une erreur. Elle a emporté le scalpel de Sabiya.

65

Clara

Je suis descendue sur la plage pour réfléchir.

Le lendemain du jour où j'ai vengé Lars, je me suis mise à tout voir avec plus de clarté. Je me sentais différente des autres, supérieure. Ma vision des choses a totalement changé.

J'ai compris que plus rien ne serait comme avant, désormais.

Et ça s'est confirmé.

Mais à mesure que les années passaient, le soleil que j'avais en moi brillait avec de moins en moins d'intensité. La satisfaction d'avoir débarrassé le monde d'une raclure comme Magne a commencé à s'estomper.

Il s'était écoulé tellement de temps.

Tellement de gens comme lui étaient entrés en scène depuis. Peut-être que Magne serait déjà mort d'une cause naturelle, si je ne l'avais pas éliminé. Tout cela contribuait à amoindrir la valeur de l'acte que j'avais commis.

Le besoin de ressentir à nouveau que j'avais réalisé quelque chose de concret, quelque chose d'utile, qui avait contribué à sauver des vies, grandissait de jour en jour.

Mais durant les trente années qui se sont écoulées entre Magne et Mukhtar, je suis restée tranquille, observant tout ce qui se passait, mémorisant les articles de loi et rédigeant des rapports.

En réalité, au cours de ces trente ans, je n'ai rien accompli du tout. Mon père et moi n'avons rien accompli.

Pendant très longtemps, j'ai évité de penser à Lars, à l'âge qu'il aurait, à quoi il ressemblerait, quelles seraient ses passions, ses sujets de conversation. Mais quand Andreas et

Nikolai ont atteint l'âge qui était le sien au moment de sa mort, tout m'est revenu.

J'observais leurs gestes et leurs découvertes, j'écoutais leurs questions sur les nombres et les lettres, leurs commentaires étranges, et je pensais que c'était exactement ce qu'aurait dit Lars. Je contemplais leurs dos arqués, leurs jambes fines et leurs petites mains douces et potelées.

Les mains sont souvent les dernières parties du corps à perdre leur aspect enfantin.

Et puis, tout à coup, mes enfants sont devenus plus vieux qu'il ne l'avait été, ils ont commencé à le surpasser et m'ont rappelé tout ce qu'il n'avait jamais pu devenir.

Peut-être que Lars aurait repris la ferme familiale, avec une femme trapue, un nouveau tracteur et trois morveux. Ils auraient pu s'installer dans le corps principal et faire construire une maisonnette pour mon père. Ils auraient pu acquérir des chèvres ou quelques cochons en plus des moutons. Des poules, un chien. Ils auraient aussi pu avoir un jardin débordant de vie, avec des tracteurs à pédales aux couleurs pétantes, un trampoline, un portique. La ferme aurait connu une nouvelle étape, une nouvelle génération.

Mais cela ne se serait probablement pas passé ainsi. Peut-être que Lars serait parti vivre en ville et qu'il aurait trouvé un emploi dans la filière pétrolière, qu'il serait devenu riche sur le plan matériel et pauvre sur le plan spirituel, qu'il aurait perdu ses cheveux et pris du ventre, qu'il serait rentré passer quelques jours dans la ferme de son enfance une ou deux fois par an et que, le reste du temps, il aurait passé ses vacances à Dubaï, Bangkok ou Dieu sait où.

Peut-être qu'il serait devenu homosexuel et qu'il aurait vécu heureux avec un Erling, un Raymond, un Marius, un Bjørn-Fredrik ou un Hans-Petter. Ou qu'il aurait passé ses soirées seul chez lui, misérable et déprimé, à chatter sur des sites de rencontres en quête de quelqu'un ou de quelque chose.

Peut-être qu'il n'aurait plus voulu être Lars et qu'il serait devenu Line, Lena ou Lone, une fille qui n'aurait guère osé retourner dans son village, ou qui, si elle l'avait fait, ne serait pas sortie de la ferme. Ou peut-être que, au contraire, elle aurait défilé avec fierté dans les rues du village, avec ses longs cheveux et une tonne de maquillage, devenant le principal sujet de conversation dans le pub local.

Peut-être qu'il aurait passé ses soirées dans le snack-bar du village, à regarder des matchs de football en mangeant des frites recouvertes de fromage fondu et d'épices saveur barbecue. De temps en temps, il aurait fait une partie de billard.

Peu importe ce qu'il serait devenu, il aurait été mon frère et il ne m'aurait pas laissée avec ce vide abyssal.

De plus en plus souvent, je ressens ce courant d'air à travers mon corps ou je l'entends parler.

L'endroit où je ressens le plus sa présence, c'est ici, sur la plage. C'est là qu'un jour je l'ai ramené à la vie. Souffler, appuyer. Souffler, appuyer. C'est pourquoi il est si important que la plage, que la zone de pâture et tout le reste demeurent comme avant. Que rien ici ne change.

C'est la seule manière de le maintenir en vie.

Je me souviens de sa poitrine sous mes mains. J'avais peur d'appuyer trop fort, de lui casser quelque chose. Malgré tout, j'ai continué et j'ai réussi à le ranimer.

Je me rappelle comment j'ai insufflé de l'air dans sa bouche, encore et encore.

Je me souviens de ses yeux quand il les a ouverts, des soubresauts de son corps quand il s'est enfin mis à tousser, de l'eau qui m'a giclé au visage.

Je me souviens qu'il a regardé autour de lui, désorienté.

Je me souviens que je n'ai pas prêté attention à notre inutile de mère quand elle a accouru, bien trop tard pour nous être d'une quelconque aide, comme d'habitude.

Je me suis simplement mise à rire, je me sentais invincible. Je croyais que rien ne pourrait nous arriver.

— Tu comprends pourquoi je dois le faire, pas vrai ? dis-je à Lars, qui est maintenant assis à côté de moi. Tu comprends que je n'ai pas le choix ? Comme l'autre fois.

Tout à l'heure, Bodil a appelé de Kleivhøgda pour m'informer qu'elle avait autorisé Haavard à voir Agnes sans me consulter au préalable.

Ensuite, elle s'est dit que je n'étais peut-être pas au courant de cette visite et elle s'est sentie mal. C'est pourquoi elle a décidé de m'appeler.

— Tout va bien, vraiment. Ne vous en faites pas, l'ai-je rassurée.

C'est donc là-bas qu'Haavard est allé. J'étais étonnée que cela dure aussi longtemps. Il m'a dit qu'il avait travaillé dans un café, ce qui n'est pas du tout dans ses habitudes. Et à son retour, je l'ai trouvé changé.

— Je ne sais pas, finit par dire Lars. Je ne te comprends pas toujours, Clara. Désolé.

— Et voilà que tu recommences. Tu n'as pas à être désolé, je réponds avec un sourire. Moi, je ne le suis jamais.

— Je confirme, Clara, dit-il avant de disparaître.

Je me lève et vais rejoindre les autres.

66

Haavard

— En fait…, dit Clara. J'avais promis à mon père qu'il pourrait passer un peu de temps seul avec les garçons, sans nous. Tu pourrais peut-être les ramener à la ferme et revenir ensuite ? Comme ça, on pourrait rester ici une nuit ou deux, dans la montagne, rien que toi et moi.

— D'accord, je réponds.

Quand nous venons ici en vacances, nous avons l'habitude d'aller passer une nuit dans la montagne rien que tous les deux, tandis que Leif s'occupe des garçons.

Juste après le lac s'étend une zone montagneuse sauvage où presque aucun être humain ni mouton ne s'aventure jamais. Mais la nature y est plus exceptionnelle.

Et si l'on se donne la peine de grimper jusqu'à Trollskavlen, on est récompensé par une vue spectaculaire.

Je vais devoir jouer le jeu. Il ne faut surtout pas qu'elle se doute que je suis allé voir Agnes.

Clara est la star du ministère de la Justice, elle irradie la confiance et le sérieux. Et c'est aussi la personne la plus intelligente que je connaisse.

Elle n'est pas du genre à laisser des indices derrière elle.

J'ai moi-même menti à la police, j'ai été soupçonné et je suis même allé en prison.

Il ne suffirait pas que je leur apporte le scalpel que j'ai trouvé dans la trousse de toilette de Clara. Cette histoire d'encoche dans le manche ne tiendrait jamais. Personne ne me croirait et je ne parviendrais pas à la faire arrêter. Il est plus probable que je creuserais ma propre tombe et que la situation se retournerait contre moi. Ou que je mettrais ma vie en danger.

Et puis elle a un alibi. Elle était à la maison avec les garçons. Un alibi qui, à défaut d'être en béton, est tout de même suffisant. Qui laisserait ses enfants seuls à la maison pour sortir commettre un meurtre ?

La dernière fois, Leif était même là et il confirmerait certainement sa version si nécessaire. Il est vraisemblable qu'il est au courant de tout et qu'il ne dénoncera jamais sa fille. La loyauté qui les unit paraît ne pas avoir de limites.

En outre, il y a la question de ce péché originel que j'ai remarqué dans toutes les affaires que j'ai étudiées. Les enfants victimes de maltraitances deviennent souvent pires que leurs parents.

Certes, Clara n'a pas été une fillette maltraitée, mais une fillette négligée. Négligée par une mère inapte, par un père qui est parti au Liban. Et qui a peut-être aussi souffert du fait d'avoir vécu seule avec lui après son retour.

Sans parler du matériel génétique douteux qui coulait probablement dans ses veines.

En apparence, tout allait bien.

Clara était une gamine pauvre, qui avait grandi dans des circonstances difficiles, et qui avait réussi contre toute attente.

Pour ma part, je l'ai toujours considérée comme une mère normale, bien qu'elle se montrât quelque peu distante avec nos enfants. Mais comment tourneront nos fils s'ils grandissent avec elle ? Comment savoir si elle ne les utilisera pas dans son intérêt ? Que leur enseignera-t-elle ?

— Oui ! Super ! s'exclament les garçons quand je leur demande s'ils veulent aller voir leur grand-père à la ferme.

Là-bas, ils pourront regarder la télévision pendant des heures, se coucher tard et se gaver de cônes de glace.

Ils courent devant moi sur le sentier, sautant, dansant. Ils connaissent les dangers de la descente et savent où ils doivent s'arrêter et m'attendre.

Juste avant que nous venions, il y a eu plusieurs jours de pluies torrentielles. La cascade émet un vacarme infernal, mais au bout d'un moment, on s'habitue et on n'y prête plus attention.

— Tout va bien, là-haut ? demande Leif alors que nous nous sommes assis à la table en pierre pour boire un café avant que je reparte.

Il a même sorti des petites brioches à la noix de coco qu'il a dû acheter au supermarché, plus tôt dans la journée. Il les a coupées en quatre, comme Clara a l'habitude de le faire. Elle n'aime pas les brioches à la noix de coco, mais elle en achète toujours pour les garçons et pour son père.

— Oui, très bien, dis-je en posant la main sur la table en pierre. Clara a déclaré la guerre aux bouleaux.

— Parfait. Regarde, le fjord est en train d'être envahi par la brume de mer, Haavard. Ou la brume d'advection, comme disent les météorologues.

— Quelle poisse, je réponds. – Leif m'a raconté à quel point ces brumes de mer, ou brumes d'advection, peuvent être destructives. – J'espère qu'on n'en aura pas à Trollskavlen, demain.

Par deux fois, la première avant la naissance des garçons et la deuxième il y a quelques années, Clara et moi avons été surpris par la brume de mer alors que nous nous rendions à Trollskavlen, si bien que nous avons dû faire demi-tour et nous orienter à l'aide d'une boussole tant la visibilité était nulle.

— Allez, amusez-vous bien, les garçons ! dis-je, vingt minutes plus tard en embrassant Nikolai, puis Andreas. Soyez sages.

— Ne pars pas, papa, m'implore Andreas en me regardant d'un air grave.

Il n'est plus tout à fait lui-même depuis que j'ai été arrêté.

— Mais, Andreas…, je réponds, quelque peu gêné que Leif soit présent.

Je n'ai pas envie qu'il s'imagine que les garçons ne veulent pas rester seuls avec lui.

— Ne pars pas, répète Andreas.

Il semble terrifié, mais je me contente de lui ébouriffer les cheveux.

— Tout se passera bien, intervient Leif en me donnant une tape virile sur l'épaule.

67

Leif

— Allons-y, les garçons, dis-je. Venez avec moi voir s'il y a des cerises. Ensuite, on ira voir s'il y a des glaces dans le congélateur.

Ils me précèdent, bondissant et galopant, tandis qu'Haavard se dirige vers la cascade.

Demain, Clara et lui iront à Trollskavlen.

Ces derniers temps, j'ai eu plusieurs fois l'occasion de voir ma fille au journal télévisé. Elle portait des tenues élégantes, des boucles d'oreilles et était bien coiffée. C'est décidément une belle femme. C'est ce que me disent les hommes qui se réunissent au café du centre commercial, quand j'y passe. Qu'ils ont vu ma fille à la télé et qu'elle est très belle. Je m'en rends bien compte, moi aussi. Avec ses yeux d'un bleu intense. Son regard qui inspire la confiance. Froid et limpide. À l'image du lac, à côté du refuge.

Clara est la sérénité incarnée. Avec son visage qui ne trahit aucune émotion et sa voix grave, légèrement rauque.

Pourtant, dernièrement, j'ai perçu un changement. Quelque chose qui m'a fait me pencher en avant dans mon fauteuil, la télécommande à la main. J'appuie sur le bouton rouge qui porte l'inscription "REC". Je le fais chaque fois qu'elle apparaît à la télévision.

Elle est vraiment belle. Élégante.

Mais ses joues ont une lueur fébrile qui ne provient d'aucun fard et qui me procure des frissons.

Je l'ai déjà vue cette lueur. Dans ses yeux. Sur ses joues.

Clara est devenue un excellent fantassin, avec toutes les qualités que j'ai dû avoir autrefois.

Mais en plus de cela, elle est dotée d'un courage et d'une férocité que je n'ai jamais eus.

68

HAAVARD

Clara est différente ce soir.

Elle nous sert un ragoût qu'elle a préparé à la maison pour le réchauffer ici. Elle sort aussi un vin coûteux, comme par magie. Après le dîner, nous allons faire un feu sur le gros rocher entre la cabane et le lac, comme nous le faisons parfois, en général pour faire griller des brochettes de saucisses. Nous nous allongeons sur le dos avec nos verres de vin sur la poitrine, elle avec son joint, pour contempler le ciel où les nuages filent à toute allure.

Je me sens étonnamment proche d'elle. Peut-être parce que, finalement, je ne sais plus qui elle est en réalité, peut-être aussi parce que c'est sans doute la dernière fois que nous sommes seuls, tous les deux.

Elle se redresse, s'empare d'une bûche, remue le feu avec et regarde vers la montagne d'où descend la cascade et derrière laquelle le soleil vient de se coucher.

— Je suis en train de me faire dévorer par les moustiques, déclare-t-elle. On rentre ?

Une fois à l'intérieur, nous terminons le vin et faisons trois parties de 8 américain. Clara en remporte deux, moi une.

Ensuite, nous faisons l'amour, pour la première fois depuis une éternité.

Je trouve cela incroyable qu'elle en prenne l'initiative. Ici. Maintenant.

En tout cas, c'est mieux que ça ne l'était dans mes souvenirs. Pour être honnête, c'est même très bon, très intense. Un peu comme si c'était la première fois. Peut-être parce que cela fait longtemps que nous ne l'avions pas fait. Peut-être parce que je sais que je suis en train d'avoir une relation sexuelle avec une femme friable. Ou peut-être tout simplement parce que je suis mélancolique.

Par la minuscule fenêtre, je vois les montagnes, de l'autre côté. Elles paraissent noires et grisâtres dans la lumière crépusculaire. Mais au-dessus, le ciel est clair et doré. Et encore plus haut, il prend un ton bleu nuit.

— Ici, la végétation croît encore plus qu'autour du refuge, dit Clara tandis que nous marchons sur le sentier, le lendemain.

Il y a des petits bouleaux penchés et des genévriers secs partout. Là où la concentration d'arbrisseaux est moins importante poussent des chardons et des graminées.

— Plus personne ne vient par ici, je réponds.

— Si, les moutons. Mais ils taillent leurs propres sentiers.

Je m'agrippe à un bouleau tout frêle pour m'aider à grimper. Ici, le chemin forme une sorte d'escalier sur le flanc de la montagne. Les jeunes bouleaux et les petits genévriers qui poussent du côté intérieur du sentier rendent le passage étroit, au point que, par endroits, nous savons à peine où poser les pieds.

Sur notre gauche, c'est le vide. Une falaise abrupte d'une cinquantaine de mètres de haut.

Personne ne survivrait à une telle chute.

Et de fait, les chutes mortelles ne sont pas chose rare dans ce pays. Il y en a tous les étés. Les victimes sont surtout des touristes, mais il y a aussi des locaux, des gens qui connaissent les lieux. L'année dernière, un agriculteur du coin est mort dans la montagne, de l'autre côté de la vallée. Je dois me concentrer pour éviter de faire un mauvais pas qui me serait fatal.

Le problème, c'est qu'elle est derrière moi.

— Je veux bien que tu passes devant, a-t-elle déclaré quand nous nous sommes mis en marche.

Pourtant, Clara a l'habitude de prendre la tête quand nous sortons dans la montagne. Elle connaît les sentiers et aime jouer les guides.

Il y a quelque chose qui cloche.

Deux heures plus tard, nous arrivons au pied de Trollskavlen, dont la cime ressemble à un gigantesque monticule de pierres en forme de coupole.

C'est au pied de cette coupole que nous avons plusieurs fois été contraints de rebrousser chemin à cause de la brume de mer. Mais aujourd'hui le ciel est d'un bleu intense et il n'y a pas un souffle de vent. Cette fois, nous allons continuer de grimper. En chemin, nous devrons escalader d'énormes rochers pour accéder au glacier, qu'il nous faudra traverser, avant d'atteindre le cairn qui se dresse au sommet.

Entre ces rochers, il y a des crevasses dont on ne distingue pas toujours le fond.

Pas plus tard qu'hier, alors que nous parlions de Trollskavlen et de la brume de mer, Leif m'a rappelé à quel point cette ascension est périlleuse.

C'est ici qu'il va falloir que j'agisse. Ici que je vais devoir la pousser.

— J'ai envie de pisser, tu n'as qu'à continuer, dis-je en essayant de la faire passer devant moi.

Elle acquiesce, me dépasse et poursuit sa route.

Je me mets en position, me force à uriner quelques gouttes, attends un peu, remonte ma braguette fébrilement. Quand je me retourne, je constate qu'elle a pris environ dix ou vingt mètres d'avance. Je m'empresse de la suivre. Il faut que je la rattrape.

Dix mètres devant elle, il y a un grand ravin. C'est l'endroit parfait.

J'accélère. Je ne suis plus qu'à cinq mètres d'elle.

Trois.

Deux.

Elle ne s'est pas retournée et ne m'a toujours pas vu.

Le ravin qui s'ouvre à côté de nous est noir et profond. J'ai l'estomac tout noué. Je dois éviter de trébucher si je ne veux pas tomber moi-même dans le gouffre.

Je suis maintenant si près d'elle que je peux la toucher, la pousser dans le vide.

Je dois me souvenir que c'est elle qui nous a mis dans cette situation.

C'est elle ou moi. Et je sais qu'elle aussi le sait.

Je compte jusqu'à trois dans ma tête.

Au moment où j'arrive à trois, elle se retourne, passe ses bras autour de mon cou et se colle à moi, comme elle le faisait de temps en temps autrefois. Je sursaute et suis tout près de faire un faux pas.

Elle transpire. Mais sa peau est froide.

— Regarde, Haavard, dit-elle en pointant du doigt vers le fjord, que nous distinguons au loin. – Nous voyons aussi un petit point noir qui le traverse. Le ferry. – La vue n'est-elle pas incroyablement magnifique ?

Elle dit cela sur un ton enjoué et enfantin qu'elle n'utilise que quand on est ici. Une sorte de naïveté liée à cet endroit et qui m'a toujours plu.

— Si, je réponds en me maudissant dans mon for intérieur. C'est magnifique.

— Il fera certainement encore beau demain, dit-elle alors que nous nous frayons difficilement un chemin à travers les broussailles qui recouvrent le sentier, avant d'arriver à la cabane. On pourrait peut-être aller faire un tour à Heksefjell avant de redescendre à la ferme. Qu'est-ce que tu en penses ?

De petits insectes verts se posent sur mes bras, sur mon tee-shirt, sur mes oreilles, sur ma nuque, partout. Ils ne piquent pas, mais sont terriblement agaçants.

Je jette un coup d'œil en direction d'Heksefjell. D'ici, la montagne ressemble au visage d'une vieille sorcière, plein de cicatrices et de rides avec un long nez pointu. Ce qui amuse le plus les garçons, c'est qu'on dirait qu'elle a une verrue sur le nez.

Le trajet jusqu'à Heksefjell est considérablement plus court que celui qui mène à Trollskavlen. Nous allons toujours jusqu'au bout de la corniche. Clara adore regarder le vide en contrebas. Chaque fois que nous gravissons une montagne, il faut que Clara aille jusqu'au sommet. En général, Andreas la suit, mais Nikolai refuse. Il a un peu le vertige.

— Bien sûr, dis-je. Pourquoi pas ?

Une chute du haut d'Heksefjell, c'est plutôt convaincant.

Demain, il faudra que je le fasse. Cette fois, je ne devrai pas me laisser embobiner, ni attendrir, que ce soit consciemment ou inconsciemment.

— Mais que dirais-tu d'un petit bain matinal, avant de partir ? demande Clara.

Elle s'est toujours moquée de moi parce que je suis incapable de me baigner dans le lac.

Cela me donne une idée.

Certes, elle connaît le lac.

Mais je suis un homme. Et je suis plus fort qu'elle.

Ainsi, je n'aurai pas à la pousser avec mes propres mains.

— Un bain matinal ? Pourquoi pas ?

69

Clara

Le torrent qui descend de la montagne se déverse à une extrémité du lac. L'eau est glaciale et verte en toute saison, quelle que soit la température de l'air.

À l'autre bout du lac, l'eau s'accumule et glisse paisiblement avant de se précipiter dans un immense bouillonnement blanc.

Entre les deux s'étend un lac de montagne classique. Et juste à côté, sur une butte, se trouve notre refuge.

La lumière matinale est insolite et délicate. L'air est frais et clair. Haavard et moi nous tenons côte à côte sur la plage, tels deux nageurs sur leurs plongeoirs, prêts à se lancer. Ce matin, je me suis attardée dans notre lit, tandis qu'Haavard dormait, et j'ai fait mes exercices de respiration. Aujourd'hui, j'ai intérêt à être au top.

— Tu hésites ? je demande.

— Carrément, répond-il, manifestement frigorifié.

Il a la chair de poule et les bras enroulés autour de sa poitrine.

Mais il a tout de même l'air d'humeur offensive, d'une certaine manière.

Maintenant, c'est lui ou moi. Il a scellé son sort dès le moment où il est allé parler à Agnes.

Durant notre marche à travers la montagne, hier, j'ai veillé à rester derrière lui. Je ne voulais pas l'avoir dans mon dos. Et cela a fonctionné longtemps.

Il m'a accompagnée ici. Il ne m'a pas dénoncée. Il ne m'en a même pas parlé. Mais la situation ne peut pas perdurer ainsi.

Il finira bien par me dénoncer ou par me tuer. Je penche plutôt pour la deuxième solution.

C'est la seule façon de sauver ma peau, la seule façon de poursuivre mon projet, d'accomplir ma vocation.

Je me tourne vers lui, me dresse sur la pointe des pieds et l'embrasse. Je perçois une sorte de joie confuse et téméraire dans ses yeux, comme un prolongement de notre soirée d'hier.

Tout à l'heure, je suis retournée dans le refuge pour laisser ma montre et en ai profité pour envoyer un message à Sabiya avec son téléphone.

Comme convenu, j'ai enterré la bête dans notre bois. Mais il est possible qu'elle commence à sentir. Peut-être qu'on devrait la déplacer ? Salutations estivales depuis les fjords.

C'étaient eux-mêmes qui avaient choisi de surnommer le Glock "la bête".

Je lève une main vers son visage et caresse sa joue.

— Tu es prêt ?

— On ne peut plus prêt.

Par ici, le fond du lac est sableux et en pente douce. Dans mes souvenirs, Haavard n'a jamais été capable de s'immerger au-delà des genoux, mais cette fois, il progresse d'un pas résolu.

J'avance jusqu'à avoir de l'eau à mi-cuisse. Le soleil qui se reflète dans l'eau, le sable clair au fond et les vaguelettes qui se forment à la surface, tout contribue à faire briller le lac comme de l'or.

L'eau est glaciale. Mais comme toujours, au bout de quelques secondes, le froid se transforme en chaleur. L'eau me brûle la peau, me purifie.

— Allez, viens, je lance en me retournant vers Haavard.

— Je vais aller un peu plus vers la droite, répond-il. Je préfère me rapprocher de la cascade.

Parce que le courant y est probablement plus fort.

— On ferait mieux de rester par ici, au milieu du lac, dis-je. C'est plus sûr.

Derrière moi, j'entends Haavard gémir. Probablement à cause du froid.

Je nage vivement, vers la gauche, et m'éloigne de la cascade.

À présent, nous entrons dans la zone où il y a vraiment du courant, où le lac est le plus profond.

— Clara, tu es sûre de toi ? Tu ne penses pas qu'on ferait mieux d'aller plus vers la droite ?

Je me retourne. Il est juste derrière moi. Il a une drôle d'expression.

— Lequel de nous connaît le mieux cet endroit ? Allez, on y va, dis-je en me forçant à sourire.

Je suis la meilleure nageuse de nous deux, je connais ces eaux, c'est comme si je jouais à domicile. Malgré tout, je ne suis pas tranquille.

C'est un homme. Il est affûté et plus fort que moi.

Je ne me suis plus aventurée aussi loin depuis la fois où j'ai sauvé Lars de la noyade. Le lac était alors plus chaud, moins chargé en eau issue de la fonte des neiges et il y avait moins de courant.

Cette année, le printemps et l'été ont longtemps été aussi secs que dans l'Est du pays, mais ces dernières semaines ont été particulièrement pluvieuses, si bien que les torrents et les lacs se sont remplis rapidement et atteignent maintenant des niveaux record.

Je n'ai aucune garantie que cela va bien se finir.

Dans le pire des cas, les garçons seront bientôt orphelins.

Nous nous approchons du milieu du lac. Jusque-là, il s'est maintenu à droite et moi à gauche. Mais à présent, il commence à nager vers moi. Aurait-il l'intention de me noyer ici ? De me traîner jusqu'à la cascade ?

Quoi qu'il en soit, je suis parvenue à l'attirer là où je voulais. Au milieu du lac, où tout est apparemment calme et inoffensif.

Je me retourne et observe son visage concentré. Il a une expression dure et hermétique.

C'est le moment.

Je compte jusqu'à trois dans ma tête tandis que j'inspire une grande bouffée d'air, amorce une pirouette sous la surface de l'eau et plonge.

Plus bas, plus bas, toujours plus bas.

Vers le fond.

Maintenant, je suis à une bonne profondeur. Mais même ici, le courant m'entraîne vers la droite. Il est plus fort que dans mes souvenirs.

Merde. Je n'ai pas le contrôle de la situation.

Je dois aller encore plus bas. Je finis par sentir le fond sous mes coudes, sous la pointe de mes pieds. Ici, le courant de la cascade est moins puissant.

Mais je commence à manquer d'air, il faut que je remonte à la surface. Mon corps est complètement rigide, je suis incapable de bouger.

Je dois remonter tout de suite. Pour les garçons. Remonter à la surface, respirer, respirer.

Ça y est, j'y suis arrivée ! Je vois la berge. Mais où est passé Haavard ?

Je me retourne sur le dos et constate qu'il est toujours au milieu du lac. Mais il s'est rapproché de la cascade pendant que j'étais sous l'eau. Il essaie de lutter contre le courant.

— Clara ! m'appelle-t-il. Clara ! Qu'est-ce que tu fais ? Viens ici !

Pendant quelques secondes, j'envisage de le rejoindre pour tenter de le ramener sur la rive.

Mais je ne peux pas. C'est impossible, il est déjà trop tard.

Je ferme les yeux lorsque je vois qu'il est piégé dans une sorte de spirale sans entrée ni sortie, un tourbillon d'eau qui va l'entraîner lentement mais sûrement jusqu'à l'abîme blanc et bouillonnant.

Il s'éloigne de plus en plus, s'approche du précipice.

Autrefois, il arrivait souvent que des gens finissent dans la cascade, à en croire les histoires que l'on raconte. Mais aussi des ondines. Des vaches. J'ignore si tout cela est vrai. En tout cas, Haavard sera la première victime avérée de cette cascade.

J'espère qu'ils retrouveront son corps.

Ce serait mieux pour les garçons qu'ils aient une tombe sur laquelle se recueillir.

Je me remémore la première fois que nous sommes venus ici. Le pauvre avait eu un choc en arrivant. Le refuge était bien différent des cabanes dans lesquelles il avait grandi, à Ustaoset et à Kilsund.

Je me rappelle son visage quand il a pris les garçons pour la première fois, un dans chaque bras. Fatigué, le visage bouffi, béat. Son expression quand il jouait avec eux, qu'il bondissait sur le trampoline, qu'il les chatouillait, qu'il faisait semblant de les dévorer. Cela les amuse toujours.

Ils n'ont jamais retrouvé le corps de Magne. J'ai raconté à la police comment j'avais essayé de le sauver, et je vais maintenant leur raconter comment j'ai tenté de secourir Haavard.

Ils me croiront. Les gens me croient toujours. C'est une de mes forces.

— Adieu, je chuchote au moment où je vois Haavard disparaître.

Quand j'arrive près de la rive, dans cinquante centimètres d'eau, je m'accroupis et plante mes doigts dans le sable clair, quasi désertique, de la montagne. Levant les mains, je le laisse s'écouler entre mes doigts. Je répète ce geste. Encore et encore. Je me recouvre de sable, m'enfonce dedans.

Autour de moi, l'eau limpide scintille et ondoie dans les rayons du soleil qui se faufilent entre les gros nuages gris sombre.

Et alors, chose inhabituelle à une heure aussi matinale, la chaleur étouffante de ces dernières semaines tourne à l'orage et des coups de tonnerre retentissent derrière Heksefjell, du côté de Trollskavlen.

Quelques instants plus tard, c'est l'averse.

Les gouttes, qui ressemblent presque à des grêlons, s'abattent sur l'eau autour de moi, formant de petits cercles.

Elles me frappent aussi la peau, comme des coups de fouet.

Pour la première fois depuis que je suis adulte, je me mets à pleurer. Et maintenant que j'ai commencé, rien ne peut m'arrêter.

PARTIE 5

70

Sabiya

Merci beaucoup, écris-je à mon mari, en réponse à sa proposition d'aller chercher les enfants et de préparer le dîner pour que je n'aie pas à me dépêcher de rentrer à la maison.

Au moment où part le message, un pressentiment me pousse à me rendre sur la page du site d'informations en ligne *VG.no*, alors que je ne surfe jamais sur le Net quand je suis au travail.

Je suis sur le point de m'évanouir en découvrant l'information principale.

Haavard est mort. Noyé dans un tragique accident à la montagne.

L'article est accompagné d'une photo montrant une cascade blanche et un hélicoptère de secours jaune sur fond de ciel bleu et de nuages, ainsi que de son portrait, emprunté au site internet de l'hôpital.

Cette photo a quelques années. Il porte sa blouse blanche de médecin, sa peau est bronzée et ses cheveux longs. Il semble résolu et épanoui. Et qu'est-ce qu'il est beau !

Tout à coup, je peux percevoir le parfum de ses cheveux, sentir son visage entre mes mains.

— Non, je chuchote. – Les larmes me montent aux yeux. – Ce n'est pas possible.

Je n'ai pas envie d'en lire davantage. Mais je le fais quand même. C'est plus fort que moi.

Son nom a été publié avec l'accord de sa famille.

Le pédiatre Haavard Fougner (43 ans), d'Oslo, se trouvait à la montagne, dans l'Ouest du pays, la région d'origine de son épouse, Clara Lofthus (43 ans), secrétaire d'État auprès du ministre de la Justice, quand il a été victime d'un tragique accident.

La cause de la mort reste à confirmer, mais d'après les informations que nous avons recueillies, il se serait noyé dans un torrent aux eaux glaciales après avoir été emporté par le courant.

Son épouse, qui était présente quand le drame s'est produit, a vainement tenté de le secourir. Elle est physiquement indemne mais en état de choc.

Suit une série de liens vers des articles en relation avec Clara, tels que sa nomination comme secrétaire d'État, ses apparitions dans les médias et un portrait paru il y a une semaine. J'ai lu l'interview au moment de sa sortie et ai été surprise qu'ils lui accordent autant d'importance. Après tout, elle n'est que secrétaire d'État. Mais elle possède un fort charisme, je l'ai constaté. Belle, élégante, intelligente. Froide et dure. Avec un je ne sais quoi en plus. Quelque chose d'indéfinissable. Je n'ai eu aucun mal à comprendre qu'Haavard ait pu se laisser séduire par elle il y a quelques années.

Je frissonne.

Comment est-ce possible qu'il soit mort ? Est-ce que c'est vrai ?

Ne verrai-je donc plus son regard ? Son sourire ?

Plus jamais il ne m'enverra des petits morceaux de gomme ou des boulettes de post-it jaunes. Plus jamais il ne me consolera quand je serai bouleversée au travail. Plus jamais il ne me prendra dans ses bras, il ne me serrera fort contre lui, il ne m'embrassera dans le cou, sur le front, partout.

— Mais, Sabiya, dit Roger en me rejoignant dans le couloir.

Il s'arrête, pose ses mains sur mes épaules. C'est avec lui que je discute le plus en ce moment.

— Ça va ? demande-t-il sur un ton préoccupé.

Je secoue la tête.

— Haavard, je balbutie.

J'ai l'impression que je vais m'étouffer.

Cette fois, Roger paraît inquiet.

— Qu'est-ce qu'il y a ? Sabiya ? Il est arrivé quelque chose à Haavard ?

— Il est mort.

— Mon Dieu ! Qu'est-ce que tu dis ?

Je n'ose pas affronter son regard stupéfait. Alors, je regarde par-dessus son épaule. Bente apparaît au bout du couloir et vient dans notre direction, d'un pas jovial et énergique. Elle ralentit en nous voyant.

— Désolée, dis-je. Il faut que je sorte. Il faut que je sorte d'ici.

Et je me mets à courir.

71

Roger

Elle s'en va sans regarder derrière elle.

— Qu'est-ce qui se passe ? demande Bente. Tu l'as vexée ou quoi ?

— Non, non, ce n'est pas du tout ça…

Je suis complètement sous le choc, incapable d'en dire plus.

— Qu'est-ce qu'elle a, alors ? insiste Bente, impatiente.

— Eh bien, j'ai vu qu'elle regardait son téléphone… elle paraissait désespérée. Quand je lui ai demandé ce qui se passait, elle m'a dit qu'Haavard était mort et qu'elle avait besoin de sortir…

— Haavard est mort ? s'exclame Bente en dénouant sa queue de cheval avant de la refaire, comme toujours quand elle est stressée. Ce n'est pas possible. Haavard est en vacances, il est dans l'Ouest.

Son ton catégorique m'agace.

— Je n'en sais pas plus que toi. Il a peut-être eu un accident de voiture. En tout cas, c'est horrible. Pauvre Sabiya…

— Qu'est-ce que tu veux dire ? m'interroge Bente en fronçant les sourcils. Si c'est vrai, c'est horrible pour nous tous, non ? On était tous proches de lui, même nous, les infirmiers et les infirmières…

— Mon Dieu, mais tu ne comprends donc rien ? je soupire.

L'intuition féminine est décidément surévaluée.

Ensuite, je me remets au travail, remplissant ma tâche comme si j'étais en pilotage automatique tout en m'efforçant de contenir mes larmes. Même si Haavard et moi n'avons jamais été intimes, la nouvelle de sa mort m'affecte profondément.

Moi qui étais si pressé d'être à ce soir pour revoir mon nouveau petit ami. L'adorable, le beau Mohammed. Ce garçon plein de confiance sorti de nulle part et qui illumine désormais ma vie d'une manière que je n'aurais jamais crue possible. Ce garçon qui adore aller au restaurant et partager un bon repas et une bonne bouteille de vin blanc avec moi, mais qui apprécie tout autant de passer la soirée en pyjama dans le canapé devant une série HBO. Ce garçon avec qui je peux parler de tout.

Sabiya est la seule qui connaisse son existence. Elle et moi nous sommes beaucoup rapprochés dans le courant de l'été. Elle est heureuse pour moi. Mais surtout, elle sait mieux que quiconque que c'est une situation compliquée, que nous devons avancer prudemment.

Je suis toujours pressé de le revoir, mais c'est comme si une ombre était venue assombrir mon bonheur.

Haavard. Mort.

Maintenant, je regrette d'avoir raconté à la police que je l'avais vu en compagnie de Sabiya. Mais c'était la vérité.

Je n'ai pas osé leur dire qu'il me semblait avoir reconnu le parfum très particulier de la femme d'Haavard, la secrétaire d'État, en descendant l'escalier de la piscine, à Lysebu.

J'avais remarqué ce parfum un jour qu'elle était passée à l'hôpital. Je ne l'ai jamais senti sur personne d'autre.

Mais je me suis rendu compte que les policiers commençaient à se lasser de moi, qu'ils n'avaient plus très envie de m'écouter. Qui pourrait le leur reprocher ?

Maintenant que, grâce à Dieu, je n'ai plus affaire à eux, je pense qu'il est fort possible que je me sois fait des idées. J'ai toujours eu une imagination débordante.

72

Sabiya

Mon cerveau tourne à plein régime alors que je rentre chez moi.

Au cours de l'année écoulée, il y a eu des moments où j'ai cru que j'aimais Haavard, même si c'est un grand mot que je n'ai jamais bien compris.

Et puis il y a eu ces meurtres et il a commencé à se conduire bizarrement, comme s'il me suspectait, ou comme s'il voulait reporter les soupçons sur moi.

Quoi qu'il en soit, une sorte de mur s'est élevé entre nous.

Je n'ai jamais vraiment réussi non plus à m'investir dans son projet de liste de dénonciation. Il était tellement évident que ça n'aurait aucune répercussion pratique et ne dépasserait pas le stade des bonnes intentions. De plus, cette liste avait un côté exhibitionniste qui me déplaisait.

Et tout à coup, des gens qu'il avait répertoriés ont commencé à se faire assassiner. Ces crimes n'ont toujours pas été résolus et, pour autant que je sache, l'enquête de police est actuellement au point mort.

Le lendemain du meurtre d'Ahmad, je suis allée vérifier si le Glock était toujours dans mon tiroir.

Mais il n'était plus là. Et je ne l'avais pas déplacé.

J'ai aussitôt refermé le tiroir, comme s'il me brûlait les doigts. J'ai essayé de tout oublier. En vain. Et après le deuxième meurtre, j'ai décidé de parler du Glock à la police. Je leur ai raconté qu'Haavard et moi étions les seuls à connaître son existence.

J'ai senti que je devais le dire. J'avais peur que cela ne m'attire encore plus d'ennuis si je me taisais. J'ai tout de même un passif. Et je suis pakistanaise.

Il me paraissait improbable qu'Haavard ait tué ces gens. Mais il s'était comporté de manière si étrange. Comme quand je l'ai croisé dans le couloir, devant ma chambre, à Lysebu. J'ai bien cru qu'il allait se jeter sur moi et ses yeux débordaient de rage.

Ensuite, ils l'ont arrêté. Je n'ai jamais cru que c'était lui le coupable. Enfin pas vraiment. Et ils n'ont pas tardé à le relâcher. Mais à ce moment-là, l'innocence entre nous avait déjà disparu. Notre relation était morte. Pour moi, cela a été une sorte de soulagement, un prétexte pour remettre de l'ordre dans ma vie.

Les dernières fois où Haavard a tenté de me contacter, je ne lui ai tout simplement pas répondu. Puis il a fini par renoncer. Mais soudain, hier matin, il m'a envoyé un SMS, alors que nous étions convenus de ne jamais communiquer par textos. J'ai été prise de panique. J'étais assise dans le canapé, dans notre salon. J'ai immédiatement effacé le message, sans même le lire. À présent, je regrette. Il a dû me l'envoyer juste avant sa mort.

Mon Dieu. Comment est-il possible que je pense à tout cela maintenant ?

Je descends lentement la rue en direction du métro. C'est une belle journée d'été, chaude et agréable, mais mon corps est en état de choc.

Ce n'est qu'en arrivant devant notre portail que je lève le regard. Et alors, je les vois. Une voiture de police est garée juste devant notre boîte aux lettres. Et je découvre ces visages qui ne me sont que trop familiers.

— Sabiya, dit la policière dont j'ai oublié le prénom. Nous devons vous demander de nous suivre.

Dans la salle d'interrogatoire de l'hôtel de police, ils m'informent que, selon eux, le SMS que j'ai reçu hier, dans lequel Haavard disait avoir enterré mon pistolet dans notre bois était en réalité un message codé.

Le Glock, qu'ils ont déterré, a été utilisé pour commettre les trois meurtres. Il constitue à présent une pièce à conviction déterminante.

Des témoins ont déclaré m'avoir vue à proximité des endroits où Mukhtar Ahmad et Melika Omid Carter ont été abattus.

En outre, des preuves ADN me relient aux victimes. Mes empreintes digitales sont présentes partout sur le pistolet.

Cela n'a rien d'étonnant.

Ce que je ne comprends absolument pas, c'est qu'on ait retrouvé des cheveux avec des follicules pileux contenant mon ADN sur la dernière victime, Susanne Stenersen. Je n'ai jamais approché cette femme.

Comment est-ce possible ? Qui a bien pu me faire cela ? Je n'arrive plus à respirer, je ressens une pression dans ma poitrine, comme si j'étais en train de faire un infarctus. Mais je sais que c'est une réaction psychique, une simple crise d'angoisse, et que je n'ai rien d'autre à faire que de la supporter jusqu'à ce qu'elle s'arrête.

73

Clara

Je suis assise dans le canapé ocre de notre salon, à la maison, avec un plaid et les jambes croisées. Il y a des orchidées derrière moi. Je porte la tenue que je mets pour aller au bureau : un chemisier en soie bleu marine et un pantalon noir. Une tasse portant l'inscription "La meilleure maman du monde" est posée sur mes genoux. J'ai un peu de fond de teint et de mascara, mais pas de rouge à lèvres. Mes cheveux sont bien coiffés, discrètement ondulés, comme Haavard les aimait. Il disait que je lui faisais penser à Betty Draper dans la série *Mad Men*. C'est peut-être aussi ce qui a fait qu'il s'est pris pour ce mari infidèle de Don Draper.

Mes boucles d'oreilles sont tout aussi discrètes. Je porte également mon alliance et une montre.

Chagrin, sérénité et dignité, voilà les sentiments que je dois dégager.

Je suis veuve, à présent. Et jamais je ne me remarierai, mais je ne le dis pas. Je n'aurai plus jamais la moindre relation amoureuse, mais cela aussi je le garde pour moi.

Je dis seulement qu'Haavard était l'amour de ma vie, la personne auprès de laquelle je croyais que je vieillirais. Que je suis satisfaite du dialogue que j'ai eu avec la police à la suite de l'accident, que j'ai été touchée par l'empathie dont ils ont fait preuve à mon égard. Que je ne crois pas que je m'en remettrai un jour, même si le temps fera probablement son œuvre. Que je dois me concentrer sur le bien-être de mes enfants.

De tous les enfants, j'ajoute avec un bref sourire, amenant ainsi la conversation sur mon travail, la seule chose qui me passionne réellement.

J'ai des déclarations à faire à ce sujet et ils devront les passer à l'antenne, c'est la condition que j'ai posée pour accepter leur interview. Ils ont accédé à ma requête sans hésiter. Je sais que ma valeur marchande a fortement augmenté ces derniers temps. Cette interview ne traitera donc pas uniquement du tragique accident d'Haavard et de ma nouvelle condition de veuve, mais aussi de mon engagement en faveur de tous les enfants qui souffrent aujourd'hui en Norvège.

— Et il y en a beaucoup, je précise. Les cas non répertoriés sont extrêmement nombreux.

— Est-ce que cette question préoccupait aussi votre époux ? demande Erik Heier, qui a été désigné pour mener cette interview en exclusivité.

Il a les mêmes mimiques agaçantes, les mêmes tics nerveux et les mêmes grimaces de célébrité du petit écran que quand j'ai fait sa connaissance, lors du dîner donné au palais royal.

— Oui, Haavard partageait mon inquiétude, je réponds en changeant de posture. Dans l'exercice de sa profession, il a été amené à observer de nombreux cas affreux. C'est quelque chose qui l'a profondément affecté.

— Haavard n'a-t-il pas été lui-même suspecté dans l'affaire dite des bourreaux d'enfants ?

— D'où sortez-vous cette information ? je demande, tandis que mes doigts se crispent autour de ma tasse.

— Je les ai obtenues de source sûre.

— Faisons une pause, dis-je.

Heier adresse un signe de tête au caméraman. Une autre de mes conditions était que l'interview soit enregistrée et montée à ma convenance.

— C'est vrai, je reprends une fois la caméra coupée. Mais ces soupçons se sont révélés infondés. Il a été mis hors de cause. Et la police a fini par arrêter la vraie coupable. Tout ce que je souhaite, maintenant, c'est qu'il ne soit pas fait référence à cette histoire, dans l'intérêt de mes enfants. Dans le cas contraire, nous devrons nous arrêter ici.

— D'accord, répond Heier, même si je vois bien qu'il est contrarié. – Il se tourne vers le caméraman et lui fait un nouveau signe de tête. L'enregistrement reprend. – Avez-vous encore le cœur à travailler après le drame que vous avez traversé ?

— Bien sûr. Mon travail a toujours été essentiel pour moi. C'est aussi ce qui m'aide à tenir dans les moments difficiles.

Le reste de la conversation se déroule sans incident.

Le lendemain, alors que nous échangeons des messages par SMS, Heier me demande si je veux bien sortir dîner avec lui, à la fin du mois. J'accepte l'invitation. Cette perspective ne m'enchante guère, faute d'envie et de temps, mais ce sera peut-être l'occasion d'en apprendre plus sur ce qu'il sait réellement.

Les jours défilent encore plus vite qu'avant.

Travailler, travailler, encore et encore, m'occuper des enfants après l'école, aider mes beaux-parents qui se sont effondrés après avoir perdu leur fils unique. Je dois parler avec eux plusieurs fois par semaine, leur rendre visite chaque week-end. Heureusement, Christian et Axel passent les voir régulièrement.

Et puis il y a mon père. Nous essayons d'aller chez lui le plus souvent possible.

Je ne suis jamais retournée voir Agnes et n'ai pas non plus l'intention de le faire. Bodil m'appelle de temps en temps, laisse des messages sur ma boîte vocale, dans lesquels elle me prie de la rappeler. Ma mère voudrait me dire quelque chose, prétend-elle. Quelque chose d'important.

Peut-être que je devrais y aller, essayer de me réconcilier avec elle afin de mieux la contrôler. Mais je n'en ai pas envie.

Haavard est le seul de ceux que j'ai assassinés pour lequel j'avais des sentiments, le seul qui ne devait pas être éliminé pour le bien de ses enfants. J'ai bien agi, j'ai fait ce que je devais faire. Mais cela a un coût.

J'emploie la majeure partie de mon temps à aider les garçons à se remettre sur pied.

Ils ont tous les deux été dévastés par la mort d'Haavard. L'un plus que l'autre. Le soir, il pleure jusqu'à ce qu'il finisse par s'endormir, tandis que son frère est réveillé par des cauchemars au beau milieu de la nuit. Ils sont en deuil et je dois faire de mon mieux pour essayer de compenser la perte qu'ils ont subie.

Je me console en me disant que les enfants ont tendance à plutôt bien gérer la perte de leurs parents. Cela demande simplement du temps. La perte d'un enfant, en revanche, est une chose dont aucun parent ne peut se remettre. C'est le genre de drame qui les détruit à jamais.

74

Leif

Je suis assis à la table de la cuisine, près de la fenêtre, là où j'ai pris presque tous les repas de ma vie.

Je vois les montagnes, au loin. Elles sont encore noires et dénudées, mais bientôt, un matin, leurs sommets se couvriront des premières neiges.

Je suis déjà obligé de faire du feu dans le poêle, sinon il ferait trop froid dans la maison. Cela me demande beaucoup de travail de couper le bois nécessaire pour chauffer ne serait-ce que le salon pendant l'hiver, mais j'aime bien ça. J'aime bien l'idée d'être toujours capable de le faire.

Haavard m'avait conseillé d'installer une pompe à chaleur.

Je ne le ferai pas tant que je n'y serai pas obligé.

Mais maintenant, je pense constamment à cette pompe à chaleur. Parce que je pense constamment à Haavard.

Cette histoire me tourmente.

Par la fenêtre, je vois l'érable dans le jardin, rouge et doré, comme s'il était en flammes. À la radio, Eva Cassidy chante *Fields of Gold*. Juste avant, c'était Kari Bremnes, une femme splendide et élégante, même si son regard étrange me fait penser à Agnes et à ses yeux vairons.

Le soir, je dois prendre un somnifère pour dormir. J'ai réussi à m'en passer pendant des années, mais cet été j'ai recommencé.

Je n'en prends qu'un, pas plus. Il ne faut pas que je perde le contrôle. Je dois penser à autre chose qu'à Haavard, Clara, les garçons et Agnes.

Cette satanée Bodil continue de m'appeler de Kleivhøgda. Elle dit que je devrais aller voir Agnes, que c'est important, qu'elle a quelque chose à me raconter. Mais je n'y suis toujours pas allé.

Bella se frotte contre mes pieds. Je me lève et me dirige avec elle vers le réfrigérateur. Je récupère le carton de croquettes pour chat, me penche et remplis son bol rouge, vert et doré. Elle baisse la tête et ronronne, satisfaite, avant de commencer à mastiquer en produisant les craquements habituels.

Je retourne m'asseoir à table, devant mon assiette avec du *gammelost** et bois une gorgée de café. J'ouvre le journal, qui paraît trois fois par semaine. Clara m'a offert un abonnement.

Aujourd'hui, une affaire occupe presque toute la première page.

Des plongeurs retrouvent une voiture à cent quatre-vingts mètres de profondeur.

J'ai l'impression que ma tension artérielle augmente brusquement. La même sensation de claustrophobie que quand le médecin me passe le brassard autour du bras et commence à le gonfler. Je ferme les yeux, essaie de respirer, les rouvre et bois une gorgée d'eau.

Au bout de cinq minutes, je parviens à lire tout l'article.

Des plongeurs américains, parmi les meilleurs au monde et disposant d'un équipement dernier cri, ont passé plusieurs semaines à explorer la zone. Ils sont en train de réaliser un documentaire sur la faune et la flore dans les fonds marins, sont liés à Greenpeace et s'opposent aux idiots qui voudraient remplir le fjord de déchets miniers et d'autres merdes de ce genre. Ils ont déjà relevé la présence de quelques espèces rares de plancton et de marsouins. Le journal a d'ailleurs publié plusieurs articles sur le sujet, ces derniers temps.

---

* Fromage norvégien, au lait de vache, longuement affiné et au goût puissant.

Mais cette fois, c'est une épave de voiture qu'ils ont trouvée. À cent quatre-vingts mètres de profondeur. À un endroit où des éboulements se produisent chaque hiver.

D'après le numéro d'immatriculation, il s'agit d'un véhicule disparu dans un tragique accident en 1988 à Storagjelet. Une voiture avait fait une sortie de route et était tombée dans le fjord avant de couler avec son conducteur. Une jeune fille avait réussi à s'en extraire et à rejoindre la rive, saine et sauve. La voiture et l'homme n'avaient jamais été retrouvés. Personne n'avait encore plongé à une telle profondeur.

Jusqu'à maintenant.

La police devra déterminer s'il est possible de remonter la carcasse. Il s'agit d'une découverte aussi surprenante que palpitante, a déclaré le chef de la police locale.

Je referme le journal, repousse mon assiette et me lève, en proie aux vertiges et à la nausée.

75

Clara

Un jour, alors que l'air commence à se rafraîchir et que je me rends à pied au travail, entourée de feuilles jaunes, je tombe sur Vigdis devant la porte de mon bureau.

— Le cabinet du Premier ministre a appelé, m'annonce-t-elle avec une tension dans la voix qu'elle a de la peine à cacher. Tu as le temps pour une réunion avec la Première ministre ?

— Euh… oui, d'accord. Quand ? Je dois y aller avec Munch, j'imagine ?

— Dans une heure. Et non, tu iras seule. Dieu seul sait ce que ça signifie.

Ce n'est pas tous les jours que les secrétaires d'État sont convoqués chez la Première ministre. Pour se réunir avec d'autres employés de son cabinet ? Oui. Pour rencontrer la Première ministre en personne ? Non.

Tandis que j'échange quelques mots avec Vigdis, deux hommes apparaissent dans le couloir en portant un immense objet enveloppé dans du plastique.

— C'est bien… ? je demande.

— Oui. C'est l'ours polaire. Nettoyé, débarrassé de ses parasites et prêt à l'action.

Au même moment, Mona sort de son bureau.

— Alors ? Ils vont t'interroger dans l'affaire Monrad ? demande-t-elle en secouant la tête. C'est vraiment inacceptable. Tu ne devrais pas avoir à répondre des actes de ton ministre. Mais je suppose que tu n'as pas le choix.

— Non, dis-je en jetant un coup d'œil à l'horloge.

— J'en glisserai quelques mots au secrétaire général du gouvernement la prochaine fois que je le verrai. En attendant, je te souhaite bonne chance.

— Merci, je réponds avant de m'en aller.

L'affaire Monrad est devenue un problème pour le gouvernement tout entier, et sa gestion déplorable n'a fait qu'aggraver la situation. Pour couronner le tout, la prestation de Munch, quand il a été convoqué pour s'expliquer devant le Comité de contrôle, a été tout bonnement désastreuse.

Il n'est plus vraiment en odeur de sainteté, à présent. Cela se voit à la manière dont ses compagnons du parti et ses collègues du gouvernement parlent de lui. C'est comme quand une femme parle d'un ex qu'elle ne supporte plus au point qu'elle grimace chaque fois qu'elle prononce son nom.

Quant à moi, je ne suis rien de plus que sa créature, une juriste issue de l'administration qui, du jour au lendemain, est devenue secrétaire d'État et a suscité plus d'intérêt que la plupart des ministres. En d'autres termes, une arriviste.

D'une certaine façon, ce serait un soulagement d'arrêter maintenant et de ne plus avoir à me consacrer à la politique. Ainsi, j'aurais tout le loisir de me concentrer sur d'autres sujets qui me tiennent à cœur.

Peut-être que nous pourrions partir nous installer dans l'Ouest du pays, les garçons et moi. Prendre un nouveau départ. En tout cas, avec l'héritage, l'assurance vie et ce qu'il y a sur nos comptes en banque, l'argent ne serait pas un souci.

Une heure plus tard, je m'assieds dans un des fauteuils réservés aux visiteurs dans le bureau de la Première ministre. Je la regarde droit dans les yeux. Je me sens sereine.

— Bien, Clara, dit-elle en croisant les mains.

Tout me fait penser au discours de fin d'année. La seule différence, ce sont les tasses de café posées entre nous. Elle porte un costume bleu et un chemisier blanc. Ses cheveux blonds sont soigneusement coiffés. Un parfum d'assouplissant et de laque à cheveux flotte dans l'air.

— Nous nous rencontrons à nouveau, poursuit-elle. Tu as traversé une période de turbulences, aussi je tiens à te faire part de mes condoléances.

— Merci.

— Oui, je suis navrée de devoir t'ennuyer avec ça maintenant, mais Munch nous a mis dans l'embarras une fois de plus. L'incident avec Cathrine Monrad. Qu'as-tu à me dire à ce sujet ?

— C'était très malheureux, en effet…

— Je n'ai même plus envie d'en parler… Ça ne fonctionne jamais avec les hommes comme lui, qui passent leur temps à pavoiser comme des coqs. Et ça ne me plaît pas non plus d'être à la tête d'une bande d'idiots cyniques et sans scrupule qui guettent la moindre occasion de me faire sortir de mes gonds. Ce n'est pas aussi sanglant qu'à l'époque de Shakespeare. Les gens évitent de se montrer avec du sang sur les mains.

Je souris brièvement, c'est ce qui me semble être la meilleure réaction.

— C'est agréable d'être le numéro deux, comme tu l'es actuellement. Être le numéro un est une chose totalement différente. Tu ne peux te cacher nulle part. Un ministre doit dormir d'un seul œil et se battre constamment contre la pression interne et contre celle des médias, sans perdre totalement le cap. C'est presque impossible. La plupart des gens se laissent gagner par la démesure, la soif de pouvoir.

Cette fois, c'est elle qui rit. D'un rire las.

— Et puis ils se sentent esseulés face au ministère des Finances et au cabinet du Premier ministre. Ils sont pris de vertige, de paralysie. En réalité, ils devraient tous avoir sur leur bureau une plaque portant la mention *Memento mori*. Car ils sont tous condamnés à céder leur place. Et maintenant, c'est au tour de Munch. J'ai une question à te poser. Selon toi, quelles devraient être les priorités du nouveau ministre de la Justice, si tu devais en citer une ou deux ? D'autres hélicoptères bombardiers d'eau, peut-être ?

Je souris et me racle la gorge.

— Eh bien, il me déplaît que nous mettions à l'isolement des détenus non violents qui ne constituent de danger ni pour les autres ni pour eux-mêmes. Cette pratique n'a cours dans aucun des pays voisins. Je ferais en sorte d'y mettre un terme. Je prendrais aussi des mesures afin d'améliorer l'assistance juridique pour les personnes les plus démunies. Et puis j'appliquerais le projet de modification de loi que j'ai élaboré. Immédiatement.

— Parfait, dit la Première ministre avec un sourire. Tout cela me semble prometteur. Alors, Clara, que dirais-tu de reprendre le poste de ministre de la Justice ?

Remerciements

Alors que je travaillais sur ce livre, de nombreuses personnes m'ont apporté une aide précieuse.

Avant tout, ma famille mérite mes remerciements pour avoir supporté une auteure parfois distante.

Mais j'ai aussi reçu l'aide d'excellents "lecteurs experts" dans divers domaines, qui méritent un grand merci : des infirmières, des médecins, des policiers, des avocats, etc.

Merci à la fois aux lecteurs professionnels et aux bons amis qui ont participé au projet avec leurs lectures critiques et leurs encouragements, ainsi qu'à toutes les autres personnes impliquées.

Mes plus grands remerciements vont à l'éditeur Aslak Nore. Ses initiatives, son enthousiasme et sa confiance m'ont poussée à me lancer. Plus tard, ses connaissances, son amour et sa compréhension du genre ont contribué de manière décisive à ce que ce livre voie le jour.

Ruth Lillegraven,
août 2018.

OUVRAGE RÉALISÉ
PAR L'ATELIER GRAPHIQUE ACTES SUD
REPRODUIT ET ACHEVÉ D'IMPRIMER
EN AVRIL 2021
PAR NORMANDIE ROTO IMPRESSION S.A.S.
À LONRAI
POUR LE COMPTE DES ÉDITIONS
ACTES SUD
LE MÉJAN
PLACE NINA-BERBEROVA
13200 ARLES

DÉPÔT LÉGAL
1re ÉDITION : MAI 2021

N° impr. : 2101435
(Imprimé en France)